btb
Aus Freude am Lesen

btb

Buch

Die Tote war ein Mauerblümchen: Als Ellen Dahl Maitland vor fast dreißig Jahren in einem Motel ermordet aufgefunden wurde, fand sich keiner, der sie öffentlich betrauert hätte. Niemand gab es, der an der Aufklärung des Falls interessiert schien. Der Täter wurde nie gefaßt, sein Motiv blieb im Dunkeln. Phoebe Siegel findet es deshalb mehr als seltsam, als eines beißend kalten Winterabends Ellens damaliger Ehemann bei ihr anruft, um sie zu bitten, den mysteriösen Tod seiner verstorbenen Frau wieder aufzurollen. Bob Maitland ist inzwischen Politiker geworden und kandidiert für das Amt des Gouverneurs – und er ist der Privatdetektivin auch aus anderen Gründen herzlich unsympathisch. Wider besseres Wissen beginnt sie in der Vergangenheit zu wühlen – und fördert Fakten zu Tage, die ihrer eigenen Sicherheit zuliebe besser im Verborgenen geblieben wären...

Autorin

Sandra West Prowell, Mitglied der *Sisters in Crime* und nominiert für den renommierten Hammett Award, lebt in Billings, Montana, und arbeitet zur Zeit am vierten Band um die Detektivin Phoebe Siegel.

Von Sandra West Prowell bei btb bereits erschienen:

Traumjäger (72030)

Sandra West Prowell

Feuerseele

Roman

Aus dem Amerikanischen
von Karin Haag

btb

Die amerikanische Originalausgabe
erschien 1996 unter dem Titel »When Wallflowers Die«
bei Walker and Company, New York

Umwelthinweis:
Alle bedruckten Materialien dieses Taschenbuches
sind chlorfrei und umweltschonend.

btb Taschenbücher erscheinen im Goldmann Verlag,
einem Unternehmen der Verlagsgruppe Bertelsmann

1. Auflage
Deutsche Erstveröffentlichung Juli 1997

Umschlaggestaltung: Design Team München
Umschlagfoto: TIB/Wahlstrom
Satz: IBV Satz- und Datentechnik GmbH, Berlin
RK · Herstellung: Augustin Wiesbeck
Made in Germany
ISBN 3-442-72174-1

Ich widme dieses Buch Bruce,
der klugerweise ein Mauerblümchen heiratete.
Er gab mir einen warmen Platz
an der Sonnenseite des Hauses
und wachte über mein Erblühen.
Von den Düngemitteln wollen wir lieber schweigen.

1

Die Erinnerungen schlummern in dunklen Tiefen. Wir begraben sie in uns und denken nicht mehr an sie, bis sie von einem Geräusch, einem Duft oder einem Wort wieder an die Oberfläche geholt und zu neuem Leben erweckt werden. Dann wird aus der Verstörung ein Lachen und aus dem Kummer Trost. Aber Mord? Die Erinnerung an einen Mord verfolgt, peinigt und verletzt die Seele. Sie lebt ein Eigenleben und bestimmt alle Ereignisse und Menschen, die irgendwie mit ihr in Berührung kommen.

Niemand wußte, was in Ellen Dahl Maitland, der einsamen Erbin eines der größten Vermögen in Montana damals, in den frühen Morgenstunden des ersten Juni 1968, vor sich ging, aber man konnte einiges von dem, was sie tat, rekonstruieren. Ellen war nicht, wie gewöhnlich früh zu Bett gegangen, sondern hatte statt dessen bis tief in die Nacht in einem Sessel sitzend in dem Buch Rosemary's Baby *gelesen, das sie zwei Tage zuvor aus der Parmly-Bücherei entliehen hatte. Irgendwann in den Stunden vor Morgengrauen hatte sie ein Lesezeichen, eine Eule aus Messing, zehn Seiten vor dem Ende ins Buch gelegt, war nach oben gegangen, hatte sich ein Bad einlaufen lassen und die nächsten zwei Stunden dort verbracht. Einige Zeit später hatte sie sich auf dem Hocker vor ihrem Toilettentisch aus Mahagoni gesetzt, ein Paar schwarze Nylonstrümpfe über ihre Beine gezogen und die Strapse an einem schwarzen Hüftgürtel befestigt. Sie trug keinen Schlüpfer. Eine langär-*

melige Bolerojacke aus einem roten, durchsichtigen Stoff vervollständigte das Ensemble. Zuletzt schlüpfte sie in einen langen Regenmantel. Der Wetterbericht hatte nichts von Regen gesagt.

Ellen verließ das Haus gegen halb sechs, wechselte ein paar Worte mit dem Zeitungsjungen, holte ihren roten MG aus der Garage und fuhr davon. Wo sie sich bis zum Nachmittag aufhielt, ist unbekannt, aber um vierzehn Uhr zwanzig betrat sie das Bunk House Motel, ein heruntergekommenes Stundenhotel an der Kreuzung Interstate-90 und Siebenundzwanzigster Straße. Scheinbar allein dort eingetroffen, legte sie in dem winzigen Büro, das als Rezeption diente, einundzwanzig Dollar auf den Tisch. Dafür bekam sie ein Zimmer für drei Stunden. Der Angestellte, Gummy, erinnerte sich daran, wie sie angewidert zurückwich, als ihr beim Betreten des Zimmers der Geruch von abgestandenem Alkohol und kaltem Zigarettenrauch entgegenschlug. In seiner Aussage bezeichnete er sie als Klasseweib. Er stellte keine Fragen, denn Neugierde wurde bei seinem Job nicht verlangt.

An diesem Junitag hatte ich mich um drei Uhr widerwillig vor dem Haus einer Freundin, ein paar Straßen östlich des South Park, abliefern lassen. Gekleidet in ein bauschiges Folterwerkzeug aus blauem Satin, auch bekannt unter dem Namen Cocktailkleid, gesellte ich mich zu einer Gruppe von Jugendfreunden aus meiner Zeit der Frühpubertät, die zu Tiffany Barbers Geburtstagsparty im Garten versammelt waren.

Man hatte mich bestochen: Trag dieses Kleid, geh zu der Party, und wenn sie vorbei ist, würde mein Vater mich abholen, mich zum Umziehen nach Hause bringen und dann mit mir zum Ufer des Yellowstone River fahren, um dort ein paar Stunden zu angeln. Nur wir beide. Diese Momente des Beisammenseins waren selten und kostbar für mich. Das Leben von Polizisten greift immer wieder auf ihr Familienleben über.

Eine Stunde später hatte ich bereits das rituelle Öffnen

der Geschenke, die von der blonden, korkenziehergelockten und rosigwangigen Tiffany brutal aufgerissen und dann achtlos beiseite gelegt wurden, über mich ergehen lassen, mich mit schlechter Sahnetorte und halbgeschmolzener Eiscreme vollgestopft und eine Kußattacke von Jimmy Canero durch einen wohlgezielten Tritt zwischen seine Beine abgewehrt. Ich meine, ich war ziemlich verknallt in diesen Jungen, und irgendwie mußte er das doch mal kapieren. Ich bin sicher, das hat er auch, als er sich am Boden wand.

Alle erwarteten voller Spannung den Beginn der Piñata, eines Spiels, bei dem jeder versucht, mit verbundenen Augen einen an der Zimmerdecke oder, wie an diesem Nachmittag, an dem Ast einer Pappel hängenden, mit Süßigkeiten gefüllten Sack so mit einem Stock zu treffen, daß er seinen Inhalt preisgibt. Endlich rief Mrs. Barber uns zusammen und erklärte uns, daß man die Stöcke nur über dem Kopf schwingen dürfe, und daß jeder Mitspieler, der diese Regel verletze, disqualifiziert würde. Dann wurden uns die Augen verbunden, wir packten unsere Stöcke mit beiden Händen und machten uns an die Arbeit.

Die Gestalt von Ellen Dahl Maitlands Angreifer muß sich in ihren Augen gespiegelt haben, bevor der erste, mit einer unbekannten Waffe geführte Schlag, mit solcher Wucht ihr Gesicht traf, daß die Knochen ihrer linken Augenhöhle zersplitterten und das Auge zerplatzte. Die Zimmerleute, die am entgegengesetzten Ende des Motels auf dem Dach arbeiteten – einige Räume entfernt von dem, wo Ellens Gesicht und Schädel in einen Brei aus Knochensplittern, Hautfetzen und Blut verwandelt wurde –, hörten nichts und sahen nichts. Das Geräusch ihrer Sägen und Hämmer übertönte jeden Schrei, den das Opfer möglicherweise getan hatte.

Innerhalb von Sekunden hatten wir uns in die reinste Raserei hineingesteigert. Nacheinander schlugen unsere Stöcke mit einem dumpfen Laut auf das Sackleinen. Ich zielte, traf und stieß meinen Stock hinein. Dann durchfuhr plötzlich ein stechender Schmerz meine Hand, als sie von der Waffe eines anderen Mitspielers getroffen wurde. Ohne loszulassen, zerrte ich an meinem Stock, um ihn freizubekommen und hob meine Augenbinde, um zu sehen, wie der Sack aufriß und seinen Inhalt auf den Boden ergoß. Die Tat war vollbracht.

Die Wunden in Ellen Maitlands Gesicht waren so zahlreich, so tief und brutal, daß man in ihm nicht mehr die geringste Spur seiner ursprünglichen schlichten Schönheit entdecken konnte. Es war ausgelöscht, unkenntlich gemacht, und zwar so gründlich, daß sich hinterher unmöglich feststellen ließ, welcher Art die Waffe gewesen war oder wie viele Schläge sie erhalten hatte.

Gegen fünf Uhr ging die Party zu Ende. Danach hatte ich lange auf dem Gehweg vor dem Haus gewartet und gehört, wie ein paar Straßen weiter zahlreiche Polizeisirenen in Richtung Interstate durch die ruhige Sommerluft heulten. Schließlich tauchte meine Mutter auf, und die einzige Erklärung, die ich von ihr erhielt, war, daß mein Vater zu einem Einsatz gerufen worden sei.

Es folgte eine merkwürdige Woche bei uns zu Hause. Meinen Vater bekamen wir nur selten zu sehen, und wenn er am späten Abend heimkam und meine Mutter ihm das aufgewärmte Abendessen auftrug, hörte ich, wie sich die beiden flüsternd unterhielten. Ich erinnere mich daran, wie ich sie eines Nachmittags weinen sah und fragte, was los sei. Aber sie murmelte nur irgend etwas Unverständliches in ihr Taschentuch und wies mich mit einer Handbewegung ab. Ich war noch jung und egoistisch genug, um alles übelzunehmen, was die Aufmerksamkeit meines Vaters von mir ablenkte und meine Mutter zum Weinen brachte.

Es ist nicht schwer, sich an diese Woche zu erinnern. Fünf Tage, nachdem Ellen Maitland in einem Stundenhotel zu Tode gekommen war, wurde Robert F. Kennedy in Los Angeles erschossen, woraufhin sich die Titelseite der *Billings Gazette* der Trauer einer ganzen Nation widmete und die lokale Tragödie in den hinteren Teil der Zeitung verwiesen wurde.

Jetzt, siebenundzwanzig Jahre nach diesem Junitag, an einem beißend kalten Winterabend, läutete mein Telefon, und in dem Augenblick, in dem ich abhob, griff Ellen Maitland aus ihrem Grab mit einem wahren Würgegriff in mein Leben ein.

Der Anruf kam zu einer Zeit, als ich erwartete, daß meine Nasennebenhöhlen jeden Moment explodieren würden. Ich hatte gerade eine halbe Flasche NyQuil, ein stark alkoholhaltiges Grippemittel, getrunken, mich unter ein paar Decken auf dem Sofa zusammengerollt und sah mir das Musical *Grease* im Fernsehen an, wobei meine Stimme ihr Bestes gab, um mitzusingen.

»Miss Siegel?«

»Am Apparat.«

»Hier spricht Bob Maitland.«

»Aha.«

Es entstand eine Pause. »Wissen Sie, wer ich bin?«

»Natürlich, Mr. Maitland ...«

»Nennen Sie mich Bob.«

»Ich weiß, wer Sie sind, Bob.« Wer wußte das auch nicht. Schließlich war er der Goldjunge der Republikaner in Montana und eine der bekanntesten politischen Persönlichkeiten dieses Bundesstaates. Es ging das Gerücht, daß er demnächst seine Kandidatur für den Gouverneursposten bekanntgeben würde. »Was kann ich für Sie tun?«

»Wir müssen uns mal unterhalten. Ich habe mit einer Freundin von Ihnen, Maggie Mason, gesprochen, und sie meinte, ich solle Sie anrufen.«

»Okay.«

»Geht es Ihnen gut? Ich meine, Sie klingen ein wenig ...«

»Wenn Sie sagen wollen, daß ich klinge, als ob ich im Sterben läge, Bob«, unterbrach ich ihn und betonte seinen Namen, »dann liegen Sie da ganz richtig. Ich habe eine Kombination aus Ebola-Virus und Gelbfieber und wahrscheinlich nur noch ein paar Stunden zu leben.«

Ich hörte ihn kichern. »Scheußliche Sache. Ich hatte es auch vor einer Weile. Hat lange gedauert, bis ich es wieder los war.«

»Das tröstet mich. Und was haben Sie auf dem Herzen?«

»Maggie sagte, wenn man einen Detektiv bräuchte, wären Sie so ziemlich die beste Adresse hier in der Gegend. Sind Sie an einem Auftrag interessiert?«

»Kommt drauf an, was es ist.«

»Das sollte kein Problem sein. Können wir uns bei mir zu Hause treffen?«

»Warum nicht? Aber dann lieber morgen Vormittag.«

»Wie wär's mit elf Uhr?«

»In Ordnung. Wo genau?« Ich notierte mir seine Wegbeschreibung. »Können Sie mir noch kurz sagen, um was es geht? Ich muß Sie allerdings darauf hinweisen, daß ich mich nicht mit Sorgerechtsfällen, Ehebruch oder Privatfehden abgebe.«

»Meine Frau ist vor siebenundzwanzig Jahren ermordet worden. Der Fall wurde nie gelöst.«

»Und wieso kommen Sie damit jetzt?«

»Bei einem Mord gibt es keine Verjährung.«

»Das ist mir bewußt. Wie sieht es mit der Polizei in dieser Sache aus?«

»Wer interessiert sich schon für einen Fall, der so lange zurückliegt? Die, die ursprünglich mit seiner Aufklärung befaßt waren, sind sehr, sehr lange dran geblieben. Dann wurden einige pensioniert, andere haben einfach aufgegeben. Seither wird der Mord nur noch gelegentlich etwa im Zusammenhang mit einem Artikel über ungelöste Kriminalfälle in Montana in den Zeitungen erwähnt. Aber das könnte sich ändern.«

»Inwiefern?« Ich legte meinen Kopf auf die linke Schulter, um auszuprobieren, ob ich meiner Stirnhöhle damit etwas Erleichterung verschaffen könnte, aber es funktionierte nicht.

»Kann ich ganz offen sein?«

Ich schwieg. Sobald ein potentieller Klient anfängt, so zu reden, weiß ich, daß ich anschließend irgendwelche Halbwahrheiten zu hören bekomme.

»Ich wurde damals gründlich vernommen, und für einige bin ich immer noch ein Verdächtiger. Ich wurde nie direkt beschuldigt, aber viele Leute haben es mir negativ ausgelegt, daß ich mir einen Anwalt genommen hatte. Und jetzt stehe ich wieder vor demselben Problem, das ich damals hatte.«

»Und das wäre?«

»Ich will es mal so ausdrücken, in letzter Zeit haben einige meiner politischen Gegner begonnen, wieder irgendwelche Sachen gegen mich auszuhecken. Das Garn, das sie dabei spinnen, könnte Auswirkungen haben ... nun ja, sie könnten mir eben sehr schaden.«

»Und wie?«

»Ich habe Grund zu der Annahme, daß man vorhat, die Geschichte von damals wieder auszugraben, falls und sobald ich um den Gouverneursposten kandidiere. Aber lassen Sie uns das auf morgen verschieben. Sie hören sich an, als müßten Sie sich erst einmal richtig ausschlafen. Bis morgen um elf dann?«

»Ich werde dort sein.«

Nachdem ich aufgelegt hatte, wählte ich sofort die Nummer von Maggie Mason. »Maggie«, sagte ich, sobald sie sich gemeldet hatte, »Bob Maitland hat mich gerade angerufen.«

»Gut, ich hatte gehofft, daß er das tun würde. Aber sag mal, du klingst ja fürchterlich.«

»Ich fühle mich auch fürchterlich. Erzähl mir mal was über diesen Typen.«

»Bobby?«

»Ach, Bobby nennst du ihn? Wie gut kennst du ihn denn eigentlich und in welcher Beziehung?«

»Laß mich überlegen, also ich weiß, daß er ein Muttermal auf seinem Hintern hat, und daß seine beiden Lieblingsworte

›oh, Baby‹ sind, die er mehrmals und schnell hintereinander zu sagen pflegt. Bobby und ich hatten was miteinander. Das ist schon ein paar Jahre her und war auch keine große Sache, aber er ist ein guter Typ. Wir brauchen ihn, Phoebe. Ich meine, als Gouverneur. Ich stehe total hinter ihm, und du weißt, daß ich diese ganzen Politärsche ansonsten zum Kotzen finde. Außerdem kann ich eine nette Enthüllungsstory über unsere Affäre schreiben, wenn er gewählt wird, und einen Haufen Geld damit verdienen.«

»Du bist pervers, Maggie Mason.« Kaum hatte ich das gesagt, mußte ich mich schneuzen und verfiel in einen Hustenkrampf.

»Und du bist krank. Nimmst du eigentlich was dagegen?«

»Alles, was sich schlucken oder inhalieren läßt. Erzähl weiter.«

»Erinnerst du dich an den Mord? Er passierte achtundsechzig.«

»Nein, klär mich auf.«

»Ich weiß auch nicht viel. Beziehungsweise, ich habe nur Bruchstücke gehört. Irgendwas in der Richtung, daß er verheiratet war und ziemlich bald Witwer wurde, aber sonst nichts von Bedeutung. Unsere Beziehung dauerte sieben oder acht Monate, und es war erst gegen Ende dieser Zeit, daß er mir von ihr erzählt hat. Ich war ganz schön geschockt, als ich hörte, daß sie Rosella Dahls Tochter war.«

»Ellen Dahl Maitland, die Tochter von Gräfin Dracula. Ja klar, an die kann ich mich erinnern.«

»Gräfin Dracula? Wovon redest du eigentlich? Hast du Fieber oder was?«

»Das Haus der Dahls, dieser gruselige Kasten in der Division Street. Als ich klein war, habe ich mit den anderen Kindern immer eine Mutprobe daraus gemacht, an Halloween auch bei denen anzuläuten. Das Haus war wirklich furchterregend, und wir haben uns eben vorgestellt, daß sich nur ein Vampir darin wohlfühlen könnte.«

»Du fällst langsam auf die frühen Stufen deiner geistigen Entwicklung zurück, Phoebe. Ich würde mich wirklich gerne weiter über deine Kindheit unterhalten, aber ich muß noch einen Schriftsatz fertigschreiben. Also, höre dir an, was Bob zu sagen hat und laß mich wissen, wie es gelaufen ist.«

»Ich werde tun was ich kann, vorausgesetzt, daß ich den morgigen Tag noch erlebe.«

»Ich an deiner Stelle würde mich ins Bett packen. Du klingst wirklich scheußlich.«

»Ist dir eigentlich klar, daß dieser Virus so bösartig ist, daß er sich sogar durch die Telefonleitung überträgt? Hiermit bist du also angesteckt, und während wir noch reden, vermehren sich all die kleinen Bazillen schon lustig in dir.«

»Dann haben wenigstens die ihren Spaß. Gute Nacht.«

Damit legte sie auf.

Das NyQuil fing allmählich an zu wirken. Ich legte mich auf das Sofa und zog mir die schweren Decken bis zum Kinn herauf. Das bernsteinfarbene Glühen des Kaminfeuers leckte an den Wänden und warf tanzende Schatten in den Raum. Die Erinnerungen zupften an den Rändern meines Bewußtseins, und ich sah die Ereignisse jenes Tages wieder vor mir: Tiffany Barber und Jimmy Canero, die Piñata, und wie wir immer und immer wieder auf den gefüllten Sack eingeknüppelt hatten. Und dann, nachdem unsere Raserei abgeklungen war, hatten wir uns umgedreht und waren gegangen. So wie Ellen Maitlands Mörder.

2

»Phoebe. Phoebe, Liebling.«

Eine Hand lag auf meiner Schulter und drückte sie sanft auf und nieder.

»Wach auf. Wir haben uns Sorgen gemacht.«

»Bin ich tot?« Meine Zunge klebte am Gaumen.

Eine andere Stimme drang an mein Ohr. »Du liebe Güte, du hast bloß eine Erkältung. Das kann doch wohl nicht so schlimm sein, oder?«

Mühsam öffnete ich die Augen. Verzerrte Bilder umschwebten mich. Meine Mutter legte ihre Hand auf meine Stirn.

»Sie fühlt sich heiß an, Kehly.«

»Sieh sie dir an, sie trägt einen Flanellpyjama, einen Pullover und hat circa fünfundzwanzig Kilo Decken auf sich drauf gepackt. Wer wäre da nicht heiß?« Kehly sah auf mich herab und schüttelte den Kopf. »Steh auf, Fee. Mom hat den ganzen Morgen versucht, dich anzurufen. Sie war überzeugt, daß wir dich im Koma auf dem Boden liegend vorfinden würden.«

»Deine Anteilnahme ist überwältigend. Wie spät ist es?«

»Neun Uhr.«

»Scheiße!« Ich setzte mich auf und legte meine Stirn in die Hände. »Ich habe um elf einen Termin.« Dann hob ich den Kopf und richtete meinen Blick auf die beiden Eindringlinge. »Wie, um alles in der Welt, kommt ihr darauf, daß neun Uhr der *ganze Morgen* ist?«

Sie gaben keine Antwort.

»Du solltest jetzt aufstehen und eine Dusche nehmen. Während ich hier ein bißchen Ordnung schaffe, kann dir Kehly etwas zu essen machen.«

»Das glaube ich kaum. Sie ist schließlich durchaus in der Lage, für sich selber zu sorgen.«

»Du bist wieder mal die Hilfsbereitschaft in Person, Kehly. Aber ich will auch gar kein Frühstück. Ich möchte nur etwas Orangensaft.«

»Hab ich's nicht gesagt? Sie ist eben eine ganz moderne, unabhängige Frau. Also, laß uns gehen.«

Kehly machte Anstalten, den Raum zu verlassen.

»Du bleibst, wo du bist«, sagte meine Mutter und warf ihrer jüngsten Tochter einen durchdringenden Blick zu. »Ich sagte, daß ich hier aufräume, und das werde ich auch. Du weißt doch, wieviel besser man sich in einer sauberen Wohnung fühlt.«

»Saubere Wohnung? Keiner von uns beiden wird so lange leben, Mutter.«

»O Mann, ich bin wirklich froh, daß du gekommen bist, Kehly. Da geht es mir gleich viel besser.«

Ich erhob mich von meinem Krankenlager und steuerte mit unsicheren Schritten auf die Treppe zu. »Ich gehe jetzt duschen.«

»Himmel noch mal, ich wünschte, ich hätte eine Kamera mitgebracht. Dein Anblick ist unbezahlbar.« Kehly lehnte sich gegen die Türfüllung und lachte.

Ich hatte keinen Sinn für ihre Späße. Jeder, der einmal die berüchtigte Montana-Grippe hatte, weiß, daß ihre Symptome jede Ecke und jeden Winkel des Körpers befallen und daß sie direkt zum Tod führt. Ich war noch nie ein guter Patient. Krankheiten empfinde ich als einen persönlichen Angriff, und diesmal schien ich den Kampf zu verlieren.

Drei Tage auf dem Rücken, ein Minimum an Schlaf und das nächtliche Zappen durch sämtliche Teleshopping-Kanäle haben meine Verfassung auch nicht gerade verbessert. Als ich anfing, mir die Telefonnummern für den Kauf von Haarteilen und einem handgemalten Nummernschild mit Elvis-Porträt zu notieren, wußte ich, daß ich am Ende war. Also versuchte ich es mit sämtlichen rezeptfrei erhältlichen Mitteln, die meinen Mund austrocknen ließen und die Schmerzen halbwegs linderten.

Ich vermied es, in den Badezimmerspiegel zu sehen, während ich den verschwitzten Schlafanzug und Pullover auszog und unter die Dusche trat. Das dampfend heiße Wasser, das auf meinen Körper prasselte, war zwar nicht ganz so gut wie Sex, aber verdammt nahe dran. Langsam lösten sich die Knoten in meinen Muskeln, und auch die Nase wurde wunderbar frei. Ich blieb unter der Dusche, bis die Wassertemperatur abkühlte.

Als ich mich angezogen hatte und wieder nach unten kam, war der Kaffee gekocht und das schmutzige Geschirr gespült. Auf dem Tisch warteten ein Teller mit gebutterten Toastscheiben und ein großes Glas Orangensaft auf mich.

»Das hättest du nicht tun brauchen, Mom.«

»Natürlich tue ich das. Schließlich bin ich nicht zum Vergnügen bei diesem Wetter hergekommen.«

Sie machte sich wieder an die Arbeit und trocknete einen weiteren Teller ab. Dabei fragte sie beiläufig: »Was ist das für ein Termin, den du nachher hast?«

»Ich treffe mich mit einem potentiellen Klienten«, antwortete ich, während ich mich an den Tisch setzte und in einen Toast biß.

»Und wer ist das?«

»Du weißt doch, daß ich darüber nicht reden kann.«

»Erinnere dich an die Grundregeln, Phoebe.« Kehly baute sich vor mir auf und kreuzte die Arme vor der Brust. »Du kennst mich nicht, und wir sind in keinster Art, Weise oder Form miteinander verwandt. Hast du mich verstanden?«

Ein einziges Mal war sie vor ein paar Jahren mit einem meiner Fälle in Berührung gekommen, und sie konnte diese Geschichte einfach nicht ruhenlassen. Zugegeben, sie hätte dabei draufgehen können, aber statt diesen Brocken aus dem Weg zu räumen und weiterzugehen, schleppte sie ihn ständig mit sich herum. Ich nehme an, sie brauchte das Gefühl von Reue und Buße.

»Wie ist das Wetter?« Ich wandte mich von Kehly ab und sah zu meiner Mutter. »Schneit es noch?«

»Nein, es hat eine Weile aufgehört. Aber es ist ganz schön frisch.«

»Dann muß es weit unter null Grad sein.« Ich sah fragend zu Kehly.

»Zwanzig Grad minus, um genau zu sein, und im Wetterbericht haben sie weiteren Schneefall angekündigt. Man kann wohl sagen, daß es frisch ist. Ja, frisch ist das richtige Wort.«

Kehly und ich lächelten uns vielsagend an. Die Einwohner von Montana haben verschiedene Methoden, um mit dem Winter fertig zu werden, und die unserer Mutter bestand darin, die Außentemperatur höchstenfalls frisch zu nennen. Das Wort Eiseskälte gab es in ihrem Wortschatz einfach nicht.

Während ich den Orangensaft trank, beobachtete ich über den Rand des Glases hinweg, wie sie mein gesamtes Besteck aus den Küchenschubladen räumte und anfing, es zu sortieren. Dabei fühlte ich plötzlich eine schmerzliche Traurigkeit. Sie hatte niemanden mehr, für den sie sorgen konnte. Sie hatte nur noch ihre eigene Wäsche zu waschen und die Mahlzeiten für sich selbst zu kochen. Das bedrückte mich.

»Sag mal, Kehly, warum ziehst du nicht wieder nach Hause, jetzt, wo Rudy Geschichte ist.«

»Wie bitte?«

»Ich meine, du solltest wieder bei Mom wohnen. Das würde dir eine Menge Geld sparen, und ...«

»Rudy ist keineswegs Geschichte, Phoebe. Es hat sich nur unsere Wohnsituation verändert. Wir befinden uns sozusagen in einem Übergangsstadium. Ich habe ein paar Probleme mit Intimität, und deshalb gehen wir jetzt zusammen in eine Therapiegruppe.«

»Hab ich das richtig verstanden, ihr habt noch immer was laufen, aber ihr lebt nicht mehr zusammen?«

»Ich glaube nicht, daß das der richtige Moment ist ...«, sagte Kehly, während sie mit dem Kopf in Richtung unserer Mutter wies. Keineswegs gleichgültig, sondern als Zeichen ihrer ablehnenden Haltung gegenüber der Tatsache, daß Kehly unverheirateterweise mit einem Mann zusammenlebte, fing Mutter an, ein Lied vor sich hinzusummen.

Kehly, inzwischen sichtbar verärgert, sagte: »Warum ziehst du nicht bei ihr ein?«

»Die Kinderseele in mir hat was dagegen.«

»Was hast du noch mal gesagt, wen du treffen wirst, Liebes?« fragte meine Mutter in dem offensichtlichen Versuch, den schwesterlichen Disput zu unterbrechen.

»Ich habe es gar nicht gesagt.«

Kehly griff nach dem Wandtelefon, kaum daß es angefangen hatte zu läuten, und sagte hallo.

»Nein, ich bin ihre Schwester. Und wer sind Sie?«

Sie war ungefähr dreißig Sekunden lang still. »Einen Augenblick, ich werde nachsehen, ob sie Anrufe entgegennimmt.«

Ich schüttelte den Kopf und stand auf. Sie lächelte süß, bedeckte die Sprechmuschel mit der Hand und sagte: »Es ist unser zukünftiger Gouverneur, Bob Maitland. Er möchte dich lieber um elf Uhr hier treffen, statt bei sich zu Hause.«

»Gib mir das verfluchte Telefon.« Ich riß ihr den Hörer aus der Hand und ging damit durch die Tür ins Wohnzimmer.

»Mr. Maitland?«

»Wie geht es Ihnen?« fragte er. »Sie klangen ein wenig heiser gestern abend.«

»Besser, danke. Was gibt es?«

»Das mag irgendwie albern klingen, aber ich denke, es wäre besser, wenn wir uns nicht bei mir zu Haue treffen. Ich habe lange darüber nachgedacht, und wenn die Presse Wind davon bekommt, daß ich Sie beauftragt habe ... Nun ja, ich bin einfach noch nicht bereit dafür.«

»Noch nicht? Ich glaube, wir sollten ein paar Grundregeln klären. Eine davon ist, daß ich keineswegs unter den neugierigen Blicken der Medien arbeite.«

»Sie haben mein Wort darauf, daß ich alles in meiner Macht Stehende tun werde, um das zu verhindern.«

Ich warf einen Blick durch die Tür und sah, wie meine Mutter und Schwester gebannt dem Gespräch lauschten. Als sie mich bemerkten, drehten sich beide sofort um und machten sich am Küchentisch zu schaffen.

»Ich erwarte Sie hier gegen elf. Wissen Sie, wo ich wohne?«

»Maggie sagte mir, Sie lebten in der alten Bankiersresidenz unten am Fluß.«

»Das war eine der wenigen glanzvollen Phasen dieses Hauses, aber es stimmt, da wohne ich.«

»Dann bis gleich.«

Ich trat in die Küche, legte den Hörer auf und lehnte mich gegen die Wand. »Bist du meine Sekretärin oder so was, Kehly?«

»Ich wollte nur den Kranken und Gebrechlichen helfen.«

»Vielen Dank auch. Aber tu's nicht noch mal, ja?«

»Klar, ich bin schon weg. Komm, Mom.«

»Ach, hört schon auf, ihr beiden. Wir müssen Phoebe helfen, hier Ordnung zu schaffen. Schau dir bloß das ganze Durcheinander an, und gleich kommt Mr. Maitland zu Besuch.«

»Mom, meine Arbeit ist vertraulich, und ich kann es nicht gebrauchen, daß gleich deine ganze Nachbarschaft davon erfährt.« Mit einem gequälten Gesichtsausdruck wandte sie sich ab. Sie mußte gar nichts sagen.

»Es tut mir leid, Mom. Aber es geht mir einfach beschissen. Das gilt auch für dich, Kehly. Ich weiß es wirklich zu schätzen, daß ihr vorbeigekommen seid. Okay?«

Wir schwiegen eine Weile, dann öffnete Kehly ihre Arme und grinste mich an.

»Große Versöhnung?« fragte sie mit einem ironischen Lächeln auf den Lippen.

»Übertreib mal nicht gleich«, sagte ich, ebenfalls grinsend.

»Liebes, weißt du eigentlich, wer Mr. Maitland ist?«

»Ja, Mutter, ich weiß es.«

»Armer Mann. Armer, armer Mann. Und Mrs. Dahl ...« Sie zögerte und bekreuzigte sich. »Sie und Rose, daß sie beide ein Kind so verlieren mußten.«

»Rose? Welche Rose?« fragte Kehly. »Und welche Kinder?«

»Rose Kennedy. Weißt du nicht mehr? Ihr Sohn Robert

wurde umgebracht, ein paar Tage nachdem Mrs. Dahls Tochter ermordet wurde.« Sie trocknete ihre Hände an einem Geschirrtuch und setzte sich mir gegenüber an den Tisch.

»Du warst damals noch zu klein, Kehly. Mrs. Dahls Tochter war mit Mr. Maitland verheiratet, und jemand hat sie umgebracht. Das war 1968. Ich werde es nie vergessen. Zwei gute, starke, katholische Mütter haben ihre Kinder begraben. Wir haben für sie beide Gottesdienste in der Kirche abgehalten.«

»Meine Güte, Mutter, du klingst, als seist du bestens bekannt gewesen mit Robert Kennedys Mutter.«

»Ich habe sie sehr hochgeachtet, Kehly. Ebenso wie Mrs. Dahl.«

»Dann kanntest du Mrs. Dahl?« fragte ich.

»Ich? Himmel, nein. Aber ich kannte ihre Gesellschafterin, Grace Driscoll. Grace und ich sind immer noch aktive Mitglieder im Sterbeversicherungsverein der Kirchengemeinde. Wir beide haben schon viele Beerdigungen zusammen ausgerichtet. Und von ihr habe ich aus erster Hand erfahren, wie sehr Mrs. Dahl damals gelitten hat. Ich habe überhaupt einiges aus erster Hand erfahren.«

»Daddy war zu der Zeit bei der Polizei, nicht wahr?«

»Ja, das war er. Aber er war nur ungefähr eine Woche lang mit den Ermittlungen beschäftigt. Dann kam etwas anderes, irgendeine neue Sache ist passiert, und er wurde von dem Fall abgezogen.« Sie sah zur Decke hinauf. »Sie hatten damals viel zu wenig Arbeitskräfte und haben den Leuten die Fälle schneller gegeben und wieder weggenommen, als sie überhaupt Luft holen konnten. Aber ich glaube, der Grund dafür war, daß sie wußten, wer es getan hatte, obwohl dein Vater nie sicher war. Laß mich noch ein Weilchen drüber nachdenken.«

»Es ist nicht mehr wichtig. Vergiß es.«

»Nein, laß sie doch«, schaltete sich Kehly ein. »Ich finde, das ist eine spannende Geschichte. Aber wozu braucht Maitland jetzt einen Privatdetektiv?«

»Ich weiß es nicht, Kehly. Ich habe noch nicht mit ihm gesprochen.«

»Und wann triffst du dich mit ihm?« fragte meine Mutter.

Ich sah sie stirnrunzelnd an.

»Ja, ich weiß, du hast ja recht. Ich wünschte bloß, du hättest dir einen anderen Beruf ausgesucht.«

»So einen wie meinen«, lachte Kehly, die als Kosmetikerin in einem großen Kaufhaus arbeitete, und stieß mich mit dem Ellbogen in die Seite.

»Ich war in ewiger Sorge um euren Vater und eure Brüder. Das heißt mit Ausnahme von Michael natürlich.«

»Und da heißt es immer, nichts dauert ewig«, murmelte ich in mein Glas.

»Wie war das, mein Schatz?«

»Nichts. Hört zu, er wird bald hier sein, und es wäre besser, wenn, äh ...«

»Ich verstehe, du brauchst nichts weiter zu sagen. Kommst du später mal vorbei?«

»Sicher, Mom, und Danke, euch beiden.«

Ich brachte sie zur Tür, und als ich sie öffnete, blies mir ein arktischer Wind ins Gesicht.

»Trink nicht so viel von dem NyQuil, Fee. Du könntest dich sonst an das Zeug gewöhnen«, riet mir meine Schwester zum Abschied.

»Solange ich nicht anfange, es mit Eis zu nehmen, besteht noch kein Grund zur Sorge.«

Es war ein Jahr her, daß ich klein beigegeben und beschlossen hatte, ebenfalls zum Verkehrsteilnehmer auf dem Datenhighway zu werden. Seither besaß ich einen eigenen Computer, aber während der ersten sechs Monate bestand mein Beitrag wohl eher darin, ein Verkehrshindernis zu sein. Dann habe ich irgendwie den Bogen rausgekriegt und mich bei ein paar landesweit operierenden Onlinediensten eingeklinkt, die mir alle nur erdenklichen Daten von der

Schuhgröße bis zu umfassenden Hintergrundinformationen über jeden beliebigen Einwohner einschließlich meiner eigenen Nachbarn zur Verfügung stellten. In den Vereinigten Staaten hat die Zukunft des gläsernen Bürgers bereits begonnen, und so etwas wie Privatsphäre wird bald veraltet sein. In den meisten Fällen konnten die Anfragen innerhalb von vierundzwanzig Stunden über Modem oder Fax beantwortet werden. Ich überlegte, ob ich Maitland überprüfen lassen sollte, beschloß aber, damit bis nach unserem Gespräch zu warten. Nach allem, was ich gehört hatte, war dieser Mann eine Art Unglücksrabe oder Schlimmeres. Maggies Urteil über Männer war nicht das verläßlichste, besonders wenn es um solche ging, mit denen sie sich eingelassen hatte. Aber bei dem ersten Gespräch mußte ich vollkommen offen und unvoreingenommen sein. Keine noch so ausgeklügelte Technologie wird jemals die eigenen Instinkte ersetzen.

3

Seit den Tagen der Bürgerwehr, die in Notzeiten regiert hatte, funktionierte die Politik in Montana nach einem einfachen Schema: Man bewerfe jemanden mit Dreck, warte ab, bis etwas hängenbleibt, und folge dem Geruch mit der Beharrlichkeit eines Bluthundes. Jemandem ein Seil mit einer Schlinge am Ende über den Kopf zu streifen oder mit einem 45er Colt an der Hüfte herumzulaufen, mag zwar der Vergangenheit angehören, aber in den Präriegebieten im Westen der Vereinigten Staaten gibt es immer noch selbsternannte Hüter des Gesetzes, nur daß sie heute verbal vorgehen. Manchmal kann das ebenso tödlich sein.

König Kohle regiert nach wie vor die östlichen Regionen des Bundesstaates, während die legendären Kupferbarone von Butte die Tradition des handgreiflichen Politisierens überliefert hatten, welche bis heute noch nicht ausgestorben ist. Das politische Zentrum Montanas befindet sich im Westen, wo der Sohn eines Schafzüchters Senator wurde und der nur gebrochen Englisch sprechende Sohn eines Einwanderers in das Haus des Gouverneurs zog.

Unsere Politiker sind eine Geschichte für sich, und die ist nicht immer ruhmreich verlaufen. Der erste Gouverneur des Bundesstaates wurde erstochen und in Fort Benton von einem Dampfschiff in den Fluß geworfen, um nie wieder aufzutauchen. Es wurde auch nie geklärt, warum und von wem die Tat begangen worden war – offenbar war niemandem besonders daran gelegen, es herauszufinden. Ein anderer wurde in einer unzweideutigen Lage bei einer Razzia in einem Bordell in New Orleans aufgegriffen. Eigentlich keine große Sache. Aber als er öffentlich erklärte: »Sie können mich nicht verhaften, ich bin der Gouverneur von Montana«, begann sein politischer Glücksstern zu sinken.

Ich mag weder die Politik, noch mag ich die Politiker. Die Exekutive verkommt zum zynischen Vollstrecker der gebrochenen Versprechen und mangelnden politischen Einsicht – Vorsicht, Nachsicht und alles dazwischen eingeschlossen – von Seiten der Legislative. Das Gesicht der Polizei in diesem Staat hat sich verändert, und das nicht zum Besseren. Gewaltverbrechen stehen an oberster Stelle auf der Prioritätenliste, während andere Delikte – Scheckbetrug, Wirtschaftskriminalität und Väter, die sich der Zahlung von Alimenten für ihre Kinder entziehen – an ihr Ende abgeschoben werden. Die Opfer von Vandalismus und Fahrraddiebstahl können jeden Gedanken daran aufgeben, daß sich ein blau uniformierter Freund und Helfer um ihr Anliegen kümmert.

Aus diesem Grund wurde Maitland zur großen Hoffnung der Vertreter von Recht und Ordnung. Ich hatte ein paar Interviews mit ihm im Fernsehen gesehen und war gebührend beeindruckt von seiner Forderung nach strengeren Gesetzen und nach mehr Polizei auf den Straßen, aber ansonsten hielt ich mich mit meinen Sympathiebekundungen zurück. Ich bin einfach nicht der Typ des Mitläufers.

Ich beobachtete ihn durch die Vorhänge, während er seinen Wagen in der Auffahrt parkte und ausstieg. Als ich die Tür öffnete, blickte er mich direkt an. Er war ein gutaussehender Mann mit silbrig grauem Haar und einem breiten, medienfreundlichen Lächeln, das zwei Reihen allzu weißer Zähne entblößte.

»Ich habe ein paar Sachen für Sie mitgebracht«, rief er durch den weißen Hauch seines Atems, der in der kalten Luft schwebte. Ich hielt ihm die Tür auf, während er mit einem Karton voller Aktenordner in den Armen das Haus betrat. Seine lederbehandschuhte Rechte arbeitete sich unter dem Karton hervor, und ich schüttelte sie

»Ich freue mich, Sie kennenzulernen, Phoebe. Wo kann ich das abstellen?«

»Folgen Sie mir in mein Büro«, antwortete ich und führte ihn durch den Flur in den Raum, der einmal als Bibliothek gedient hatte. Alles, woran ich dabei denken konnte, war das Muttermal auf seinem Hintern und Maggie.

Er stellte den Karton auf dem Boden ab, zog seinen Mantel aus und setzte sich auf den Stuhl vor meinem Schreibtisch. Ich nahm hinter dem Tisch Platz.

»Sie haben viel an dem Haus gemacht. Neue Veranda?«

»Ja, ich habe sie vergangenes Jahr anbauen lassen. Sie scheinen das Haus zu kennen.«

»Ich habe mich dafür interessiert, als es das letzte Mal auf den Markt kam. Aber ich wußte nicht, daß Sie es waren, die es mir vor der Nase weggeschnappt hat. Meine Schwiegermutter hat mir übrigens ein paar Fotos gegeben, die Sie interessieren könnten. Ich glaube, sie sind während der Erbauung entstanden. Möchten Sie sie einmal sehen?«

»Ja, sicher. Ich habe nur die Originalurkunde, aber sonst nicht viel.«

»Ich fand alte Häuser immer schon faszinierend. Man

lebt darin sozusagen in der Geschichte, das muß sehr schön sein.«

»Ja, mir gefällt's.« Ich bin nicht sehr gut im Austausch von Höflichkeitsfloskeln, und deshalb kam ich lieber gleich zur Sache. »Also, was kann ich für Sie tun, Bob?«

Er seufzte, setzte sich auf seinem Stuhl zurecht und sah zu Boden. »Das ist schwieriger, als ich dachte. Wo soll ich beginnen?«

»Wo immer Sie wollen.«

»Ich habe beschlossen, meine Kandidatur bekanntzugeben, und dabei steht mir etwas im Weg, das beseitigt oder zumindest entschärft werden müßte.«

»Siebenundzwanzig Jahre ist eine ganz schöne lange Zeit.«

»Ja, das ist es.«

»Warum erzählen sie mir nicht einfach ein wenig von damals – und wie alles angefangen hat?«

»Ich war jung. Und ehrgeizig. Ich hatte gerade mein Jurastudium in Missoula beendet und bekam hier gleich ein Angebot von der Dahlschen Anwaltskanzlei.« Er schüttelte den Kopf und blickte zum Fenster. »Und was für ein Angebot. Der alte Dahl war schon seit langem tot, aber die Firma war sehr erfolgreich. Sie suchten einen jüngeren Mann, der eine neue, jüngere Klientel anziehen sollte. Ich war absolut überzeugt von mir und habe sofort zugegriffen.«

»Das klingt, als wäre damit für Sie ein Traum in Erfüllung gegangen.«

»Für das Kind armer Leute aus Helena? Und ob. Allerdings hatte ich keine Ahnung, was zu dem Job dazugehörte.«

Ich stand auf. »Möchten Sie eine Tasse Kaffee?«

»Ja, gerne.«

»Folgen Sie mir.«

In der Küche nahm ich zwei Tassen aus dem Schrank, füllte sie mit Kaffee und reichte ihm eine.

»Sie halten dieses Haus wirklich gut in Schuß. Das muß schwierig sein, bei der Größe.«

Hatte der eine Ahnung. »Ja, es ist harte Arbeit, aber ich schaffe das schon.« Wir gingen zurück ins Büro.

»Was gehörte zu dem Job dazu?«

»Ellen, die Tochter. Nachdem ich etwa einen Monat dort war, fing Rosella Dahl an, mich zum Abendessen einzuladen. Es war reichlich merkwürdig, bloß die alte Dame und ich.« Er nippte an seinem Kaffee und stellte die Tasse auf den Schreibtisch. »Ich muß das eine Weile abkühlen lassen. Probleme mit dem Magen.« Er klopfte sich auf den Bauch und fuhr fort: »Sind Sie jemals im Haus der Dahls gewesen?«

»Nein, bin ich nicht.«

»Man kann es kaum beschreiben. Als ich es das erste Mal betrat, war ich so überwältigt, daß es mir die Sprache verschlug. Und es hat nicht gerade geholfen, daß Rosella jede meiner Bewegungen verfolgte wie ein Falke das Kaninchen. Ich empfand eine tiefe Ehrfurcht vor dieser Umgebung und eine noch größere Ehrfurcht vor ihr. Sechs Monate später war ich mit Ellen verheiratet.«

»Ziemlich kurze Verlobungszeit.«

»Zu kurz. Mein Gott, was für ein Fehler. Er war für uns beide verhängnisvoll.«

»Aber trotzdem blieb die Ehe intakt, bis ...«

»Ich weiß nicht, ob diese Ehe jemals intakt war, aber wir blieben zusammen, bis Ellen ermordet wurde.«

»Wie lange waren Sie verheiratet?«

»Im September wären es zwei Jahre gewesen.« Er stand auf und ging zum Fenster. »Zwei Jahre«, wiederholte er mit weicher Stimme. Dann drehte er sich zu mir um, lehnte sich gegen das Fensterbrett, vergrub die Hände in den Jackentaschen und schüttelte den Kopf. »Siebenundzwanzig Jahre bieten einem viel Gelegenheit, nachzudenken und sich über sein Leben klarzuwerden. Das ist nicht immer angenehm.«

»Wie haben Sie davon erfahren, daß Ihrer Frau etwas zugestoßen war?«

»Zwei Polizeibeamte sind an diesem Abend gegen sieben

oder halb acht ins Haus gekommen. Ich war bis etwa halb sieben im Büro geblieben, um ein paar vorbereitende Arbeiten für einen Fall zu erledigen, mit dem ich am nächsten Morgen beginnen sollte. Dann ging ich nach oben in unsere Wohnung.« Er hielt inne, nahm eine Hand aus der Tasche und machte eine wegwerfende Geste. »Es ist eigentlich gar keine richtige Wohnung, auch wenn sie den zweiten Stock immer so bezeichnet haben. Dort gibt es nur mehrere Schlafzimmer, die von einem großen Raum abgehen. Eines dieser Schlafzimmer war unseres.«

Er ging zu seinem Stuhl und setzte sich wieder hin. Müdigkeit überzog sein Gesicht.

»Kommen Sie wieder auf die Polizisten zurück.«

»Ich hörte, wie Grace, eine von Rosellas Angestellten, nach mir rief, und ich dachte, es wäre etwas mit Rosella passiert. Es war ihr die Woche davor nicht besonders gut gegangen, und ich glaubte, das sei der Grund, warum Grace so hysterisch klang. Als ich nach unten kam, traf ich auf zwei Kriminalbeamte in Zivil. Man hatte Ellens Sportwagen gefunden, ein paar Straßen vom Bunk House Motel entfernt geparkt.«

»Das ist alles?« Instinktiv hatte ich zu einem Schreibblock gegriffen und angefangen, mir ein paar Notizen zu machen.

»Sie brauchen nicht mitzuschreiben, ich habe . . .«

»Das ist nur zu meiner eigenen Kontrolle. Was geschah dann?«

»Mein erster Gedanke war, daß der MG meiner Frau gestohlen worden war. Aber sie sagten, man habe im Bunk House eine Leiche gefunden, die Leiche einer Frau. Dann haben sie mich gefragt, ob meine Frau zu Hause sei.«

»Und das war sie nicht.«

»Nein. Ich war so entsetzt, daß ich nur Grace angesehen habe, und die sagte, Ellen sei den ganzen Tag nicht zu Hause gewesen. Daraufhin haben mich die Beamten gebeten, mit ihnen zu kommen und mir diese Frau anzusehen.«

»Haben Sie das getan?«

»Ja. Aber zuerst habe ich einen befreundeten Anwalt angerufen.«

Ich klopfte schweigend mit dem Stift auf den Tisch und beobachtete ihn.

»Na los, fragen Sie mich schon, warum ich glaubte, einen Anwalt zu brauchen. Berufsreflex. Angst. Was weiß ich. Wie gesagt, ich hatte siebenundzwanzig Jahre Zeit, um über alles das nachzudenken, und inzwischen ist mir klar, daß dieser Schritt dumm und äußerst belastend war.«

Er hatte recht. »Wer war dieser Anwalt, Bob?«

»Dave Gordon.«

»Richter Dave Gordon?« fragte ich verblüfft. Gordon war Bezirksrichter, bekannt dafür, eine falsche Einstellung, kein Herz und – häufig heftig riechenden – Kuhdung an den Cowboy-Stiefeln zu haben, die er im Gerichtssaal unter seiner Robe zu tragen pflegte.

»Genau der. Er gehörte zu der Clique von jungen Anwälten, mit denen ich damals häufig zusammen war, Zukunftspläne schmiedete und ein ziemlich ausschweifendes Nachtleben genoß. Dave wollte bei der Firma, bei der er beschäftigt war, genug Geld verdienen, um damit eine alternative Anwaltspraxis mit kostenloser Rechtsberatung für die Armen aufzumachen. Statt dessen ist er Richter geworden und züchtet nebenbei Rinder. Komisch, wie das Leben manchmal so spielt.«

»Erzählen Sie weiter.«

»Dave ist sofort gekommen, und wir sind den Beamten dann in seinem Wagen zum Motel gefolgt. Dort war bereits eine Menge von Zeitungsreportern und Fernsehjournalisten versammelt. Die Beamten haben versucht, mich vorzubereiten, aber ...« Maitland erhob sich und ging wieder zum Fenster, »aber nichts und niemand hätte mich auf diesen Anblick vorbereiten können. Ich erkannte sie nicht. Es gab kein Gesicht mehr.«

Er wirkte aufrichtig verstört durch die Erinnerung, und ich

drängte ihn nicht. Als er sich zu mir umdrehte, hatte er Tränen in den Augen.

»Ihr Gesicht war bis zur Unkenntlichkeit entstellt. Dann sah ich den Regenmantel auf dem Bett und wußte, daß sie es war. Einer der Kriminalbeamten ging zu ihr und hob ihre linke Hand. Der Ehering kam mir riesengroß vor, denn er war praktisch das einzige, was ich bewußt gesehen habe. Alles andere ist wie verschwommen.«

»Hat es irgendeinen Verdächtigen gegeben?«

»Da gab es eine Kolonne von Bauarbeitern, die den ganzen Tag an dem Motel gearbeitet haben, es hatte irgendwas mit dem Dach zu tun. Sie wurden alle verhört, und dabei hat sich herausgestellt, daß einer von ihnen, ein junger Mann namens Joey Marino, während der Mittagspause längere Zeit weg gewesen war. Er hat behauptet, er habe eine Verabredung gehabt, aber er konnte es nicht beweisen.«

Maitland ging vor dem Fenster auf und ab, blieb vor meinem Schreibtisch stehen, sah mich durchdringend an und nahm dann seine Wanderung wieder auf.

»Gab es eine Verhaftung?«

»Sie hatten eigentlich nichts, womit sie ihn belasten konnten. Schließlich haben sie ihn am folgenden Freitag wegen nicht bezahlter Strafzettel in Haft genommen und gehofft, ihn übers Wochenende dabehalten zu können, aber sie mußten ihn noch am gleichen Abend gegen Kaution entlassen, und am Montagmorgen ist er nicht mehr zu seiner Verhandlung erschienen. Seither ist der Bursche spurlos verschwunden. Sie hatten keine Ahnung, wo er sich aufhalten könnte, und bei seiner Familie haben sie auf Granit gebissen. Jemand hatte dann den glänzenden Einfall, daß er wahrscheinlich umgebracht worden war, weil er den wirklichen Mörder gesehen hat, und das war der Punkt, an dem sich die Bezirksanwaltschaft auf mich eingeschossen hat. Letztendlich hat es aber nicht zu einer Anklage gegen mich gereicht, und dabei haben sie die Sache belassen.«

Ich beobachtete ihn, während er mit dem Rücken zu mir vor dem Fenster stand und hinausstarrte. Keiner von uns sprach ein Wort. Erst, als ich wieder anfing, mit dem Stift auf meinen Schreibtisch zu klopfen, drehte er sich um.

»Was Sie mir erzählt haben, läßt meiner Ansicht nach allerdings eine große Frage offen«, sagte ich, während ich mich in meinem Schreibtischstuhl zurücklehnte und sein Gesicht beobachtete.

»Fragen Sie.«

»Welchen Grund gab es dafür, daß Sie in Verdacht gerieten? Warum Sie?«

Ein Zucken, kaum wahrnehmbar, zog die Muskeln unter seinem rechten Auge zusammen. Er schwieg eine Weile, bevor er langsam, jedes einzelne Wort betonend, erklärte: »Hier geht es nicht um mich. Es geht um Joey Marino. Ich möchte, daß Sie ihn finden oder zumindest herausfinden, ob er tot oder noch am Leben ist. Alle Informationen, die ich Ihnen geben kann, sind in diesen Aktenordnern.« Er wies auf den Karton auf dem Boden und fügte hinzu: »Und ich werde Ihnen bei Ihren Ermittlungen in jeder erdenklichen Weise behilflich sein.«

Ich starrte ihn nur weiter an, während mir bewußt wurde, daß sich das Kräfteverhältnis zwischen uns verändert hatte. Mir war allerdings nicht klar, inwieweit mir das zusagte.

»Joey Marino«, wiederholte er. »Das ist der, um den Sie sich kümmern sollen. Nicht um mich. Sind Sie an dem Auftrag interessiert oder nicht?«

Gute Frage. »Lassen Sie mich das Material hier einmal durchgehen, und dann sage ich Ihnen in ein paar Tagen Bescheid.«

»Abgemacht«, antwortete er, sichtlich entspannt.

Aus irgendeinem Grund war ich es nicht.

4

Ich war immer sehr wählerisch in bezug auf die Fälle, für die ich bereit war, mich zu engagieren. Wenn man mit dem Leben eines anderen Menschen in Berührung kommt, kriegt man es zwangsläufig mit dem Bodensatz menschlichen Elends zu tun. Manches davon bleibt hängen. Detektive machen sich schmutzig. Um das innere Gleichgewicht zu bewahren, muß man sich schützen, Abstand halten und darf sich keine Meinung bilden, bevor man nicht alle Fakten kennt. Das Problem war nur, daß ich mir bereits eine Meinung über Bob Maitland gebildet hatte. Es war eine kleine Bemerkung gewesen, die mich gegen ihn eingenommen hatte, die Art, wie er seine Frau, seine ermordete Frau als *»Ellen, die Tochter«* bezeichnet hatte. Ich holte den Karton, den er mitgebracht hatte, und stapelte die Aktenordner auf meinen Schreibtisch, während ich darüber nachdachte. Wie konnte nach so langer Zeit die Erinnerung an Ellen Dahl Maitland Tränen in seine Augen bringen, an seinen Worten aber vollkommen spurlos vorbeigehen?

Als ich den ersten Ordner öffnete, sah ich in das Gesicht eines jüngeren Bob Maitland. Es war erstarrt vor Schmerz, und seine Lippen formten ein zum stummen Schrei gefrorenes Nein. Zwei körperlose Hände hielten seine Schultern umklammert, während er sich krampfhaft nach vorne beugte. Die Schlagzeile unter dem Zeitungsfoto lautete:

ELLEN DAHL MAITLAND BRUTAL ERMORDET IM BUNK HOUSE MOTEL AUFGEFUNDEN

Das reichte schon, um böse Zungen in wilde Spekulationen zu versetzen. Der Name Dahl im Zusammenhang mit diesem verrufenen Etablissement war bereits ein Skandal an sich. Der Inhalt des Artikels war nur wenig ergiebig: Es hieß lediglich, daß ihre Leiche gefunden worden sei, Maitland habe sie identifiziert, die Polizei habe keine weiteren Einzelheiten bekanntgegeben, und Rosella Dahl habe sich aus der Öffentlichkeit zurückgezogen. Andere Zeitungsfotos, die ordentlich ausgeschnitten und handschriftlich mit Datum versehen waren, zeigten das Motel, die Villa der Dahls, den Polizeichef, wie er die Presseleute vor dem Gerichtsgebäude zurückdrängte, und das Opfer. Ich hatte keine Ahnung von der Verbrechensrate des Jahres 1968, aber dieser spezielle Mord muß die Einwohner von Montana ungemein erschüttert haben. Ich durchforschte mein Gedächtnis nach irgendwelchen Kenntnissen über die Dahl-Familie, fand jedoch nicht viel. Meine Erinnerungen an das Haus waren eine andere Sache.

Jeder in Billings wußte, daß es von demselben Architekten entworfen worden war wie das Dakota Etagenhaus und das Plaza Hotel in New York, und in jedem Touristenführer von Billings ist sein Name verzeichnet, Henry James Hardenbergh. Er stand für die besseren Tage in der Geschichte Montanas und für die Trennlinie zwischen altem und neuem Reichtum. Ich öffnete den nächsten Ordner und entdeckte einen ganzseitigen Artikel über die Geschichte der Dahl-Familie.

Willard Dahl, ein Herumtreiber und Schürzenjäger, hatte das Haus kurz nach seiner Fertigstellung in einem Pokerspiel gewonnen. Er ließ sich in Billings nieder, wurde Viehzüchter, zeugte einen Sohn, Willard II., und als er starb, überließ er seiner Witwe die Alleinherrschaft über ein beträchtliches Vermögen. Willard II. wurde auf ein Internat an der Ostküste geschickt, kam als Anwalt und mit einer Ehefrau aus einer angesehenen Bostoner Familie am Arm zurück und machte seine Erbansprüche geltend. Damit gründete er die Dahlsche Anwaltskanzlei. Als Willard III. noch in den Windeln lag, hatte sein Vater einen Gehirnschlag, der ihn zum bekanntesten Koitus interruptus in der Bordellgeschichte von Billings machte. Die Presse muß begeistert gewesen sein. Willard III. schließlich ehelichte eine einfache junge Frau mit Namen Rosella Moore. Seine Mutter hielt die Verbindung für nicht standesgemäß. Sie weigerte sich, an der Hochzeit teilzunehmen und übersiedelte am selben Tag, an dem die frisch Angetraute den Familiensitz der Dahls bezog, in das ehemalige Kutscherhaus.

In diesem Stil ging es weiter. Willard III., inzwischen Vater eines kleinen Mädchens namens Ellen, starb an den Folgen eines Unfalls beim Reinigen seines Gewehrs. Es hatte einige Spekulationen darüber gegeben, ob es nicht eher ein Selbstmord war. Merkwürdigerweise zog seine Mutter am Tag seiner Beerdigung vom Kutscherhaus wieder zurück in die Villa, wo sie residierte, bis sie an Altersschwäche starb und ihren endgültigen Sitz im Jenseits nahm. Damit endete diese Geschichte.

Der Artikel befaßte sich nun mit den wohltätigen Aktivitäten, die Rosella den weniger Privilegierten häufig und großzügig angedeihen ließ. So hatte sie zum Beispiel in drei Parks von Billings Kinderspielplätze anlegen lassen und zahlreiche Stipendien für besonders begabte und finanziell minderbemittelte Studenten vergeben. Allerdings wirkte sie eher im verborgenen und hatte jahrelang sämtliche Interviews verweigert. Als ich den nächsten Ordner aufschlug, starrte mir eine für alle Ewigkeit auf einem großen Schwarzweißfoto festgehaltene Ellen Dahl Maitland entgegen. Der Anblick traf mich vollkommen unvorbereitet. Ihre glanzlosen Augen sahen direkt in meine. Sie war geradezu erschreckend schlicht, mit vollkommen ausdruckslosen Gesichtszügen, die von glatten, dunklen und langen Haaren umrahmt wurden. Ihre Stirnfransen waren gerade geschnitten und reichten bis über die Augenbrauen. Sie war weder reizlos noch hübsch. Sie *war* einfach. Sie lächelte nicht, und sie machte auch kein besonders ernstes Gesicht. Sie *war* einfach. Sie wirkte wie eine Besiegte, wie jemand, die sich vor langer Zeit dem Leben gebeugt und gesagt hatte, »mach mit mir, was du willst«, und das Leben hatte sie beim Wort genommen.

Nun *war* sie nicht mehr. Aber sie hatte mich. Vielleicht war es das einzige Mal, daß sie überhaupt jemanden hatte.

In meinem Beruf kommt man nicht ohne Freunde aus. Ich meine damit nicht die Sorte von Freunden, mit denen man endlos über das Leben und die Liebe redet, sondern Freunde, die etwas für einen erledigen, die einem einen Gefallen tun. Zum Beispiel einen Geschäftsmann, der unter der Hand mit Diebesgut handelt, einen Polizist mit einem weichen Herzen, oder einen Typen wie Dougie, der sein Ohr immer am Straßenpflaster hat, damit er gelegentlich ein paar Dollar zur Finanzierung seines Hobbys aufsammeln kann.

Man bezahlt jedoch nicht für die Information an sich, sondern für die heimlichen Schwächen der Informanten. Dabei kommt man bei Dougie sogar noch billig weg, denn für den Preis einer Doppelvorstellung im örtlichen Pornokino erzählt er einem alles, was er weiß. Und das ist eine ganze Menge, da er sich in fünfzig seiner annähernd siebzig Lebensjahre intensiv damit beschäftigt hatte, über alles und jeden Bescheid zu wissen. Als er jünger war, hat er sich auch als Zuhälter und Drogendealer betätigt, aber als die sechziger Jahre kamen, in denen Sex und Marihuana für die meisten umsonst zu haben waren, gingen die Geschäfte immer schlechter, und er ließ es bald ganz bleiben. Als Stundenhotel wäre das Bunk House sein Revier gewesen, und er wußte sicher etwas über den Maitland-Mord. Ich nahm mir vor, ihn zu kontaktieren.

Zu diesem Zeitpunkt brauchte ich jedoch mehr als Zeitungsausschnitte und vage Gerüchte. Ich brauchte alles, was ich kriegen konnte. Daß dieser Fall fast dreißig Jahre lang ungelöst geblieben war, faszinierte mich. Wie war Ellen Maitland von einem der besten Häuser der Stadt in eines der verrufensten geraten? Was war geschehen? Wer war der Grund dafür, daß es geschehen war? Ich hob den Telefonhörer ab und wählte. Es läutete zweimal, bis sich jemand meldete.

»Kyle?«

»Ich dachte, du wärst krank.«

»Bin ich auch. Kennst du vielleicht ein gutes Hausmittel?«

»Schwitzen.«

»Bringt nichts, das habe ich doch schon versucht. Erinnerst du dich?«

»Es gibt andere Mittel, die dich ins Schwitzen bringen könnten, Phoebe.« Ich hörte ihn gähnen.

»Aber du scheinst nicht in Stimmung dafür zu sein.«

»Immer zu Scherzen aufgelegt, was?«

»Wieso Scherz, ich meinte doch nur ...«

»Ja, ja, ich kenne dich.«

Deputy Sheriff Kyle Wolf brachte es jedesmal mühelos fertig, mich in ein kicherndes, zwölfjähriges Schulmädchen zu verwandeln. Ich haßte das. Na ja, nicht wirklich. Wir kannten uns, ohne uns wirklich ganz zu kennen, seit etlichen Jahren. Als meine Beziehung zu einem Rechtsanwalt zu Ende gewesen war, hatte ich mir geschworen, daß ich mich nicht gleich in die nächste stürzen würde – Beziehung, meine ich –, und das hatte ich auch nicht. Aber Kyle? Kyle war eine andere Geschichte. Bei ihm brauchte ich nicht auf der Hut zu sein. Seit einem Jahr hatten wir viele platonische Stunden zusammen verbracht, und einmal waren wir sogar so weit gegangen, uns im Kino eine Tüte Popcorn zu teilen.

Und es war während eben dieser Kinovorstellung, daß wir noch am ehesten so etwas wie intim miteinander wurden. Kyle hatte sich zu mir herübergebeugt, um mir etwas zuzuflüstern, leicht berührten seine Lippen mein Ohr, und die Wärme seines Atems löste Empfindungen in mir aus, die durch meinen ganzen Körper strömten und meinen Magen in einen Knoten verwandelten. Ich stopfte mir den Mund voller Popcorn, hoffend, daß ich nicht daran ersticken würde.

»Hast du heute Dienst?«

»Bin gerade von der Arbeit nach Hause gekommen.«

»O Gott, das tut mir leid, Kyle. Ich dachte, du hättest jetzt die Tagesschicht.«

»Hab ich auch, ich bin nur für jemanden eingesprungen. Was gibt's?«

»Wenn du Zeit hast, würde ich gerne mal mit dir reden.«

»Über was?«

»Bob Maitland. Kennst du ihn?«

»Klar kenne ich den. Halt dich von ihm fern. Warum?«

»Wir reden später darüber. Hast du Lust, mit mir zu Abend zu essen?«

»Sicher, warum nicht? Ich muß aber um elf wieder zum Dienst. Kochst du?«

»Bist du wirklich so mutig, Kyle?«

»Du hast recht. Ruf im Windmill an und bestelle uns einen Tisch für sieben Uhr.«

»Sechs? Ich esse nicht gerne so spät.«

»Gut.«

»Geh wieder schlafen, wir treffen uns dann dort.«

Er grunzte etwas und legte auf.

Ich nahm Ellens Bild aus dem Ordner, lehnte es gegen meinen Computermonitor und starrte es eine Weile an. Die heilende Wirkung, die meine morgendliche Dusche auf meine Montana-Grippe gehabt hatte, ließ nach. Ich öffnete die Schreibtischlade, zog eine Flasche NyQuil aus ihrem Versteck, nahm die Kappe ab und trank ein paar Schlucke.

»Auf dich, Ellen«, sagte ich und hob die Flasche zu einem Toast. »Du wirst mit mir reden müssen.«

5

Mein Bruder Michael ist einer der attraktivsten, männlichsten und sinnlich-charismatischsten Männer, die mir je begegnet sind. Ich sage das nicht, weil er mein Bruder ist, sondern weil er ein Priester ist, und bei einem Geistlichen macht sich das nicht so besonders gut. Ich habe ihn einmal in einer Umarmung mit seiner High School-Liebe im Kirchenkeller erwischt. Das wäre auch nicht weiter erwähnenswert, doch es passierte vor einem Jahr, und mein Bruder ist seit acht Jahren Priester. Wir haben nie darüber gesprochen, aber das lag nicht an ihm, sondern an mir. Als ich jetzt seinen Wagen vor dem Haus meiner Mutter geparkt sah, wäre ich am liebsten weitergefahren, ohne hineinzugehen. Da hing mit Sicherheit eine ekklesiastische Krise in der Luft, und deren Auswirkungen hätte ich gerne gemieden. Für irische Mütter, deren Söhne katholische Priester werden, ist ein spezieller Platz im Himmel reserviert. Das steht zwar nirgendwo geschrieben, aber es ist die Wahrheit. Ich bin nicht sicher, was für eine irische Mutter reserviert ist, deren Sohn ein Rabbi wird, wofür sich mein Bruder Aaron entschieden hatte, aber es ist bestimmt auch etwas Spezielles. Sie war auf beide gleichermaßen stolz. Michael war Gottes Geschenk an sie. Aaron war ihr Geschenk an Gott, zum Ausgleich dafür, daß sie sich in einen jüdischen Mann verliebt hatte, und zum Dank für das, was dieser Mann, mein Vater, für sie aufgegeben hatte. Meine Mutter war also in beide Richtungen abgesichert, aber nichts hätte für sie bedrohlicher sein können, als der bloße Gedanke daran, daß Michael sein Priestergewand für Cara Menendez ablegen könnte. Als ich in die Küche trat und Michael mit Cara am Tisch meiner Mutter sitzen sah, holte ich ganz tief Luft und atmete nicht wieder aus, bis sich meine Mutter lächelnd zu mir umdrehte.

»Phoebe, sieh mal, wer hier ist – Cara.«

Sowohl Michael als auch Cara wurden blaß. Da wußte ich, es würde spaßig werden.

»Na, sieh mal einer an, Cara. Wie lange bist du schon in der Stadt?«

»Eine Weile.« Sie stand auf, ging auf mich zu, küßte mich auf die Wange und flüsterte dabei in mein Ohr: »Bitte, Phoebe, sag nichts. Okay?«

Was soll ich denn nicht sagen, Cara? Daß du mit meinem Bruder schläfst? Ich bitte dich, was ist denn schon dabei?

»Es kommt mir vor, als hätte ich dich erst ... ähm ... letztes Jahr gesehen. Kinder, wie die Zeit vergeht. Wie lange ist es her?« *Daß du ein illegitimes Verhältnis mit meinem Bruder hast.* Ich sah zu meinem Bruder.

»Es ist viel zu lange her, Phoebe. Du hast mir gefehlt.«

»Na ja, du hast mir auch gefehlt.« *Du zölibatbrecherisches Miststück.* »Bist du auf Besuch in der Stadt?«

»Nein, ich bin zurückgekommen, um mich hier niederzulassen. Ich hoffe, daß ich demnächst ein paar Aufträge bekomme und mein eigenes Geschäft aufbauen kann.«

»Hat das was mit Design zu tun?«

»Natürlich, das ist alles, was ich kann. Aber ich habe auch noch ein paar andere Ideen, falls das nicht klappt.«

»Wo wohnst du?«

»Bei meinen Eltern. Sie haben ihr Haus vor ein paar Jahren verkauft, weil es einfach zu viel Arbeit für sie war, mit dem Garten und allem. Jetzt wohnen sie in einer kleineren Wohnung, und deshalb ist es ein bißchen eng.«

Meine Mutter schaltete sich ein: »Ich habe Cara gesagt, sie könnte bei mir ein Zimmer haben. Findest du nicht, daß das eine gute Idee wäre, Phoebe?«

Ich öffnete den Mund, aber ich brachte kein Wort heraus.

»Vielen Dank für das Angebot, Mrs. Siegel, aber ich bin sicher, daß es noch andere Möglichkeiten gibt. Außerdem bin ich ziemlich pedantisch im Zusammenleben.«

»Ach ja?« Es gab einiges, das ich darauf hätte sagen können, aber ich entschied mich für eine höflichere Variante. »Viel Erfolg, Cara. Wenn ich dir irgendwie helfen kann, laß es mich wissen.«

»Was macht die Detektivarbeit, kleine Schwester? Hat Roger dich nicht mal ›Die Königin der Spürhunde‹ genannt?«

Ich ignorierte Michaels Versuch, die Konversation auf ein sichereres Terrain zu lenken. Er wußte genau, was ich nicht sagte und wie sehr ich es sagen wollte.

»Michael hat mir von deinem neuen Beruf erzählt. Das muß faszinierend sein.« Cara lächelte mich weiter an.

»Für gewöhnlich nicht.«

»Fee ist nicht gerade ein begeisterter Teamworker. Sie arbeitet lieber für sich. Allein. Stimmt's?«

»Hör zu, Michael, du hast deinen Lieben Gott, und ich kümmere mich um die Gottlosen. Die sind irgendwie weniger heuchlerisch.«

Schweigen senkte sich über den Raum.

»Na, na, na.« Immer darauf aus, Frieden zu stiften, warf Mutter nervöse Blicke von Michael zu mir. »Möchte jemand Kaffee?«

»Nein danke, Mom. Wir müssen gleich wieder gehen. Ich habe übrigens gehört, du seist krank, Fee.«

»Das ist eine Untertreibung, aber ich werde es wohl überleben. Und was gibt's bei dir Neues, Michael?«

»Nichts Neues, nur das Übliche.«

»Und wie geht es deinen Schäfchen?«

»Sie sind unversehrt. Triffst du dich noch mit Kyle?«

»Warum?«

»Ach, ich weiß nicht. Wäre es vielleicht denkbar, daß ich einfach an deinem Leben interessiert bin? Warum bist du so defensiv?«

»Tut mir leid, Michael«, lenkte ich ein, denn in gewissem Sinne hatte er recht. »Menschlicher Kontakt ist wahrscheinlich im Moment nicht das beste für mich. Ich fühle mich wirklich beschissen. Aber um auf deine Frage zurückzukommen, ja, ich treffe mich noch ab und zu mit Kyle, das heißt wenn wir es schaffen, unsere verschiedenen Arbeitszeiten miteinander zu koordinieren.«

Meine Mutter fühlte sich bemüßigt, an Cara gewandt, zu erklären: »Na ja, es geht ihr nicht besonders. Aber ich bin sicher, daß ihr das Wiedersehen mit dir sehr gutgetan hat. Ich habe mich oft gefragt, was Cara so treibt. Du nicht auch, Phoebe?«

Traurigerweise wußte ich die Antwort darauf. »Ja, Mom, dasselbe habe ich mich seit einem Jahr auch gefragt.«

»Ich bringe dich jetzt besser nach Hause«, schaltete sich Michael ein, während er nach der schwarzen Jacke griff, die über seiner Stuhllehne hing. Seine Wangen waren gerötet.

»Cara hatte heute nachmittag ein Training mit dem Volleyballteam im Gemeindezentrum, und das war höllisch anstrengend.«

»Ja, aber es hat auch viele Erinnerungen zurückgebracht«, sagte Cara. »Es ist schön, wieder zu Hause zu sein.«

»Und schön, dich wieder zu Hause zu haben, Liebes.« Mit diesen Worten trat meine Mutter zu Cara und umarmte sie. »Bitte komm mich wieder mal besuchen. Meine Kinder sind so mit ihrem eigenen Leben beschäftigt, daß ich sie kaum noch zu Gesicht kriege. Mit Ausnahme von Michael natürlich. Und dabei hat er weiß Gott immer viel zu tun.«

»Ich werde wiederkommen, das verspreche ich.« Cara wandte sich zu mir. »Phoebe, ich würde gerne demnächst einmal mit dir zu Mittag essen. Kannst du das einrichten?«

»Ich glaube, das –«

»Das würde sie sehr gern. Nicht wahr, Fee?« Michaels Worte blieben im Raum stehen wie ein Gebet, das der Erhörung harrt.

»Ja, liebend gern«, sagte ich schließlich.

»Fein. Ich gebe Cara gleich deine Telefonnummer, und sie wird sich bei dir melden. Bis später, Mutter.« Michael küßte sie auf die Wange.

»Vergiß nicht, daß ich hier eine Menge Platz habe, Cara«, sagte Mutter und dann zu Michael: »So, und jetzt bringst du sie schön nach Hause. Du weißt ja, wie die alten Hennen hier aus dem Ort so klatschen. Alles, was sie brauchen, ist, daß sie dich allein mit dieser schönen, jungen Frau sehen, und ...« Meine Mutter fing an zu kichern.

Ich tat dasselbe, nur lauter. »Das ist doch lächerlich. Könnt ihr euch das vorstellen, Michael und Cara?«

Ich war zu weit gegangen. Ich sah zu Michael, und sein beschwörender, hilfloser Gesichtsausdruck brachte mich zum Schweigen.

»Also, bis bald, Fee. Und gute Besserung.«

Sie gingen. Ich habe mal irgendwo gelesen, daß Siege bitter

schmecken können. Wer immer das gesagt hat, mußte mich dabei im Sinn gehabt haben.

»Diese Cara wird immer hübscher. Findest du nicht?«

»Ja, sie ist eine schöne Frau.« Ich nahm einen Keks von einem Teller auf dem Tisch und biß hinein. »Schade, daß meine Geschmacksnerven heute nicht funktionieren.«

»Weißt du eigentlich, daß sie beinahe deine Schwägerin geworden wäre?«

»Tja, beinahe. Wann sind die beiden denn gekommen?«

»Etwa vor einer Stunde. Michael wollte mich überraschen.«

»Das ist ihm ja wohl gelungen. Komm und setzt dich hin, Mutter. Du siehst müde aus.«

Aber sie blieb am Küchenfenster stehen und schaute in den Garten hinaus. Dann fragte sie: »Glaubst du eigentlich, daß Michael es bereut, nicht geheiratet und eine Familie gegründet zu haben?«

»Ich weiß es nicht. Ich fand nur immer, daß er einen besseren Ehemann abgeben würde als die meisten Männer. Er ist ganz ähnlich, wie Daddy war, er liebt Kinder. Aber wer weiß?«

»Ich weiß es«, sagte sie triumphierend, während sie zum Tisch kam und sich mir gegenüber auf einem Stuhl niederließ. »Es ist eine Berufung. Er hat es nicht gewählt, sondern Gott hat zu ihm gesprochen. Wer könnte das in Frage stellen?«

Ich mußte das Thema wechseln, denn ich war mir nicht sicher, wie lange ich noch meinen Mund halten konnte. Also kam ich auf das Geschäftliche zu sprechen: »Mom, ich würde mich gerne einmal mit deiner Freundin, Mrs. Driscoll, treffen. Arbeitet sie immer noch für die alte Mrs. Dahl?«

»Ach Gott, Grace wird dort bleiben, bis eine von den beiden stirbt. Mrs. Dahl und der Sterbeversicherungsverein ist alles, was sie hat.«

»Weißt du, Mom, als ich klein war, habe ich mir immer, wenn du diesen Verein erwähnt hast, vorgestellt, daß man sich bei euch gegen den Tod versichern kann, und mich gefragt, warum nicht alle Menschen dort Mitglied werden, um nicht mehr sterben zu müssen.«

Meine Mutter lachte fröhlich.

»Warum hast du mich nicht gefragt?«

»Ich weiß nicht. Wahrscheinlich, weil ich es als deine ganz persönliche Angelegenheit betrachtet habe.«

Sie streckte den Arm aus und legte mir eine Hand auf die Wange. »Es fällt mir schwer, dich und die anderen als Erwachsene zu sehen. Ich will immer noch deine Mutter sein, und . . .«

»Aber du *bist* meine Mutter. Was ist los mit dir?«

»Nichts. Nichts ist los. Ich vermisse es nur, meine Kinder um mich zu haben. Das ist alles.«

Sie wandte sich ab, stand auf und ging zur Spüle. »So, und jetzt sag mir mal, warum du dich mit Grace Driscoll treffen willst.«

»Ich möchte mit ihr über Ellen Maitland sprechen. Meinst du, sie würde mit mir reden?«

»Ich weiß nicht. Alles was ich tun kann, ist, sie zu fragen. Sie ist sehr loyal gegenüber Rosella Dahl. Und außerdem hat sie nichts für diesen Mr. Maitland übrig.«

»Warum hast du mir das nicht schon heute morgen gesagt? Ich dachte, er könne auf deine Stimme zählen.«

»Das kann er auch. Aber das hat nichts mit dem zu tun, was ich über sein Privatleben weiß. Ich habe auch das ganze Zeug über Kennedys Affären gelesen, und das hat ihn in meinen Augen nicht zu einem schlechteren Präsidenten gemacht.«

»Willst du damit sagen, daß Mr. Maitland Affären hatte?«

»Er ist ein Mann, Phoebe. Was glaubst du denn? Außerdem war Grace von Anfang an gegen die Heirat. Sie hat auch nie verstehen können, warum Rosella diese Verbindung so unterstützt hat.« Sie kehrte zum Tisch zurück, setzte sich, beugte sich zu mir vor und flüsterte vertraulich: »Grace hat mir erzählt, das Aufgebot sei schon bestellt worden, ein paar Wochen, nachdem dieser Mann das Haus zum ersten Mal betreten hatte.«

»Vielleicht kannten sich die Familien, und die beiden waren sich schon früher begegnet.«

»Laut Grace war das nicht der Fall, und sie hätte es wissen müssen.« Dann fügte sie in entrüstetem Tonfall hinzu: »Grace hat ihn mal erwischt, weißt du.«

»Mr. Maitland?«

»Genau.«

»Erwischt bei was?«

»Manager Detroit.«

»Was haben die beiden denn in Detroit gemacht?«

»Sie waren doch nicht in Detroit, um Himmels willen, sie haben Manager Detroit *gemacht.* Und das kurz vor der Hochzeit.«

»Da komme ich nicht ganz mit, Mom.«

»Rosella und Ellen waren für ein paar Tage nach Minneapolis gefahren, um ein Brautkleid zu kaufen, und Grace war zu Hause geblieben, um die Leute vom Party-Service zu instruieren und die Anmeldungen der Hochzeitsgäste entgegenzunehmen. Sie hat praktisch alles gemacht, was so anfällt bei Hochzeitsvorbereitungen. Jedenfalls, als sie eines Morgens ins Haus kam, nicht damit rechnend, daß jemand da sein würde, hörte sie plötzlich Gelächter aus einem der oberen Räume.«

»Ja, und? Sprich weiter.«

»Ich weiß nicht, ob ich dir das überhaupt erzählen sollte, Phoebe. Grace ...«

»Grace wird es nie erfahren, Mutter. Darauf gebe ich dir mein Wort.«

»Na gut. Grace ist also hochgegangen, um nachzusehen, und da waren sie eben. Alle drei. Mr. Maitland, ein anderer junger Mann und diese, diese ...«

Ich beugte mich gespannt vor. »Wer?«

»Eine junge Frau. Alle drei waren sturzbetrunken, splitternackt und das auch noch ausgerechnet in Rosellas Bett.«

»Was hat Grace getan?« *Nachdem sie vor Schreck fast tot umgefallen ist.*

»Was hätte sie tun sollen? Sie ist auf Zehenspitzen die Treppe hinuntergegangen und hat die Haustüre ein paarmal auf- und zugeschlagen. Nachdem von oben nichts mehr zu hören war, und sie annehmen konnte, daß sich die drei durch die Hintertür davon gemacht haben, hat sie mit ihrer Arbeit angefangen.«

»Sie hat wahrscheinlich niemandem etwas davon erzählt.«

»Natürlich nicht.«

»Nur dir.«

»Nun ja, ich glaube, Mrs. Clawsen war auch dabei, und Lydia vielleicht auch, Lydia Robinson. Ja, jetzt erinnere ich mich wieder, daß Lydia da war, denn sie war diejenige, die uns gesagt hat, so etwas würde Manager Detroit genannt.«

»*Was* wird Manager … so genannt?«

»Diese Art von Tollerei. Drei Leute. Meine Güte, Phoebe, ich werde es dir wohl nicht gerade aufzeichnen müssen, oder?«

Ich sah sie frustriert an und nahm mir vor, es zu Hause in einem meiner anthropologischen Bücher nachzuschlagen. Dann fiel bei mir plötzlich der Groschen: ménage à trois, das war es, was sie meinte. Und sie sah so verwirrt drein, weil ich es nicht verstanden hatte.

Hätte ich mich bewegt, geblinzelt oder auch nur Luft geholt, wäre ich vermutlich geplatzt vor Lachen. So blieb ich nur mit offenem Mund sitzen, aber die Vorstellung, wie diese drei Damen, eine davon meine Mutter, voller Entsetzen Graces Geschichte lauschten, war einfach zu viel für mich.

»Geht's dir gut, mein Schatz?«

»Bestens, Mutter. Es ist nur meine Blase, ich muß dringend …«

Ich erhob mich und ging, krampfhaft einen Lachanfall unterdrückend, auf die Toilette.

Zurück in der Küche, sah ich, wie meine Mutter gerade die Treppe hinunterkam.

»Ich habe dir dein Bett gemacht, Phoebe, und ich will keine Diskussion darüber.«

»Aber, Mom, ich kann doch auch bei mir zu Hause ...«

»Ich sagte doch, keine Diskussion. Wenn du dich nicht sofort nach oben ins Bett begibst, bekommst du nicht mehr die kleinste Information aus mir heraus, und ich werde auch nicht mit Grace reden.«

»Du bist wirklich erbarmungslos, aber ich habe noch etwas zu erledigen.«

»Das kann warten. Du siehst scheußlich aus, und du warst auch nicht gerade besonders freundlich zu deinem Bruder und zu Cara. Du brauchst jetzt einfach etwas Ruhe, und zwar ohne, daß du büschelweise Haare von dieser Katze einatmen mußt.«

»Stud? Aber der haart doch gar nicht.«

»Auf jeden Fall riecht dein ganzes Haus nach Katze«, sagte sie, nahm mich bei den Schultern und schob mich zur Treppe. »Na los, geh schon.«

»Wie kommst du denn jetzt auf Stud?«

»Wenn du eine Allergie hast und mit einer Katze lebst, kann das dein Immunsystem schwächen. Das könnte überhaupt der Grund dafür sein, daß es dir nicht gutgeht. Weißt du nicht, was passiert, wenn du die ganze Zeit Katzenhaare und Hautpartikel einatmest? Es setzt sich alles in deiner Nasenschleimhaut fest – kein Wunder, daß du krank bist.«

»Gute Güte, Mutter, das reicht. Ich gehe schon.«

»Außerdem halte ich Haustiere grundsätzlich für ungesund. Und ganz besonders Katzen.« Ihre Stimme folgte mir die Treppenstufen hinauf. »Und wußtest du, daß Allergien sogar psychische Auswirkungen haben?«

»Weck mich bitte um fünf«, rief ich zu ihr hinunter. »Ich bin zum Abendessen verabredet.«

In meinem ehemaligen Zimmer zog ich Schuhe und Jeans aus und kroch ins Bett. Der Gedanke daran, daß Cara möglicherweise demnächst darin schlafen könnte, irritierte mich, aber wer weiß, vielleicht lag das auch bloß an all den Haarbüscheln in meiner Nase.

Ich machte Zukunftspläne. Morgen würde ich Dougie kontaktieren und sehen, wie gut sein Gedächtnis wirklich war, meinen Bruder anrufen und mich bei ihm dafür entschuldigen, daß ich so zickig zu ihm gewesen war, und wenn es mir dann immer noch nicht besserging, würde ich zur Notaufnahme in die Klinik fahren und schauen, ob sie mein Leben retten könnten. Ich hatte noch ungefähr sechsunddreißig Stunden, bis ich Bob Maitland, alias »Manager Detroit«, meine Antwort darauf geben mußte, ob ich seinen Auftrag annehmen würde oder nicht. Während mich der Schlaf mit Sirenenklängen rief, rollte ich mich unter der Bettdecke zusammen und ließ meinen Kopf tief in das Daunenkissen sinken. Oder war es die Stimme von Ellen Maitland, die sich nach so langem Schweigen wieder erhob?

6

Das Windmill liegt versteckt zwischen zwei Biergroßhandlungen auf der First Avenue South. Das Restaurant ist eng, einfach möbliert und spärlich beleuchtet, aber das Essen ist unschlagbar. Man braucht ein Steakmesser für das bißgerechte Zerlegen ihrer Spezialität: gegrillte Shrimps von der Größe einer Kinderfaust. Als ich das Lokal eine halbe Stunde nach der vereinbarten Zeit betrat, sah ich Kyle gleich in der hufeisenförmigen Nische am anderen Ende des Raumes sitzen. Ich ging hinüber und ließ mich mit steifen Gliedern auf der Bank ihm gegenüber nieder.

»Wenn sich meine Glieder nur bewegen ließen, würde ich mich hinlegen«, sagte ich, während ich Kopf und Hals aus einem großen Schal auswickelte.

»Warum kommst du so spät?« fragte Kyle, indem er sich näher zu mir beugte. »Soll ich deinen Mantel aufhängen?«

»Nein, danke. Und komm mir nicht zu nahe, ich bin immer noch toxisch.« Ich schlüpfte aus meinem Mantel und legte ihn neben mich auf die Sitzbank. »Und ich bin zu spät, weil ich bei meiner Mutter in ein Koma gefallen bin. Mein Gott, wie ich es hasse, krank zu sein.«

»Du wirst es überleben. Glaub mir.«

»Hast du schon bestellt?«

»Ja, habe ich.«

»Shrimps?«

»Shrimps für dich und Spareribs für mich.«

»Ich werde zwar nichts schmecken können, aber was soll's.«

Kyle rief nach der Kellnerin. »Du willst doch auch einen Kaffee, oder?«

»Immer. Hast du noch etwas geschlafen?«

»Etwas. Du hast mich neugierig gemacht wegen Maitland. Um was geht's?«

»Wie gut kennst du ihn?«

»Eigentlich nur vom Hörensagen.«

»Warum hast du am Telefon gemeint, ich solle mich von ihm fernhalten?«

»Er ist absolut mediengeil. Damit will ich nicht sagen, daß er ein Lügner ist, aber er und seine Clique sind Profis im Ausnutzen der Presse für ihre Zwecke. Und es ist wohl kein Geheimnis, daß er sein Auge auf den Gouverneursposten geworfen hat.«

Die Kellnerin trat an unseren Tisch und stellte zwei Tassen Kaffee vor uns ab.

»Danke«, sagte Kyle, während er lächelnd zu ihr aufsah.

»Das beantwortet aber immer noch nicht meine Frage. Ich meine, es ist ziemlich offensichtlich, daß du den Mann nicht magst.«

»Er lächelt zu viel. Er ist zu glatt.«

»Du liebe Zeit, Kyle, er ist ein Politiker. Hast du keinen überzeugenderen Grund, wie zum Beispiel, daß er öffentlich in der Nase bohrt oder kleine Hunde quält?«

»Ich kann's versuchen. Wie wär's damit, daß er seine tote Frau bis zum Gehtnichtmehr ausschlachtet?«

»Wie das?«

»Na ja, die Kollegen vom Morddezernat haben mir erzählt, daß er regelmäßig wie ein Uhrwerk bei ihnen auftaucht, sich nach dem Stand der Ermittlungen erkundigt, um dann vor der Presse wieder seine Nummer abzuziehen, von wegen härterer Strafgesetze und einer finanziellen und personellen Aufrüstung der Polizei.«

»Ich verstehe.«

»Und das ist noch nicht alles. Er ist ein Opportunist der schlimmsten Sorte. Du solltest dich wirklich von ihm fernhalten.«

»Ich weiß nicht, ob ich das kann.«

»Ist doch ganz einfach. Du brauchst bloß Nein zu allem zu sagen, was er von dir will.«

Die Kellnerin brachte einen großen Brustlatz aus Papier.

»Das ist für Sie«, sagte sie, während sie Kyle das Ding umband und im Nacken verknotete. Zuletzt, deutlich errötend, glättete sie das Papier auf seiner Brust.

Kyle hat einfach diese Wirkung auf Frauen, und wenn man selbst in dem Moment zufällig die Frau in seiner Begleitung ist, kann das ziemlich enervierend sein. Selbst wenn man ihn näher kennt, ist es schwer, sein ungewöhnlich attraktives Äußeres zu übersehen. Seine schöngeschwungenen Lippen formen sich zu einem verheißungsvollen Lächeln, und seine Augen, auch wenn sie in der Regel keinen Aufschluß darüber geben, was er denkt, können einen zum Schmelzen bringen, wenn die Gefühle durchbrechen. Glücklich oder traurig, umfangen sie einen mit ihrer warmen, rätselhaften Dunkelheit. Kyle erhob sich vom Tisch. »Ich muß mal austreten. Bin gleich wieder da.«

»Willst du etwa mit diesem Lätzchen an den Cowboys an der Bar vorbeigehen? Das könnte dich möglicherweise in Schwierigkeiten bringen.«

»Glaube ich kaum. Also, geh nicht weg, ja?«

Ich war krank, und ich war verwundbar. Das war keine gute Position. Jedenfalls nicht für mich. Ich sah ihm nach, wie er durch das Lokal ging. Er hatte nicht diesen schwerfälligen Gang wie die meisten großen Männer. Sondern mit seinen langen, schlanken Beinen, schmalen Hüften und breiten Schultern bewegte er sich leichtfüßig und mit einem undefinierbaren Stolz. Die Nachkommen der Ureinwohner von Amerika hatten es nicht leicht in Montana, obwohl sich die Dinge allmählich veränderten. Kyle war immer noch der einzige Indianer bei der Polizei von Billings, aber selbst die extremsten Reaktionäre unter den Weißen respektierten ihn widerstrebend.

Seit einem Jahr hatten wir uns zaghaft einer Art Beziehung angenähert. In diesem Augenblick, und trotz meiner inneren und äußeren Verfassung, empfand ich ein leidenschaftliches Verlangen. Als er wieder zurückkam, stand das Essen bereits auf dem Tisch.

»Wie sind die Shrimps?«

»Wahrscheinlich so saftig wie immer, nur schade, daß ich es nicht schmecken kann.«

»Betrachte es als Stärkungsmittel.«

»Sag mal, Kyle, wie werden bei der Kriminalpolizei alte und ungelöste Fälle behandelt?«

»Das kann ich dir nicht mit Sicherheit sagen, aber wahrscheinlich machen sie es genauso wie wir beim County Sheriff: Sie kommen zu den Akten, und wenn wir einen Neuling kriegen, setzen wir den darauf an.«

»Und der entdeckt einen neuen Anhaltspunkt?«

»Meistens. Ich habe schon erlebt, daß so jemand etwas findet, was jahrelang übersehen wurde. Und es ist ein gutes Training. Diese Burschen sind gründlich, weil sie noch ihre Kompetenz beweisen müssen, und jeder träumt davon, einen alten Mordfall aufzuklären. Ist es das, was Maitland erreichen will?«

»Ja, das ist es. Weißt du etwas über den Mord an seiner Frau?«

»Nur, daß es passiert ist. Aber wie ich schon sagte, du solltest die Finger davon lassen.«

»Und wie ich schon sagte, ich bin nicht sicher, ob ich das kann.«

»Wie kommt es nur, daß mich das nicht sonderlich überrascht?« Er hob seine Kaffeetasse und nahm einen Schluck. »Na gut, dann würde ich an deiner Stelle ein bißchen herumgraben und versuchen, jemanden zu finden, der damals etwas von der Sache mitbekommen haben könnte.«

»Genau das habe ich vor.«

»Aber du weißt ja, was dabei passieren kann, Phoebe. Gelegentlich kriegt man es mit einer Geschichte zu tun, die einem total zusetzt. Gewisse Fälle sickern sozusagen in deinen Kopf und in deine Seele ein.«

»Ich weiß. Ellen Maitland hat das heute Nachmittag mit mir gemacht.«

»Die Ermordete?«

»Ja. Er hat mir einen Karton voller Aktenordner mitgebracht. In einem davon habe ich dieses Bild von ihr gefunden, und das geht mir jetzt nicht mehr aus dem Kopf. Es ist gar nicht so sehr Maitland selber, der mich beschäftigt, Kyle, sie ist es.«

»Phoebe, diese Frau ist seit Jahren tot. Die Chance, daß du herausfindest . . .«

»Ich weiß, ich weiß. Da gab es einen jungen Mann, den sie damals kurz in Gewahrsam hatten. Er ist verschwunden. Wie vom Erdboden verschluckt, und seit siebenundzwanzig Jahren gibt es keine Spur mehr von ihm.«

»Wie alt war er?«

»So um die neunzehn, zwanzig Jahre.«

»War er von hier?«

»Soweit ich weiß. Und das ist es auch, was mir Sorgen macht. Ich meine, für einen Jungen seines Alters muß es doch unglaublich schwer sein, jeden Kontakt zu seiner Familie abzubrechen. Es sei denn ...«

»Es sei denn, er ist tot.«

»Genau.«

Kyle sah auf seine Armbanduhr. »Ich muß los. Fühlst du dich besser?«

»Sehe ich denn besser aus?«

»Nicht viel. Und du klingst immer noch ziemlich verstopft.«

»Das sind die Haarbüschel in meinen Nebenhöhlen.«

»Die was?«

»Vergiß es. Es würde zu lange dauern, dir das zu erklären.« Ich stand auf und nahm meinen Mantel von der Sitzbank. »Vielen Dank für das Essen.«

»Gern geschehen. Das nächste Mal koche ich aber für dich. Und jetzt geh nach Hause und ruh dich aus, Phoebe.«

»Das habe ich doch schon die ganze Zeit gemacht. Melde dich mal wieder, okay?«

»Darf ich dir noch einen Rat geben?«

»Bitte.«

»Wenn du diese Maitland-Sache angehen willst, dann solltest du dich nicht allzu sehr auf seine Person konzentrieren. Ich weiß, das ist dein Stil, aber ich glaube nicht, daß es klug wäre.«

»Wie meinst du das?« Er hatte recht, es war mein Stil. Je weniger Leute involviert waren, desto besser.

»Ist nur so ein Gefühl. Ich kann's nicht erklären.« Damit beugte er sich zu mir herab und küßte mich auf die Stirn.

»Feigling.«

»Es ist nicht wegen der Bakterien, sondern wegen der Soße.«

»Mist.« Ich nahm eine Papierserviette vom Tisch, tauchte sie in mein Wasserglas und wischte mir den Mund ab. »Sag mal, Kyle, darf ich dir auch einen Rat geben?«

»Ja?«

»Nimm dein Lätzchen ab.«

Als ich zu meinem Wagen ging, blies mir ein Nordwind entgegen, der zweifellos zweistellige Minusgrade erreichte. Schneegestöber bombardierte mein Gesicht, und meine Nebenhöhlen begannen, schmerzhaft zu protestieren. Ich schaltete den Motor meines 49er Chevy Trucks ein und hoffte, daß er anspringen würde. Er tat es, wenn auch widerwillig. Das Auf und Ab der Scheibenwischer hinterließ ein fächerartiges Muster auf der Windschutzscheibe, durch das ich einigermaßen hindurchsehen konnte. Ich versuchte, die Heizungswärme zu beschleunigen, indem ich im Leerlauf meinen Fuß auf das Gaspedal preßte, aber es funktionierte nicht. Dann verließ ich den Parkplatz hinter Kyles Wagen und folgte ihm ostwärts auf der First Avenue South, bis wir zur Siebenundzwanzigsten Straße kamen. Dort bog er nach links ab, während ich nach rechts in Richtung Yellowstone fuhr.

Der Verkehr war schwach, bis ich die Interstate überquerte und nach links auf die parallel verlaufende Straße kam. Dort gab es gar keinen Verkehr mehr. In wellenartigen Bewegungen häufte der Blizzard Schnee auf die Fahrbahn vor mir, so daß bald eine weiße Wand entstand, die das Licht meiner Scheinwerfer zurückwarf und die Sicht praktisch auf Null reduzierte. Als ich erkannte, daß ich mich der Auffahrt zu meinem Haus näherte, nahm ich das Gas ganz weg. Dann kam mein Briefkasten in Sicht.

In Montana nennt man es einen Farmerhaken, wenn man auf die Fahrbahnmitte fährt, um nach rechts abzubiegen, und das tat ich nun, um der Schneewehe zu entgehen, die sich um den Briefkastensockel angesammelt hatte. In diesem Augenblick schoß plötzlich ein Wagen ohne Vorwarnung aus meiner Auffahrt und trieb damit eine dicke Wolke aus Schnee auf mich zu. Meine Scheibenwischer ächzten unter dem zusätzlichen Gewicht. Einem Impuls folgend, fuhr ich knapp an den Briefkasten heran und barg mein Gesicht hinter den Armen, um mich gegen den scheinbar unvermeidlichen Zusammenstoß zu schützen. Als er ausblieb, hob ich den Kopf, sah aber nichts als weißen Schnee auf der Windschutzscheibe. Dann kamen die Scheibenwischer wieder in Gang und kämpften sich langsam auf die linke Seite. Ich beugte mich vor, um auszumachen, was für ein Auto es war und was es als nächstes tun würde. Aber wer immer hinter dem Steuer saß, hatte die Scheinwerfer so hell aufgeblendet, daß ich nichts erkennen konnte.

Ich hörte nur, wie der Motor des Wagens aufheulte.

Mein einziger Gedanke in diesem Moment war, daß mich der andere gleich frontal rammen würde. Deshalb warf ich mich auf den Beifahrersitz und versuchte, die Tür zu öffnen. Der Truck war direkt neben dem Briefkasten zum Stehen gekommen, und es gab keine Möglichkeit, auf dieser Seite auszusteigen. Das schrille Heulen eines Motors auf vollen Touren schnitt erneut durch die stille, weiße Nacht. Dann kamen die Scheinwerfer in blendender Helligkeit auf mich zu, und ich warf wieder die Arme vor mein Gesicht. Ein heftiges Schneegestöber wirbelte über meinen Truck, als der andere Wagen knapp an mir vorbei die Straße hinunterraste. Ich öffnete die Tür auf der Fahrerseite und sprang heraus, um gerade noch die Hecklichter des fliehenden Autos zu sehen. Durch einen Sprühregen aus Schnee und Abgasen wurden nur eine Sekunde lang zwei blutrote, bogenförmige Lampen sichtbar, aber diese Sekunde reichte mir, um die Automarke zu erkennen. Es gab keinen Zweifel: Das war ein Chevy Sedan, Baujahr 59 oder 60, und er kam mir nicht bekannt vor.

Ich weiß nicht mehr, beim wievielten Versuch es mir endlich gelang, meinen Truck aus dem Schneehaufen zu befreien. Als ich es geschafft hatte, stieg ich aus und suchte die Auffahrt und Veranda nach Fußabdrücken ab. Es gab keine. Aber ich entdeckte zwei deutliche Reifenspuren, die rasch vom Wind verweht wurden. Wer immer das war, er war nicht aus dem Auto gestiegen. Vielleicht war es ja bloß ein jugendliches Pärchen gewesen, das in meiner Auffahrt geparkt hatte, um sich gegenseitig ein bißchen zu wärmen, nur konnte ich mir das nicht recht vorstellen. Ich mag zwar ausgesprochen hedonistisch sein, aber meine Neigung zu leidenschaftlichen Gefühlsbezeugungen im Freien ist begrenzt. Kaum hatte ich die Tür geöffnet, wurde ich überschwenglich von meinem Kater Stud begrüßt. Während er sich in Achterlinien um meine Beine wand, warf ich den Mantel ab, zog die Schuhe von meinen halberfrorenen Füßen und rieb meine Hände. Etwas war anders als vorher. Ich blieb still stehen und blickte mich um. Es gab kein Geräusch, keine Bewegung, nur die Luft drang tief in meine Lungen. Das war es, ich bekam wieder Luft durch die Nase. Ich hatte gar nicht gewußt, daß ein Adrenalinstoß so wohltuende Wirkung haben kann.

Nachdem ich die Katze gefüttert hatte und in ein Paar Trainingshosen und ein Sweatshirt geschlüpft war, ging ich in mein Büro und schaltete die Schreibtischlampe ein. Das gedämpfte Licht fiel durch den grünen Lampenschirm und tauchte das Zimmer in ein schimmerndes Halbdunkel. Ich setzte mich hin und drückte die Abspieltaste auf meinem Anrufbeantworter. Drei Nachrichten kamen von meiner Mutter, die mir jeweils hinterließ, ich solle mich melden, sobald ich zu Hause sei. Ein kryptisch verschlüsselter Zusatz lautete: »Denk an mich, wenn sich diese Jobs in Helena auftun.« Eine mir unbekannte weibliche Stimme sagte: »Ich rufe wieder an.« Dazwischen gab es vier Anrufe ohne Nachricht, aber das war nichts Ungewöhnliches.

Ich lehnte mich in meinem Schreibtischstuhl zurück, verschränkte die Hände im Nacken und versank in der Betrachtung von Ellen Maitlands Gesicht vor dem Computer. Dann läutete das Telefon.

»Phoebe?«

»Ja, Mutter.«

»Dein Anrufbeantworter ist einfach nur unhöflich. Ich werde nicht mehr mit ihm reden.«

»Ich bin erst vor ein paar Minuten zur Tür reingekommen und wollte dich gerade anrufen.«

»Weißt du schon das Neueste?«

»Was ist das Neueste?«

»Mr. Maitland war im Fernsehen, und er hat gesagt, er habe den besten Privatdetektiv der Stadt engagiert. Dich.«

»Er hat was?« Bei ihren Worten hatte ich mich ruckartig aufgesetzt und mit der Faust auf den Tisch geschlagen.

»Er sagte, er habe den besten Privatdetektiv der Stadt. Phoebe Siegel.«

»Verflucht, von wegen *privat.* «

»Ich dachte bloß, du würdest das gerne wissen. Wie geht es dir, mein Schatz?«

»Besser.«

»Und wie war dein Abendessen?«

»Ich konnte nichts schmecken, aber sonst war es sehr nett. So, Mom, jetzt muß ich aber Schluß machen.«

»Du klingst aufgebracht. Vielleicht hätte ich dir das mit Maitland lieber nicht sagen sollen.«

»Ich hätte es sowieso erfahren. Ich rufe dich morgen wieder an.«

»Gute Nacht, Liebling, schlaf gut.«

Als ich auflegte, dachte ich, daß Kyle recht gehabt hatte. Maitland war wirklich ein Dreckskerl. Dann nahm ich die Aktenordner aus dem Karton und schaltete meinen Kopierer ein.

7

Es war nach Mitternacht, als ich damit fertig war, alle Unterlagen und Zeitungsausschnitte zu kopieren, die Maitland mir dagelassen hatte. Aber als ich mir den großen Stapel Papier dann ansah, wußte ich gar nicht mehr, warum ich das alles kopiert hatte. Ich wollte nicht für Bob Maitland arbeiten, mochte er auch ein guter Politiker sein, aber Ellen Maitland aus meinem Gedächtnis zu streichen, erwies sich als unmöglich. Ich könnte für mich selbst an dem Fall arbeiten, aber zu welchem Zweck? Das Ganze lief auf eine Akte hinaus, die siebenundzwanzig Jahre lang keinen neuen Anhaltspunkt ergeben und aus der Maitland ebenso lange für sich Kapital geschlagen hatte.

Der Wind war stärker geworden und pfiff um die Ecken des Hauses. Ich legte noch etwas Brennholz in das Kaminfeuer, drehte das Licht aus und setzte mich auf die Couch. Dabei stellte ich fest, daß mir fast schlecht war vor Zorn. Zuerst war ich überrumpelt worden, und jetzt ging es um meinen Stolz.

Ich fixierte das Telefon auf einem Tischchen neben dem Sofa. Mein Vater pflegte häufig Benjamin Disraeli zu zitieren, und einer seiner Lieblingssprüche war: »Der Narr fragt sich, der Kluge fragt andere.« Ich verspürte den starken Drang, diesen Widerling anzurufen und ihn zu fragen, was für ein Ding er verdammt noch mal da abzog. Sah ich etwa so blöde aus, oder war es nur eine Vermutung von ihm? Dann entschied ich mich gegen den Anruf. Das konnte alles bis morgen warten. Jedenfalls dachte ich das.

Der Adrenalinstoß hatte schon längst seine Wirkung verloren. Mir tat alles weh, besonders meine Nebenhöhlen, von denen ein klopfender Schmerz ausstrahlte. Während ich das Leuchtzifferblatt der Digitaluhr auf dem Kaminsims beobachtete, wartete ich darauf, daß die zu erwartende Linderung durch Kopfschmerztablette und NyQuil einsetzen würde. Meinen Berechnungen zufolge müßte das sechsundvierzig Minuten nach Einnahme der Fall sein, und somit blieb mir noch eine Viertelstunde, bis eine simple Bewegung wie das Blinzeln keine grauenhaften Schmerzen mehr verursachen würde. Mit etwas Glück könnte ich dann meine Wut ausschlafen.

Zuerst wußte ich nicht, ob das Geräusch, das ich hörte, das Telefon oder die Türklingel war. Was immer es auch war, es hatte mich aus einem erholsamen Schlummer gerissen und aufgehört, bevor ich es identifizieren konnte. Es herrschte Stille im Haus, und ich fühlte eine Benommenheit, gegen die ich nicht ankämpfen mochte. Gerade, als ich mich wieder auf die Seite gerollt hatte, ertönte das Geräusch erneut, diesmal war es eindeutig das Telefon. Ich brachte es einigermaßen fertig, mich aufzusetzen, aber ich erinnere mich nicht, daß ich hallo sagte. Wahrscheinlich habe ich nur den Hörer an mein Ohr gehalten.

»Hallo? Siegel?«

»Kyle?«

Keine Antwort.

»Wer ist da?« fragte ich.

»Jemand, den Sie nicht kennen.«

Ich kniff die Augen zusammen und sah auf die Uhr. »Das ist eine verflucht ungünstige Zeit, um mit jemandem, den ich nicht kenne, zu telefonieren.«

»Legen Sie nicht auf! Ich ... ich muß mit Ihnen reden. Es ist ... äh ... Ich hab heute abend diesen Anwalt im Fernsehen gesehen. Und ich hab auch schon vorher versucht, Sie anzurufen.«

»Ich habe meinen Anrufbeantworter abgehört. Da war nichts von Ihnen auf dem Band. Rufen Sie mich an, wenn die Sonne aufgegangen ist.«

»Es könnte aber irgendwie ...« Seine Stimme war leise und rauh.

»... Es könnte dringend sein. Ich hab Sie angerufen, Siegel. Ich hab bloße keine Nachricht hinterlassen.«

»Von welchem Anwalt reden Sie eigentlich? Moment ... zuerst will ich Ihren Namen wissen. Entweder Sie geben mir Ihren Namen, oder ich lege sofort auf.«

Er blieb still. Ich stand vom Sofa auf, nahm den Telefonapparat und trug ihn in die Küche. Dort stellte ich ihn auf die Anrichte, klemmte mir den Hörer zwischen Ohr und Schulter und drehte den Wasserhahn auf.

»Okay, Mann. Sie haben mich angerufen, und ich ...«

»Hören Sie, Siegel. Mein Name wird Ihnen überhaupt nichts sagen. Aber die Information, die ich für Sie hab, sehr wohl.«

»Zuerst will ich den Namen.« Ich füllte ein Glas mit Wasser und trank einen Schluck, in der Hoffnung, daß es meine Zunge vom Gaumen lösen würde.

»Scheiße. Chillman. Mein Name ist Chillman.«

»Chillman und wie weiter?«

»Der Vorname ist Frank. Oder soll ich Ihnen vielleicht die ganze Latte runterleiern? Also, Franklin Edward Chillman.«

»Gut, Mr. Chillman. Auf meiner Uhr ist es zehn Minuten nach drei. Spätestens um drei Uhr zwanzig sollte ich besser wieder eingeschlafen sein. Also, was haben Sie auf dem Herzen?«

»Dieser Maitland-Arsch, arbeiten Sie für den?«

»Das kann ich nicht beantworten. Kommen Sie zur Sache, Chillman. Sie haben noch circa sieben Minuten.«

»Diese Frau, ich meine, seine Frau, die, die umgebracht wurde?«

»Ellen?«

»Ja, die meine ich. Haben Sie 'ne Ahnung, wer sie abgemurkst hat?«

»Haben Sie eine?«

»Allerdings. Interessiert?«

Ich schleppte das Telefon wieder zurück ins Wohnzimmer und schaltete das Licht ein, bevor ich mich auf das Sofa setzte. »Sie haben noch vier Minuten.«

»Okay, okay. Wenn Sie nicht für Maitland arbeiten, möchte ich Sie selbst engagieren. Ich kann nicht viel zahlen, aber ich kann mein Auto verkaufen, und ich habe die Information.«

»Jetzt haben Sie noch dreieinhalb Minuten.«

»Da war noch ein Mord.«

»Heute abend?«

»Quatsch, doch nicht heute abend. Gleich nachdem es

die Frau von Maitland erwischt hat. Vierundzwanzig Stunden später. Bloß, daß sich niemand einen feuchten Dreck darum gekümmert hat.«

»Und woher wissen Sie davon, Mr. Chillman?«

»Ich weiß es, weil ich ... die zweite Person, die umgebracht wurde, sie war meine Schwester.«

»Und der Name Ihrer Schwester?« Ich tastete auf dem Couchtisch herum und fand einen Stift, aber kein Papier. Die NyQuil-Verpackung mußte dafür herhalten, und ich riß sie auf.

»Chili. Ihr richtiger Name war Rita, Rita Chillman, aber sie wurde von allen Chili gerufen.«

»Sie haben gesagt, niemand hätte sich darum gekümmert. Wußte denn jemand davon?«

»Na klar. Die Schweine haben es gewußt. Und die Scheiß-Presse hat's gewußt. Es interessiert nur keinen, wenn irgend so eine kleine Nutte dran glauben muß.«

»Nette Art, über Ihre Schwester zu reden.«

»Sie ist anschaffen gegangen, seit sie vierzehn war. Wahrscheinlich sogar schon vorher, soweit ich weiß. Aber sie war ein verdammt guter Mensch, und sie hat ...« Er schluckte.

»Scheiße. Sie hat das nicht verdient.«

»Ist sie auf den Strich gegangen?«

»Am Anfang, ja. Da hatte sie einen Zuhälter, der sie oft verprügelt hat. Aber dann ist sie diesen Hundesohn losgeworden und hat legal gearbeitet.«

»Sie meinen, sie ist von der Straße weg?«

»Das kann man wohl sagen. Sie hat angefangen, für Big Dorothy zu arbeiten, und von da an ging's für sie bergauf. Auch für meine Familie wurde alles besser, bis sie sich eingelassen hat mit ...«

»Mit?«

»Das kann ich am Telefon nicht sagen. Nur daß Chili aus demselben Grund umgebracht worden ist wie diese reiche Tussi, und von derselben Drecksau.«

»Wovon reden Sie eigentlich?« Mein Interesse war geweckt.

»Ich hab alle Karten zusammen, Siegel. Sie brauchen sie nur noch aufzudecken.«

»Wo sind Sie, Frank?«

»Ich wohne jetzt auf dem Land. Am Ende von der Grand draußen.«

Von mir aus gesehen hieß das, daß man Billings in Richtung Westen auf der Grand Avenue verließ, und dann konnte es so ungefähr jeder Ort zwischen Billings und Livingston sein, das etwa einhundertzwanzig Meilen entfernt liegt.

»Wo auf dem Land?«

»Haben wir eine Abmachung, Siegel?«

»Dazu brauche ich noch mehr. Hören Sie, es ist spät. Wie wär's, wenn Sie morgen vormittag zu mir kommen, und dann können wir beide unsere Karten auf den Tisch legen?«

»So lange kann ich nicht warten. Ich hab schon ein paar Anrufe gemacht, und bald wird die Kacke am dampfen sein.«

»Anrufe? Wen haben Sie denn angerufen, um Himmels willen?«

»Sie können in einer knappen Dreiviertelstunde hier sein. Die Straßen sind ein bißchen verschneit, aber man kommt durch.«

»Sie meinen, Sie wollen, daß ich mich mit Ihnen auf dem Land treffe? Um diese Zeit? Bei diesem Wetter? Und aufgrund irgendwelcher vager Informationen? Wie zum Henker soll ich denn überhaupt wissen, daß Sie der sind, der Sie zu sein behaupten?«

»Ich bin kein Idiot, Siegel.«

»Und Sie können darauf wetten, daß ich ebenfalls keiner bin, Chillman.«

»Ich sag Ihnen noch was, ich bin gerade sechs Monate im Alpha-Haus gewesen. Kennen Sie es?«

»Ja, sicher, das ist das Freigängerheim auf der First Avenue. Waren Sie da ...«

»Ja, ich hab 'ne Zeitlang gesessen. Mein Bewährungshelfer ist Janet Sloane. Ich werd sie bitten Sie anzurufen. Sie wird Ihnen klarmachen, daß Frank Chillman kein Spinner ist. Abgemacht?«

»Sie wollen sie jetzt gleich darum bitten? Da bin ich gespannt.« Ich kannte Janet, und ich mochte und respektierte sie. Sie sah aus wie Alice im Wunderland, aber es gab Leute, die von ihr sagten, sie sei eine harte Nuß. Die hatten sich an ihr die Zähne ausgebissen.

»Sie hat zu mir gesagt, daß ich sie jederzeit anrufen kann. Also, abgemacht, Siegel?«

»Eine Frage noch.«

»Schießen Sie los.«

»Was wissen Sie über Joey Marino?«

»Den Kerl, dem sie versucht haben, das anzuhängen? Na ja, ich nehme an, der ist auch tot, nach so langer Zeit. Ich weiß, wer's war. Ich weiß alles. Hören Sie das?«

Ich vernahm das Rascheln von Papier. »Ja, ich höre es.«

»Das ist meine Lebensversicherung. Da steht alles drin.«

»Okay. Wenn Janet innerhalb der nächsten fünf Minuten anruft, werde ich dort sein. Aber wo ist dort?«

Er klang so aufgeregt wie ein Kind, während er mir mit hastigen Worten den Weg beschrieb. Ich notierte die Angaben auf das Innere der NyQuil-Verpackung und schaltete mit der Fernbedienung das Wetterprogramm im Fernsehen ein. Dreißig Grad unter Null plus Vollmond plus meine eingeschränkte körperliche und geistige Verfassung machten alles möglich, einschließlich einer Entscheidung aus dem Bauch statt aus rationalen Erwägungen. Es waren bereits drei Minuten vergangen, und Janet hatte nicht angerufen. Meinen betäubten Kopf zog es wieder auf das Kissen hinunter, und gerade als ich bereit war, den Verlockungen des Schlafes zu erliegen, läutete das Telefon. Gegen mein besseres Wissen hob ich den Hörer ab und meldete mich.

»Du hast wirklich merkwürdige Arbeitszeiten, Phoebe. Ich

muß irgendwas getan haben, um dich zu kränken. War das in letzter Zeit oder in einem früheren Leben?«

»Janet. Was soll ich sagen?«

»Du sollst mir sagen, was eigentlich los ist.«

»Er ist einer von deinen Jungs. Also sag du es mir.«

Sie seufzte. »Bleib dran, ich hole mir eine Zigarette.«

»Die werden dich noch umbringen, Janet.«

»Nicht so schnell wie diese verfluchten Anrufe mitten in der Nacht.« Ich hörte, wie sie den Hörer hinlegte, dann das Klicken eines Feuerzeugs und Sekunden später ein tiefes Ausatmen.

»Okay. Weshalb sollte ich dich anrufen?«

»Wie bitte?«

»Alles, was Frank mir gesagt hat, war, daß ich dich anrufen und dir sagen soll, daß er kein Verrückter ist.«

»Und kannst du das reinen Gewissens behaupten?«

Sie lachte und antwortete: »Sicher, reinen Gewissens. Frank tendiert dazu ... hmm ... wie soll ich das ausdrücken? Na ja, da gibt es ein paar Dinge in seiner Vergangenheit, die er nicht bewältigt hat, aber er ist ein cleverer Bursche. Er braucht noch ein bißchen Zeit, aber ich glaube, er hat gute Chancen, es zu schaffen.«

»Aha.«

»Er hat nichts davon gesagt, aber ich wette, es geht um seine Schwester. Stimmt's?«

»Weißt du etwas darüber?«

»Nicht viel. Meistens versuche ich, ihn von diesem Thema abzubringen. Paß auf, komm doch morgen mal bei mir vorbei, und dann erzähle ich dir alles, was ich weiß. Aber jetzt gehe ich wieder schlafen, und du solltest das gleiche tun.«

»Mach ich. Um wieviel Uhr soll ich kommen?«

»Ich weiß nicht ... Ich habe keine Lust, aufzustehen und in meinem Kalender nachzusehen. Aber ich glaube, ich habe ein paar Gerichtstermine am Vormittag. Sagen wir nach dem Mittagessen, um halb zwei?«

»In Ordnung, ich werde da sein. Janet?«

»Ja?«

»Hältst du es für möglich, daß dieser Typ ausrastet und … ähm … und Schwierigkeiten macht?«

»Du meinst, ob er gefährlich ist? Da gibt es natürlich keine Garantien, das weißt du ja. Ich persönlich glaube allerdings nicht, daß er zu Gewalttätigkeiten neigt. Aber wie gesagt, man weiß ja nie.«

»O Mist.«

»Tja, wir haben uns eben beide einen gefährlichen Beruf ausgesucht, Phoebe«, sagte sie lachend. »Aber im Ernst, von den kleinen Monstern, mit denen ich es so zu tun habe, ist Frank noch einer von den harmlosesten.«

»Danke, Janet.«

Ich hängte auf und überlegte, was ich tun sollte. In Frank Chillmans Stimme hatte ein drängender Ton gelegen, der mir sagte, daß er wirklich etwas hatte. Was dieses Etwas war, wußte ich nicht. Sollte ich also hinfahren oder nicht? Im Grunde stand die Antwort auf diese Frage bereits fest.

Mich für diese besondere Gelegenheit zurechtmachend, zog ich mir eine lange Unterhose, eine Trainingshose, zwei Paar Socken, ein T-Shirt, zwei Pullover und eine Pudelmütze mit aufgestrickten Tiermotiven an. Die Pudelmütze war ein Weihnachtsgeschenk von Kehly und sollte mich mit meinem inneren Kind in Kontakt bringen. Zugegebenermaßen hatte ich mich einmal dabei ertappt, wie ich mit dem Ding auf dem Kopf anfing, »Old McDonald Had a Farm« zu singen, aber das war nur ein einziger schwacher Moment.

Als ich meinen Parka aus dem Schrank nahm, berührten meine Finger das Pistolenhalfter, das an einem Haken an der Rückwand hing. Ich hatte meine Smith Brothers Hustenbonbons dabei, aber brauchte ich auch meine Smith and Wesson unter dem Arm? Ich nahm das Halfter heraus, ging zu meiner Eichenkommode, holte den Patronenrahmen aus der oberen Schublade, schob ihn in die Waffe und legte die 10mm auf das Bett, während ich das Halfter anschnallte. Wegen meiner dicken Pullover mußte ich den Schultergurt zwei Löcher weiter stellen. Offenbar war ich dumm genug, mich mitten in der Nacht mit einem Fremden zu treffen. Aber das auch noch unbewaffnet? Auf keinen Fall. Ich zog den Parka über, ging wieder nach unten, steckte die NyQuil-Verpackung mit der Wegbeschreibung ein und verließ das Haus.

Der Winter in Montana ist für alle eine Herausforderung, und für Fahrzeuge ganz besonders. Wenn die Temperatur weit unter Null absinkt, und man ohne den Luxus einer Garage auskommen muß, ist eine Motorenheizung unabkömmlich, besonders wenn es sich um einen 49er Chevy handelt, der eigentlich für ein Leben in Arizona bestimmt ist. In einer Zwölf-Volt-Welt verfügt mein Truck nur über eine Sechs-Volt-Elektrik, und deshalb braucht er unter arktischen Bedingungen alle Hilfe, die er kriegen kann, um in Gang zu kommen. Ich hatte mit dem Laster schon eine Menge durchgemacht, aber selbst mit all seinen Nachteilen und meiner finanziellen Möglichkeit, ein anderes Auto zu kaufen, konnte ich mich nicht von ihm trennen. Wenn er einmal auf Touren kam, pflügte er sich durch den Schnee wie ein Panzer, und, was noch wichtiger ist, immer wenn ich einstieg, fühlte ich mich meinem verstorbenen Bruder Ben nahe, von dem ich das Gefährt geerbt hatte.

Ich zog das fast zehn Meter lange Heizungskabel aus der Steckdose am vorderen Kühler, rollte es beim Haus zusammen und kehrte wieder zum Wagen zurück. Ich schaltete den Motor ein, der beim zweiten Versuch ansprang, stieg wieder aus und fegte mit meinen Armen den Schnee von der Windschutzscheibe. Nachdem ich noch ein paar Minuten gewartet hatte, bis der Motor etwas warmgelaufen war, schaltete ich in den zweiten Gang und trat aufs Gas. Eines darf ich im Winter nie machen, nämlich an einer Stelle parken, von der ich nicht nach vorne anfahren kann. Ich hatte diesen Fehler ein paar Tage zuvor gemacht und mußte dann die halbe Strecke im Rückwärtsgang hinunterfahren, bis das verdammte Triebwerk endlich genügend warm geworden war, um in einen anderen Gang schalten zu können.

Ich fuhr aus meiner Einfahrt und lenkte den Truck in Richtung Innenstadt. Ausgerüstet mit einem Sandsack zum Beschweren, hatte der Wagen die nötige Bodenhaftung. Die Stadt war wie ausgestorben, und es war außer mir kein anderes Fahrzeug unterwegs, als ich auf der Siebenundzwanzigsten Straße in Richtung Norden fuhr. Ich wollte so lange wie möglich festes Pflaster unter den Reifen haben. Obwohl man im Zentrum von Billings nie weiter als fünfzehn oder zwanzig Minuten von den ländlichen Gebieten entfernt ist, beschloß ich deshalb, erst einmal der Grand Avenue zu folgen und eine zusätzliche halbe Stunde Fahrzeit in Kauf zu nehmen.

Als ich an der Kreuzung zur Shiloh Road anhalten mußte, sah ich im Rückspiegel nur noch einen schwachen Schein von den Lichtern der Stadt. Im Fahrerhaus war es nicht warm genug, um das Eis am oberen Rand der Windschutzscheibe zu schmelzen, und der warme Luftstrom aus dem Gebläse reichte lediglich für einen schmalen Keil freier Sicht. Eine Zeitlang warfen die Straßenlampen noch ein dunstiges Licht durch die Kälte, doch bald wurden die Abstände zwischen ihnen immer größer, bis sie ganz ausblieben und ich in die vollkommene Dunkelheit fuhr. Ein starkes Gefühl von Einsamkeit und ängstlicher Erwartung breitete sich in mir aus.

8

Die Grand Avenue war bei der Achtundachtzigsten Straße unweigerlich zu Ende. Nur in Montana war es möglich, daß man an dieser Stelle mitten im Nichts einen grünbeflaggten Pfosten in die Erde pflanzte, nur um einen darauf aufmerksam zu machen, wo man sich befand. Die Stadtväter planten offenbar für die Zukunft. Ich fuhr eine Viertelmeile nach Süden und dann wieder nach Westen Richtung Tripp. Dort brachte ich den Wagen zum Stehen, weil ich nicht weiterwußte. Der Buffalo Trail erstreckte sich zu beiden Seiten in die Finsternis.

Hinter Tripp erhebt sich auf der westlichen Seite des Buffalo Trail ein Denkmal. Es sieht aus wie ein riesiger Grabstein und erinnert an eine Schlacht, die in einem anderen tiefen Winter vor langer Zeit stattfand, als eine Gruppe vom Stamm der Sahaptino-Indianer, die wegen ihrer Nasenringe Nez Percés genannt wurden, in die Sweet Grass Hills im Norden des Landes zu fliehen versuchten. Sie haben das ersehnte Ziel nie erreicht, und man sagt, die Erde des jetzt gepflügten Ackerlandes sei mit ihrer Qual und Verzweiflung getränkt. Der Gedanke ernüchterte mich. Ich wurde von Spukgeistern heimgesucht.

Ich tastete unter dem Sitz nach der NyQuil-Verpackung. Laut Franks Anweisungen befand ich mich auf dem richtigen Weg. Selbst im Wageninneren konnte ich den weißen Hauch meines Atems sehen. Draußen, unter dem phosphoreszierenden Licht des Mondes, fiel der Schnee fein wie Diamantstaub auf die weißbedeckten Felder. Es herrschte Totenstille, aber die Landschaft wirkte wie lebendig, als sei sie in ständiger, schimmernder Bewegung.

Nach einem weiteren Blick auf die Wegbeschreibung legte ich den zweiten Gang ein, ließ die Kupplung kommen und bog nach rechts ab. Frank hatte gesagt, ich müsse einen kleinen Hügelkamm und dann eine Brücke überqueren. Hinter dieser Brücke sollte ich nach links auf die Canyon Creek Road abbiegen, die sich als eine kleine, schmale und gewundene Straße entpuppte. Auf der rechten Seite der Fahrbahn ragten steile Felsen empor, und links erkannte ich in der Ferne eine unheimlich wirkende, mit den schwarzgezackten Umrissen von Pinienbäumen bewachsene Bergkette.

Nachdem ich mit etwa dreißig Stundenkilometern eine weitere Kurve genommen hatte, sah ich ein Haus zu meiner

Linken. Keines der Fenster war erleuchtet, und der Rauch aus dem Kamin wurde durch die Kälte niedergedrückt, so daß es aussah, als würde er über das Dach kriechen. Plötzlich tauchte ein großer schwarzer Hund aus dem Nichts auf, knurrte und bellte und jagte mir eine Heidenangst ein. Seine Augen schimmerten rot im Licht meiner Scheinwerfer, und er lief eine kurze Strecke neben mir her. Dann gab er auf und verschwand wieder. Die Straße wurde wieder gerade. Ich hielt Ausschau nach einem kleinen Holzhaus in einem Pappelwäldchen, und bald hatte ich es entdeckt. Seit ich in dieser Gegend unterwegs war, war mir noch kein anderes Auto begegnet. Die normalen Leute waren eben alle zu Hause im Warmen und schliefen. Ich überquerte eine weitere Brücke und sah auf den Kilometerzähler. Frank hatte gesagt, das Haus, in dem er sich befände, läge eine halbe Meile hinter dieser Brücke und etwas abseits von der Straße.

Ich fuhr so langsam wie ich konnte, ohne den Motor abzuwürgen. Einmal kam es mir so vor, als hätte ich ein schwaches Licht gesehen und wischte mit behandschuhten Fingern über die Windschutzscheibe. Aber was immer es gewesen war, es war verschwunden. Als ich plötzlich ein starkes Gefälle verspürte, wußte ich, daß ich zu weit gefahren war und versuchte, den Laster ein Stück zurückzusetzen. Dabei brach die Heckpartie nach rechts aus und geriet in eine Schneeverwehung. Statt sofort auf die Bremse zu treten, versuchte ich, weiter zurückzusetzen und machte damit alles noch schlimmer. Als ich den Wagen endlich zum Stehen brachte, war mir klar, daß ich festsaß. Ich ließ den Motor an, schaltete in den Leerlauf, zog die Handbremse und stieg aus. Das hintere Ende des Chevys steckte über einen halben Meter im Schnee.

Der Motor stotterte und setzte dann ganz aus, während ich mich verzweifelt bemühte, mit den Händen einen Tunnel zum Auspuffrohr zu graben.

»Keine Panik«, redete ich mir laut zu und erschrak selber, als meine Worte die Stille zerrissen. »Du kannst nicht so weit weg sein von dem Haus, wo Chillman ist. Herrgott, jetzt fange ich schon an, Selbstgespräche zu führen.«

Ich stieg wieder in den Truck und schaltete die Scheinwerfer und den Anlasser aus. Meine Nasenwände brannten mit jedem kalten Atemzug. Ich zog die Kapuze meines Parka über die Pudelmütze. »Hier geht nichts mehr«, beschloß ich und fing an, in die Richtung zu gehen, aus der ich gekommen war.

Ich hatte noch keine fünf Meter zurückgelegt, als ich wie angewurzelt stehenblieb und mir die Kapuze vom Kopf riß. Musik? Ich hob den Rand meiner Mütze von den Ohren und lauschte angestrengt, vernahm aber keinen Laut mehr. Die Kälte stach mir ins Gesicht, und meine Lippen fühlten sich an wie gefriergetrocknet. Ich ging weiter.

Der Schnee auf der Straße reichte mir bis über die Stiefel und machte es unmöglich, meine Schritte zu beschleunigen. Dann sah ich vor mir rechteckige Lichtfelder und die Umrisse eines Hauses. Als ich darauf zustolperte, trat ich auf eine glatte Schneefläche und fiel eine Böschung hinab. Es tut zwar nicht sehr weh, wenn man in ein Kissen aus Schnee fällt, aber es kann eine ziemliche Panik verursachen. Mühsam rappelte ich mich wieder auf und kämpfte mich mit Händen und Füßen zur Straße zurück. Dieser Kampf ging mit Flüchen einher, von denen ich nicht gewußt hatte, daß ich sie überhaupt kannte.

Als es mir gelungen war, die Böschung hinaufzukriechen, war ich immer noch stinksauer. Ein dumpfer, klopfender Schmerz durchzuckte meine Stirn, während ich mir noch den Schnee vom Gesicht wischte. Abrupt hielt ich meine Hände still. Diesmal gab es keinen Zweifel: Durch die Kälte drangen die Klänge von Musik an mein Ohr, und sie kamen von dem Haus. Als ich näher ging, glaubte ich, einen Schatten an einem der Fenster zu sehen, und rief zu ihm hinüber.

»Hallo, Frank! Ich hoffe, bei Ihnen ist es ein bißchen wärmer als hier draußen.«

Niemand antwortete.

»Frank! Frank Chillman! Ich friere mich hier zu Tode!«

Meine Lippen waren so steif gefroren, daß meine Worte merkwürdig klangen. Ich bekam immer noch keine Antwort. Dann ging ich zu dem Haus, betrat eine Veranda, die sich über die ganze Vorderseite erstreckte und hörte ein Geräusch, das mich erneut wie angewurzelt stehenbleiben ließ. Es war ein Sommergeräusch, und deshalb ergab es keinen Sinn: das wie in einer sanften Brise leise klappernde Auf- und Zuschlagen einer Fliegengittertür.

»Frank?« rief ich wieder. »Sind Sie da drin?«

Ich reckte meinen Hals nach vorne. Die Haustür stand weit offen. Ich zog meine Handschuhe aus und steckte sie in die Taschen meines Parkas.

»Ist alles in Ordnung?« So leise wie möglich fing ich an, den Reißverschluß meiner Jacke zu öffnen. Es kam mir vor, als sei er plötzlich meterlang. »Würden Sie mir bitte sagen, ob Sie da sind, Frank?«

Endlich war der Reißverschluß offen. Ich ließ meine Hand zu dem Pistolenhalfter gleiten, knöpfte die Lasche auf und zog die Waffe heraus. Mit beiden Händen umfaßte ich den Griff, hob die Arme und blies auf meine steifen Finger. Dann entsicherte ich die 10mm mit dem Daumen.

Zentimeterweise näherte ich mich der Tür. Die Musik hörte auf, und es erklang die Stimme eines Nachrichtensprechers. Ein Radio. Ich lehnte mich gegen die Hauswand, hob die Waffe und hauchte noch einmal warmen Atem auf meine Hände.

»Ich komme jetzt rein, Frank.«

Ich stieß mich von der Wand ab und ging vor der offenen Tür in Hockstellung. Von dort aus konnte man durch das ganze Haus bis zur Hintertür sehen, und auch diese schwang leise hin und her. Als ich über die Schwelle trat, knirschte der Schnee unter meinen Füßen, der sich in einem kleinen Haufen auf dem Linoleum angesammelt hatte.

Ich kam in einen riesigen, spärlich möblierten Raum, offenbar das Wohnzimmer. Ein Durchgang führte in die Küche, der ein beißender Geruch entströmte. Zu meiner Rechten befand sich eine verschlossene Tür. Ich preßte mich links davon gegen die Wand. Das ganze Haus stank nach dem Heizöl, das in zwei Öfen verbrannte, ohne jedoch gegen die Minustemperaturen anzukommen, die durch die geöffneten Türen ins Haus gedrungen waren.

»Frank?«

Nichts. Ich blieb ruhig stehen, horchte und erstarrte, als ich ein leises, piepsendes Wimmern vernahm. Es hörte auf und kam dann in schrillen, abgerissenen Tönen wieder. Ich beugte mich zur Seite, packte den Türknauf mit der linken Hand, drehte ihn, warf die Tür weit auf und stürmte in den Raum. Das Licht aus dem Wohnzimmer warf meinen Schatten auf den Boden. Dahinter bewegte sich etwas. Ich tastete nach einem Lichtschalter an der Wand, aber es gab keinen. Von der Mitte der Decke baumelte eine Schnur mit einem glitzernden Ring am Ende. Ganz vorsichtig ging ich vorwärts, griff nach der Schnur und zog daran, woraufhin eine nackte Glühbirne den Raum erleuchtete.

Die gesamte Einrichtung bestand aus einem Bett mit ein paar zerwühlten Decken und einem begehbaren Wandschrank ohne Türen, auf dessen Regalbrettern merkwürdigerweise Stapel ordentlich zusammengefalteter Kleidungsstücke lagen. Noch merkwürdiger war der kleine Welpe, der zu meinen Füßen in einer Urinpfütze saß und zu mir aufschaute.

»Ich kenne das Gefühl. Dasselbe könnte ich jetzt auch tun«, sagte ich flüsternd zu ihm.

Als ich das Zimmer verlassen wollte, folgte mir der kleine Hund, indem er schwanzwedelnd zwischen meinen Beinen herumrannte und spielerisch nach ihnen schnappte. Es half ihm nichts, denn ich schob ihn in das Zimmer zurück und schloß die Tür. Sofort fing er an, auf dem nackten Holzfußboden zu kratzen, und als ich die Küche betrat, hatte sich sein Winseln zu einem schrillen Bellen gesteigert.

In der Küche befand sich eine zitronengelb gestrichene Eßecke mit zwei Stühlen, deren Baumwollbezüge an den Lehnen eingerissen waren. Ein mannshoher Kühlschrank, sicher älter als ich, thronte in einer anderen Ecke. Auf dem elektrischen Herd bruzzelte etwas in einer gußeisernen Pfanne, und als ich die Herdplatte ausschaltete, sah ich, daß es sich um Bratkartoffeln mit Zwiebeln handelte. Sie waren noch nicht verbrannt, aber fast. Auch die Kaffeekanne auf der hinteren Herdplatte war noch heiß. Wo immer er war, er war noch nicht lange weg. Ich hatte kein anderes Fahrzeug auf der Straße gesehen, deshalb mußte er, falls er das Haus verlassen hatte, zu Fuß gegangen sein, und das bezweifelte ich. Man brauchte kein Hellseher zu sein, um zu wissen, daß hier irgend etwas faul war. Ein Frösteln ging durch meinen Körper, und es wurde nicht allein durch die klirrende Kälte verursacht. Ich trat zur Hintertür hinaus, um nachzusehen, ob es dort irgendwelche Fußspuren gab, aber das war sinnlos, denn meine eigenen Spuren waren schon verweht, sobald ich den Fuß hob. Der Wind blies mir ins Gesicht und wehte Kaskaden feinen Schnees von den Dächern zweier Gebäude, deren Umrisse sich etwa fünf Meter hinter dem Haus vor dem nächtlichen Himmel abzeichneten. Während ich darauf zuging, spürte ich den Schnee wie winzige Glassplitter auf der Haut, und ich mußte die Augen zusammenkneifen, um durch den weißen Schleier sehen zu können. Meine Schußwaffe hielt ich mit beiden Händen vor mir in die Höhe.

Der Wind legte sich so plötzlich, als habe eine riesige Hand nach ihm gegriffen und ihn beiseite geschoben. Nur noch das weißglitzernde Rieseln des Schnees vibrierte in der Luft. Ich hielt inne und starrte auf den schneebedeckten Durchgang zwischen den beiden Gebäuden. Dort, in der vom schwärzesten Schwarz bis zum weißesten Weiß streng zweifarbigen Nacht, ergoß sich ein pulsierendes, leuchtendes Rot auf den

Boden. Es gab kein Geräusch, keine Bewegung, nur dieses pochende Karmesinrot, das mit dem Rhythmus meines Herzschlags einen Einklang bildete. Ich erstarrte in einem Gefühl drohenden Unheils. Sämtliche Muskeln meines Körpers waren angespannt, während ich mich weiter vorwärts durch den Schnee kämpfte. Meine Finger fühlten nichts, nicht einmal den Griff der Pistole.

Als ich am Ende des Ganges zwischen den beiden Gebäuden angenommen war, blieb ich stehen und lehnte mich gegen die Mauer zu meiner Linken. Das Rot, das mit der Regelmäßigkeit eines Metronoms aufleuchtete, mußte von einer Stelle kommen, die genau um die Ecke lag. Ich holte tief Luft und blies noch einmal auf meine Finger, um sie etwas zu wärmen. Aber ich spürte nur, wie mir vom Einatmen der Hals weh tat. Mit der Waffe in den ausgestreckten Händen trat ich um die Ecke und blieb sofort wieder wie angewurzelt stehen. Dieselben bogenförmigen Hecklichter, die ich an dem Wagen gesehen hatte, der knapp an mir vorbei aus meiner Ausfahrt gerast war, blinkten jetzt vor mir auf und spiegelten sich in dem polierten Metall meiner Pistole. Immer noch kein Geräusch und keine Bewegung. Nur das rote An und Aus der Hecklichter. Ich näherte mich der Wagentüre auf der Fahrerseite.

»Frank? Sind Sie da drin?«

Immer noch keine Reaktion. Während ich die Waffe in der rechten Hand hielt, packte ich mit der linken den Türgriff und zog. Die Tür gab ein paar Zentimeter nach, aber nicht mehr. Ich zog noch fester und dann mit aller Kraft. Endlich ging sie auf. Ich trat einen Schritt zurück und sah voller Entsetzen, wie hinter der sich mit grauenhafter Langsamkeit weiter öffnenden Tür der Kopf eines Mannes sichtbar wurde, dann wie in Zeitlupe der restliche Körper folgte und seitlich aus dem Wagen kippte. »Scheiße!« Ich preßte die Worte durch meine steifgefrorenen Lippen. »O Gott! Nein!«

Das, was einmal die linke Gesichtshälfte des Mannes gewesen war, war als eine gefrorene Masse aus blutigem Schaum und Hautgewebe an der Fensterscheibe hängengeblieben. Zwei tote Augen blickten ausdruckslos aus seinem erstarrten Gesicht, das kopfüber aus dem Auto hing. Ich wußte, daß es sich bei der nur mit einem weißen T-Shirt und Jeans bekleideten Leiche um Frank Chillman handelte. Das vom Schnee reflektierte Aufleuchten der Hecklichter tauchte ihn in ein bizarres rotes Licht.

Ich stolperte rückwärts und ließ dabei meine Waffe fallen. Mein einziger Gedanke war, daß, wer immer das getan hatte, noch in der Nähe sein mußte und in irgendeinem Versteck auf mich lauerte. Ich kroch durch den eisigen Schnee und grub nach der Pistole, die Schmerzen in meinen Händen ignorierend. Als ich etwas Hartes berührte, griff ich zu und umklammerte den Pistolengriff. Dann ging ich wieder in Hockstellung und bewegte mich langsam seitwärts zurück, bis ich an die Rückwand eines der Nebengebäude stieß. Ich preßte meinen Rücken dagegen, zog die Beine an und ließ meine Arme schlaff über die Knie hängen. Das Gewicht der Pistole wog doppelt und dreifach in meiner Hand. Ich blieb sitzen und starrte wie gebannt auf die grauenhafte Szene vor mir. Um mich herum gab es keinen Laut, nur die Nacht, die in der bitteren Kälte erzitterte, lähmendes Entsetzen und Tod. Ich regte mich erst, als ein klagendes Jaulen aus dem Haus die Stille durchbrach.

Die Minuten vergingen wie Stunden, während ich auf die Ankunft der Polizei wartete. Ich hatte sie erst angerufen, nachdem ich einigermaßen wieder bei Sinnen war. Wenn man sich auf das Terrain der großen Jungs begibt, sollte man möglichst den Anschein von unerschütterlicher Nervenstärke wahren. Deshalb hatte ich mich auch etwas abseits vom Haus übergeben, bevor ich anrief.

Die Polizei war bereits seit mindestens zwei Stunden am Tatort, als sich eine bleiche Sonne am östlichen Horizont erhob und blaßblaue Schatten auf die Hügel warf. Ich saß in

Kyles Chevy Blazer, einem der Geländewagen, die von den Polizeibeamten des County Sheriffs benutzt werden, zusammen mit dem Welpen, der sich, in eine Decke gewickelt, neben mir auf dem Sitz zum Schlafen zusammengerollt hatte. Wo in der nächtlichen Dunkelheit zuvor nur tödliche Stille gewesen war, herrschte nun das geschäftige Treiben der County Detectives und des amtlichen Leichenbeschauers. Die Gegend sah aus wie geschenkverpackt mit den gelb-schwarz-gestreiften Absperrbändern, die überall gespannt waren. Drei Kriminalbeamte, zwei am Fuß- und einer am Kopfende, trugen die in einen blauen Plastiksack verpackte Leiche an mir vorbei und schoben sie mit geübten Handgriffen in das hintere Teil eines anderen Blazers. Ich wandte mich ab und sah erst wieder hin, als jemand an das Fenster auf der Fahrerseite klopfte.

Pete Jackson grinste mich an. Ich beugte mich über den Welpen und drückte auf die automatische Fensterkurbel.

»Hey, Siegel, hast du schon von dem neuen Frauenhaus gehört, das sie neulich in der Stadt eröffnet haben?«

»Nein, Pete. Was ist damit?«

»Man nennt es Villa Veilchen für etwas blauäugige Frauen.« Er spuckte einen Strahl braunen Kautabaks auf die Erde und lachte so heftig, daß er sich verschluckte.

»Du bist ein Arschloch, Jackson.«

»Na komm, wo ist denn dein Sinn für Humor geblieben?«

»Den hab ich immer noch, aber er reagiert nicht auf primitiven Schwachsinn.«

»Ein bißchen Galgenhumor ist doch ganz gesund, Siegel.«

»Vergiß es, das verfängt bei mir nicht«, sagte ich und wandte mich von ihm ab.

Eine Weile blieb er schweigend stehen und legte dann eine Hand durch das geöffnete Fenster auf meine Schulter.

»Ich weiß, das muß ganz schön schlimm für dich gewesen sein. Ich hab nur versucht, dich etwas aufzumuntern.«

Ich sah ihn an, während er mit seiner Hand von meiner Schulter zu dem Kopf des Welpen wechselte und ihn sanft streichelte. Pete war ein verflucht guter Polizist. Absolut korrekt und dabei trotzdem menschlich, besonders wenn es um jugendliche Straftäter ging. Es gab nur ein Problem mit ihm: Er war ein Chauvinist von der übelsten Sorte. Außer Dienst fuhr er einen schwarzen Dodge mit einem Aufkleber an der Heckscheibe, auf dem stand: »Sie können sich meinen Wagen, meinen Hund und vielleicht meine Frau ausborgen. Aber mein Schießeisen? NIEMALS!«

»Hast du den Typen gekannt?«

»Nein.«

»Da waren ein paar Papiere, äh ... unter seinen Füßen, Siegel. Ziemlich verdreckt und an der Fußmatte festgefroren. Wir haben die Matte rausgenommen und werden wahrscheinlich mehr wissen, sobald es taut. Du bist sicher, daß du diesen Kerl nicht kanntest?«

»Lies es mir von den Lippen ab, Pete. N-E-I-N ... nein, ich kannte ihn nicht.«

»Soweit ich festgestellt habe, steht dein Name auf einem Zettel zwischen den Wagenpapieren.«

»Ich habe dir doch gesagt, er hat mich angerufen. Deshalb.«

»Und da kommst du gleich mitten in der Nacht und ganz allein hierher, ja? Und das, wo's draußen so kalt ist wie 'ne frigide Lady.«

»Pete, verdammt noch mal!«

»Tut mir leid, Siegel. Aber du bist doch nicht etwa eine von diesen Frauenrechtsverdreherinnen, oder?«

»O Gott ...«

In diesem Moment trat Kyle an den Streifenwagen und sagte: »Sie wollen, daß du ins Haus kommst, Jackson. Clint Beemer hat ausdrücklich nach dir verlangt.«

Pete ging ohne ein weiteres Wort davon.

»Gut, daß du gekommen bist, Kyle. Ich war drauf und dran, ihn zu erschießen.«

Kyle lachte und sagte: »Pete ist ein prima Junge. Er meint es gut. Aber du solltest dich nicht von ihm provozieren lassen.«

»Junge ist die richtige Bezeichnung für ihn.«
»Wie ist der Kaffee?«
»Lebensspendend.«
»Du weißt ja, daß du noch deine Aussage machen mußt.«
»Hätte ich mir fast denken können. Sind sie fertig?«
»Sie haben Chillman rausgebracht.«
»Das habe ich mitbekommen.«
»Er sah ziemlich übel aus. Sein Gesicht muß praktisch am Autofenster festgefroren sein. Ich denke, es war eine 45er, wahrscheinlich mit Dumdumgeschoß, so wie der zugerichtet ist.«
»Vor ein paar Stunden habe ich noch mit ihm am Telefon geredet. Scheiße.«
»Er war auf Bewährung. Man hat Janet Sloanes Karte in seiner Brieftasche gefunden.«
»Ich weiß.«
»Weißt du sonst noch was?«
»Nur das, was ich dir schon erzählt habe. Er rief mich an und sagte, er hätte ein paar Informationen für mich. Und er wollte mich engagieren.«
»Hör zu, Fred Jenkins ist hier. Er hat angeboten, deinen Truck zurückzufahren. Was hältst du davon?«
»Eine ganze Menge, aber er wird sich in der Karre Gottweißwas abfrieren.«
»Aber sonst ist der Wagen okay?«
»Klar. Haben sie ihn denn aus dem Schnee gekriegt?«
»Haben sie. Ich sage ihnen nur Bescheid, daß ich jetzt zurückfahre. Warte hier auf mich.«
»Ich hab Zeit.«
Ich schaute zu dem Einsatzwagen hinüber, in dem die Leiche von Frank Chillman lag. Der hatte auch Zeit.

9

Ich war so erschöpft, daß ich nicht einmal mehr genug Energie hatte, um mich krank zu fühlen. Glücklicherweise war Pete Jackson in eine etwas freundlichere Rolle geschlüpft und hatte mich während meiner Aussage nicht unter Druck gesetzt.

»Bist du sicher, daß das alles ist?« hatte er zum Schluß nur sanft nachgehakt.

»Das ist alles. Ich habe ein einziges Mal mit ihm gesprochen. Aber wie schon gesagt, ich glaube, daß er gestern abend mit seinem Auto bei mir vor dem Haus stand, als ich heimkam. Ich habe die Hecklichter wiedererkannt.«

»Und du hast keine Ahnung, wofür er dich engagieren wollte?«

»Es hatte irgendwas mit seiner Schwester zu tun, die vor vielen Jahren ermordet wurde ... Verdammt, Pete, wir haben das alles doch schon durchgekaut, und ich kippe hier wirklich gleich vom Stuhl.«

»Ich habe mit Janet Sloane gesprochen. Die Sache hat sie vollkommen umgehauen. Sie meinte, Chillman hätte gute Chancen gehabt, es zu schaffen. Er hätte sich im Alpha-Haus gut gemacht und sollte nächste Woche mit einer geregelten Arbeit anfangen.«

»Davon weiß ich nichts. Er hat nichts von einem Job erwähnt.«

»Okay, ich schätze, dann sind wir wohl fertig. Möglicherweise brauche ich dich noch mal, also halte dich zur Verfügung. Ach ja, und Janet möchte, daß du bei ihr im Büro vorbeikommst.«

»Jetzt nicht. Ich brauche etwas Schlaf.

»Dann ruf sie an und sag ihr Bescheid, sonst denkt sie, ich hätte es dir nicht ausgerichtet. Ich will sie nicht auf dem Hals haben.«

»Versprochen. Und jetzt gehe ich. Pete?«

»Ja?«

»Was ist mit dem Welpen? Was wird aus ihm?«

»Welcher Welpe? Der einzige Welpe, den ich kenne, ist der, den Wolf jetzt hat. Er war eben noch hier mit ihm. Ein hübscher kleiner Schäferhund.«

»Kyle –«

»Ich hab keinen herrenlosen Hund gesehen, Siegel. Und wenn, dann hätte ich ihn ins Tierheim bringen müssen.« Er lehnte sich in seinem Stuhl zurück, verschränkte die Hände im Nacken und grinste mich an. »Wolf hat *seinen* Welpen mit zu sich nach Hause genommen. Soll ich ihm was ausrichten?«

»Ich melde mich später bei ihm. Danke, Pete.«

Mein Truck stand auf dem Parkplatz vor dem Polizeigebäude. Ich kroch hinein und spürte nicht einmal die Kälte. Ich konnte vor Erschöpfung kaum die Augen offenhalten, so daß ich das Fenster einen Spaltbreit aufmachte, in der Hoffnung, der eisige Fahrtwind würde mich lange genug wach halten, um es bis nach Hause zu schaffen. Die Luft war klar und frisch, und vom Asphalt hob sich eine Dampfwolke, als die Autoabgase den Schnee schmolzen, der in der Nacht zuvor gefallen war.

Als ich um halb zehn meine Haustür öffnete, tönte mir das Läuten des Telefons entgegen. Ich lief in mein Arbeitszimmer, nahm den Apparat, drehte ihn um und stellte das Klingeln ab. Während ich ins Wohnzimmer ging, um auch dort das Telefon zum Schweigen zu bringen, zog ich meine Schuhe und Kleider aus und ließ sie achtlos auf den Boden fallen. Der Schlaf konnte nicht warten. Alles andere schon. Ich bettete mich auf die weiche Couch und zog mir die Decken bis ans Kinn. Stud sprang auf das Polster, schnüffelte an mir herum und gab einen grollenden Laut von sich. Ich roch nach dem Welpen, und er haßte Hunde, aber schließlich haßte er überhaupt so ungefähr alles und jeden außer mir.

Wir vollzogen unser übliches Ritual, bei dem ich ihn vom Sofa stieß, er gleich wieder zurücksprang und mit seinen dolchartigen Krallen durch die Decken fuhr.

»Wenn du Hunger hast, fang dir eine Maus«, sagte ich und schubste ihn ein letztes Mal von der Couch.

Aus halbgeschlossenen Augen sah ich zu, wie er zwischen Sofa und Couchtisch hin- und herstolzierte und dabei seinen Schwanz wie eine Peitsche schwang. Er war stinksauer. Mir schwante nichts Gutes, und prompt, meine Augen waren bereits geschlossen, hörte ich, wie er sämtliche Gegenstände vom Couchtisch abräumte. Nachdem es ihm schließlich auch gelungen war, das Telefon hinunterzustoßen, vernahm ich eine weitentfernte Stimme, die sagte: »Kein Anschluß unter dieser Nummer.« Das letzte, was mir durch den Kopf ging, bevor ich endgültig einschlief, war, daß ich mir wünschte, die freundliche Stimme am Telefon hätte dasselbe zu meinem nächtlichen Anrufer gesagt.

Um zwei Uhr nachmittags war ich auf dem Weg zurück in die Stadt. Zwei Fernsehstationen und die Redaktion der Lokalzeitung hatten mehrere Nachrichten auf meinem Anrufbeantworter hinterlassen. Frank Chillman, praktisch ein Unbekannter, als er noch lebte, machte nun als Toter Schlagzeilen. Ich fragte mich, was er wohl dazu gesagt hätte. Ich hatte mich mit Janet Sloane im Scooterz Pub an der Third Avenue verabredet. Das Lokal war günstig gelegen und deshalb zu meinem bevorzugten Treffpunkt für Geschäftskontakte geworden, die ich nicht zu Hause abwickeln wollte. Außerdem befand es sich ganz in der Nähe des Gebäudes, in dem das Gericht und das Polizeirevier untergebracht waren, und so verkehrte dort natürlich die Sorte von Leuten, unter denen ich mich wohlfühlte.

Die Götter meinten es gut mit mir und ließen mich einen Parkplatz in der Nähe finden. Ich warf etwas Geld in die Parkuhr und betrat das Lokal. Dort bestellte ich meinen üblichen doppelten Mokka und setzte mich an einen Tisch. Janet kam herein, bevor ich noch den Sitz angewärmt hatte.

»Ich glaub's einfach nicht. Was in Gottes Namen ist passiert?« Sie zog ihren Mantel aus und hängte ihn über die Stuhllehne. »Ach Scheiße, was für ein Morgen. Bist du okay?«

»Mir geht's gut. Janet ...«

»Werd jetzt bloß nicht emotional, Phoebe. Ich glaube nicht, daß ich das ertragen könnte.«

Wie, um alles in der Welt, hält man Emotionen aus so einer Sache heraus? Ich schwieg und nippte an meinem Kaffee.

»Mein Gott, das Leben ist doch eine Jauchegrube. Weißt du, manchmal denke ich, die Erfolgsrate in meinem Beruf beläuft sich etwa auf null und nichtig. Und wenn man dann mal einen kriegt, von dem man weiß, daß er eine Chance hat, passiert es leicht, daß man sich zu sehr engagiert.« Sie griff in ihren Umhängebeutel, zog ein Taschentuch hervor und wischte sich über die Augen, bevor die Tränen liefen. »Na ja, wie gesagt, ich kann mir im Moment keine Gefühle leisten. Ich muß es einfach wegstecken.«

»Möchtest du etwas bestellen?« fragte ich sie.

»Jetzt nicht. Vielleicht später. Weißt du, obwohl mich viele für total abgebrüht halten, verliere ich gelegentlich die Distanz. Auf einer persönlichen Ebene. Weißt du, was ich meine?«

»Klar, Janet. Das kommt vor.«

Janet hatte die Angewohnheit, sich beim Reden vorzubeugen und ihren Kopf ruckweise auf und ab zu bewegen, wie diese ständig nickenden Tierfiguren, die man manchmal hinter der Heckscheibe billiger Automarken sieht. Die Sache mit Chillman tat ihr weh, und ich fühlte mit ihr, aber ich brauchte Informationen.

»Janet, falls du irgend etwas weißt, das mir weiterhelfen könnte, wäre ich dir sehr dankbar, wenn du es mir sagen würdest.«

»Tot ist tot. Was soll ich dazu noch sagen?«

»Ich möchte mehr über Frank wissen. Über seine Vergangenheit. Weißt du etwas darüber?«

»Nur das, was in den Therapiesitzungen besprochen wurde und worüber er und ich geredet haben. Ich sagte ja schon, daß er gewisse Zwangsvorstellungen hatte. Der Psychiater, der vor Gericht ein Gutachten über ihn abgegeben hat, hat das auch gesagt. Er konnte nicht von der Sache mit seiner Schwester loskommen.«

»Wußtest du, daß sie eine Prostituierte war?«

»Ja, das wußte ich. Aber ich bin nicht sicher, ob Frank diese Tatsache jemals akzeptiert hat. Er glaubte, sie hätte die klügste Entscheidung ihres Lebens getroffen, als sie anfing, für Big Dorothy zu arbeiten.«

Ich lachte laut. »Die Madame aus Manhattan. Sie gehört zu einer aussterbenden Art.«

»Ja, es gibt sie praktisch nicht mehr. Mein Gott, diese Frau hat die Männer unserer Stadt jahrzehntelang nach ihrer Pfeife tanzen lassen.«

»Das habe ich auch gehört. Lebt sie noch hier?«

»Soweit ich weiß.«

»Worin bestanden seine Zwangsvorstellungen? Wie war das mit seiner Schwester?«

»Ich hatte keine Einsicht in seine Akte beim Jugendgericht, aber nach allem, was er mir erzählte, hat hauptsächlich seine Schwester die Familie ernährt. Die Mutter ist nachts Büros putzen gegangen, wenn sie konnte. Aber trotzdem war es irgendwie eine intakte Familie. Seine Schwester starb, als er dreizehn Jahre alt war, und von da an ging es bergab. Die Mutter ist nach dem Tod ihrer Tochter immer mehr verfallen.«

»Und dann?«

»Es kommt noch schlimmer. Zwei Jahre später ist sie gestorben, und die Kinder ...«

»Kinder?«

»Ja, Frank hatte noch eine jüngere Schwester. Die drei waren übrigens alle von verschiedenen Vätern. Jedenfalls kamen die beiden Kinder zu Pflegeeltern. Sie wurden also getrennt, und das war sicher nicht gut für Frank. Seither ist er immer wieder in Schwierigkeiten geraten und wanderte von einem Heim ins nächste.«

»Ach je.«

»Schließlich kam er zu einem älteren Ehepaar, das im Süden der Stadt auf einer Farm lebte. Frank war gescheit, er hatte einen IQ von einhundertvierundvierzig. Mit achtzehn war er dann kein Mündel mehr und stand nicht länger unter staatlicher Vormundschaft. Er blieb aber auf der Farm bei, Himmel, wie war noch mal ihr Name ... Ich hab es vergessen. Jedenfalls lief alles bestens. Dann stirbt der alte Mann ganz plötzlich, seine Frau verfällt in geistige Verwirrtheit, und die Kinder des Ehepaars machen aus dieser Situation ein lukratives Geschäft. Sie stecken ihre Mutter in ein Altersheim und verkaufen die Farm.«

»Laß mich raten, wie es ausgeht. Frank kann sehen, wo er bleibt.«

»Genau.«

»Er ist ein paarmal mit dem Gesetz in Konflikt geraten. Nichts ernstes, meistens wegen Trunkenheit am Steuer, was man damals noch nicht so streng gesehen hat, und wegen nicht bezahlter Strafzettel.«

»Und das hat ihn ins Gefängnis gebracht?«

»Nein. Das war wegen eines Einbruchdiebstahls im Büro eines Rechtsanwalts.«

»Weißt du, wessen Büro das war?«

»Nicht auswendig. Aber er hat zehn Jahre gekriegt.«

»Ohne vorbestraft gewesen zu sein?«

»Ja. Irgendwie ist mir diese Verurteilung immer merkwürdig vorgekommen.«

»Wie meinst du das?«

»Jedesmal, wenn eine bedingte Haftentlassung beantragt

wurde, ist sie abgelehnt worden. Er hat seine Strafe dann fast bis zum Ende absitzen müssen. Ich glaube, er hatte nur noch achtzehn Monate, als er schließlich rauskam.«

»Dann war es vielleicht nichts mit guter Führung bei ihm.«

»Im Gegenteil. Er war mustergültig. Kommt dir das nicht auch ein bißchen merkwürdig vor?«

»Allerdings, besonders da in diesem Bundesstaat kaum jemand seine volle Strafe absitzen muß. Nicht einmal damals. Janet, ich muß wissen, was in deinen Unterlagen über Frank steht.«

»Das kann ich nicht machen.«

»Doch, das kannst du. Du hast an diesen Mann geglaubt, und ich denke, du hattest recht damit. Es ist noch nicht zu spät, um etwas für ihn zu tun.«

»Er ist tot, um Himmels willen. Was gibt's da noch zu tun?«

»Du könntest mir zumindest den Namen von dem Rechtsanwalt nennen, bei dem er eingebrochen ist. Okay?«

»Das geht vielleicht. Ich brauch wohl nicht zu sagen, daß es mich in Teufels Küche bringt ...«

»Nein, das brauchst du nicht. Wo ist eigentlich seine jüngere Schwester jetzt?«

»Sie lebt hier. Ist geschieden und hat zwei Kinder. Die ist in Ordnung, und ich mag sie. Sie hat Frank sogar angeboten, bei ihr zu wohnen, aber er hat abgelehnt.«

»Weiß sie schon, was passiert ist?«

»Ja. Ich bin gleich zu ihr gefahren, als ich es heute morgen erfahren habe. Sie war seine einzige Angehörige.«

»Was ist mit seinem Vater?«

»Weiß der Henker. Ich habe auch keine Ahnung, wie sie es allein schaffen wird, ihn zu beerdigen. Finanziell, meine ich. Weißt du, was sie gemacht hat? Sobald sie alt genug war, ist sie zweimal im Monat ins Gefängnis gefahren, um ihn zu besuchen.«

»Die beiden sind in Kontakt geblieben?«

»Die ganze Zeit.«

»Wie ist ihr Name, Janet?« Ich nahm einen Stift und ein kleines Notizbuch aus meiner Jackentasche.

»Simon. Becky Simon. Sie wohnt am westlichen Ende von Rehberg am Dover Drive. Hausnummer eintausendzehn. Sie ist dort Lehrerin an einer Grundschule.«

»Danke, Janet.« Ich schrieb die Adresse auf und machte eine Notiz, um mich daran zu erinnern, ein Bestattungsunternehmen zu kontaktieren. »Themawechsel: Was weißt du über Bob Maitland?«

»Oh, leider gar nichts. Aber es gibt einiges, was ich gern über ihn wüßte.« Sie errötete. »Ich meine, er ist einfach ein verflucht gutaussehender Mann, und ich kenne keine alleinstehende Frau in der ganzen Stadt, die nicht ab und zu ihre kleinen Phantasien über Maitland hätte. Warum fragst du? Ich dachte, du hättest eine Beziehung.«

»Hab ich auch. So was in der Art, jedenfalls. Meinst du, er ist sauber?«

»Nach allem, was ich weiß. Willst du, daß ich mich mal ein bißchen umhöre?«

»Nein. Ist nicht so wichtig. Aber ich muß jetzt los. Ich will noch bei Franks Schwester vorbeifahren.«

»Warum werde ich den Eindruck nicht los, daß du tiefer in der Sache drinsteckst, als du zugibst?«

»Frag nicht, Janet. Ich habe im Moment noch keine Antworten. Vergiß nicht, mir den Namen von dem Rechtsanwalt zu geben. Falls ich nicht zu Hause bin, hinterlasse mir bitte eine Nachricht auf dem Anrufbeantworter.«

»Okay. Phoebe? Ich dachte immer, es sei nicht mit rechten Dingen zugegangen, daß Frank nicht vorher aus der Haft entlassen wurde, und ich wollte mich schon lange mal ein bißchen mit den Hintergründen befassen. Aber ich stecke so in Arbeit, daß ich einfach nie dazu gekommen bin. Jetzt fühle ich mich irgendwie schuldig. Verstehst du das?«

»Ja, das verstehe ich. Bis bald.«

Nachdem ich noch ein paar Zehncentstücke in die Parkuhr geworfen hatte, ging ich zum Gerichtsgebäude. Als ich es durch den Eingang an der Third Avenue betreten hatte, mußte ich mich durch eine Menschenmenge kämpfen, die sich vor den Aufzugtüren angesammelt hatte. Die Dienststelle des Bezirkssheriffs lag im zweiten Stock, und ich hatte keine Lust, Treppen zu steigen. Neben den aufgebauten Kameras erkannte ich ein paar Journalisten von der *Gazette,* und dann ertönte aus der Menge eine Stimme, die mir irgendwie bekannt vorkam.

»Wir brauchen nicht nur einen Wetterwechsel«, sagte die Stimme, was von den Umstehenden mit Gelächter quittiert wurde, »sondern wir brauchen auch einen Wechsel unserer überholten Gesetze, die eher dem Schutz der Täter als dem der Bürger zu dienen scheinen. Wie Sie alle wissen, bin ich selbst unmittelbar mit einem Gewaltverbrechen in Berührung gekommen. Meine Frau Ellen wurde vor über fünfundzwanzig Jahren brutal ermordet, und derjenige, der für diese Tat verantwortlich ist, wurde bis heute nicht vor Gericht gebracht.«

Maitland. Ich versuchte, mich zum Ausgang zurückzuziehen, fand aber den Weg versperrt von einer Frau, die wohl an die dreihundert Pfund wiegen mußte.

»Entschuldigen Sie«, sagte ich flüsternd zu ihr, »würden Sie mich bitte durchlassen?«

»Ist er nicht phantastisch? Ich lebe allein, und der Himmel weiß, wieviel Angst ich immer habe. Es ist doch einfach ein Unding, daß man als alleinstehende Frau meines Alters in ständiger Furcht leben muß. Finden Sie nicht?«

»Ich bin vollkommen Ihrer Meinung. Und jetzt entschuldigen Sie mich bitte.« Aber sie wich und wankte nicht.

»Psst«, zischte sie und blickte strafend über ihr Doppelkinn auf mich herab. Ich wischte mir ihre feuchte Aussprache von der Stirn und schwieg. Auf keinen Fall wollte ich die Aufmerksamkeit auf mich lenken.

»Haben Sie deshalb einen Privatdetektiv angeheuert? Um den Fall Ihrer Frau neu aufzurollen?«

»Nicht irgendeinen Privatdetektiv. Den besten.«

»Ich muß hier raus. Lassen Sie mich sofort vorbei.« Meine Stimme war gerade laut genug, daß sich ein paar der mir bekannten Presseleute umdrehten.

»Sieh mal einer an, da hinten ist sie ja. Sie soll es uns selber sagen.«

Ich fühlte mich, als hätte mir jemand einen Peitschenhieb versetzt. Diesmal drehten sich alle um, und ich hörte Maitland rufen: »Wo ist sie? Treten Sie zur Seite. Lassen Sie sie durch. Phoebe, wo sind Sie?«

Vor dem, was nun geschah, schien selbst Moses' wundersame Teilung des Ozeans zu verblassen. Als die Menge auseinandertrat, standen Maitland und ich uns gegenüber und starrten uns über den Marmorfußboden hinweg an. Ich wurde von unsichtbaren Händen nach vorne geschoben, bis ich neben ihm stand. Er legte seinen Arm um meine Schulter. Sofort ging die Fragerei los.

»Wo beginnen Sie mit den Ermittlungen in einem Mordfall, der so lange zurückliegt?«

»Ist das nicht bloß ein politischer Schachzug für Ihre bevorstehende Kandidatur?«

»Gemach, gemach. Wie Miss Siegel bei unserem ersten Treffen betont hat, legt sie großen Wert darauf, daß ihre Arbeit als Privatdetektiv auch privat bleibt. Deshalb will ich auch nicht, daß Sie sie hier so aufs Korn nehmen.« Maitland hob die Hände, und die Menge wurde ruhig.

Der Kerl war unglaublich.

Die Aufzugklingel ertönte, und ich erkannte Maggie Mason, die mit einer Aktentasche in der Hand heraustrat. Sie hielt inne, grinste mir zu, stellte sich an den Rand der Menge und gab mir ein aufmunterndes Zeichen.

»Es ist Ihre Entscheidung, Phoebe. Wenn Sie keinen Kommentar abgeben wollen, wird man das verstehen.« Dann beugte sich Maitland nach hinten und flüsterte: »Helfen Sie mir mal hier.«

Ich warf noch einen Blick zu Maggie und faßte dann die Menge ins Auge. »Ich habe keinen Vertrag mit Mr. Maitland und betrachte ihn nicht als meinen Klienten.«

»Wollen Sie ihm nur dabei helfen, daß er gewählt wird oder ...«

Wieder erhob sich eine Vielzahl von Stimmen. Ich fühlte, wie Maitland neben mir starr wurde. Dann sah ich, wie er sich wieder nach hinten beugte und jemandem etwas zuflüsterte. Der Mann trat daraufhin zur Seite und verschwand.

»Was wollen Sie damit sagen, Miss Siegel?«

»Ich will damit sagen, daß ich Mr. Maitland nicht vertrete, und ich habe auch nicht die Absicht, es zu tun.«

Ohne die Lippen zu bewegen, mit zusammengebissenen Zähnen und seinem strahlenden Lächeln auf den Lippen raunte Maitland mir zu: »Das werden Sie bereuen.«

»Haben Sie denn überhaupt ein Interesse an diesem Fall?« fragte jemand zu meiner Linken.

Aus den Augenwinkeln sah ich, wie der Mann, der hinter Maitland gestanden war, leise mit einem der Presseleute sprach. Dann schob er sich durch die Menge und verschwand.

»Was meinen Sie damit, ob ich ein Interesse daran habe?« fragte ich zurück.

»Werden Sie nun Nachforschungen anstellen oder nicht?«

Die Meute hatte Blut gerochen. Ihre Fragen hatten einen aggressiven Unterton.

»Das werde ich. Aber nicht für Mr. Maitland.«

»Für wen dann?« erklang es unisono.

»Für Frank Chillman und Ellen Dahl Maitland.«

Ein Raunen ging durch die Menge.

»Wer ist denn Frank Chillman?«

»Ist das nicht der, der gestern nacht umgebracht wurde?«

»Sehen Sie eine Verbindung zwischen den beiden Morden?«

»Heißt das, Sie arbeiten gegen Maitland?«

Von allen Seiten stürmten die Fragen auf mich ein. Dann

erhob sich zu meiner Linken eine dröhnende Stimme, und die anderen wurden still.

»Eine Frage, Miss Siegel. Mr. Maitland behauptet, Sie seien der beste Privatdetektiv dieser Stadt. Aber waren Sie nicht in den Tod Ihres Mannes vor drei Jahren verwickelt, und war der nicht bei der hiesigen Polizei? Und sind Sie jetzt nicht auch irgendwie in die Sache mit Frank Chillman verwickelt, der letzte Nacht ermordet wurde? Das scheint mir nicht gerade eine gute Leistungsbilanz zu sein. Was sagen Sie dazu?«

Wieder ging eine Bewegung durch die Pressemeute. Ich brachte keinen Ton heraus und starrte nur fassungslos den Reporter an, von dem die Frage gekommen war. Es war derjenige, mit dem Maitlands Handlanger zuvor gesprochen hatte. Unwillkürlich spannten sich meine sämtlichen Muskeln an, als ich anfing, mir einen Weg durch die Menge zu bahnen. Jemand packte mich beim Arm, und ich versuchte, die Hand abzuschütteln.

»Ich bin's, Phoebe. Maggie. Komm hier lang.«

Ich gehorchte und ließ mich von ihr zum Aufzug führen. Sie drückte ungestüm auf den Knopf, und ich hoffte ebenso ungestüm, daß sich die Lifttüren bald öffnen würden.

»Stimmt das, Miss Siegel?«

»Wurden Sie beschuldigt?«

»Wie verhielt sich die Sache?«

Endlich glitten die Türen auf. Die Stimmen folgten uns, während wir den Aufzug betraten. Ich verkroch mich in die hinterste Ecke. Maggie hielt die Menge in Schach, während sie auf einen der Knöpfe einhieb. Dann schlossen sich die Türen.

»Verdammte Scheiße! Dieser Hurensohn!«

»Seine Mutter kann doch nichts dafür«, sagte Maggie und lachte gequält. »Mein Gott, es tut mir so leid. Aber was um alles in der Welt ist eigentlich passiert?«

»Dieses Arschloch!« schrie ich zur Antwort, als sich die Aufzugtüren wieder öffneten. Drei ältere Damen standen davor und starrten mich ungläubig an.

»Prämenstruales Syndrom«, erklärte ihnen Maggie und fügte achselzuckend hinzu: »Das kommt jeden Monat einmal vor, da kann man nichts machen.«

Sie setzten verständnisvolle Mienen auf und traten zur Seite, als wir aus dem Fahrstuhl stiegen. Zurückblickend sah ich, wie sie mißtrauisch um die Aufzugtüren äugten. Ich folgte Maggie einen Gang entlang in die Gerichtsbibliothek, wo ich vor Wut auf und ab lief.

»Er hat einen von seinen beschissenen Unterlingen zu diesem Scheiß-Reporter geschickt, um ihm die Sache mit meinem Mann zu stecken. Ich hab's gesehen, Maggie. Verflucht noch mal! Aber damit kommt er bei mir nicht durch, das schwöre ich dir. Dem zieh ich die Eier lang.«

»Heißt das, daß du ihn nicht attraktiv findest?«

Zum zweiten Mal innerhalb weniger Minuten war ich fassungslos.

10

Die Dover Road durchschnitt einen der zahlreichen neuen Außenbezirke, die sich wie Fangarme in jede Richtung des Umlandes von Billings erstreckten. Mit Mauern, Zäunen oder Wällen von der Umwelt abgeschirmt, bildeten sie künstliche Inseln der Seligkeit, die einander glichen, als wären sie geklont, und in denen alles ungemein nett wirkte: die Kinder, die Blumenbeete in den Gärten, das Gewirr der Sackgassen und die Autos in den neuesten Modefarben. All das ermöglichte es den Einwohnern, ein nettes kleines Leben zu leben. Auch Becky Simons Haus war nett. Zu nett, um sich eine Vorstellung von dem Kummer machen zu können, der drinnen mit Sicherheit herrschte.

Ich parkte den Truck, stieg aus und ging auf die Haustür zu. Ich mußte dreimal läuten, bevor sie geöffnet wurde.

»Ja bitte?« Ihre Stimme war so sanft wie ihr Aussehen.

»Sind Sie Becky Simon?«

»Ja, das bin ich.«

»Mein Name ist Phoebe Siegel. Ich komme gerade von Janet Sloane ...«

»Mein Bruder Frank hat Sie kontaktiert, nicht wahr?« Sie trat einen Schritt von der Tür zurück. »Mein Gott, entschuldigen Sie bitte, daß ich Sie so in der Kälte stehen lasse. Kommen Sie doch herein.«

»Danke.« Ich betrat das Haus. Es war makellos, selbst mit den Spielsachen, die auf dem Wohnzimmerboden verstreut lagen. »Ich weiß, das ist ein ungünstiger Moment, Becky, aber ich muß mit Ihnen über Frank reden.«

»Nein, nein, das ist kein Problem. Lassen Sie uns ins Eßzimmer gehen. Da sind wir ungestört. Möchten Sie einen Kaffee?« Ich folgte ihr durch das Wohnzimmer, während sie sagte: »Passen Sie auf, wo Sie hintreten. Meine Kinder lassen überall ihre Spielsachen rumliegen.« Nach diesen Worten blieb sie stehen, bückte sich nach einem Stofftier, einem Eisbären, der vor ihren Füßen lag, hob ihn hoch und hielt ihn vors Gesicht. Ich konnte ein unterdrücktes Schluchzen hören.

»Entschuldigen Sie bitte. Es ist nur so schwer zu glauben, daß er fort ist. Er hat dieses Stofftier für Max, meinen Sechsjährigen gekauft. Max liebt den Bären über alles.« Sie hob eine Hand und wischte sich die Tränen von den Wangen. »Ich wollte wirklich nicht ...«

»Vielleicht wäre es besser, wenn ich morgen oder an einem der nächsten Tage wiederkomme.« Herrgott, ich kam mir vor wie einer dieser hartgesottenen Reporter, die jemandem ein Mikrofon vor die Nase halten und fragen: »Wie fühlen Sie sich jetzt, wenn Sie sehen, wie die aufgedunsene Leiche Ihres Vaters, Sohnes, Bruders oder Ehemannes aus dem Fluß gezogen wird?«

»Heute oder morgen, das macht keinen Unterschied. Es wird für lange, lange Zeit nicht besser werden. Setzen Sie sich. Bitte.«

Ich ging zu einem Stuhl mit hoher Rückenlehne und wollte mich gerade darauf niederlassen, als sie plötzlich aufschrie: »Verdammt! Warten Sie!« Sie machte einen Satz auf mich zu: »Setzen Sie sich nicht dorthin.« Kummer hin oder her, das fand ich allerdings etwas übertrieben. Ich wich ein wenig zur Seite, als Becky um mich herumging und einen Marmeladetoast vom Stuhlsitz nahm.

»Das wollen Sie doch sicher nicht an Ihrer Rückseite kleben haben.« Sie lief in die Küche zurück und legte den Toast auf die Anrichte. »Tut mir leid, daß ich die Beherrschung verloren habe. Wie gesagt, es war ein schlimmer Morgen. Also, setzen Sie sich. Habe ich Sie schon gefragt, ob Sie Kaffee möchten?«

»Klar.«

»Nehmen Sie ihn mit Milch oder Zucker?«

»Nein. Schwarz.«

Becky Simon mußte sich auf die Zehenspitzen stellen, um eine Tasse aus dem Schrank zu nehmen. Während sie einschenkte, wirkte selbst die Kaffeekanne übergroß in ihren kleine Händen. Sie trug die Tasse zum Tisch, stellte sie vor mir ab und füllte dann ihre eigene.

»Seit Janet gegangen ist, habe ich nur hier gesessen und in die Luft gestarrt. Ich weiß gar nicht, wie ich es geschafft habe, die Kinder für die Schule fertig zu machen. Aber natürlich habe ich Alisons Lunchpaket vergessen und mußte ihr damit noch hinterherrennen.«

»Ich bin nicht sehr gut darin, die richtigen Worte zu finden, Becky. Ich kannte Frank eigentlich gar nicht.«

»Aber ich«, sagte sie mit einem strahlenden Lächeln, und für einen kurzen Moment wich der gequälte Ausdruck in ihren haselnußbraunen Augen einem fröhlichen Zwinkern.

»Sie hätten ihn gemocht. Er hatte eine etwas rauhe Schale, aber ... mein Gott, er war so liebevoll. Besonders zu den Kindern. Er konnte großartig mit ihnen umgehen.«

Alles hat seine zwei Seiten. Und diese hier war faszinierend anders als mein Bild von dem grob klingenden Ex-Sträfling, der mich mitten in der Nacht angerufen hatte und der wenig später als Toter endete, mit seinem Gehirn an einer Autofensterscheibe festgefroren.

»Das glaube ich Ihnen gerne.«

»Er hatte es so schwer, und ich hatte es so leicht. Wissen Sie, manchmal kann ich es gar nicht erklären, warum wir uns immer so nahe waren.«

»Sie wuchsen bei Pflegeeltern auf, nicht wahr?«

»Sie haben mich adoptiert, aber ich habe sie immer als meine richtigen Eltern angesehen. Es war das einzige Zuhause, das ich kannte. Von meiner Mutter oder meiner Schwester Rita weiß ich nur das, was Frank mir erzählt hat. Jedenfalls bin ich nicht wie er von einem Heim ins nächste abgeschoben worden. Ich glaube, ich war zehn Jahre alt, als sie Frank endlich erlaubten, mich wiederzusehen. Er war acht Jahre älter als ich, und ich konnte mich kaum noch an ihn erinnern. Gelegentlich fallen mir irgendwelche Kleinigkeiten ein. Vielleicht sind das Erinnerungen, ich weiß es nicht. Alles was ich weiß, ist, daß Frank mein Bruder war, und daß ich ihn liebte.«

Wieder kamen ihr die Tränen. »Ich wünschte, ich könnte damit aufhören.«

»Ich weiß, wie schwer das für Sie ist, Becky, aber ich möchte Ihnen gern ein paar Fragen stellen.«

»Sie und alle anderen.«

»Ist die Polizei schon bei Ihnen gewesen?«

»Ein Detective Jackson hat heute morgen angerufen und gefragt, ob er herkommen könne. Ich sagte ihm, ich wäre im Moment nicht in der Verfassung dazu, und er war so freundlich, seinen Besuch auf den Nachmittag zu verschieben.«

»Ich kenne Pete Jackson. Er ist ein guter Polizist.«

Sie fuhr mit einer Hand durch ihr dunkelbraunes Haar, dessen üppige Locken ihr puppenartiges Gesicht umrahmten, das mit den dunklen Augen, dichten schwarzen Wimpern und der olivfarbenen Haut leicht exotisch wirkte.

»Frank hat mir erzählt, daß er Sie anheuern wollte. Schuldet er Ihnen jetzt vielleicht Geld oder so? Ich habe nicht viel, aber ...«

»Nein, Frank schuldet mir gar nichts. Janet hat mir gesagt, Sie seien geschieden.«

»Wer ist das nicht?« Sie lächelte halbherzig. »Seit vier Jahren. Aber ich bemühe mich, meinen Kindern alles zu geben, was sie brauchen. Meine Tochter geht in die dritte Klasse und Max in die erste. Wir wohnen seit einem Jahr in diesem Haus, und wir lieben es. Die Kinder ...« Sie hielt inne und sah mir mit diesen großen, traurigen Augen gerade ins Gesicht.

»Aber Sie sind ja nicht hergekommen, um mit mir über die Kinder oder mein Haus oder meine Scheidung zu reden. Sie sind hier wegen Frank. Was wollen Sie wissen?«

»Wann haben Sie zuletzt mit ihm gesprochen, Becky?«

»Gestern abend. Wir hatten eines dieser wirklich guten Gespräche, wie wir sie in letzter Zeit öfters hatten. Wir redeten viel über die Vergangenheit. Und über die Zukunft. Er dachte, er hätte eine, wissen Sie?«

»Wie bitte?«

»Eine Zukunft. Er dachte, er hätte eine Zukunft.«

»Er hat Ihnen also erzählt, daß er vorhatte, mich zu engagieren. Sagte er Ihnen auch warum?«

»Ja. Es ging um Rita, aber er hat immer schon viel über Rita gesprochen, auch in seinen Briefen. Sie dürfen allerdings nicht glauben, daß sein Verdacht nicht ernstzunehmen ist.« Sie runzelte die Stirn und beugte sich zu mir vor. »Frank war ein sehr intelligenter Mann. Er hat Fehler gemacht, das weiß ich. Aber er war von Herzen gut, und darauf kommt es doch an.«

»Das bezweifle ich nicht im geringsten. Sie sagten eben, daß Sie sich nicht an Ihre Schwestern erinnern?«

»Das stimmt. Und niemand hat mir irgend etwas über Rita erzählt, bis ich ungefähr dreizehn war. Meine Eltern, also genauer gesagt, meine Adoptiveltern ... nun ja, sie wollten gewissermaßen nicht, daß ich eine Vergangenheit hatte, sondern nur eine wunderbare Zukunft. Rückblickend ist mir klar, daß bei uns zu Hause vieles verdrängt wurde.« Sie trank den Rest ihres Kaffees aus und erhob sich. »Aber natürlich konnten sie mich nicht immer und vor allem schützen. Möchten Sie noch etwas Kaffee?«

»Warum nicht? Ich lebe sowieso nur noch von Koffein und Grippemittel.«

»Es hat Sie also auch erwischt. Meine Kinder und ich hatten es letzten Herbst, und es hat Wochen gedauert, bis wir wieder richtig gesund waren. Was nehmen Sie dagegen?«

»NyQuil bei Tag und NyQuil bei Nacht.«

»Zuerst fühlt man sich besser, und dann wird's schlimmer«, sagte Becky, während sie meine Tasse füllte.

»Na, das tröstet mich. Was haben Sie eigentlich damit gemeint, daß Ihre Eltern Sie nicht immer schützen konnten?«

»Als ich dreizehn oder vierzehn war, wurde ich einmal eingeladen, zusammen mit ein paar anderen Mädchen bei einer Freundin zu übernachten. Wir haben in Schlafsäcken im Keller kampiert, und aus irgendeinem Grund bin ich nach oben gegangen, wahrscheinlich, weil ich auf die Toilette mußte. Und dabei habe ich gehört, wie sich die Eltern meiner Freundin unterhielten. Sie sprachen über mich.« Mir war zwar nicht klar, was das alles für eine Bedeutung haben sollte, aber ich hörte trotzdem zu. Sie machte eine schlimme Zeit durch, und wenn es ihr half, in Kindheitserinnerungen zu schwelgen, warum nicht? »Zuerst dachte ich, sie würden sich streiten. Deshalb habe ich mich auf die Treppe gesetzt und auf eine Gelegenheit gewartet, mich ungesehen zur Toilette schleichen zu können. Ich meine, ich wollte sie nicht in Verlegenheit bringen. Dann erwähnten sie plötzlich meinen Namen.«

»In welchem Zusammenhang?«

»Der Vater wollte mich nicht in seinem Haus haben.«

»Warum, zum Teufel ..., entschuldigen Sie, Becky, wieso sollte er ein Problem mit Ihrer Anwesenheit gehabt haben?«

»Er sagte zu seiner Frau, meine Schwester wäre eine Hure, und mein Bruder würde auch nichts taugen. Das war das erste, was ich über Rita hörte. Bis dahin hatte man mir gegenüber nicht einmal ihren Namen erwähnt.«

»Was haben Sie gemacht?«

»Ich bin zu ihnen ins Wohnzimmer gegangen und habe gesagt, ich wolle meine Eltern anrufen, damit sie mich abholen. Beide sahen sehr betroffen aus. Sie, die Frau, ist zu mir gekommen, hat mir den Arm um die Schultern gelegt und versucht, mich zum Bleiben zu überreden.«

»Sind Sie trotzdem gegangen?«

»Ja. Ich rief meinen Vater an, und er ist sofort gekommen.«

»Haben Sie Ihren Eltern erzählt, was passiert war? Sie müssen sich doch gewundert haben, warum Sie früher nach Hause wollten.«

»Natürlich habe ich das. Ich fühlte mich zutiefst verraten. Ich meine, es war, als hätte es jeder gewußt, nur ich nicht. Zum Glück ist meine beste Freundin, Tina, mit mir gegangen. Merkwürdig, selbst nach all den Jahren spüre ich immer noch dieses Gefühl von Demütigung. Aber jetzt, als Erwachsene, macht es mich nur noch stinkwütend.«

»Und die Tochter? Sind Sie mit der befreundet geblieben?«

»Nein. Aber sie war diejenige, die nie wieder mit mir gesprochen hat. Sie hat mich den ganzen Rest der Schulzeit behandelt wie Luft.«

»Ich glaube, jeder hat solche unangenehmen Erinnerungen an die Schule. Solche, die weh tun. Auch ich kann mich sehr gut an die Gefühle dabei erinnern, selbst wenn ich die dazugehörigen Namen längst nicht mehr weiß.«

»Ihren Namen werde ich nie vergessen. Sie hieß Diana. Diana ... lassen Sie mich überlegen ... verflixt.« Becky grinste. »Diana Soundso. Anscheinend ist mein Gedächtnis doch nicht so gut, wie ich dachte.«

»Macht ja nichts. Wissen Sie denn, was aus dem Mädchen wurde?«

»Sie war dreimal verheiratet und hat eine Drogen- und Alkoholentziehungskur nach der anderen gemacht. Und das alles hat sie ohne meinen Einfluß zustande gebracht. Ich weiß, es klingt schrecklich, aber irgendwie bereitet mir diese Tatsache ein gewissen Vergnügen.«

Ich lachte zustimmend.

»Becky, Frank glaubte, daß es eine Verbindung gab zwischen den Tod Ihrer Schwester und einem anderen Mordfall, der sich zur gleichen Zeit ereignet hat. Hat er mit Ihnen darüber gesprochen?«

»Ja. Das hat er. Er sagte, es gebe eine Verbindung, aber das sei alles vertuscht worden, und daß sich niemand für Ritas Tod interessiert hätte. Aber das hatte ich auch schon festgestellt.«

»Was meinen Sie damit?«

»Ich habe Ihnen doch eben von diesem Erlebnis im Haus meiner Freundin erzählt. Danach bin ich neugierig geworden und zusammen mit Tina in die Bücherei gegangen, um zu sehen, ob in den Zeitungen von damals etwas über Ritas Tod stand. Da habe ich zum ersten Mal von der anderen Frau erfahren, die umgebracht worden war. Die Zeitungen waren voll von Artikeln über Ellen Maitland. Und Rita ... Sie wurde ...«, Becky hielt zwei Finger in die Höhe, »ganze zweimal erwähnt. Zuerst, daß ihre Leiche gefunden wurde, und dann hieß es, daß sie als Prostituierte für diese Madame gearbeitet habe. Wenn ich ihre Todesanzeige dazuzähle, war es sogar dreimal.«

»Hmm. Mir ist klar, daß das eine schwierige Situation für Sie ist, Becky, und deshalb weiß ich nicht so recht, wie ich meine nächste Frage formulieren soll.«

»Fragen Sie einfach. Ich brauche selbst noch etwas Klarheit über manche Dinge, über die Frank und ich geredet haben. Wir hatten zwar Pläne, Frank und ich, aber er mußte zuerst diese Sache mit Rita abschließen.«

»Wissen Sie, ob er sich von jemandem bedroht fühlte? Ich

meine, gab es vielleicht jemanden, der ihn hätte beseitigen wollen?«

Wieder fuhr sich Becky mit der Hand durch die Haare und wurde nachdenklich. »Gestern Abend hatte ich den Eindruck, daß er irgendwie unruhig war, nervös oder so. Nein, es war mehr, er hatte Angst. In seiner Stimme lag Furcht.«

»Furcht vor was?«

»Er hatte jemanden kontaktiert, den er seit längerem aufsuchen wollte. Ich weiß aber nicht, ob per Telefon oder persönlich, nur daß er irgendwie mit dieser Person Kontakt aufgenommen hatte. Ich fragte ihn, wer das war, aber er sagte, es sei besser, wenn ich es nicht wüßte. Er machte sich ständig Sorgen um mich und die Kinder.«

»Vielleicht hatte er einen guten Grund dafür.«

Ihre Augen wurden noch größer, und ich hörte, wie sie erschrocken nach Luft schnappte.

»Sie meinen, wir könnten in Gefahr sein? Meine Kinder...«

»So habe ich es nicht gemeint.« Ich log, und sie wußte es.

»Sie haben es sehr wohl so gemeint. Um Himmels willen, wenn ich irgendwelche Vorsichtsmaßnahmen ergreifen muß, so sagen Sie mir das bitte.«

Ihre Stimme bekam einen hysterischen Unterton. »Becky, Frank wurde umgebracht. Ich nehme an, daß er sterben mußte, weil er irgend jemandem auf der Spur war. Aber es ist schwer zu sagen, ob dieser Jemand überhaupt etwas von Ihrer Existenz wußte. Schließlich haben Sie und Frank bis vor kurzem ganz getrennt gelebt und hatten hauptsächlich nur brieflichen Kontakt.«

»Das stimmt schon. Aber ich habe Frank nie verleugnet. Er war mein Bruder.«

»Ich will es mal so sagen. Als vor vielen Jahren Dianes Eltern...«

»Diana.«

»Also gut, Dianas Eltern wußten offenbar sowohl von

Frank als auch von Rita. Und ich nehme an, damals war Ihre Verbindung zu den beiden allgemein bekannt. Ich kann nur hoffen, daß man Franks Herumschnüffeln und Aufwühlen all dieser Dinge jetzt nicht mehr mit Ihnen in Verbindung gebracht hat, aber wer weiß?«

»Ich sollte also vorsichtig sein.«

»Das würde ich Ihnen raten. Sprechen Sie nur mit Leuten Ihres Vertrauens darüber, geben Sie keine Interviews und passen Sie auf, was Sie in die Todesanzeige setzen.«

»Wieso? Er muß doch eine Todesanzeige bekommen. Ich bin schließlich die einzige Familie, die er hatte.«

»Ich sage ja auch nicht, daß Sie keine aufgeben sollen. Aber Sie könnten ja Ihren Mädchennamen benutzen oder nur schreiben die ›trauernden Hinterbliebenen‹ oder ›seine Schwester‹.«

»Das ist so ...«

»Notwendig. Glauben Sie mir.«

»Frank hat mich gebeten, ein paar Papiere für ihn aufzubewahren. Er sagte, es seien Kopien von sehr wichtigen Dokumenten, und falls ihm etwas passieren würde, sollte ich sie Ihnen geben.«

»Und wo sind sie jetzt?« Ich hatte geglaubt, daß Frank alle Informationen mit ins Grab genommen hatte.

»Die Kopien sind in einem Schließfach bei meiner Bank. Und außerdem noch eine bespielte Kassette, die er mir vor ein paar Tagen gegeben hat. Ich habe den Umschlag nie geöffnet, weil Frank es so von mir verlangt hat.«

»Er hat ja anscheinend einiges vorausgesetzt«, murmelte ich leise.

»Wie bitte?«

»Ich habe nur laut gedacht. Er war sich so sicher, daß ich seinen Fall übernehmen würde. Warum eigentlich?«

»Alles was er mir dazu sagte, war, daß er glaubte, Sie wären ein guter Mensch. Ich wünschte, ich könnte Ihnen einen besseren Grund nennen, aber das kann ich nicht.«

»Sie sagten, es seien Kopien. Wissen Sie denn, wo die Originale sind?«

»Frank hatte sie bei sich. Er sagte mir, er hätte einige Kopien von dem Band gemacht, und daß die Papiere an dem Ort versteckt seien, an dem er zuletzt gewohnt hat.«

Blitzartig schossen meine Gedanken zu dem Haus zurück, wo ich ihn gefunden hatte. Ich hatte nicht den Eindruck gehabt, als sei es vor kurzem durchstöbert worden, sondern es hatte nur leer und verlassen gewirkt. Aber inzwischen hatte die Polizei sicher jeden Winkel unter die Lupe genommen.

»Wie bald können Sie diese Papiere aus dem Schließfach holen?«

»Morgen. Morgen früh. Heute geht es unmöglich. Ich muß noch ...«

»Morgen reicht vollkommen, Becky. Und dann würde ich gerne noch einmal mit Ihnen über diese Gespräche reden, die Sie mit Ihrem Bruder hatten. Aber das können wir auch morgen noch verabreden.« Ich zog eine meiner Visitenkarten aus der Manteltasche und reichte sie ihr. »Rufen Sie mich an, wenn Sie die Papiere haben. Und wenn Sie möchten, daß jemand mit Ihnen kommt, um sie zu holen, tue ich das gerne.«

»Ja, das wäre gut.« Sie nahm die Karte, las sie und legte sie vor sich auf den Tisch. »Jetzt fällt mir erst auf, daß ich Sie die ganze Zeit in Ihrem Mantel habe sitzenlassen. Es tut mir leid ... Sie müssen ja vor Hitze umkommen.«

»Im Gegenteil, ich friere. Und das seit einer Woche. So, und jetzt sollte ich Sie besser wieder allein lassen.« Ich erhob mich und ging zur Haustür.

»Denken Sie wirklich, daß ich keine Angst zu haben brauche?« fragte Becky, während sie mir folgte. »Ich will ja nicht überreagieren oder so, aber ...«

»Nein, ich glaube, es wird Ihnen gar nichts passieren, wenn Sie sich ein bißchen bedeckt halten. Und zwar ganz besonders gegenüber den Medien.«

»Ich kann mir nicht vorstellen, warum die an mir interessiert sein sollten.«

»Die werden interessiert sein, Becky. Das kann ich Ihnen garantieren.«

»Diana Gordon.«

»Wie bitte?«

»Meine Schulfreundin, wissen Sie noch? Ihr Name war Diana Gordon. Ihr Vater war Rechtsanwalt.« Becky tippte sich mit den Fingerspitzen an die Stirn.

Ich durchforschte die Untiefen meines Gedächtnisses. Das war's: Maitland war damals mit einem Anwalt namens Gordon befreundet gewesen. »Erinnern Sie sich an seinen Vornamen?«

»Don, Dan ... äh, David. Genau, David. Er ist jetzt Richter. Richter David Gordon. Kennen Sie ihn?«

»Nicht persönlich, aber ich habe von ihm gehört.« Daß dies erst kürzlich gewesen war, verschwieg ich ihr.

Wie in Gottes Namen konnte Dave Gordon, Möchtegern-Retter der Armen und Bedürftigen, von der Chillman-Familie wissen und dieses Wissen dann so grausam gegen ein junges Mädchen verwenden? Sie öffnete die Tür, und ich trat auf die Veranda. Die Kälte drang so rasch vor, daß sich eine Art Nebel zwischen uns bildete. Ich zog den Mantelkragen fester um meinen Hals, aber der eisige Wind verursachte bereits einen dumpfen Schmerz in meinen Nebenhöhlen.

»Es ist so traurig, Frank bei diesem Wetter begraben zu müssen.« Beckys Stimme war kaum mehr als ein Flüstern.

»Ich weiß, was Sie meinen.« Ich warf einen Blick über die Straße und sah schräg gegenüber ein paar Arbeiter in einem Neubau. »Man könnte mir gar nicht genug Geld bezahlen, um bei diesem Wetter ...«

Es geschah sehr rasch, und doch wirkten alle Bewegungen wie in Zeitlupe. Ich nahm etwas wahr, das wie ein Blitzstrahl aufleuchtete und wieder verschwand. Als ich mich zu Becky umdrehte, sah ich sie lächeln, und ihre Lippen formten Worte, die ich nicht verstand. Ich stieß sie mit beiden Händen gegen die Brust, und sie fiel rückwärts. Da war kein Geräusch, nur eine stumme Implosion in meinem Kopf. Dann stürzte ich, und alles drehte sich, der Schnee blähte sich auf und kam mir entgegen. Ich empfand keinen Schmerz. Keine Zeit, um einen klaren Gedanken zu fassen, aber genügend Zeit, daß mein ganzes Leben vor mir abrollte, während ich der Länge nach auf die Veranda schlug und mein Gesicht im Schnee versank. Eine durchdringende Kälte stach in meine Wange. Vor meinen Augen bildeten sich winzige Eiskristalle und faszinierten mich durch die Perfektion ihrer geometrischen Strukturen. Dann vergingen sie, geschmolzen von der Wärme meines Atems, der in lauten, rasselnden Stößen aus dem Inneren meines Kopfes zu kommen schien. Meine Augen schlossen sich hinter einem rot-schwarzen Schleier und öffneten sich dann wieder, um das sickernde Karmesinrot meines eigenen Blutes zu beobachten, das den Schnee um mich herum dunkel färbte.

11

Ich kletterte auf einer rutschigen Leiter aus dichtem Nebel hinauf. Zwei, drei Sprossen auf einmal, und dann das Gefühl zu fallen. Wieder hinaufsteigen und fallen. Das dumpfe Hämmern in meinem Kopf brachte Stimmen an den Rand meines Bewußtseins. Ich blinzelte, doch ein gleißendes Licht ließ mich die Augen sofort wieder schließen. Unwillig schüttelte ich den Kopf und rollte dabei den Schmerz von einer Seite auf die andere.

»Phoebe? Na los, öffnen Sie die Augen. Das Schlimmste haben Sie hinter sich. Nur brave Mädchen bekommen einen Schlumpf.«

Ich war tot und stand vor meinem göttlichen Richter. Und das, wo ich seit zehn Jahren nicht mehr zur Beichte gegangen war. Keine guten Voraussetzungen für den ewigen Frieden. Andererseits war ich vielleicht doch nicht tot. Es fehlte die Stimme Zeldas, meiner über alles geliebten, verstorbenen Tante, die mir zurief: »Komm zu uns, Phoebe. Wir haben schon auf dich gewartet.«

Ich öffnete die Augen und sah wieder nur dieses grelle Licht.

»Schaffen Sie mir dieses beschissene Licht aus den Augen.« Meine Stimme hallte in meinem Kopf, und ich war nicht sicher, ob ich die Worte gesprochen oder nur gedacht hatte.

»So gefallen Sie mir. Sie sind ja ein richtiger Hitzkopf.«

Jemand kicherte. Wieder versuchte ich, die Augen zu öffnen und die verschwommenen Formen zu erkennen, die sich über mich beugten.

»Hallo«, sagte eine dieser Formen, die sich als das Gesicht eines Mannes entpuppte. Er war gutaussehend, jung, dunkeläugig und hielt mir eine Schlumpf-Figur unter die Nase.

Ich blinzelte noch einmal und machte dann endgültig die Augen auf.

»Wieviel Schlümpfe sehen Sie hier?« fragte er und fing an, die Erkennungsmelodie einer Quiz-Sendung zu summen.

»Sechsunddreißig.«

»Bravo, das ist genau die richtige Antwort.«

»Funktioniert das bei allen Mädchen?« Ich versuchte, mich aufzurichten.

»Sachte!« Er schob seinen Arm unter mich und half mir in eine sitzende Position. Jemand anders schwang meine Beine über den Rand der fahrbaren Liege. Ich spürte die kalte Luft an meinem Rücken.

»So, wir sind jetzt fertig mit Ihnen. Wie fühlen Sie sich?«

»Sie sind der Arzt. Was glauben Sie denn, wie ich mich fühle?«

»Sind Sie allergisch gegen irgend etwas?« Er hatte einen Schreibblock zur Hand genommen und machte sich Notizen.

»Schmerzen.«

»Was?«

»Ich bin allergisch gegen Schmerzen.« Ich berührte die linke Seite meines Kopfes. Die Haut war taub, und sie war nackt. »Was, zum Teufel, ist mit meinen Haaren passiert?«

»Wir mußten diese Stelle ausrasieren. Aber machen Sie sich keine Sorgen, es wird wahrscheinlich wieder nachwachsen.«

»Was heißt hier wahrscheinlich?«

»Das heißt, daß es vom Ausmaß der Narbenbildung abhängt, ob die Haare vollständig nachwachsen. Ich an Ihrer Stelle würde mich lieber freuen, daß Sie noch am Leben sind. Sie waren nahe dran. Erinnern Sie sich, was passiert ist?«

»Vage. Ich sah einen blitzartigen Lichtstrahl. Mehrere.«

Ohne von seinen Notizen aufzuschauen, sagte er: »Alles nach dem ersten Strahl war mein Blitzlicht. Aber im Ernst, Sie haben verdammtes Glück gehabt.«

»Die Frau, die bei mir war. Ist sie –«

»Es geht ihr gut. Jedenfalls abgesehen von den Prellungen an der Brust, die Sie ihr zufügten, als Sie sie umgeworfen haben.«

Ich wollte es nicht, aber ich mußte lachen, und prompt tat es weh. Ich faßte mit beiden Händen an meinen schmerzenden Kopf. »Kann ich jetzt gehen?«

»So wie Sie sind?«

Ich griff hinter mich und versuchte, den Kittel im Rücken zu schließen. »Ich ziehe mich nicht vor Fremden an oder aus.«

Er sah mich mit einem wissenden Lächeln an. »Glauben Sie mir, wir sind uns nicht fremd.«

»Sie? Sie haben mich ausgezogen?«

»Lassen Sie es mich so sagen, ich war dabei. Ihre Kleider sind dort drüben. Übrigens, sind Sie wirklich ein Privatdetektiv?«

»Wirklich.«

»Scheint mir ein ziemlich gefährlicher Beruf zu sein. Jedenfalls möchte ich, daß Sie die nächsten Tage nicht arbeiten.«

»Okay. Kann ich jetzt gehen?«

»Ich meine es ernst. Ich will, daß Sie sich schonen. Haben Sie einen Hausarzt?«

»Nein.«

»Dann kommen Sie wieder her in, sagen wir ... vier Tagen, und ich schaue mir die Wunde noch mal an. Ich habe sie ausreichend desinfiziert und behandelt, aber sie wird mit Sicherheit anfangen zu schmerzen, wenn die Betäubung nachläßt. Deshalb werde ich Ihnen ein Schmerzmittel geben, damit es nicht so schlimm wird.«

»Großartig. Und lassen Sie mich dann endlich hier raus?«

»Sie können gehen, sobald Sie sich wieder sicher auf den Beinen fühlen. Aber warten Sie noch, bis die Krankenschwester Ihnen das Rezept gebracht hat. Also, passen Sie gut auf sich auf.« Er klopfte mir auf die Schulter und ging.

»Kann ich sie sehen?« Ich erkannte die tiefe Stimme von Pete Jackson. Sie kam von irgendwo außerhalb des Plastikvorhanges, der mich vom Rest der Kranken und Verwundeten abschirmte.

»Sicher, gehen Sie nur hinein. Der Doktor schreibt ihr noch ein Rezept aus, und dann ist sie entlassen.«

Bevor eine kräftige Hand den Vorhang zur Seite schob, hatte ich gerade noch Zeit, den klaffenden Kittel am Rücken zusammenzuraffen.

»Hey, Siegel.«

»Jesus, Jackson.«

»Nein, Pete Jackson. Deputy Jackson für dich, Schätzchen. Wie geht's?«

»Wie sehe ich denn aus, als ob es mir ginge, Pete?«

»Nicht so schlecht, wenn man bedenkt.«

»Wenn man was bedenkt?«

»Wenn man bedenkt, daß dein Kopf rasiert ist. Ist das eine von diesen Punk-Frisuren?« Er ließ den Zahnstocher, auf dem er kaute, von einem Mundwinkel in den anderen wandern und versuchte, nicht zu lächeln.

»Scheiße.« Meine Hand tastete nach der rasierten Stelle auf dem Kopf, und als ich sie fand, zuckte ich zusammen vor Schmerz. »Sieht es so schlimm aus?«

»Himmel, das wächst doch nach, Siegel. Du kannst von Glück sagen, daß du noch am Leben bist.«

Diesen Spruch hörte ich nun zum zweitenmal innerhalb weniger Minuten. Und sie hatten natürlich recht. Ich hatte wirklich unwahrscheinliches Glück gehabt. Selbst wenn man es mir nicht ansah, zitterte ich innerlich wie Wackelpudding. Die Kugel hatte meinen Kopf gestreift und dabei die Haut über dem linken Ohr weggerissen. Die noch vorhandenen Haare fühlten sich verfilzt und starr an.

»Becky, wie geht's ihr?«

»Sie ist total fertig mit den Nerven, aber ansonsten hat sie ebenfalls verdammtes Glück gehabt. Du bist ja schnell wieder auf den Beinen. Ich bin beeindruckt. Fühlst du dich vielleicht auch in der Lage, mir ein paar Fragen zu beantworten?«

»Schieß los.«

»So würde ich das an deiner Stelle nicht ausdrücken.« Wieder manövrierte er den Zahnstocher auf die andere Seite und zog dann einen Hocker auf Rädern näher ans Bett. »An was kannst du dich erinnern?«

Ich öffnete gerade den Mund, als eine der Schwestern um die Ecke bog.

»Gibt es jemanden, den ich benachrichtigen soll, daß Sie hier sind, Miss Siegel?«

»Ja, das könnten Sie tatsächlich. Maggie Mason. Machen Sie's aber bitte nicht so dramatisch und sagen Sie ihr, sie möchte mich zu meinem Wagen fahren.«

»Das kann ich doch machen«, sagte Pete, und es klang gekränkt.

»Nein danke, Pete. Dann müßte ich mir ja wieder deine üblen Witze anhören«, erwiderte ich und grinste ihn an. Ich gab der Schwester Maggies Telefonnummer.

»Also, wo waren wir stehengeblieben?«

»Woher wußtest du, daß jemand auf euch schießen wollte? Du mußt doch etwas gemerkt haben, sonst hättest du Becky Simon nicht umgestoßen.«

»Es ging alles so verdammt schnell, Pete. Ich versuche selbst schon die ganze Zeit, mir zusammenzureimen, was da eigentlich passiert ist. Da waren diese Typen in einem Neubau etwas weiter unten auf der anderen Straßenseite. Mensch, du weißt doch, wie kalt es draußen ist, und ich nehme an, mir ist es irgendwie merkwürdig vorgekommen, daß sie bei so einem Wetter arbeiten.«

Pete hatte in seine Jackentasche gegriffen und einen Schreibblock herausgezogen, um sich Notizen zu machen. Doch zunächst massierte er seine Nasenwurzel mit zwei Fingern und sagte nichts.

»Soll ich's noch mal sagen zum Mitschreiben?« fragte ich.

»Diese Kerle, die du gesehen hast? Sie haben wirklich gearbeitet. Sie waren auf die Baustelle gefahren, um die Fassade gegen Wetterschäden abzudecken.«

»Aber was ist mit dem Aufblitzen, das ich gesehen habe? Es kam von diesem Haus.«

»Das war die Sonne, die von dem Blue Bord reflektiert wurde.«

»Was ist das denn?«

»Es ist eine Styroporverschalung für die Außenfassade. Die Rückseite besteht aus einer Metallfolie, und da muß sich das Sonnenlicht drin gespiegelt haben.«

»Aber, Pete ...«

»Der Winkel, aus dem die Kugel in die Hauswand eingedrungen ist, läßt darauf schließen, daß der Schuß von weiter oben abgegeben wurde.«

»Von wo weiter oben? Ich weiß doch, was ich gesehen habe.«

»Du weißt, was du glaubst, gesehen zu haben. Aber ich sage dir, das waren ganz normale Bauarbeiten. Wir sehen es jedenfalls so, daß der Schuß von oben kam. Die Straßen in dieser

Gegend sind terrassenartig angelegt, das heißt wir glauben, daß er von der nächst höher gelegenen Häuserreihe kam. Wir glauben außerdem, daß der Schuß Mrs. Simon gegolten hat. Du hast ihr also das Leben gerettet, Siegel.«

»Und ihr habt diese Bauarbeiter überprüft?«

»O ja. Wir haben mit der Baufirma gesprochen, bei der sie angestellt sind, und die haben uns bestätigt, daß sie dorthin geschickt worden sind. Übrigens haben dich diese Männer ins Krankenhaus gebracht.«

»Tatsächlich?«

»Sie haben den Schuß gehört, über die Straße geschaut und gesehen, wie eine Frau rückwärts ins Haus flog und die andere, du, im Sturzflug auf der Veranda gelandet ist. Daraufhin sind sie sofort rübergerannt.«

»Habt ihr die Kugel gefunden?«

»Klar haben wir das. Es ist eine Nosler, mit einem Gewicht von achtzig Gramm.«

»Eine zum Wiederverwenden?«

»Genau. Also nicht gerade etwas für den durchschnittlichen Profikiller, oder, um deinem Einwand zuvorzukommen, die durchschnittliche Profikillerin.«

»Ach, hör schon auf damit, Pete.«

»Ich will doch nur nicht, daß du dich in deinem Zustand auch noch über die Benachteiligung der Frauen ärgern mußt«, entgegnete Pete und lächelte mich freundlich an. »Also, wie gesagt, es war kein professioneller Anschlag, aber trotzdem ein Anschlag.«

»Ich kann dir nicht helfen, Pete. Ich meine, ihr habt die Bauarbeiter überprüft, und sonst habe ich nichts weiter gesehen.«

»Es scheint mir aber nicht allzu weit hergeholt zu sein, wenn man da eine Verbindung zu der Chillman-Sache von gestern abend sieht.«

Ich antwortete mit einem Achselzucken.

»Siegel, du weißt doch, wie der Hase läuft.«

»Jackson«, seufzte ich, seinen oberlehrerhaften Ton nachahmend, »wovon redest du eigentlich?«

»Du solltest aufpassen, daß du niemandem auf die Zehen trittst.«

»Und an wessen Zehen denkst du da?«

»Wir haben zwei Ermittlungen laufen, und wir wollen dabei keine Einmischung von außen. Weder von Privatärschen noch von richtigen Ärschen.«

»Na hör mal, Pete, wie redest du denn von meinem Hinterteil?«

Er errötete und ließ wieder den Zahnstocher wandern. »Ich meine es ernst. Die ganze verdammte Polizei weiß, daß du gestern nacht bei Chillman warst. Sie ...«

»Wir ...«

»Okay. Also, *wir* wollen dich nicht im Weg haben. Das heißt nicht, daß du nicht gut bist in deinem Beruf, Siegel, sondern nur, daß wir schon allein damit fertig werden.«

»Dann werde eben gefälligst selbst damit fertig und zerbrech dir nicht deinen hübschen, kleinen Kopf über mich, Jackson.« Er machte mich wirklich wütend.

Die Krankenschwester kam mit zwei Zetteln in der Hand zurück. »Dieses Mittel hier ist gegen die Schmerzen, und das sollen Sie nehmen, um die Wunde weiterzubehandeln. Warten Sie lieber noch einen Tag, bevor Sie sich die Haare waschen, oder lassen Sie sich von jemandem dabei helfen. Die Stelle darf nicht naß werden, weil sonst die Gefahr einer Infektion besteht.«

»Kann ich jetzt gehen?«

»Sobald dieser Herr hier gegangen ist«, antwortete sie mit einem lächelnden Blick auf Pete. »Würden Sie sie also bitte allein lassen, Deputy, so daß sie sich anziehen kann?«

»Na klar, Siegel, ich komme vielleicht später noch bei dir vorbei.«

»Dann ruf aber vorher an, Pete. Es könnte sein, daß ich unter Drogen stehe.«

»Ihre Freundin sitzt übrigens im Wartezimmer«, sagte die Schwester, als Pete gegangen war. »Ich werde ihr sagen, daß Sie gleich kommen.«

Ich stieg aus dem Bett, zog mich an und bereitete mich auf den Schwall von Fragen vor, der mir unweigerlich bevorstand.

Maggie fuhr mich zu meinem Laster. Das Tor von Becky Simons Garage stand offen, und ihr Auto war weg. Ich konnte mir denken, was in ihr vorging. Ihr Bruder ist plötzlich tot, und im nächsten Moment wird auch noch ihr Leben bedroht. Ich brauchte mir ja nur Sorgen um mich selbst zu machen, aber sie hatte zwei kleine Kinder. Kein Wunder, daß sie in Panik geriet.

Maggie bestand darauf, mich zur Apotheke zu begleiten und die Rezepte einzulösen. Dann fuhren wir zu meinem Haus. Kaum hatte Maggie Schuhe und Mantel ausgezogen, marschierte sie direkt in die Küche.

»Ich werde uns etwas Kaffee machen.« Ich hörte, wie sie die Kanne ausspülte. »Aber mir fällt gerade ein, daß Koffein jetzt vielleicht gar nicht so gut ist für dich. Wie wär's mit Tee? Hast du Lust auf Tee?«

»Nein, wahrscheinlich ist es nicht so gut, und noch mal nein.«

»Wie bitte?«

»Ich möchte gar nichts, oder vielleicht nur etwas Wasser.« Ich setzte mich an den Tisch und legte meinen Kopf in die Hände. »Und ich dachte schon, es gebe keinen ärgeren Schmerz als der in meinen Nebenhöhlen.«

»Tut es so weh?«

»Ja, Maggie, es tut höllisch weh. Ich denke, es läßt sich mit einer Schädelöffnung per Kettensäge vergleichen. Wenn du dann fertig bist mit deinen Hausarbeiten, möchte ich, daß du dich hinsetzt.«

»Phoebe, ich will auf keinen Fall in die Sache zwischen dir und Bob Maitland geraten –«

»Du bist schon reingeraten, ob du willst oder nicht. Du hast doch erlebt, welche Nummer er im Gerichtsgebäude abgezogen hat. Und ich glaube ..., nein, ich *weiß,* daß er noch zu einer Menge mehr fähig ist.«

»Da kann ich dir nicht zustimmen, Phoebe.« Maggie drehte sich zu mir um, und ihre grünen Augen blitzten mich an. »Wenn ihr zwei nicht miteinander klarkommt, dann kann man nichts machen. Aber wir wissen nicht, ob er diesem Reporter die Informationen über dich gesteckt hat, oder?«

»Doch, ich weiß es. Ich habe gesehen, wie er mit einem seiner Unterlinge gesprochen hat, und der ist dann zu dem Reporter gegangen und hat ihm etwas ins Ohr geflüstert. Verflucht, warum sollte ich das erfinden?«

»Ich sage nicht, daß du es erfunden hast, sondern nur, daß ich nicht das gleiche gesehen habe wie du. Ich kenne Bob, seit ich in Billings lebe. Wir hatten einmal eine Beziehung miteinander –«

»Maggie, in Gottes Namen, hör dir doch mal zu. Bloß weil du diesen Kerl gebumst hast, heißt das doch noch lange nicht, daß er –«

»Das war nicht nur unnötig, sondern das war verdammt gemein von dir, Phoebe. Einfach hundsgemein.«

»Scheiße. Es tut mir leid. Ich hab eine schlimme Nacht hinter mir und bin total fertig. Komm her und setz dich. Und dann laß mich mal ausreden, okay?«

Sie warf mir einen mißtrauischen Blick zu und lehnte sich gegen die Anrichte. Auch wir kannten uns seit vielen Jahren. Sie hatte einen messerscharfen Verstand und einen ausgeprägten Sinn für Redlichkeit. Ich respektierte Maggie, und ich brauchte sie jetzt, wenn auch nur als eine Art Schallmuschel.

»Ich höre zu. Keine Garantien, aber ich werde zuhören.« Sie kam zum Tisch, zog sich einen Stuhl heran und setzte sich mir gegenüber. »Also? Fang an.«

»Maggie, ich glaube, daß er vielleicht seine Frau umgebracht hat.«

»Ach herrje, Phoebe. Bist du sicher, daß deine Schußwunde keine bleibenden Schäden angerichtet hat? Bob würde niemals, ich würde meine Hand dafür ins Feuer legen, ich ... ich ...«

»Maggie, du hast versprochen, daß du mich ausreden läßt. Das ist alles, was ich verlange.«

»Das ist absurd, aber rede weiter. Ich habe ja gesagt, daß ich dir zuhöre.«

»Als Maitland zu mir kam, war er so charismatisch wie es alle von ihm gesagt haben. Der perfekte Politiker. Nenne es Intuition, oder nenne es, wie du willst, aber irgendwas stimmt nicht mit diesem Mann. Er sprach von seiner Frau als ›die Tochter‹, und diese Bemerkung hat mich stutzig gemacht. Sein Auftritt im Gerichtsgebäude war vorausgeplant, Maggie. Er hatte Informationen über mich und den Tod meines Ex-Mannes eingeholt, noch bevor er mich überhaupt kontaktiert hat, nur für den Fall, daß er sie brauchen würde.«

»Ich habe dich empfohlen, Phoebe. Das war ich«, wiederholte sie, indem sie sich mit dem Zeigefinger vor die Brust stieß.

»Denk mal nach, wie es war, Maggie. Wie ist mein Name aufgekommen?«

»Wir sprachen –«

»Über was?«

»Warte mal, ich versuche doch gerade, mich zu erinnern. Ich glaube, er rief mich an und sagte, er sei auf der Suche nach einem guten Privatdetektiv. Ich hatte ihm von dir erzählt –«

»Halt. Du hast also vorher über mich gesprochen. Wußte er, daß wir befreundet sind?«

»Ja. Aber –«

»Und als er dir da am Telefon sagte, er wäre auf der Suche nach einem Privatdetektiv, was glaubst du denn, an wen er da gedacht hat?«

»O Mann, Phoebe, das ist doch vollkommener Unsinn.«

»Nein, er wußte verdammt gut, daß du mich vorschlagen

würdest. Er hatte es darauf angelegt, Maggie, und er war für alle Eventualitäten gerüstet. Als mich Frank Chillman anrief, dachte ich zuerst, er wäre irgend so ein Spinner. Aber er war kein Spinner, Maggie, und jetzt ist er tot. Er hat mir erzählt, daß es zu der Zeit, als Ellen Maitland umgebracht wurde, noch einen anderen Mord gegeben habe, und zwar an einer jungen Frau namens Rita Chillman, Franks Schwester. Er war fast noch ein Kind, als es passierte, aber er hat sein ganzes armseliges Leben darangesetzt, Informationen über den Mord an seiner Schwester zu sammeln.«

»Paranoid.«

»Wahrscheinlich. Aber daß du paranoid bist, heißt noch lange nicht, daß sie nicht hinter dir her sind.«

»Den Spruch hast du von mir, stimmt's?«

»Stimmt. Er sagte seiner Schwester, Becky Simon, –«

»Sie ist Frank Chillmans Schwester? Grundgütiger.«

»Ja, das ist sie, und sie wäre heute beinahe erschossen worden. Warum? Weil sie die Informationen hat, oder zumindest Kopien davon, die Frank mir geben wollte. Zufall? Das glaube ich nicht.«

»Hast du das Material schon gesehen?«

»Nein, aber sie wollte es gleich morgen früh aus ihrem Bankschließfach holen. Nur hat sie jetzt wahrscheinlich die Flucht ergriffen. Zum Teufel, Maggie, sie hat zwei kleine Kinder.«

»Damit ist für mich aber noch nicht bewiesen, daß Bob mit der Sache zu tun hat.«

»Sagt dir der Name Dave Gordon etwas?«

»Na hör mal, Phoebe, hast du vergessen, daß ich Anwältin bin? Natürlich kenne ich Richter Gordon.«

»Wußtest du auch, daß Gordon und Maitland dicke Freunde waren zu der Zeit, als Maitland Ellen Dahl kennenlernte? Und auch noch während der kurzen Zeit ihrer Ehe?«

»Da gibt es irgendwie böses Blut zwischen Gordon und Bob. Schon seit Jahren, aber keiner weiß so richtig, wieso –«

»Nein, ich denke, daß es sehr wohl jemanden gibt, der weiß, was zwischen den beiden gelaufen ist. Und außerdem wußte Dave Gordon genug über die Chillman-Familie, um seiner Tochter vor vielen Jahren den Umgang mit Becky Simon, geborene Chillman, zu verbieten. Damals war Becky dreizehn Jahre alt und lebte bei sehr anständigen Adoptiveltern. Wo hätte Gordon denn dieses Wissen herhaben sollen, wenn es da nicht irgendeine Verbindung gab?«

Maggie schwieg. Sie war mit ihrem Stuhl vom Tisch abgerückt und hatte die Arme vor der Brust verschränkt. In ihren Augen lag ein beunruhigter Ausdruck.

»Ich kann dich nicht überzeugen, stimmt's? Du verschließt dich jedem meiner Argumente, Maggie. Tu das nicht.«

»Es sind interessante Fakten, aber mir fehlt der Zusammenhang. Wann, sagtest du, bekommst du diese Informationen?«

»Das muß ich noch herausfinden. Ich werde Becky anrufen. Ich hatte ihr gesagt, daß ich sie begleiten würde, und sie ist inzwischen sicher außer sich vor Angst.«

»Wenn du die Informationen hast, komme ich wieder her, und wir gehen sie zusammen durch. Für den unwahrscheinlichen Fall, daß du damit tatsächlich etwas aufdecken kannst, welche Rolle hast du dann mir zugedacht, Phoebe?«

»Ich brauche jemanden, der weiß, was Sache ist. Darauf läuft es letztendlich hinaus. Außerdem muß ich dich möglicherweise bitten, daß du mir einen Gefallen tust.«

»Diese Aussicht macht mich ziemlich nervös. Welche Art von Gefallen?«

»Du kommst besser an Maitland ran als ich.«

»Er hat gesehen, wie ich dich in den Aufzug geschleppt habe. Er ist doch nicht dumm.«

»Das ist genau das, worauf ich zähle.«

»Du willst, daß ich Maitland nachspioniere?«

»Hör zu, wir werden zusammen diese Informationen durchgehen, und wenn sie dich überzeugen, wird uns schon etwas einfallen.«

»Na gut, dann laß es mich wissen, wenn du das Material hast.«

»Bist du zu Hause?«

»Ja, bin ich. Und du, kommst du klar, so ganz allein hier?«

»Sicher, ich habe doch Stud. Und wenn das nicht funktioniert, kann ich die Angreifer immer noch mit meiner Scheiß-Grippe anstecken.«

»Du meinst als so ’ne Art biologische Waffe? Das ist eine gute Idee. So, und jetzt muß ich gehen, Phoebe. Ruf mich an.«

Ich folgte Maggie zur Tür. Sie zog ihren Mantel und ihre Stiefel an und ging ohne ein weiteres Wort. Ich hatte sie wohl in eine unangenehme Lage gebracht. Maggie war ein ausgesprochen loyaler Mensch, und Maitland war einmal sehr wichtig für sie gewesen. Sie war eine der stärksten Frauen, die ich kannte, und gegen alle Widerstände hatte sie es geschafft, zu einer der renommiertesten Rechtsanwältinnen in ganz Montana zu werden. Durch die Glasscheibe in der Haustür beobachtete ich, wie sie in ihr Auto stieg und, die Ellbogen aufs Lenkrad gestützt und den Kopf in die Hände gelegt, eine Weile nur so dasaß. Dabei fragte ich mich, wie stark ihre Beziehung zu Maitland war. War sie wirklich beendet, und hatte sie die Trennung für sich vollzogen? Vielleicht nicht. Ich blieb an der Tür stehen, bis ihr Wagen aus der Ausfahrt fuhr, eine Wolke aus Abgasen in der eisigen Luft hinterlassend.

Dann ging ich in mein Büro und setzte mich auf den Stuhl hinter meinem Schreibtisch. Immer noch stand Ellen Dahl Maitlands Bild gegen den Monitor meines Computers gelehnt. Ich nahm es und legte es vor mich auf die Schreibtischplatte.

»Du mußt mit mir reden. Gib mir irgendwas, das mich weiterbringt.« Und wieder wurde ich von diesen abgründigen Augen gebannt. »Was für ein merkwürdiges Trio: ich, du und Frank Chillman. Wer hätte das gedacht? Dein Mann wird es mir ganz schön schwermachen – er hat eigentlich schon damit angefangen –, aber ich habe das Gefühl, daß du es noch viel schwerer hattest. Ich weiß gar nicht, wie ich darauf komme. Jedenfalls brauche ich deine Hilfe hier, okay?«

Es lief mir kalt den Rücken hinab. Vielleicht war das ihre Antwort. Ich war inzwischen einigermaßen geübt darin, Zwiesprache mit den Toten zu halten. Das ist eine Art Vermächtnis, das ich von meiner verstorbenen Tante Zelda erhalten hatte. Der Friedhof war ein vertrauter Ort für mich geworden. Dabei hatte ich es nicht mit fremden Verstorbenen sondern nur mit solchen aus der Familie. Und die Siegels waren recht zahlreich auf dem Mountain-View-Friedhof vertreten. Ich wollte glauben, wie es Zelda tat, daß sie jedes Wort von uns hören und uns auf irgendeine Art und Weise antworten, uns anleiten und trösten konnte.

Auf der FBI-Schule hatte ich einen Ausbilder gehabt, der uns gerne daran zu erinnern pflegte, daß die Lebenden lügen, die Toten aber nicht. Er ermahnte uns immer wieder, nicht nur auf das zu achten, was uns die Toten sagen, sondern auch darauf, was sie uns zeigen wollen. »Sperren Sie Ihre Ohren und Augen auf, und Sie werden die Antworten von ihnen hören und sehen.« Vielleicht nicht mit den gleichen Worten und aus anderen Gründen, aber Zelda und dieser Ausbilder schienen der gleichen Meinung zu sein.

Ich erschauderte noch einmal und blickte zur Haustür, um zu sehen, ob ich sie offen gelassen hatte. Aber sie war fest verschlossen. Ellen Maitland wollte sich Gehör verschaffen. Ich wandte mich von ihrem Bild ab, griff nach dem Telefonbuch und suchte nach der Nummer von Rosella Dahl. Es war an der Zeit.

12

Bei Rosella Dahl meldete sich nur der Anrufbeantworter. Ich weiß nicht, ob ich darüber enttäuscht oder erleichtert war, aber ihre Stimme vermittelte mir bereits einen gewissen Eindruck: Sie war tief, gebieterisch und kalt. Ich hinterließ meinen Namen und meine Telefonnummer auf dem Band und hoffte das Beste. Kaum hatte ich den Hörer wieder aufgelegt, fing das Telefon an zu läuten.

»Jesus, Maria und Josef«, kreischte es am anderen Ende.

»Mutter?«

»Ich ertrage das nicht, Phoebe. Ich kann es einfach nicht mehr aushalten. So etwas in den Fernsehnachrichten hören zu müssen ...«

»O Scheiße. Mom, es tut mir leid. Ich habe nicht gedacht, daß –«

»Du hast nicht gedacht? Du ... hast nicht ... gedacht. Genau das ist das Problem.«

»Mom –«

»Komm mir nicht mit *Mom,* Phoebe Zelda Siegel. Untersteh dich. Du hat ja nicht die geringste Ahnung, wie es ist, wenn man hört, daß auf die eigene Tochter geschossen wurde. Und ruft diese Tochter etwa an?«

»Mom, bitte laß mich erklären –«

»Nein. Sie ruft nicht an. Und jetzt kommen wir zu der Frage, warum sie nicht angerufen hat. Also? Warum hast du mich nicht angerufen?«

»Ich war ziemlich beschäftigt, Mutter.«

»Zu beschäftigt für deine eigene Mutter? Ich bin fast gestorben, Phoebe. Ich habe es einfach ... ich ...« Sie brach in ein heftiges Schluchzen aus.

»Bitte, Mom, beruhige dich. Es geht mir gut. Ich bin nicht wirklich angeschossen worden, es war bloß ein Kratzer, eine Schramme.«

»Es war eine Kugel«, sagte sie, immer noch weinend.

»Ja, ich hätte dich anrufen sollen. Aber ich habe einfach nicht gedacht, daß es so schnell in die Nachrichten kommen würde. Du hast vollkommen recht. Du hättest es nicht so erfahren dürfen, und ich entschuldige mich dafür.«

Sie schniefte. »Du weißt einfach nicht, was ich durchmache mit dir. Es gibt doch noch andere Berufe, die du ausüben könntest. Passendere Berufe –«

»Fang nicht wieder damit an, Mutter. Bitte. Ich sagte, daß es mir leid tut, und das meine ich auch.«

»Was du machst, ist zu gefährlich. Und dann immer diese Geheimniskrämerei. Ist es denn nicht genug, daß ich deinen Bruder begraben mußte, und daß du deine eigene Schwester in Gefahr gebracht hast? Ist es nicht –«

»Weißt du, Mutter, du redest immer nur von deinen Sorgen, und dabei hast du mich noch nicht einmal gefragt, wie es mir geht. Ich dachte, das würde dich interessieren.«

Sie schwieg schuldbewußt. »Natürlich interessiert mich das. Wie geht es dir denn?«

»Ich habe etwas Kopfschmerzen, aber sonst geht es mir gut.«

»Und jetzt sag mir doch bitte noch, was eigentlich im Gerichtsgebäude passiert ist.«

»Hast du das etwa auch im Fernsehen gesehen?«

»Allerdings. Mr. Maitland war nicht besonders erfreut über deinen Auftritt. Er hat hinterher sogar angedeutet, du seist psychisch labil.«

»Er hat was?« Ich fiel fast vom Stuhl. »Dieser Hurensohn. Dieses Arschloch.«

Sie schnappte nach Luft und keuchte: »Du redest mit deiner Mutter.«

Bevor ich mich wieder entschuldigen konnte, diesmal für meinen verbalen Fehltritt, wurde so heftig an die Haustür geklopft, daß die Glasscheibe in ihrem Rahmen klapperte.

»Was ist das für ein Lärm bei dir?« fragte sie.

»Da ist jemand an der Tür, Mom, ich muß Schluß machen. Ich komme morgen bei dir vorbei.«

»Wir sind noch nicht fertig mit unserer Unterredung, junge Dame.«

»Ich weiß. Aber ich muß jetzt trotzdem auflegen. Morgen. Okay?«

»Gute Nacht, Phoebe.«

Ich legte auf, ging zur Tür und sah durch die Glasscheibe. Becky Simon blickte mir mit ausdruckslosem Gesicht entgegen. Ich öffnete ihr.

»Sie hätten mich anrufen sollen, Becky. Aber kommen Sie doch herein.«

»Nein, das geht nicht. Die Kinder warten im Auto. Wir fahren zu meinen Eltern. Ich wollte einfach heute nacht nicht im Haus bleiben.«

»Das verstehe ich. Alles in Ordnung?«

»Es wird schon wieder. Aber zuerst muß ich wissen, daß meine Kinder in Sicherheit sind. Ich bin gekommen, um Ihnen das hier zu geben.« Sie reichte mir zwei große Umschläge. »Ich habe nicht hineingesehen. Ich will nicht wissen, was Frank da hatte. Es ist besser für mich, wenn ich es nicht weiß.«

»Danke, Becky. Ich dachte, Sie könnten es mir erst morgen geben.«

»Ich wollte das Zeug so bald wie möglich los sein. Und wenn mich der Polizeibeamte fragt, ob ich irgendwelche Informationen hätte, kann ich nein sagen, ohne zu lügen. Ich will nämlich nicht lügen.«

»Na, dann ...«

Laut ertönte die Hupe ihres Autos, und wir fuhren beide zusammen.

»Ich muß gehen. Die Kinder sind müde. Wie geht es Ihrem Kopf?«

»Ist noch intakt. Und Ihnen ist wirklich nichts passiert?«

»Doch, schon.« Tränen stiegen ihr in die Augen. »Aber es ist nur innerlich.«

»Wir müssen uns immer noch unterhalten, Becky. Rufen Sie mich an. Bitte.«

»Das mache ich. Aber erst in ein paar Tagen. Ich muß vorher noch mit Detective Jackson reden. Er ist heute zwar kurz dagewesen, aber er hat noch mehr Fragen. Deshalb wollte ich ja auch die Papiere loswerden und bin sofort zur Bank gefahren.«

»Ich weiß es zu schätzen.«

Wieder ertönte die Hupe. »Also, auf Wiedersehen.« Sie drehte sich um, ging die Stufen hinunter, hielt inne und sah noch einmal zurück. »Ich habe die Szene im Gerichtsgebäude im Fernsehen gesehen. Es tut mir leid, daß Ihnen das jetzt alles passiert. Ich wünschte, ich könnte etwas daran ändern.«

»Es passiert mir nicht einfach, Becky, ich habe es mir ausgesucht. Also machen Sie sich keine Sorgen deswegen. Gute Nacht.«

Sie stieg in ihren Wagen und fuhr davon. Ich mochte Becky Simon als der Mensch, der sie war. In gewissem Sinne war sie ebenso sehr ein Opfer wie ihr Bruder. Vielleicht sogar noch mehr als er, denn sie mußte mit all dem Dreck weiterleben, der jetzt unvermeidlicherweise aufgewühlt wurde. Ich konnte nur hoffen, daß sie tatsächlich weiterleben würde, und das noch viele, viele Jahre.

Ich zitterte vor Kälte. Der eisige Wind war ins Haus gedrungen, so daß er noch spürbar war, nachdem ich die Tür geschlossen hatte. Die Kopfwunde versuchte, meine Aufmerksamkeit auf sich zu lenken, aber das Gewicht der Umschläge in meiner Hand wog schwerer. Nachdem ich mich vergewissert hatte, daß ich die Haustür abgeschlossen hatte, drehte ich die Lichter aus und ging nach oben. Die ganze vergangene Woche hatte ich auf der Couch geschlafen. Aber diese Nacht würde ich mein Bett mit Frank Chillman teilen müssen, und da ich darauf nicht besonders versessen war, dachte ich mir, ich sollte es wenigstens bequem haben.

Alte Häuser führen ein Eigenleben. In manchen Nächten tun sie das so laut, daß einem die Haare zu Berge stehen. Die Dielen und Treppenstufen knarren, die Wände seufzen, und der alte Heizkessel im Keller fängt mitten in der Nacht an zu singen. Aber ich war daran gewöhnt. Zumindest glaubte ich das.

Auf der Treppe drehte ich mich noch einmal um und schaute zur Haustür, da ich dachte, ich hätte ein Geräusch gehört, das von der Veranda kam. Nun hörte ich nichts mehr. Stud folgte mir, gehorsamer als üblich, die Treppe hinauf in mein Schlafzimmer. Ich entkleidete mich, zog ein Schlafanzugoberteil an und kroch ins Bett. Stud nahm seinen gewohnten Platz zu meinen Füßen ein, streckte und dehnte sich kurz und schlief dann sofort ein.

Es brannte nur noch die Lampe auf dem Nachttisch. Draußen erhob sich ein pfeifendes Geräusch, wenn der Wind durch die Dachtraufen fuhr, und ab und an schlug der Zweig einer Pappel kratzend gegen die Fensterscheibe.

Mit einem Kissen im Rücken blieb ich gegen das Kopfbrett gelehnt sitzen, öffnete den ersten Umschlag und zog ein Bündel Papiere heraus. Obenauf lag ein kleinerer Umschlag, auf dem mein Name stand. Ich öffnete ihn und entnahm ihm ein gefaltetes Stück Papier. Die Handschrift war noch unleserlicher als meine eigene, und das will was heißen. Als ich den ersten Satz entziffert hatte, der lautete: »Wenn Sie das lesen, bin ich tot«, ließ ich den Brief sinken und blickte aus dem Fenster. Ich wußte ja, daß er tot war, aber diese hingekritzelten Worte in seiner eigenen Handschrift zogen mich wie mit Geisterhand zurück in die vergangene Nacht und zu dem schrecklichen Ort des Verbrechens an Frank Chillman. Ich versuchte, die Geräusche um mich her auszublenden und las weiter.

Irgendwann mußte ich vor Erschöpfung eingeschlafen sein. Ich wurde geweckt vom Sonnenlicht, das ins Schlafzimmer fiel, vom Geräusch des schmelzenden Schnees, der vom Dach tropfte, und von dem hartnäckigen Läuten des Telefons. Ich griff nach dem Hörer und murmelte etwas, das »hallo« bedeuten sollte. Meine eigene Stimme antwortete mir mit »das ist der Anschluß 555-04 64. Leider nur der Anrufbeantworter, aber wenn Sie ...« und dann schaltete sich eine andere Stimme ein und sagte: »Hallo, bist du da? Phoebe?«

»Kyle?«

»Ich habe den ganzen Morgen versucht, dich anzurufen. Wo warst du denn?«

»Im Koma. Warte, laß mich erst dieses Ding ausschalten.«

»Was?«

»Den Anrufbeantworter. So. Und zu deiner Frage, ich habe geschlafen. Schön, daß du dich endlich mal meldest.«

»Ich mußte einen Gefangenen nach Cheyenne begleiten.«

»Das ist wirklich mal eine originelle Ausrede.«

»Nein, überhaupt keine Ausrede. Ich bin erst heute morgen zurückgekommen. Pete Jackson hat mich gestern im Motel angerufen und mir gesagt, was passiert ist.«

»Na, ist das nicht reizend von Pete?« Die Art und Weise, wie er mich am Tag zuvor in meine Grenzen verwiesen hatte, machte mich immer noch wütend.

»Ich fand es tatsächlich verdammt nett von ihm. Was ist denn los? Habt ihr euch verkracht, du und Pete?«

»Wie kommst du denn darauf?«

»Jedenfalls habe ich versucht, dich anzurufen, aber da war immer nur dieser blöde Anrufbeantworter. Wie geht es dir?«

»Den Umständen entsprechend.«

»Würdest du mir bitte mal eine ernsthafte Antwort geben? Ich war fast krank vor Sorge, nachdem ich mit Pete gesprochen habe.«

»Du hättest mir doch eine Nachricht auf Band hinterlassen können.«

»Das habe ich doch. Hast du es denn abgehört?«

Darüber mußte ich eine Weile nachdenken.

»Na und, hast du?«

»Nein. Tut mir leid. Und warum hat Pete mir nicht gesagt, daß du verreisen mußtest?«

»Wahrscheinlich hatte er den Kopf voll mit anderen Dingen. Ich komme bei dir vorbei.«

Ich schwang meine Beine über den Bettrand und stand auf. Mit dem Telefon in der Hand ging ich zur Kommode und sah in den Spiegel. Die Gestalt, die mir entgegenblickte, kam mir fremd vor.

»Gib mir etwas Zeit. Ich muß zuerst ein Bad nehmen.«

Kyle schwieg einen Moment lang, bevor er sagte: »Ich könnte dir den Rücken schrubben.« Dann lachte er.

»Du wirst doch nicht etwa meine Vorderseite auslassen?«

»Was soll ich bloß mit dir machen, Phoebe?«

»Unter uns gesagt, ich glaube, da würde uns schon etwas einfallen.«

»Ich bin in einer Stunde bei dir.«

»Bis dann. Ach, Kyle?«

»Ja?«

»Wie geht's dem kleinen Hund?«

»Pete hat ihn gestern abend bei mir abgeholt und mit zu sich nach Hause genommen. Da hat er dann das ganze Haus vollgeschissen. Und Petes Frau ist wahrscheinlich immer noch mit den Putzarbeiten beschäftigt.«

»O Gott«, sagte ich und konnte mir ein Lachen nicht verkneifen. Irgendwie verschaffte mir diese Nachricht ein perverses Gefühl von Befriedigung.

»Also bis gleich«, sagte Kyle und legte auf.

Es gibt wahrscheinlich kaum etwas Erschreckenderes als der Anblick des eigenen rasierten Schädels im Spiegel. Sieht nicht sehr attraktiv aus. Der Begriff *Kunstfehler* kam mir in den Sinn. In der Dusche erwies es sich dann als unmöglich, dem Rat der Krankenschwester Folge zu leisten und diese Seite meines Kopfes nicht naß werden zu lassen. Ich sah zu, wie das Blut, das mein Haar verklebt hatte, über meinen Körper in den Abfluß rann. Erst in diesem Augenblick wurde mir klar, daß ich um ein Haar – oder um mehrere Haare – so geendet hätte wie Frank.

Während ich mich abtrocknete, anzog und die Papiere aufsammelte, die nun im ganzen Bett verstreut lagen, mußte ich immer noch an Frank Chillman denken. Ich hatte das Material wieder und wieder gelesen und lange die Familienfotos betrachtet, die Frank in einen der Umschläge gesteckt hatte und die ich Becky Simon zurückgeben wollte.

Abgesehen von den Erinnerungen an seine Schwester Rita, die Frank niedergeschrieben hatte, waren es zwei Dinge, die meine besondere Aufmerksamkeit geweckt hatten. Das erste war eine Reihe von Zeitungsausschnitten über Joey Marino, den Mann, der verdächtigt wurde, Ellen Maitland umgebracht zu haben. In einem der Artikel stand, daß man ihn wegen einiger unbezahlter Strafmandate über Nacht im Gefängnis behalten habe, daß er am nächsten Morgen, einem Samstag, gegen Kaution entlassen werden mußte und daraufhin auf Nimmerwiedersehen verschwunden sei.

Es gab drei oder vier weitere kurze Zeitungsnotizen, Aufrufe an die Bevölkerung mit der Überschrift »Haben Sie diesen Mann gesehen?« und noch einen längeren Artikel zusammen mit einem Bild von Marino. Es zeigte ihn als einen hübschen jungen Mann, der ziemlich sanft wirkte. So hatte ich ihn mir nicht vorgestellt. Offensichtlich war das Bild die Vergrößerung eines Ausschnitts aus einem Gruppenfoto, denn zu beiden Seiten Marinos ließen sich die Schultern anderer Personen erkennen. Meine Annahme, daß es sich dabei um eine Baseball-Mannschaft handelte, beruhte nicht auf irgendeiner scharfsinnigen Schlußfolgerung, sondern ergab sich aus Marinos Trikot mit Nummernaufdruck.

Der zweite Gegenstand von Bedeutung war die Kassette. Während ich darauf wartete, daß die Kaffeemaschine durchlief, holte ich einen kleinen Recorder aus meinem Büro und wollte gerade das Band einlegen, als ich aufsah und Kyle an der Hintertür erkannte. Ich hatte überhaupt nicht mehr an ihn gedacht und sprang nun fast an die Decke vor Schreck.

»Bist wohl ein bißchen nervös, was?« fragte er, als ich ihn einließ.

»Ich weiß gar nicht, wie du auf diesen Gedanken kommst, Kyle. Ich hüpfe doch immer so im Haus herum. Und warum klingelst du nicht an der Vordertür?«

»Vorne ist alles voller Schneematsch. Die Sonne scheint, und es ist fast zwei Grad warm. Ich wollte deine Wohnung nicht verdrecken.«

»Das ist ungemein rücksichtsvoll.« Ich ging zu ihm und legte meinen Arm um seine Taille. Es war ein gutes Gefühl, sich gegen ihn zu lehnen und dem Rhythmus seines Herzklopfens zu lauschen. Kyle beugte sich vor, rieb seine Nase gegen meinen Hals und küßte ihn zart. »Von was kommt das jetzt?«

»Beschwerst du dich?«

»Nicht doch. Es gefällt mir.« Sein Atem strich warm und tröstend über meine Wange, während er sprach. »Ich habe nur Angst, es könnte von ... äh ... einer Art Hirnschaden bei dir kommen. Ich meine, dann würde ich nicht wollen, daß es heilt und du wieder so kratzbürstig bist wie vorher.«

Ich versuchte, mich von ihm loszumachen, aber er hielt mich noch fester.

»Warum redest du so einen Schwachsinn?«

»Nur um zu sehen, ob dein Humor noch funktioniert, Phoebe. Aus keinem anderen Grund.« Er ließ mich los, trat einen Schritt zurück und hob die Hände, als wolle er sich ergeben. »Ich will nur sicher sein, daß alles intakt geblieben ist.«

Ich liebte die Art, wie sein Lächeln auf die Augen übergriff. Aber er jagte mir eine Heidenangst ein. Oder besser gesagt, das, was ich allmählich für ihn empfand, jagte mir eine Heidenangst ein. Trotzdem war es ein schöner Moment.

»Kaffee?« fragte ich.

»Klar. Was hörst du da?« Er klopfte mit dem Finger auf den Kassettenrecorder, der auf dem Küchentisch stand. »Die Sexpistols?«

»Ja. Ihre größten Hits.«

»Hab ich mir doch gedacht, daß du mit dieser Punk-Frisur auch die entsprechende Musik brauchst.«

Ich stellte eine Kaffeetasse vor ihn hin. »Und ich hatte schon gehofft, du würdest meine fehlenden Haare diskret übersehen.«

»Haare? Fehlend?«

»Vergiß es.« Ich setzte mich ihm gegenüber. »Jackson hat dir also erzählt, was gestern passiert ist.«

»Ja, das hat er.«

»Kyle, ich bin da einer Sache auf der Spur, und –«

»Nein, Phoebe. Ich will nichts davon hören.«

»Ich möchte doch nur mal über ein paar Dinge mit dir reden.«

»Das letzte Mal, als wir über ein paar Dinge geredet haben, habe ich einen fürchterlichen Anschiß gekriegt wegen Zurückhaltens von Bewiesen. Ich kann dir diesmal einfach nicht helfen, Phoebe.«

»Ich habe dich auch gar nicht um deine Hilfe gebeten, ich wollte bloß ... Ach, was soll's? Du hast ja recht, es würde dich nur in eine blöde Lage bringen.«

»Rate mal, wer mir heute über den Weg gelaufen ist.«

»Keine Ahnung, aber so, wie ich deinen Fahrstil kenne, kann ich nur hoffen, daß du diesen Jemand nicht gleich auf die Kühlerhaube deines Streifenwagens genommen hast.«

Wie schon gesagt, meistens ließen sich Kyles Emotionen von seinen Augen ablesen, und ich hatte gelernt, sie als eine Art Gefühlsbarometer zu betrachten. Jetzt sah ich in ihnen, daß seine Stimmung von verspielt in ernst umgeschlagen war.

Ich wischte mir mit der Hand das Lächeln vom Gesicht und versuchte krampfhaft, ebenfalls ernst dreinzuschauen. »Also, wer ist dir über den Weg gelaufen?« fragte ich und trank einen Schluck Kaffee.

»Du bist wirklich unmöglich«, erwiderte Kyle und schüttelte den Klopf. »Nick Spano.«

»Mein Gott, den habe ich ja ewig nicht mehr gesehen. Ich war mir nicht einmal sicher, ob es ihn überhaupt noch gibt. Wie geht es ihm?«

»Gut. Es geht ihm gut. Er, äh ... ich denke, es wäre eine gute Idee, wenn du dich mal mit ihm in Verbindung setzt.«

»Seine Frau ist gestorben, während ich auf der FBI-Schule in Virginia war. Meine Mutter hat mir damals davon geschrieben. Er ist auch einer von der alten Garde – er und mein Vater waren seinerzeit ein klasse Team.«

»Davon habe ich gehört. Ausführlich.«

»Was macht er denn so? Ist er in Pension und langweilt sich?«

»Nein, er arbeitet immer noch bei der Polizei.«

»Ich glaub's nicht. Nick ist doch bestimmt –«

» ... zäh wie Leder.«

»Das wollte ich eigentlich nicht sagen.«

»Er hat mich gebeten, dir etwas auszurichten, Phoebe.«

»Ach ja? Was denn?«

Kyle griff in seine Jackentasche und zog ein Stück Papier hervor. »Das ist seine Privatnummer. Er möchte, daß du ihn so bald wie möglich anrufst. Aber du kannst ihn auch bei seiner Dienststelle erreichen.«

»Weißt du, woran ich mich jetzt erinnere? An die Kammgarnanzüge, die er getragen hat, an die Art, wie er sein Haar so glatt zurückgebürstet hat und wie er immer so gesprochen hat, als wäre jedes Wort ein Geheimnis, das nur für deine Ohren bestimmt ist.«

»Ruf ihn an.«

»Ich habe nicht die Zeit, Kyle. Aber grüß ihn von mir.«

»Nimm dir die Zeit und melde dich bei ihm.«

»Wieso? Liegt er im Sterben oder was?«

»Es könnte sich für dich lohnen, mit ihm zu reden«, antwortete er mit gerunzelter Stirn und einem Kopfnicken.

Ich blickte zur Seite und dann wieder auf ihn. »Tut mir leid, aber ich verstehe es immer noch nicht.«

»Herrgott noch mal, Phoebe. Ruf ihn einfach an.«

»Und ich will vorher wissen, warum es so dringend ist. Was läuft da ab, Kyle?«

Er sah mich an, als würde er mit sich ringen. »Verflucht.«

»Also? Was ist Sache?«

»Nick war mit beiden Fällen befaßt. Mit dem Mord an Maitlands Frau und dem an Rita Chillman. Und es wurde zu einer Art fixen Idee von ihm, den oder die Mörder zu finden. Jetzt hat er im Fernsehen gesehen, daß du mit der Maitland-Sache zu tun hast und von dem Mord an Frank Chillman erfahren. Klar, Nick ist ganz schön in die Jahre gekommen, und einige von den Jungs glauben, daß sein Gedächtnis langsam nachläßt. Aber das denke ich eigentlich nicht.«

»Warum hast du das denn nicht gleich gesagt?«

»Weil wir die Anweisung gekriegt haben, mit niemandem darüber zu sprechen. Und da alle in meiner Abteilung einschließlich ihrer Familien wissen, daß ich mit dir befreundet bin ...«

»Machen sie dir totalen Druck. Scheiße. Es tut mir leid, Kyle.«

»Sie machen gar nichts. Und was Pete angeht? Der ist in Ordnung. Wir haben darüber geredet, und er meinte, er hätte es dir gesagt.«

»Das hat er. Aber es hat mir nicht gefallen, wie er es gesagt hat.«

»Du solltest versuchen, ihn zu verstehen. Ich meine, er ist besorgt, daß ich die ganze Scheiße abkriege, wenn etwas durchsickert. Maitland hat allen Vorgesetzten die Hölle heiß gemacht.«

»Das überrascht mich nicht. Und danke für den Hinweis wegen Nick. Ich werde ihn anrufen.«

»Tu das. Er hat jedenfalls so geklungen, als sei es ungeheuer wichtig. Aber vielleicht fühlt er sich auch bloß unterfordert von seiner Arbeit im Polizeiarchiv und sucht etwas Abwechslung. Wie auch immer, hör dir an, was er zu sagen hat. Und jetzt muß ich gehen.«

Kyle erhob sich von seinem Stuhl und kam um den Tisch herum zu mir. Seine Lippen streiften über meine Haare.

»Kommst du später noch mal vorbei?«

»Ja. Aber ich ruf dich vorher an. Und du komm nicht wieder in Schwierigkeiten.«

»Du kennst mich doch –«

»Deshalb sage ich es ja. Versuch's jedenfalls.«

Nachdem er das Haus durch die Hintertür verlassen hatte, ging ich zur vorderen Tür, um ihm nachzusehen. Allmählich eskalierte die Sache zwischen uns beiden, und keiner von uns konnte viel dagegen tun, außer flapsige Bemerkungen darüber zu machen. Aber das einzige, was ich wirklich schlimm fand, war, daß er sich von seinen Vorgesetzten und Kollegen beim County Sheriff blöde anmachen lassen mußte wegen seiner Beziehung zu mir und unseres angeblichen Bettgeflüsters. Die hatten ja keine Ahnung, daß da nichts lief zwischen uns. Wir hatten noch nicht einmal eine einzige Unterhaltung auf einem Kopfkissen gehabt, aber ich durfte ja wohl noch ein bißchen davon träumen, oder? Kehlys Theorie dazu lautete, daß es, wenn ein Mann und eine Frau darüber sprechen, selbst im Spaß, auch passieren wird. Dieses eine Mal wollte ich, daß meine Schwester recht behielt.

13

Ich hatte Nicks Stimme seit Jahren nicht gehört. Er wisperte immer noch, und das vielleicht sogar noch ein bißchen geheimnisvoller. Als ich ein Kind war, habe ich meinen Vater einmal gefragt, warum er das tue, und er antwortete, Nick sei der beste Kriminalpolizist, den er kenne, und zwar wegen seines Flüsterns. Er meinte, es würde alles ausblenden außer Nick und der Person, mit der er gerade spricht, und gebe den Leuten damit das Gefühl, wichtig zu sein. Das mochte ja eine erfolgreiche Technik sein, aber für mich ging es dabei eindeutig um die Frage der Kontrolle. Es meldete sich niemand unter Nicks Privatnummer, und so rief ich ihn bei seiner Dienststelle an. Während der ersten Sekunden unseres Gesprächs kam er mir sehr distanziert vor, so als wisse er gar nicht, warum ich ihn anrief. Ich überlegte schon, ob Kyle das Ganze vielleicht mißverstanden hatte, als Nicks Stimme noch um eine Spur leiser wurde und er fragte, ob ich ihn innerhalb der nächsten dreißig Minuten treffen könne. Ich willigte ein, und er bestimmte den Treffpunkt: Elmer's Pancake House, in der Nähe von Central.

Bevor ich ging, hörte ich die Nachrichten auf meinem Anrufbeantworter ab. Kyle hatte zwei am Tag zuvor hinterlassen, so wie er gesagt hatte. Kehly ließ mich in aller Ausführlichkeit und Deutlichkeit wissen, was ich Mutter angetan hatte. Maggie dagegen faßte sich kurz: Ruf mich an. Mein Bruder Michael war wieder eine andere Geschichte. Ich hörte seine Nachricht ein paarmal ab und fragte mich, ob das Zittern in seiner Stimme Wut oder Angst war. Inhaltlich waren seine Worte insofern überraschend, als er ankündigte, er würde an diesem Abend gegen neun bei mir vorbeikommen. Rosella Dahl hatte sich nicht gemeldet. Ich fing an, die Nummer von Michaels Pfarrei zu wählen, besann mich dann aber eines Besseren: Ich konnte nur eine Krise auf einmal bewältigen. Er würde warten müssen.

An guten Tagen besteht Billings ganz aus Himmel, für gewöhnlich vom blauesten Blau, und es herrscht nur schwacher Verkehr. Dies war ein guter Tag. Die Straßen lagen unter einer Brühe aus abgasgrauem Schneematsch, von dem sich jedesmal, wenn ein Auto an mir vorbei fuhr, eine Fontäne über die Windschutzscheibe ergoß. Dafür, daß es das Ende eines harten Winters ankündigte, war das ein geringer Preis. Dampf stieg von der Fahrbahn auf und wurde rasch von der Sonne absorbiert, die auf die Stadt herabstrahlte. Ich hielt vor einer Ampel an der Kreuzung von Lewis und Vierundzwanzigster Straße West und warf einen Blick auf den Typen in dem Cherokee Jeep neben mir. Er lächelte mir zu und grüßte mit der

Hand. Komisch, welche Wirkung eine kleine Hitzewelle auf die Menschen in Montana hat. Wir haben hier sozusagen eine Haß-Liebesbeziehung mit dem Wetter, das den Part der eifersüchtigen und unberechenbaren Domina spielt. Es peitscht uns mit eisigen Winden und bitterer Kälte bis zur vollständigen Unterwerfung, um uns sodann mit Frühlingsversprechungen zu besänftigen und zu locken. Ein Radiosprecher gab mit verführerischer Stimme die Temperatur bekannt: vier Grad Celsius. Der erste schöne Tag seit langer Zeit, und ich mußte eine Kappe tragen.

Als ich durch die Türen von Elmer's trat, erkannte ich Nick an einem Tisch in der hintersten Ecke des Restaurants. Vor ihm stand eine Tasse Kaffee. Ich versuchte, mich daran zu erinnern, wann ich ihn zuletzt gesehen hatte, aber ich kam nicht drauf. Trotzdem schien es mir, als habe er sich nicht sehr verändert. Als Gentleman der alten Schule stand Nick auf, als ich näher kam, ging um den Tisch und zog einen Stuhl für mich hervor.

»Hallo, Nick«, begrüßte ich ihn, während ich mich setzte. »So ein ritterliches Benehmen ist man als Frau heutzutage ja gar nicht mehr gewohnt.«

»Dann sollten die Männer dafür sorgen, daß sie es wieder werden. Und ich kann es mir auf meine alten Tage nicht mehr abgewöhnen. Wie ist es dir ergangen, Phoebe?«

»Gut. Wirklich gut. Und dir?«

»Bin älter geworden und habe noch mehr Falten gekriegt. Wie geht es deiner Mutter?«

»Es geht ihr prächtig. Ich persönlich fände es gut, wenn sie etwas öfter ausginge, aber sie war ja immer schon sehr häuslich. Du solltest mal bei ihr vorbeischauen und hallo sagen. Sie würde sich sicher darüber freuen, Nick.«

»Vielleicht mache ich das sogar mal. Und deine Geschwister? Geht's denen gut?«

»Es geht ihnen bestens. Uns allen.«

Eine mollige Kellnerin mit dunklen Augen, ordentlichem

Haarknoten und einem Namensschild, das sie als Glenda auswies, trat zu uns an den Tisch. »Möchten Sie jetzt bestellen?« Sie ließ den Stift abwartend über dem Schreibblock schweben.

»Ja. Das möchte ich.« Nick sah auf und lächelte. Er hatte eine Art, den Leuten direkt und unverwandt in die Augen zu sehen, die selbst die Schuldlosen dazu brachte, Schuldbewußtsein zu empfinden. »Ich nehme drei Eier, Bratkartoffeln, Würstchen, Toast –«

»Vollkorn- oder Weißbrot?«

»Weißbrot, bitte. Aber ich möchte vier Scheiben. Haben Sie auch Marmelade?«

»Ja, sicher.« Glenda wandte sich mit einem fragenden Blick an mich.

»Kaffee. Schwarz. Sonst nichts.«

»Entschuldigen Sie bitte«, sagte Nick, indem er die Hand hob und ihre Aufmerksamkeit wieder auf sich lenkte. »Machen Sie mir eine extragroße Portion Würstchen und Bratkartoffeln, und dann hätte ich gerne noch ein großes Glas Milch dazu. In Ordnung?«

»Für mich ist das schon in Ordnung, aber ich bin nicht sicher, was Ihre Arterien dazu sagen.« Sie wandte sich wieder an mich und lächelte aufmunternd. »Und Sie sind sicher, daß Sie nicht wenigstens ein kleines Rosinenbrötchen oder sowas möchten?«

Allein vom Zuhören bei Nicks Bestellung hatte ich das Gefühl, wie eine Dampfnudel aufzugehen und über den Rand der Stuhlfläche zu schwappen. »Ganz sicher. Ich werde einfach hier sitzen und mir den Duft seines Essens zufächeln.«

Glenda drehte sich um und ging.

»Hör mal, Nick. Du mußt wirklich unbedingt meine Mutter besuchen. Da hätte sie endlich wieder jemanden, den sie füttern könnte.«

Aber seine Augen sagten mir, daß er mit seinen Gedanken ganz woanders war.

»Es geht das Gerücht, daß du Schwierigkeiten mit einem gewissen Fall hast.«

»Du weißt doch, wie das ist mit Gerüchten, Nick. Man kann sich nicht immer auf sie verlassen.«

»Bist du nicht daran interessiert, was die Gerüchte sagen?«

»Nicht besonders.«

»Gut, dann komme ich gleich zur Sache. Ich möchte dir helfen.«

»Nick, ich –«

»Nein, warte noch mit deinem Einspruch«, unterbrach er mich und hob abwehrend die Hände. »Daß ich dir helfen möchte, hat nichts damit zu tun, daß ich dich nicht für kompetent halte. Vielleicht ist helfen auch nicht das richtige Wort. Ich habe deinen Werdegang verfolgt, seit du von der FBI-Schule zurückgekommen bist. Du machst deine Arbeit sehr gut. Gelegentlich ein bißchen ... na ja, sagen wir, unkonventionell in deinen Methoden. Aber diese Sache mit Cutter Gage damals hast du prima hingekriegt. Ich persönlich habe auch nie daran geglaubt, daß sich dein Bruder umgebracht hat. Ich schätze, was ich damit sagen will, ist, ich weiß, du bist sehr wohl imstande, dein Ding allein durchzuziehen, also fühl dich nicht gekränkt von meinem Angebot.«

»Nick, ich bin nicht gekränkt, aber –«

»Warte, eins noch. Der Mord an Ellen Maitland liegt mir seit Jahren auf der Seele. Und deinem Dad ging es übrigens genauso damit. Bis zum heutigen Tag habe ich keinen Fall erlebt, der mich derart mitgenommen hat.«

»So schlimm?«

»Schlimmer. All diese merkwürdigen Vorkommnisse, die damit zu tun hatten. Es gab zwei Mordopfer, weißt du. Zwei Frauen wurden zur gleichen Zeit ermordet, und ich will verflucht sein, wenn es da keine Verbindung gab –«

»Du meinst Rita Chillman und Ellen?«

»Genau. Irgendein beschissener ... entschuldige meine Ausdrucksweise ...«

»Ist schon in Ordnung, Nick.«

»Da gab es diesen unsichtbaren Faden, der die beiden verbunden hat. Aber wir haben einfach nie rauskriegen können, worin dieses verdammte Ding bestand. Trotzdem, ich garantiere dir, daß dieser Faden existiert.«

»Was ist mit dem Marino-Jungen? Hat er Ellen Maitland auf dem Gewissen?«

»Darüber habe ich mir lange den Kopf zerbrochen. Ich kannte den alten Marino, Joeys Vater, sehr gut. Er war eins von elf Kindern. Ist wohl so Brauch bei den Katholen.«

Ich kicherte.

»Ich habe Joey Marino aufwachsen sehen. Daß er ein Mörder sein soll, kann ich mir zwar kaum vorstellen, aber ein paar Dinge haben ihn schwer belastet.«

»Zum Beispiel?«

»Die Männer aus der Kolonne, mit denen er gearbeitet hat, wußten nicht, wo er zu der Zeit war, als Ellen Maitland umgebracht wurde, und seine eigenen Angaben darüber waren mehr als vage. Er sagte, er habe eine Verabredung gehabt, aber er gab uns nicht den geringsten Beweis dafür. Tatsache war, daß er sich in jeder Hinsicht geweigert hat, mit uns zu kooperieren.«

»Was ist mit dem Tatort? Hat der Mörder nichts liegenlassen oder weggenommen?«

»In dem Motelzimmer war nichts außer Ellen Maitland, die mit solcher Wucht erschlagen worden war, daß ihr Unterkieferknochen durch den Gaumen gedrungen ist. Und das war noch nicht mal das Schlimmste.«

»Hier ist Ihr Frühstück, Mittagessen und Abendessen«, sagte Glenda, während sie drei gehäufte Teller vor Nick und eine Kaffeetasse vor mir auf den Tisch stellte. Dann stemmte sie die Hände in die Hüften, lächelte und sagte: »Kann ich Ihnen sonst noch etwas bringen?«

»Nein, danke. Das reicht fürs erste.« Nick blickte, ebenfalls lächelnd, von seinen Essensbergen auf. Glenda dagegen sah plötzlich etwas verwirrt drein. Dann lächelte sie wieder und machte eine schlenkernde Handbewegung. »Ach, jetzt verstehe ich. Sie sind einer von diesen, äh … einer von diesen … na, wie heißen die doch gleich?«

»Stimmt, ich bin einer von diesen. Das Wort wird Ihnen schon noch einfallen. Lassen Sie sich nur Zeit.« Diesmal war es an mir, Nick verwirrt anzusehen.

Glenda wandte sich schließlich ab, warf aber noch einen unsicheren Blick zu uns rüber, während sie an einem anderen Tisch die Bestellung aufnahm. Nick brach in schallendes Gelächter aus.

»Was soll das denn bedeuten, ›einer von diesen‹?«

»Ich habe nicht die leiseste Ahnung«, prustete er. Dann wurde er wieder ernst und sagte: »Wo war ich stehengeblieben? Ja, der Fall Maitland. Es waren jedenfalls die gründlichsten Ermittlungen, die ich jemals durchgeführt habe. Wir haben dieses Motelzimmer so oft durchgekämmt, daß es mir vorkam, als hätte ich dort gewohnt. Und ich versichere dir, wir haben auch jeden Grashalm in der Umgebung des Josephine Lake abgesucht. Wir haben sogar ein paar Taucher in den See geschickt. Nichts.«

»Ist das da, wo Rita Chillman gefunden wurde?«

»Hmm. Trauriger Anblick. Da hat sie sich so zurechtgemacht, und das für ihren Mörder.«

»Was meinst du mit ›zurechtgemacht‹?«

»Ich kannte Rita, Chili, wie immer du sie nennen willst, aus der Zeit, als sie auf den Strich ging. Sie war nicht zu übersehen. Hat immer einen Rock aus rotem Lackleder getragen, der so kurz war, daß man ihren Slip sehen konnte. War ein schönes Mädchen. Augen wie ein Reh.«

»Und so war sie auch angezogen, als man sie fand?«

»Eben nicht. An ihrem letzten Tag hat sie ein hübsches Kostüm getragen. Grau, wenn ich mich recht entsinne. Sie sah aus wie eine Sekretärin in dem Ding. Ich habe sie kaum erkannt. Sie hatte ein paar Tage beim See im Dickicht gelegen. Es war irgendwie die traurigste Leiche, die ich je gesehen habe, außer Ellen Maitland. Und da hatten wir es nun mit zwei toten Frauen zu tun, einer Dame, die angezogen war wie eine Hure, und einer Hure, die angezogen war wie eine Dame. Beide ermordet, und es ist mir all die Jahre nicht mehr aus dem Kopf gegangen, daß es da eine Verbindung geben mußte.«

»Der unsichtbare Faden ...«

»Ja. Und als jetzt jemand eine Kugel durch Frank Chillmans Kopf gejagt und auf dich geschossen hat, war dieser Faden plötzlich wieder da. Irgendwas hat diesen Drachen geweckt, der sich seit siebenundzwanzig Jahren ruhig verhalten hat. Du weißt ja, daß Drachen Feuer spucken, Phoebe. Ich will nicht, daß du dich verbrennst.«

»Laß das mal meine Sorge sein.«

»Das kann ich nicht. Dein Vater war einer der besten Männer, die ich kannte. Er wäre schrecklich enttäuscht von mir, wenn ich jetzt nicht auf dich aufpassen würde, glaubst du nicht?«

»Ich glaube jedenfalls nicht, daß ich einen Aufpasser brauche. Ich möchte dich nicht kränken, Nick, aber ... Hör zu, laß uns das als ein gemeinsames Anliegen betrachten.«

Nick, Ellbogen auf dem Tisch, Hände unter dem Kinn gefaltet, lächelte mich an, sagte aber nichts. Seine Augen funkelten. Wahrscheinlich sah er in mir in erster Linie Ben Siegels kleines Mädchen. Das konnte aber auch ein Vorteil für mich sein. »Also, was sagst du dazu? Kannst du dir eine Art punktuelle Zusammenarbeit mit mir vorstellen? Ich will eine klare Antwort, Nick. Ich will nicht deine Zeit vergeuden oder –«

»Deine.«

»Genau. Oder meine.«

»Du hast die gleiche Einstellung wie dein Vater, Phoebe. Das erinnert mich an alte Zeiten. Was hat dich eigentlich daran gehindert, zu unserer Truppe zu stoßen?«

»Wie?«

»Warum bist du nicht in den Polizeidienst gegangen?«
»Wechseln wir jetzt das Thema oder was?«
»Du wolltest doch die Zusammenarbeit, richtig?«
»Ja, das wollte ich.«
»Wenn wir also Partner werden sollen, dann –«
»Ich kann mich nicht daran erinnern, etwas von Partnerschaft gesagt zu haben, Nick.«
»Ich nenne es eben so. Also, wenn wir Partner werden wollen, dann habe ich doch wohl das Recht, ein bißchen mehr darüber zu erfahren, wie du arbeitest, oder?«
»Okay, Nick.«
»Also, warum Privatdetektiv?«
»Warum nicht?«
»Warum nicht Kriminalbeamtin?«
»Ich arbeite lieber allein.« Er fing an, mich nervös zu machen.
»Herrgott noch mal, Phoebe. Du wärst wahrscheinlich sofort in den Ermittlungsdienst gekommen.«
»Ist das eine Art Test?«
»Nein. Kein Test. Ich bin bloß neugierig.«
»Hör zu, Nick, du wolltest, daß wir uns treffen. Gut, hier bin ich.« Meine Stimme wurde lauter. »Aber wenn du nichts dagegen hast, würde ich unseren Erfahrungsaustausch lieber auf ein andermal verschieben und jetzt langsam zur Sache kommen.«
Er blickte sich im Raum um und sah mich dann wortlos an.
»Es tut mir leid, Nick. Ach, Scheiße!« Ich kam mir wie eine Idiotin vor. »Ich bin ein bißchen angespannt.«
»Ist schon gut. Ich bin wahrscheinlich schon zu lange im Innendienst und damit raus aus der Ermittlungstätigkeit. Und wenn ich dann wieder mit einem Fall in Berührung komme, werde ich vielleicht ein bißchen übereifrig.«
»Nick, ich weiß nicht, wie ich es anders formulieren soll, also frage ich dich ganz einfach direkt: Wie weit willst du bei dieser Sache gehen?«

»Aufs Ganze, sonst wäre ich nicht hier. Ich werde in ein paar Monaten endgültig aus dem Polizeidienst ausscheiden, und dann wäre es gut zu wissen, daß ich noch einen Beitrag dazu leisten konnte, diesen Fall abzuschließen. Er bedeutet den einzigen großen Minuspunkt auf einer ansonsten verdammt guten Erfolgsbilanz. Verstehst du das?«

»Ja, das verstehe ich.«

Er hielt mir seine ausgestreckte Hand entgegen. »Also, sind wir Partner?«

»Wir sind Partner.« Ich nahm seine Hand und schüttelte sie. »Ich kann aber ziemlich schwierig sein. Willst du immer noch wissen, warum ich Privatdetektivin und nicht Polizeibeamtin geworden bin?«

»Es spielt keine Rolle. Wie du gesagt hast, wir machen einen kleinen Erfahrungsaustausch. Ich nenne es eine Quatschsitzung, und wir sollten es gleich tun.«

»Quatschsitzung?« fragte ich lachend.

»So hat es dein Vater genannt. Wir mußten uns damals so manche Nacht um die Ohren schlagen, und da hatten wir dann unsere Quatschsitzungen. Ich kannte ihn besser als meinen eigenen Bruder. Hab ihn auch lieber gemocht.« Seine heiser flüsternde Stimme bebte. »Er fehlt mir.«

Ich tätschelte seine Hand. »Mir auch, Nick, mir auch. Weißt du, ich glaube, er hätte es gut gefunden, daß wir zusammenarbeiten. Und ich finde es auch gut.«

»Dann laß uns zur Sache kommen.« Nick legte seine Hand auf meine und grinste. »Wir haben eine Menge zu besprechen.«

»Ja, aber dein Essen wird kalt. Du solltest lieber mal damit anfangen.«

»Ach was, Phoebe, ich esse dieses Zeug doch nicht. Ich hab ein Problem mit meinem Cholesterinspiegel. Aber es tut mir gut, es vor mich hinzustellen. Dieses Gefühl von Kontrolle ist mir die fünf oder sechs Dollar wert.«

»Das kann ich verstehen, Nick.«

»Na, das ist doch schon mal ein Schritt in die richtige Richtung, wenn wir uns verstehen. So, und was willst du nun von mir wissen?«

»Ich möchte wissen, welche Rolle Maitland deiner Einschätzung nach bei der ganzen Sache spielt.«

»Maitland ist ein Drecksack. Ein Blender. Eigentlich nicht besonders intelligent, aber teuflisch gerissen.«

»Glaubst du, daß er seine Frau umgebracht hat?«

»Ja. Das tue ich. Zumindest glaubte ich es.«

»Könntest du dich etwas deutlicher ausdrücken?«

»Ich hatte ganz auf Maitland gesetzt. Er hat so etwas an sich, das mich immer schon nervös gemacht hat. Eine Zeitlang dachte ich, wir wären ihm auf den Fersen, aber es ist nichts dabei herausgekommen. Als sie uns, mich und deinen Dad, von dem Maitland-Fall abgezogen und uns die Chillman-Sache übertragen haben, haben wir alles versucht, um ihn mit Chili in Verbindung zu bringen, aber auch das hat nicht hingehauen. Nachdem sie dann Joey Marino festgesetzt haben, versuchten wir, eine Verbindung zwischen ihm und Chili herzustellen, aber es gab einfach keine. Wir wußten, daß die beiden Morde irgendwie miteinander zu tun hatten, obwohl uns das niemand anderer abgekauft hat. Nur ich und dein Dad waren immer davon überzeugt. Und dein alter Herr hatte eine Spürnase wie sonst keiner. Dann hat sich Joey auf und davon gemacht.«

»Und wurde nie wieder gesehen.«

»Richtig.«

»Hmm. Gibt es die Möglichkeit, daß Marino an dem Tag des Mordes irgendwas gesehen hat und deshalb auch sterben mußte?«

»Könnte sein. Es gibt wahrscheinlich niemanden, der mit dem Fall zu tun hatte, der nicht auch die Theorie vertritt, daß Marino tot ist. Dabei wird entweder von der Annahme ausgegangen, daß er der Mörder war und sich anschließend umgebracht hat, weil er nicht mit seiner Schuld leben konnte, oder daß er tatsächlich irgendwas gesehen hat, was den wirklichen Mörder dazu brachte, ihn ebenfalls aus dem Weg zu räumen. Aber für mich sind beide Theorien bloß vedammte Ausreden, um den Fall unter den Teppich zu kehren. Du weißt ja, wie das läuft. Die Leute hören auf, sich dafür zu interessieren, und alle Spuren verlaufen nur noch im Sand.«

»Aber Maitland hat alles getan, um die Ermittlungen in Gang zu halten. Warum?«

»Weil es ihm nützt. Er hat doch die gesamte Polizei um den kleinen Finger gewickelt. Strengere Gesetze, härtere Strafen, mehr Geld für die Cops, was immer du willst, er ist dafür.« Nick hob seine Hand und winkte der uns stets aufmerksam umkreisenden Glenda.

»Könnten wir bitte noch etwas Kaffee bekommen?«

»Komme sofort«, antwortete sie prompt.

»Mit schöner Regelmäßigkeit«, fuhr Nick fort, »gräbt Maitland seine Frau aus und kommt damit jedesmal in die Medien. Ich habe diesen Dreckskerl jetzt über zwanzig Jahre beobachtet, und er ist gut in seinem Geschäft. Wirklich gut.«

»Warum bist du nicht an ihm drangeblieben?«

»Ich hab's versucht. Nachdem wir etwa neun Monate an beiden Fällen gearbeitet haben, kamen in der Stadt ein paar Gerüchte in Umlauf über irgendwelche abartigen Sexgeschichten, in die ein paar junge Anwälte zusammen mit einigen von Big Dorothys Mädchen verwickelt waren. Auch Maitlands Name wurde dabei genannt.«

»Hat das zu etwas geführt?«

»Ich dachte, das würde es. Ich habe damals so viel Zeit mit Big Dorothy verbracht, daß sich meine Frau schon einigermaßen zu wundern begann. Und dann, pffft, löst sich Dorothy plötzlich in Luft auf. Verschwindet.«

»Hast du versucht, sie zu finden?«

»Natürlich. Dein Vater und ich sind nach New Orleans geflogen, weil wir den Tip bekommen hatten, daß sie dort ein neues Bordell aufgemacht hätte. Wir haben sie auch tatsächlich gefunden. Aber wir haben kein Wort aus ihr rausgekriegt. Allerdings hatten sich ihre Lebensumstände entschieden verbessert.«

»Wie das?«

»Na ja, sie hat da unten in der besten Gegend ein feines Etablissement aufgezogen, das sie ein Vermögen gekostet haben muß. Kein Vergleich mit dem lausigen Puff, den sie hier hatte.«

»Vielleicht hatte sie das Geld gespart.«

»Oder ...«

»Jemand wollte, daß sie aus der Stadt verschwindet und hat ihr einen Haufen Scheine dafür hingeblättert, daß sie es tut.«

»Du hast es erfaßt. Aber wer? Und wieder würde ich mein Geld auf Maitland setzen.«

»Nur gibt es da leider einen Haken, Nick. Ich meine, warum würde Maitland das Huhn schlachten, das goldene Eier legt? Was hätte ihm Ellen Maitlands Tod gebracht?«

»Ich denke, die goldenen Eier, wie du es nennst, wurden bereits gelegt, bevor er in die Heirat mit ihr eingewilligt hat. Maitland ist ein Fuchs.«

Glenda kam zu unserem Tisch, füllte die Kaffeetassen nach und blickte auf die vollen Teller, die immer noch vor Nick standen. »Stimmt was nicht mit Ihrem Essen?«

Nick machte eine ausladende Handbewegung und versicherte: »Aber nein, es ist großartig. Absolut perfekt.«

»Sie haben aber nichts angerührt. Soll ich es noch mal in die Mikrowelle stellen?«

»Nein, das sollen Sie nicht. Ich möchte es kalt haben. Okay?«

»Wie Sie wollen«, erwiderte Glenda mit hochgezogenen Augenbrauen und ging von dannen.

»Das mache ich jedesmal durch, wenn ich auswärts esse.«

»Tatsächlich? Warum nur?« Ich fing an, diesen Kerl wirklich zu mögen. »Und was war nun mit Dorothy? Hattest du da kein Glück?«

»Nicht das geringste. Sie ist übrigens vor ungefähr sechs Jahren wieder nach Billings zurückgekehrt.«

»Hast du noch einmal mit ihr gesprochen?«

»Ein einziges Mal. Für ungefähr zwanzig Sekunden. Aber du mußt dir darüber im klaren sein, daß Dorothy ganz genau weiß, wo einige der Honoratioren von Billings Dreck am Stecken haben. Sie brauchte nur einen einzigen Anruf zu tätigen, und schon wurde ich zurückgepfiffen. Man hat mir erklärt, ich sei schließlich nicht mehr mit dem Fall befaßt, und wenn ich sie nicht in Ruhe ließe, würde sie die Polizeibehörde wegen Belästigung und Verleumdung verklagen. Und sie ist tatsächlich sauber. Lebt jetzt in einem privaten Seniorenheim hier im West End.

»Ein Pflegeheim?«

»Nein, es ist zwar mit einer Pflegestation ausgestattet, aber sie bewohnt ein eigenes Apartment. Und die sind ziemlich kostspielig.«

»Also hat sie immer noch Geld. Ich nehme nicht an, daß sie unter Big Dorothy im Telefonbuch steht, oder?«

Nick lachte »Nein. Aber du findest sie unter dem Namen Dorothy Valentine.«

»Im Ernst?«

»Ja, wirklich, das ist ihr Taufname. Ihre Freunde nennen sie Dot.«

»Ich schätze, dann werde ich Dot wohl mal einen kleinen Besuch abstatten.«

»Wie gesagt, Phoebe, sie hat Beziehungen. Alles, was sie zu tun braucht, ist, die richtige Nummer zu wählen.«

»Das mag schon sein, aber für eine Herausforderung bin ich schließlich immer zu haben. Glaubst du, daß sie irgend etwas weiß, oder werde ich mit ihr nur meine Zeit verschwenden?«

»Na ja, sie muß über siebzig, wahrscheinlich fast achtzig Jahre alt sein, und die sind nicht spurlos an ihr vorübergegangen. Aber ich wette, daß sie etwas weiß. Ich würde sogar so weit gehen zu behaupten, sie könnte der Schlüssel zu dieser ganzen verfluchten Geschichte sein.«

»Dann ist es den Versuch wert. Kannst du mir Namen und Adresse von diesem Seniorenheim geben?«

»Ich warne dich, ich weiß zwar nicht, in welcher Verfassung sie jetzt ist, aber als ich sie kannte, konnte sie einem ganz schön zu schaffen machen.«

»Ich werde schon mit ihr fertig, Nick.«

»Dann los. Das Altersheim nennt sich ›The Estates‹. Es ist diese ziemlich protzige Häuserreihe an der Kreuzung von Shiloh und Grand Avenue, an der westlichen Seite vom Yegen Golfplatz. Nicht zu verfehlen.«

»Nick, ich brauche Zugang zu ...«

»Ich weiß, was du brauchst, und ich werde dafür sorgen, daß du es bekommst.«

»Ich hab ein komisches Gefühl dabei, daß du Kopf und Kragen bei dieser Sache riskierst.«

»Es ist mein Kopf und mein Kragen, also mach dir keine Gedanken darüber. Außerdem fühle ich mich einfach fünfzehn Jahre jünger allein bei dem Gedanken daran, wieder eine sinnvolle Arbeit zu tun. Ich werde mich bei dir melden. Wie lange kann man dich abends anrufen?«

»Ich gehe meistens ziemlich spät ins Bett, und außerdem habe ich einen Anrufbeantworter. Du kannst also anrufen, wann du willst.«

»Es ist besser, wenn unsere Kontaktaufnahme ab jetzt von mir ausgeht.«

»Verstehe. Wenn du mich nicht erreichst, sprich mir einfach auf Band, wann du wieder anrufst, und ich werde mich bemühen, dann da zu sein. Ach, und Nick?«

»Ja?«

»Wohnen eigentlich die Marinos noch hier in der Stadt?«

»Der Vater, Louis, ist vor ein paar Jahren gestorben, aber seine Frau wohnt noch hier. Sie steht im Telefonbuch.«

»Gut. Dann gehe ich jetzt. Und wir bleiben in Kontakt.«

»Fährst du zu den Estates?«

»Ich muß zuerst noch kurz nach Laurel, aber danach werde ich bei Dot vorbeischauen.«

»Viel Glück.« Nick legte eine Fünf-Dollar-Note auf den Tisch, stand auf und folgte mir zum Ausgang. »Fährst du immer noch diesen alten Chevy?« fragte er, während er mir die Tür aufhielt.

»Ja, das tue ich.«

»Das ist gut.«

»Dieser Winter hat ihm ein bißchen mehr zugesetzt als üblich, aber er hält sich wacker.«

»Tun wir das nicht alle?«

Er hatte diesen wehmütigen Gesichtsausdruck, den Männer, ältere Männer, bekommen, wenn sie das Gefühl haben, daß ihre Zeit abläuft. Sie wollen immer reden, und dann reden sie so schnell, als hätten sie Angst, sie könnten nicht mehr alles sagen, was gesagt werden muß. Als ich nun Schulter an Schulter mit Nick Spano auf diesem Parkplatz stand, griff mir ein nur allzu vertrautes Gefühl von Traurigkeit ans Herz. Ich vermißte meinen Vater, und ich vermißte meinen Bruder Ben. Hätte ich in diesem Moment die Möglichkit gehabt, sie von den Toten zu wecken und ihnen meinen eigenen Lebenshauch einzublasen, ich hätte es getan. Gleichgültig, was der Preis gewesen wäre. Ich wollte sie beide da haben. Aber sie waren nicht mehr da, und ich war mir nicht sicher, ob ich diese Tatsachc jemals akzeptieren könnte. Nicht vollkommen. Ich seufzte tief und blickte Nick an.

»Es war schön, dich wiederzusehen, Nick. Wirklich.«

»Das finde ich auch. Du bist eine ziemlich tolle Frau geworden.«

»Ich würde gerne das gleiche von dir sagen, aber ...«

»Und du hast immer noch dieses freche Mundwerk«, sagte er lachend.

»Bis bald?«

»Bis bald.«

Ich brauchte zwanzig Minuten, um die Stadtgrenze von Laurel zu erreichen, einer boomenden Metropole von circa siebentausend hauptsächlich deutschstämmigen Einwohnern und Sitz der Montana Rail Link. Während des Zweiten Weltkrieges hatte es dort ein Internierungslager für deutsche Kriegsgefangene gegeben, aber heute war es eine selbstbewußte und wirtschaftlich prosperierende Gemeinde. Der Grund für meinen Besuch bestand darin, daß ich von hier aus ein Ferngespräch nach Billings führen wollte, denn obwohl Laurel zum Yellowstone County gehörte, hatte es die Telefongesellschaft U.S. West zum eigenen Tarifgebiet erklärt. Ich hielt vor der Telefonzelle eines Supermarkts, stieg aus dem Wagen und blätterte im Telefonbuch. Nachdem ich die gesuchte Nummer gefunden hatte, hob ich den Hörer ab und wählte die Vermittlung.

»Ich möchte ein R-Gespräch nach Billings anmelden. Die Nummer lautet 406-555-3274. Mein Name ist Joey Marino.«

»Joy?«»

»Nein, Joe. Das ist eine Abkürzung für Josephine.«

»Entschuldigung, ich dachte nur, Sie klingen nicht wie ein ...«

»Ich weiß, das passiert mir öfter.«

Es war ein Schuß ins Blaue, und ich konnte nur hoffen, daß er sein Ziel finden würde. Die Telefonistin ließ mich eine Weile warten, bis sie die Verbindung hergestellt hatte. Dann meldete sie sich wieder: »Sie können jetzt sprechen. Der Teilnehmer hat Ihren Anruf entgegengenommen.«

»Joey, Liebling. Wieso machst du ein R-Gespräch? Stimmt was nicht? Ist mit den Kindern alles in Ordnung? Joey? Hallo? Bist du da?«

Ich legte auf. Die Panik in ihrer Stimme war offenkundig, und ich bekam prompt ein schlechtes Gewissen. Aber eines war sicher, es gab eine verdammt gute Chance, Joey Marino lebend zu finden. Blieb nur die Frage, wo.

14

Auf der Fahrt zurück nach Billings hatte ich Zeit, über meine Unterhaltung mit Nick nachzudenken. Ich wollte und brauchte alle Informationen, die er hatte oder beschaffen konnte, aber ich wußte, daß ich ihm nichts von meinem Anruf bei Mrs. Marino sagen würde. Es hätte ihm nicht gefallen. Zwar riskierte Nick Kopf und Kragen für mich, aber er versprach sich auch einen persönlichen Gewinn aus der Sache: Die Lösung des Falles würde ihm einen fulminanten Abgang aus dem Polizeidienst verschaffen. Und was hätte ihm diese kleine Information genützt? Ich meine, das Ganze konnte sich schließlich als vollkommener Blindgänger entpuppen. In der Marino-Familie könnte es einen Enkel mit Namen Joey geben. Oder einen Neffen, oder sonst jemand anderen als der, den ich suchte. Mein Instinkt sagte mir zwar, daß ich auf der richtigen Spur war, aber warum sollte ich Nicks Erwartungen schüren, bevor ich mir nicht sicher war? Nach diesem kleinen inneren Monolog fühlte ich mich besser. Immerhin wurde ich langsam ziemlich gut darin, meine eigenen Entscheidungen zu rechtfertigen. Komisch, was so eine Kugel, knapp am Kopf vorbei, so alles bewirkt. Meine Instinkte waren geschärft, mein Verstand lief auf Hochtouren, und meine Nebenhöhlen waren frei. Was wollte ich mehr? Eins noch: eine aufschlußreiche Audienz bei der legendären Madame Dorothy Valentine.

The Estates bestand aus einem Komplex einstöckiger Gebäude, der sich von der Kreuzung von Grand und Shiloh bis zur Broadwater Avenue erstreckte. Nichts ließ darauf schließen, daß es sich um ein Altersheim handelte. Man tippte eher auf teure Eigentumswohnungen. Aber eine Heimstatt für Senioren? Kaum. Die in eine rote Ziegelsteinmauer neben der Auffahrt eingelassene Bronzetafel verkündete schlicht:

THE ESTATES
DER NÄCHSTE SCHRITT

Der nächste Schritte zu was? Wurde das Sterben heutzutage so umschrieben – der nächste Schritt? Ernüchternd, aber raffiniert. Dampf stieg von den Fußwegen auf, die sich netzartig zwischen dem Hauptgebäude und mehreren kleineren, freistehenden Häusern spannten. Es kostete eine Menge Geld, um sich in diesem Teil des Landes beheizte Gehwege leisten zu können, aber schließlich roch das ganze Anwesen nach Geld. Ich war bereits vorher ein paarmal dort vorbeigefahren und hatte geglaubt, die Estates seien nur ein weiterer Ausläufer der Yuppie-Wohnkultur, die sich in sämtlichen Randbezirken breitgemacht hatte. Immobilien waren in Billings das große Geschäft. »Der nächste Schritt« offenbar ebenfalls. Selbst unter den Spuren des Winters war die Landschaft nichts weniger als grandios. Auf meinem Weg vom Wagen zum Eingang sah ich zwei mit einer Eisschicht überzogene, künstlich angelegte Teiche, flankiert von Redwoodbäumen, unter denen sich einige Picknickbänke und -tische gruppierten.

Die Aussicht war bilderbuchartig. Im Norden sah man die Sandsteinklippen, die dort den Rand des Yellowstone Valley bildeten, welches sich, so weit das Auge reichte, von Ost nach West erstreckte. Am südlichen Horizont lagen zwei massive Gebirgsketten, die Pryors und die Beartooths unter dem typischen Montana-Blau des Himmels. Die South Hills, karg und in violette Schatten getaucht, erhoben sich am jenseitigen Flußufer. Auch dieses Panorama mußte man sich erst einmal leisten können. Als ich auf den Klingelknopf drückte, ertönte von der anderen Seite der Tür harmonisches Glockengeläute, und wenig später öffnete mir eine in Polyester gekleidete Dame, deren Lächeln, in offensichtlichem Stolz auf ihre Zähne, so breit war, daß es schmerzhaft wirkte.

»Hallo«, begrüßte sie mich lächelnd und trat beiseite, um

mich eintreten zu lassen. »Sieht aus, als stünde uns ein Wetterwechsel bevor.«

»Kennen Sie nicht das Sprichwort?«

»Welches Sprichwort?«

»Über das Wetter in Montana – wenn dir das Wetter nicht paßt, brauchst du nur eine Minute zu warten, und es ändert sich.«

»Ach ja, richtig. Das habe ich wohl schon mal gehört.« Die ausrasierte Stelle an meinem Kopf schien sie ungemein zu faszinieren. Aber sie fragte nichts, und ich erklärte nichts.

»Sind Sie gekommen, um jemanden zu besuchen?«

»Ja, Dorothy Valentine. Ist sie –«

»Würden Sie bitte einen kleinen Moment warten? Ich habe jemanden am Telefon. Nehmen Sie doch solange Platz.«

»Okay. Wo soll ich mich hinsetzen?« Ich blickte mich in der Empfangshalle um.

»Dort drüben. Es dauert nur ein kleines Minütchen, und dann bin ich sofort zurück.«

»Okay.« Ich könnte schwören, daß sie vorhatte, mir für meine Folgsamkeit lobend den Kopf zu tätscheln, aber meine drohend zusammengezogenen Brauen müssen sie davon abgehalten haben.

»Also bis gleich.« Sie sang es mehr, als daß sie es sagte, und verschwand um eine Ecke.

Aus unsichtbaren Lautsprechern schwebte Musik durch das graue und bläulichviolette Dekor des Raumes. Ich wunderte mich zunächst ein wenig darüber, daß es ausgerechnet Frank Sinatras »I Did It My Way« war, aber dann dachte ich mir, ein bißchen Selbstbesinnung konnte vermutlich nicht schaden, wenn man auf den nächsten Schritt wartete. Die dunkelgrün und braun gepolsterten Sofas und Sessel waren besetzt von Männern und Frauen in verschiedenen Stadien von wach über halbschlafend bis schnarchend. Ich hatte gar nicht gewußt, daß es für Haare so viele Schattierungen von Grau über Silbrig bis Weiß gab.

Mir wurde bewußt, wie wenig Berührungspunkte ich mit der Welt der Senioren hatte. Da saßen sie nun in diesem eleganten Raum mit den Kristallüstern, den goldgerahmten Barockgemälden von Kindern und Engeln an den Wänden und Sinatras schmelzender Stimme wie eine nachträgliche Zugabe. Auch der Luxus konnte nicht die Tatsache verbergen, daß sie alle auf das Sterben warteten. Es war ein Ort, den sie nur mit den Füßen nach vorne wieder verlassen würden. Schaudernd blickte ich auf das Gespenst meiner hoffentlich ferneren Zukunft, einer Zukunft, die ich mich bislang geweigert hatte anzuerkennen.

Ich ließ mich auf einem der wenigen freien Sitzmöbel, einem Schemel, nieder, blickte mich um und bemerkte zwei Herren, die sich gegenübersaßen. Zwischen ihnen, auf einem niedrigen Tischchen, stand ein Schachbrett, und in Anbetracht ihres Alters war ich beeindruckt, daß sie einer Tätigkeit nachgingen, die ein ziemlich hohes Maß an Konzentration erforderte. Ich fing an, sie zu beobachten. Dann beobachtete ich sie noch weiter, aber nichts passierte. Ich stand auf und ging zu ihnen.

»Wer gewinnt denn?«

Nicht nur, daß keiner von ihnen antwortete, sondern als ich auf das Schachbrett sah, erkannte ich, daß keine Figuren darauf standen.

»Scheiße«, murmelte ich leise und trat ein paar Schritte zurück, bis ich an etwas Hartes stieß. Als ich mich umdrehte, sah ich eine kleine Frau mit lausbubenhaftem Blick, die mit den Händen die obere Stange ihrer metallenen Gehhilfe umklammerte, welche sich gefährlich zur Seite neigte.

»O Gott, das tut mir aber leid«, rief ich, indem ich ebenfalls nach der Stange griff, um die Gehhilfe wieder ins Gleichgewicht zu bringen.

»Das passiert mir die ganze Zeit. Es liegt an diesen verdammten Teppichen. Da kann man nicht hören, wenn jemand auf einen zukommt. Wie oft habe ich schon versucht, es ihnen zu erklären. Aber was weiß ich schon, bin ja erst seit achtundachtzig Jahren auf der Welt und habe fast fünfundsechzig Jahre davon gearbeitet.«

Ich lächelte. In ihren Augen funkelte ein Feuer, als sie ihre knochige Faust vor sich in der Luft schüttelte. Eine Frau nach meinem Geschmack.

»Tut mir wirklich leid, daß ich Sie angerempelt habe.«

Sie musterte mich aufmerksam. »Was ist mit Ihrem Kopf passiert?«

»Ich wurde angeschossen.« Was soll's, ich hatte das Gefühl, daß sie die Wahrheit verdiente.

»Sie haben Glück gehabt, daß Sie nicht das Ohr verloren haben. Wer hat auf Sie geschossen?«

»Ehrlich gesagt, ich weiß es nicht.«

»Hmm. Hätte Sie töten können.«

»Tja, das hätte es wohl.«

»Kümmern Sie sich nicht um die beiden Jungs da drüben am Schachbrett. Beverly, der rechte, war früher dafür bekannt, daß er ein ziemlicher Raufbold sein konnte. Lag vielleicht an seinem Namen, Beverly. Wie kann man einen Jungen auch nur so nennen?«

»Ist nicht gerade ein Name, den ich ausgesucht hätte, aber ...«

»Wahrscheinlich hatte er immer Angst, daß man ihn mit so einem Namen für einen Weichling halten könnte. Manchmal frage ich mich wirklich, warum manche Leute überhaupt Kinder in die Welt setzen.«

»Sie haben keine Schachfiguren.«

»Kann man ihnen auch nicht geben, weil sie sie ständig in den Mund stecken. Beverly ist einmal fast an so einem Ding erstickt und mußte Erste Hilfe kriegen. Daraufhin hat er die Schachfigur durch den ganzen Raum gespuckt. War ziemlich beeindruckend. Und wer sind Sie?«

»Mein Name ist Phoebe. Und Ihrer?« Ich gab ihr die Hand und war überrascht, wie kräftig ihr Händedruck war.

»Ida Steffanich. Sind Sie aus der Gegend?«

»Ja, geboren und aufgewachsen.«

»Und wen wollen Sie hier besuchen?«

»Dorothy Valentine.«

»Dot, hm? Was wollen Sie denn von ihr?«

»Ich –«

»Na na, Ida, ich kümmere mich schon um die Dame. Warum gehen wir nicht in den Speisesaal und holen uns etwas Fruchtsaft?«

»Wir alle drei?«

»Nein. Sie.«

»Warum, in Gottes Namen, sagen Sie dann immer *wir?* Geht es *uns* gut? Hatten *wir* schon Stuhlgang? Was sind *unsere* Pläne für heute?«

Ich preßte meine Zunge gegen die Backe, um nicht laut lachen zu müssen und wandte mich ab. Was für eine Frau. Hoffentlich war ich in ihrem Alter noch genauso.

»Es tut mir schrecklich leid, daß ich Sie so lange warten lassen mußte.«

Ich drehte mich zu der Frau um, die mich eingelassen hatte.

»Macht nichts.«

»Ich bin Barbara Cushing, die Empfangsdame des Hauses.« Sie deutete mit beiden Händen ein Winken an, das ihre circa zehn Zentimeter langen Fingernägel zeigte. »Also, ich begrüße Sie auf das herzlichste.« Ihr Singsang war nervtötend. »Und welchen unserer lieben Bewohner möchten Sie denn nun besuchen?«

»Dorothy Valentine. Wo kann ich sie finden?«

»Wir bemühen uns, unsere älteren Herrschaften aktiv zu halten. Das hilft ihnen –« Sie tippte mit einem Finger an ihre Schläfe und flüsterte: »Wenn Sie verstehen, was ich meine.«

Ich warf einen Blick über ihre Schulter auf das figurenlose Schachbrett und antwortete: »Vollkommen.«

Sie sah auf ihre Uhr und sagte: »Dot müßte um diese Zeit drüben in der Gymnastikhalle sein.« Dann spitzte sie ihre Lippen zu einem Schmollmund und setzte hinzu: »Ich werde Ihnen den Weg zeigen, aber ich kann leider nicht mit Ihnen gehen, denn sonst wäre niemand hier, um die Tür zu öffnen oder das Telefon zu beantworten.«

Barbara faßte mich beim Ellbogen und steuerte mich durch die Empfangshalle, vorbei an einem Schönheitssalon, wo eine mollige, wasserstoffblonde Frisöse an einer weiteren Version grausilbriger Haare arbeitete, an einer großen Bibliothek, in der sich niemand befand, und an einem Speisesaal mit runden Tischen und poppig bunten Stühlen, von denen die meisten besetzt waren.

Wir folgten dem Gang durch einen glasverkleideten Durchgang bis wir zu einer verschlossenen Tür kamen. Barbara griff in ihre Tasche und zog einen großen Schlüsselbund heraus.

»Normalerweise lasse ich hier niemanden durch, aber es ist der kürzeste Weg. In Ordnung?«

»Was immer am schnellsten geht.«

Die Tür öffnete sich nach draußen.

»Gehen Sie diesen Pfad entlang und halten Sie sich rechts, bis Sie zu einer Tür kommen. Dort läuten Sie und bitten einen von unseren Mitarbeitern, Sie zu Dorothy zu führen.«

»Ist sie imstande ..., versteht sie, ähm ... in welcher Verfassung ist sie denn so? Wenn Sie wissen, was ich meine ...« Ich versuchte, mich in ihrer Zeichensprache verständlich zu machen und tippte mir mit dem Zeigefinger an die Schläfe.

»Dorothy? Dorothy Valentine?« Sie brach in ein Gelächter aus, das sie in ihren Grundfesten zu erschüttern schien. Ihr Gesicht lief rot an, und sie schnappte nach Luft. »Entschuldigen Sie vielmals. Aber ich ... ich dachte, Sie wüßten, daß sie ... Kennen Sie sie denn nicht?«

»Doch, ich kenne sie. Aber ich habe sie lange nicht gesehen.«

Immer noch lachend, verschloß sie hinter mir die Tür. Ich stand allein im Freien und versuchte, mir auszumalen, was mich mit Dorothy Valentine erwarten würde. Am obersten

Ende der Skala von Möglichkeiten sah ich jemanden so lebhaft und munter wie Ida. Und am unteren Ende? Beverly, den Halbtoten. Und doch war ich nicht auf das gefaßt, was mich tatsächlich erwartete.

Ich folgte dem Pfad bis zum nächsten Gebäude und läutete an der Tür. Als sie geöffnet wurde, gab sie den Blick frei auf einen Raum voller Männer und Frauen, die ihre in alle erdenklichen Farben gekleideten Körper zu den lauten Klängen einer Boogie-Woogie-Musik bewegten. Sie ließen ihre Arme wie Dreschflegel seitlich in die Höhe schwingen und, nachdem sie über ihren Köpfen in die Hände geklatscht hatten, wieder herabfallen. Sei es, daß sie frei standen, sich an eine Gehhilfe stützten oder im Rollstuhl saßen, es war ein einziges Tanzen, Lachen und Rufen.

»Suchen Sie jemanden?« brüllte ein junger Mann gegen den Lärm an, während er hinter mir die Tür schloß.

»Dorothy Valentine«, brüllte ich zurück.

Er zuckte ratlos mit den Achseln, legte eine Hand hinter sein Ohr und beugte sich näher zu mir. In dem Augenblick, als ich tief Luft holte und den Namen noch lauter herausschrie, hörte die Musik auf, und alle drehten sich nach mir um.

»Klasse Timing«, sagte er lächelnd. »Dot ist wahrscheinlich noch nicht fertig mit ihrem Training.«

»Ist sie in so guter Verfassung, daß sie – Ich meine, treibt sie auch Sport.«

»Das kann man wohl sagen«, antwortete er, ohne das Lächeln abzulegen. »Würden Sie bitte eine Minute warten?«

»Sicher.« Er faszinierte mich. Ich hatte nie herausgefunden, wie man es fertigbrachte, so breit zu lächeln und gleichzeitig zu reden.

»Weiß sie, daß Sie kommen?« Immer noch das Lächeln.

»Nein. Ist das ein Problem?«

»Für mich nicht, aber es könnte eins für Dot sein. Lassen Sie es mich herausfinden.« Er verschwand in der Menge.

Das Kaleidoskop aus Farben war blendend. Trainingsanzüge und Gymnastikhosen, Leggins und Bodys von knalligem Rosa über Neongelb bis zu strahlendem Purpur umhüllten die Rundlichen und die Zerbrechlichen. Ebenso bunte Stirnbänder schmückten die grauhaarigen Köpfe. Vielleicht war das ja der erste Schritt, Stretchglorienscheine und dergleichen.

Ich blickte mich in dem Raum um und versuchte zu raten, welche von den Sporttreibenden die berüchtigte Dot war. Mit etwas Glück wäre sie aufrecht, von klarem Verstand und bereit zu reden. Aber dann wiederum ...

Eine Hand legte sich auf meine Schulter, und ich drehte mich um. Vor mir stand das prachtvollste Beispiel für weibliches Altern, das mir jemals zu Gesicht gekommen war. Ich trat einen Schritt zurück und reckte den Hals, um ihr ins Gesicht zu sehen. Ich schätzte sie auf annähernd einsachtzig. Ihr Make-up, falls sie überhaupt welches trug, war makellos. Ihre Haut war straff und praktisch ohne Falten. Sie hatte die blauesten Augen, die ich je gesehen hatte, und ihr vollmundiges Lächeln verriet eine Spur Mißtrauen.

»Waren wir etwa verabredet?« Sie trocknete ihr Gesicht mit einem Handtuch, hing es sich um den Hals und streckte mir die rechte Hand entgegen. »Ich bin Dorothy. Und Sie sind –?«

»Phoebe Siegel, und nein, wir waren nicht verabredet.« Ich schüttelte ihre Hand. »Komme ich ungelegen?«

»Hängt davon ab, was Sie wollen.« Sie legte ihre Hände auf die Hüften und beugte ihren Oberkörper von einer Seite auf die andere. »Ich muß was gegen meine Verspannungen im Rücken tun. Die lassen mich hier ganz schön schuften.«

Darauf gab ich keine Antwort. Gymnastik war meiner Ansicht nach eine Form von Selbstmißbrauch, und man sollte mir wirklich nicht nachsagen können, daß ich mich selbst mißbrauchte.

»Also ... weshalb wollten Sie mich sprechen?«

»Wegen Rita Chillman.«

Ich suchte in ihrem Gesicht nach einer Reaktion. Sie zeigte

keine, sondern betupfte sich nur den Nacken und die Stirn mit einer Ecke des Handtuchs, während sie mich direkt ansah. »Rick?« rief sie dann, ohne die Augen von meinem Gesicht zu lassen. »Komm mal kurz her.«

»Ja, Dot?« Rick war prompt an ihrer Seite erschienen.

»Mach den Kurs mal eben für mich fertig, ja? Zehn Minuten Rumpfbeugen. Du weißt ja, wie's geht.«

»Na klar.«

»Ich gehe mit –« Dorothy wies mit der offenen Handfläche auf mich.

»Phoebe Siegel.«

»Mit Phoebe Siegel in meine Wohnung. Es wird wohl nicht lange dauern.«

Daraufhin wandte sie sich wortlos von mir ab und ging auf die Tür zu, durch die ich hereingekommen war. Ich folgte ihr wie ein eingeschüchtertes Schulmädchen nach draußen und einen verzweigten Pfad entlang. Schließlich bogen wir um eine Ecke und kamen zu einer Gruppe freistehender Bungalows, die von einem hohen, schmiedeeisernen Zaun umgeben waren. Das Tor war verschlossen. Meine Begleiterin griff in ihr engsitzendes Trikotoberteil, zog zwei Schlüssel hervor, die an einer Halskette baumelten und beugte sich nach vorne, um einen davon ins Schloß zu stecken und aufzusperren.

Dann trat sie zur Seite, um mich vorbeizulassen. Die Stille machte mich nervös. Diese Frau hatte eine Präsenz, eine Energie, mit der ich nicht gerechnet hatte, und das gefiel mir nicht. Ohne Vorwarnung bog sie in einen nach links abzweigenden Nebenweg ein, der auf einen Bungalow zuführte, welcher etwas abseits von den anderen lag. Sie betrat eine große Veranda, griff wieder in ihr Oberteil, schloß mit dem zweiten Schlüssel die Haustür auf und forderte mich mit einer Handbewegung auf einzutreten. Das Haus war wie seine Bewohnerin, das heißt prachtvoll, und sah aus, als hätte es ein Innenarchitekt mit dem Namen Stevie und einer ausgesprochenen Vorliebe für Deckenstrahler eingerichtet. Dorothy ging zu einer weißen Ledercouch, ließ sich darauf nieder, legte ihre beturnschuhten Füße auf die Glasplatte des Couchtisches und beobachtete mich, die ich bei der Eingangstür stehengeblieben war.

»Wollen Sie sich nicht hinsetzen?«

Ich mußte die Situation unter Kontrolle kriegen. Professionalität zeigen. Dabei konnte ich mich nur mühsam zurückhalten, mit den Füßen zu scharren. »Ich hätte Sie vorher anrufen sollen –« Ich trat zu einem Sessel, der ihr gegenüber vor dem Couchtisch stand. »Falls die Zeit ungünstig ist, könnte ich –«

»Lassen Sie uns zur Sache kommen, Herzchen. Weshalb sind Sie hier?«

»Ich sagte es ja schon, ich möchte mit Ihnen über Rita Chillman sprechen.«

»Chili?« Sie schloß die Augen und massierte ihr Nasenbein. Als sie die Augen wieder öffnete und mich ansah, lächelte sie. »Chili ist jetzt seit siebenundzwanzig Jahren tot. Lassen Sie sich was Besseres einfallen.«

»Ich weiß nichts Besseres.«

Sie musterte mich prüfend. Ihre Arme lagen ausgebreitet auf der Rückenlehne des Sofas, die Füße immer noch auf dem Couchtisch. Ich merkte, wie ich in meinem Stuhl etwas zur Seite rutschte und überallhin sah außer auf sie.

»Dann wüßte ich nicht, worüber wir uns unterhalten sollten.«

»Ich –«

»Sie sind doch Benny Siegels Mädchen.«

»Wie bitte?«

»Ich sehe es an den Augen. Ja, genau, es sind die gleichen Augen. Immer nachdenklich. Immer einen Schritt voraus, oder zumindest bemüht, es zu sein.«

Dorothy klopfte mit einem Daumennagel gegen ihre Vorderzähne und sah mich weiter unverwandt an.

»Sie kannten meinen Vater?«

»O ja. Ich kannte Benny gut. Sehr gut.«

Es war dieser selbstgefällige, überhebliche Ausdruck auf ihrem Gesicht, der mich in Rage brachte.

»Was, zum Teufel, meinen Sie damit? Könnten Sie vielleicht mal definieren, was *sehr gut* in diesem Zusammenhang heißt?«

»Beruhigen Sie sich, Herzchen. Und setzen Sie sich.«

Mir war nicht bewußt, daß ich wieder stand und auf sie herabschaute. Ihre Worte klangen in meinen Ohren: *Gut... sehr gut.* Alles, was ich vor mir sah, war dieses todschicke, prächtige Weib, das zufällig die berühmteste Puffmutter von Billings, wenn nicht des gesamten Bundesstaates war, und sie »kannte« meinen Vater. *Gut? Sehr gut?* Mein Gesicht war gerötet, und meine Fingernägel gruben sich in das Fleisch meiner Handflächen. So viel zu meiner Kontrolle der Situation und Professionalität. Ich setzte mich. Dorothy blickte auf ihre Armbanduhr und dann wieder auf mich. »Sie haben fünfzehn Minuten Zeit, um meine Neugierde zu wecken und mir zu erklären, warum Sie hier sind, und dann –« Sie wies mit dem Daumen zur Tür. »Übrigens, ich habe Sie in den Nachrichten gesehen, wie Sie Bobby Maitland haben abfahren lassen. Ich nehme also an, daß Sie nicht in seinem Auftrag hier sind.«

»Würde das einen Unterschied machen?«

»Ja, das würde es.«

»Nick Spano dachte, Sie könnten, äh ... mich aufklären.«

»Sie aufklären?« Sie lächelte wieder. »Über was? Den Sinn des Lebens?«

»Chili hat für Sie gearbeitet. Richtig?«

»Wie geht's Nicky? Gott, ich habe ihn nicht mehr gesehen seit der Beerdigung Ihres Vaters.«

»Sie waren auf der Beerdigung meines Vaters? O Scheiße.« Meine Kinnlade sank herab. »Sie – Augenblick. Warten Sie.« Ich hob meine Hände. »Miss Valentine –«

»Dot.«

»Wie auch immer. Sie haben mir gerade klargemacht, daß ich nur fünfzehn Minuten habe, und ich werde diese Zeit ganz bestimmt nicht damit verbringen, um mit Ihnen über Nicky Spano zu plaudern.« Meine Hirnwindungen verkrampften sich, als ich daran dachte, wie sie meinen Vater Benny Siegel genannt hatte. Sie sagte eine Weile nichts, saß nur da und lächelte mich an, nickte versonnen mit dem Kopf und tippte mit diesem verdammten, zentimeterlangen Daumennagel gegen ihr Hollywood-Gebiß.

»Frank Chillman ist diese Woche umgebracht worden.«

»Das habe ich gehört.«

»Seine Schwester lebt noch in Billings. Ich war gestern bei ihr zu Hause, und da hat jemand entweder auf sie oder auf mich geschossen.«

»Haben Sie sich dabei diese Beule am Kopf geholt?«

Nach ihrem Nicky-Benny Schwachsinn beschloß ich, die gleiche Taktik zu verwenden und ihre Frage zu ignorieren. »Frank hatte mich kontaktiert und wollte mich anheuern. Er sagte mir, er hätte Informationen, die eine Verbindung herstellen zwischen dem Mord an Chili mit dem an Ellen Maitland. Sie kannten Ellen wohl nicht –«

»Nein«, sagte sie ruhig und hörte auf, mit dem Daumennagel gegen ihre Zähne zu klopfen. »Ich habe Ellen nie gekannt. Was hat er Ihnen sonst noch erzählt?«

»Nicht viel. Ich habe ein paar einigermaßen unzusammenhängende schriftliche Informationen, aber es reicht, um mich davon zu überzeugen, daß er auf der richtigen Spur war.«

»In den Nachrichten habe ich gehört, daß er eine Zeitlang gesessen hat.«

»Ja, das stimmt. Und zwar länger als in solchen Fällen üblich. Ich denke, da hat jemand an den richtigen Stellen Druck ausgeübt, damit er nicht entlassen wurde.«

»Reden wir doch mal von was Lustigerem. Was ist eigentlich zwischen Ihnen und Bobby vorgefallen?«

»Bobby?« Diese Frau liebte offensichtlich Y-Endungen an Männernamen. »Sie meinen Maitland? Ich glaube nicht, daß –«

»Gut, dann lassen Sie mich das Szenario entwerfen. Er ist an Sie herangetreten, weil er von Ihnen wollte, daß Sie herausfinden, wer seine Frau umgebracht hat.«

Ich sagte nichts.

»Als Sie feststellten, daß er damit möglicherweise sehr eigennützige Ziele verfolgte, haben Sie ihn auflaufen lassen, und er hat Sie daraufhin öffentlich gedemütigt. Sehe ich das so weit richtig?«

»Ich –«

»Wie wär's mit einem Drink? Haben Sie irgendwelche Vorlieben?« Sie erhob sich und ging zu einem schwarzlackierten Kabinettschrank mit silbernen Türgriffen. Als sie daran zog, glitt eine bestens ausgestattete Bar auf übereinanderliegenden Fächern heraus. Die Kristallkaraffen fingen das durch die Fenster einfallende Sonnenlicht auf und funkelten in allen Facetten.

»Nein, danke.« Ich sah zu, wie sie sich aus einer der Karaffen großzügig einschenkte und fragte mich, ob sie wohl immer noch Privatkunden bei sich empfing.

Mit dem Glas in der Hand kehrte sie zu ihrem Platz auf dem Ledersofa zurück, setzte sich und nahm einen Schluck. Dann blickte sie mir wieder direkt ins Gesicht und hob das Glas zur Decke. »Wodka, mein Lebenselixier. Sind Sie sicher, daß Sie nicht auch etwas zu sich nehmen wollen?«

»Ganz sicher.«

Sie nahm einen tiefen Schluck, lehnte sich zurück und legte wieder die Füße auf die gläserne Tischplatte vor ihr. »Mit Bobby Maitland ist nicht gut Kirschen essen. Ich an Ihrer Stelle würde ihm möglichst fernbleiben. Sie haben ihn gegen das Schienbein getreten, und er wird das nicht so einfach hinnehmen.«

»Wollen Sie mir damit sagen, ich sollte mich vor Maitland fürchten?«

»Ein bißchen Furcht kann gelegentlich ganz gesund sein.«

»Würden Sie jetzt vielleicht mit mir über Rita Chillman reden?«

Dot trank den Rest Wodka in ihrem Glas, ließ ihn kurz durch den Mund gurgeln, bevor sie schluckte und fing wieder an, mit ihrem Daumennagel gegen die Zähne zu tippen. Dabei musterte sie eingehend mein Gesicht.

»Also?«

»Was wollen Sie über Chili wissen?«

»Wer hat sie umgebracht?«

Sie warf den Kopf in den Nacken und lachte laut. »Genau wie Ihr alter Herr. Direkt und ohne Umschweife zum Ziel, das muß man Ihnen lassen. Was glauben Sie denn, wer sie getötet hat?«

»Ich dachte, ich stelle hier die Fragen. Maitland?«

»Warum sollte Maitland sie umbringen? Woher wissen Sie, ob er sie überhaupt gekannt hat?«

»Ich weiß es nicht. Aber Sie. Chili hat für Sie gearbeitet.«

»Chili ...« Dot legte den Kopf auf die Rückenlehne, schloß die Augen und rieb sich die Stirn. »Gott, das ist alles so lange her. Chili war eins meiner besten Mädchen. Ich habe sie von der Straße geholt, nachdem sie öfters zusammengeschlagen worden war, und ich habe aus ihr sozusagen eine ehrbare Frau gemacht. Sie war ein bißchen wie eine Elfe, unglaublich klein und zierlich. Keiner hat ihr mehr ein Haar gekrümmt, nachdem sie zu mir gekommen ist. Niemand hat es gewagt.«

»Doch, jemand hat es gewagt.«

Sie stand auf und ging zurück zur Bar. Diesmal wurde das Glas noch voller. Noch am Schrank stehend trank sie es zu einem Drittel leer und setzte sich dann wieder auf die Couch. »Chili war sanft und naiv. Jedenfalls glaubte ich das. Bis ich herausfand, daß dieses kleine Miststück ihren eigenen Kopf hatte. Und zwar einen aus Stahl. Chili war so gerissen wie sonst was.« Dot schwieg eine Weile und schloß die Augen. Dann setzte sie sich gerade aufrecht, trank ihren Wodka aus und stellte das Glas auf den Couchtisch. »Wissen Sie, ich hatte Träume. Eine Menge davon. Und dann« – sie schnippte mit den Fingern – »einfach so, waren sie futsch. Und warum fragen Sie mich jetzt?«

Ich saß nur da und starrte sie an, unsicher, wie ich mit dem plötzlichen Wechsel in ihrem Verhalten umgehen sollte.

»Fragen Sie mich, Herrgott noch mal! Sie sind doch hergekommen, um mir Fragen zu stellen, also los, fragen Sie mich!«

Ich beschloß, mitzuspielen. »Okay. Was ist mit Ihren Träumen passiert, Dot?«

»Chili, das ist mit ihnen passiert. Sie hat meine Träume entdeckt und sie zerstört.«

»Ich kann Ihnen nicht folgen. Wie –«

»Ich will, daß Sie gehen. Sofort.«

»Hören Sie zu, Dot –«

»Ich werde später noch mal mit Ihnen reden. Soviel schulde ich Ihrem alten Herrn. Aber nicht jetzt. Ich muß erst nachdenken. Also los, gehen Sie!«

»Ich kann doch solange hier warten, bis Sie mit Nachdenken fertig sind. Wollen Sie noch einen Drink?« Ich streckte meine Hand nach dem Glas aus.

In diesem Augenblick beugte sie sich vor und fegte das Glas vom Tisch. »Reden Sie gefälligst nicht in diesem Scheiß-Ton mit mir. Ich bin kein verschrecktes, kleines Mädchen, das Sie so rumkommandieren können. Ich sagte, wir werden unsere Unterhaltung später fortsetzen, also machen Sie, daß Sie hier rauskommen, bevor ich es mir anders überlege.«

Ich ging und fragte mich dabei, welche Erinnerungen der Wodka wohl in Dorothy Valentine wachgerufen hatte. Oder vielleicht ruhten sie ja auch nie; vielleicht warteten sie nur auf den Wodka, der ihnen eine Stimme verlieh. Jetzt war alles, was ich hoffen konnte, daß diese Stimme der Erinnerung, die sie eben so krampfhaft unterdrückt hatte, anfangen würde zu schreien.

15

Billings war immer schon eine geteilte Stadt. Die Grenze verlief zwischen Norden und Süden und wurde durch die Eisenbahnhauptlinie markiert. Das Rattern der ehemaligen Great Northern Railroad, heute Montana Rail Link oder von den Hiesigen kurz MRL genannt, hat über die Jahre nicht an Lautstärke verloren. Immer noch gellte das Pfeifen ihrer Lokomotiven durch den Tag und die Nacht wie einsame Sirenen, die in die Ferne lockten. Manche schafften es. Andere nicht. Aber die nach Whiskey riechenden, unrasierten Vagabunden der Schienenstraßen kannten ihren Platz. Nur selten kamen sie in den Norden der Stadt, denn das war das Land der privilegierten weißen Protestanten, und das wußten sie. Und sie wußten auch, daß die Frauen in der South Side, wo in den Häusern immer noch die Wände wackelten, wenn die endlosen Reihen von Waggons vorbeirollten, gelegentlich gerne ein Almosen gaben. Das war Dougies Revier, das er nur im Winter verließ, um seinen alljährlichen Anfall von Lungenentzündung im St. Vincent Hospital behandeln zu lassen.

Dougie, die Petze – und das war noch der netteste Spitzname für ihn –, war eine wandelnde Informationsdatenbank. Er hatte ein Gedächtnis, in dem die Namen, Gesichter, Daten und Uhrzeiten jedes noch so unbedeutenden Ereignisses gespeichert war, das sich in seiner Gegend ereignet hatte, seit er dort lebte. Manche behaupteten, er stamme aus einer wohlhabenden Familie und habe eine klassische Bildung genossen. Andere erzählten eine traurigere Geschichte: Dougie sei der Sproß einer billigen Nutte, die ihn rausgeworfen hatte, als sie dahinterkam, daß es ihm Spaß machte, ihr bei der Ausübung ihres Berufs zuzusehen. Dougie hat keine der beiden Geschichten weder bestätigt noch dementiert. Er mochte es, wenn die Leute über ihn sprachen. Und er fand seinen eigenen Beruf. Er verkaufte Informationen für zwanzig Dollar das

Stück, und er brüstete sich damit, daß er sich niemals irrte. Die Cops liebten die Informationen und haßten Dougie.

Er war es also, nach dem ich Ausschau hielt, als ich vor einem Bahnübergang stand und auf das Durchfahren des MRL-Zuges in Richtung Verladebahnhof Laurel wartete. Der Boden unter meinem Truck bebte, während die neuen klobigen Tiefladeanhänger vorüberdonnerten. Der Lärm raste an mir vorbei und verklang auf den Schienen. Dann läutete eine Glocke, und die Schranken begannen sich zu heben. Bevor ich die Gleise überquerte, schaute ich nach beiden Seiten. Man weiß ja nie.

Nach meinem Abgang bei Dorothy Valentine hatte ich mich für die Route über Shiloh und King Road zur Interstate entschieden. Ich wollte dem alten Chevy die Gelegenheit geben, ein bißchen Kohlenstoff aus seinen Eingeweiden zu blasen, und die pockennarbigen Straßen in der Stadt vermeiden, die sich verheerend auf seine Aufhängung auswirkten. Der Winter war nicht nur eine Bewährungsprobe für die Überlebenstechniken der Einwohner von Montana, sondern förderte auch die stümperhaften Resultate der Ausbesserungsarbeiten zutage, die man den Straßen im Sommer und Herbst angedeihen ließ. Außerdem hatte mein Truck selten genug die Möglichkeit, sein Leistungspotential – das heißt einhundertdreißig Stundenkilometer – voll auszuschöpfen.

Den ganzen Weg die Siebenundzwanzigste Straße hoch suchte ich nach Dougie ab, konnte ihn aber nirgends entdecken. Dann bog ich rechts ab auf die Montana und fuhr auf den Parkplatz vor der St. Vincent DePaul Wohlfahrtsgesellschaft, die dort einen Secoundhandladen unterhielt, den ich häufiger frequentierte. Es war eine sehr katholische Art der Hilfe für die Armen. Die Leute aus der Mittelschicht, der Oberschicht und den allerhöchsten Kreisen kamen in Scharen, um dort ihre abgelegten Kleidungsstücke zu hinterlassen. Dafür erhielten sie eine von der Steuer absetzbare Spendenquittung, und somit profitierten beide Seiten von diesem Handel.

Ich ließ gerade etwas Kleingeld in die Parkuhr fallen, als hinter mir eine vertraute Stimme ertönte.

»Hey, Süße! Was machst'n du hier?«

Ich drehte mich um. »Gin? Ich glaub's nicht. Was ist denn mit dir passiert?« Ich konnte es wirklich nicht glauben. Vor mir stand die eine Hälfte der berühmten Zwillingsnutten, Gin und Tonic. Nur war das nicht die Gin, die ich das letzte Mal gesehen hatte.

»Gefällt's dir?« Sie drehte sich im Kreis, ihr weinrotes, zweiteiliges Kostüm vorführend.

»Du siehst phantastisch aus.« Und das tat sie wirklich. Ihr Haar fiel in winzigen Zöpfe geflochten auf ihre Schultern herab. Ihr Make-up war perfekt. Mit einem Wort, Gin sah aus wie eine Bankangestellte in der Mittagspause. »Ich glaub's nicht«, wiederholte ich.

»Sah ich vorher denn so schlimm aus?« Sie runzelte die Stirn, während sie ihre Hüfte herausschnellen ließ und eine Hand darauf stützte. Wenn sie ärgerlich wurde, konnte sie immer noch so einschüchternd dreinschauen wie früher.

Sie und ihre Zwillingsschwester Tonic hatten mir vor anderthalb Jahren bei der Lösung eines Falles geholfen. Ich mochte die beiden. Sie standen zu dem, was sie waren, und das findet man nicht bei vielen Menschen.

»Nein, Gin, nicht schlimm ausgesehen –, nur etwas …«

»Ach, vergiß es«, sagte sie und machte eine wegwerfende Handbewegung. »Ich weiß auch so, daß ich gut aussehe. Acht Dollar, das nenne ich ein Schnäppchen. Natürlich werde ich allen erzählen, daß ich mir was Hübsches bei Pauls Petite Shop geleistet hab.«

»Das ist gut. Wo ist Tonic? Ist sie auch hier?«

»Sie ist Mama besuchen gefahren. Die ist ein bißchen kränklich in letzter Zeit. Wir konnten's uns aber nicht leisten, beide wegzufahren.«

»Du hättest mir was sagen sollen, Gin. Ich hätte euch gerne ausgeholfen.«

»Na ja, als du mit dieser Monday-Brown-Geschichte fertig warst, dachten wir uns, du wärst auch mit uns fertig. Du warst immer ehrlich zu uns. Weißt du, du hast uns ein Scheiß –« Sie schlug sich mit der Hand auf den Mund. »Verdammt, ich versuche, mir dieses Wort abzugewöhnen, so daß ich die Chance hab, einen respektablen Job zu kriegen.«

»Das würde wahrscheinlich helfen«, erwiderte ich grinsend. »Du sagtest, ich hätte euch –«

»Karma, Schätzchen, du hast uns Glück gebracht. Wo ich herkomme, ist man nicht gerade verwöhnt damit. Und nachdem du auf der Bildfläche erschienen bist, ist es mit uns aufwärts gegangen. Jetzt läuft es richtig gut bei uns.«

»Na, das ist ja großartig. Zumindest hoffe ich das.«

»Ganz bestimmt. Frag mich doch mal, was ich die letzten achtzehn Monate gemacht hab.«

»Was hast du denn gemacht, Gin?«

»Also, es ist so gewesen, daß wir ein paar Wochen, nachdem die ganzen Geschichten über diesen deutschen Scheißer und seine Machenschaften in der Zeitung standen, bei 'ner Razzia aufgegriffen wurden. Aber diese Anwältin, Maggie Mason, ist gekommen und hat uns gegen Kaution ausgelöst. Sie meinte, wir hätten da einen Gönner, der uns zu einem neuen Start verhelfen wollte, wenn wir bereit wären, unser Leben zu ändern. Und bevor wir noch richtig wußten, wie uns geschah, hatten wir eine Wohnung, und dann –«

»Und dann?«

»Rate mal. Los, versuch's zu erraten.«

»Ich habe nicht die leiseste Idee, Gin. Warum erzählst du's mir nicht einfach? Ich bin hier nämlich auf der Suche nach jemandem, und wenn ich mich nicht gleich auf die Socken mache –«

Sie musterte mich eingehend, ein kleines Lächeln auf ihren Lippen. »Bist du sicher, daß du nicht draufkommst?«

»Absolut sicher.«

»Na gut, ich sag's dir, Schätzchen. Schule. Wir sind im Lincoln Center auf die Abendschule gegangen, und ob du's glaubst oder nicht, wir haben sogar einen Abschluß gemacht. Ist bloß ein Abitur auf dem zweiten Bildungsweg, aber wir haben's geschafft. Beide.«

»Sag niemals *nur* ein Abitur auf dem zweiten Bildungsweg. So was hat nämlich nicht jeder.«

Mit ihrer Größe von einsachtzig gab Gin ein ziemlich beeindruckendes Bild von einer Frau ab. Beim Reden bewegte sie ihren Kopf ruckartig auf und ab und verlieh ihren Worten durch ihre Hüften und Hände zusätzliche Dramatik. Gin hatte eine Körpersprache, die sich von Kopf bis Fuß mitteilte. Ich war jedesmal ganz hingerissen davon.

»Ich bin stolz auf euch beide. Und was kommt als nächstes?«

»Ich muß einen Job finden, der meinen Fähigkeiten entspricht.«

»Und die sind?«

»Computer, Schätzchen. Man hat mir gesagt, ich wäre ein Naturtalent. Wir gehen da zu so einer Berufsberaterin, und die hat gemeint, ich wäre so ziemlich das Intelligenteste, was ihr seit langem untergekommen ist. Ich hab mir jetzt sogar einen Computer für zu Hause angeschafft.«

»Und wie sind die Aussichten?«

»Absolute Scheiße – Verdammt, jetzt hab ich's wieder gesagt. Aber weißt du, ich verstehe überhaupt nicht, warum die Leute so ein Getue um dieses Wort machen. Ich meine, es ist doch schließlich nicht so, daß ich ans Telefon gehe und sage –« Gin ballte ihre rechte Hand zur Faust, hob sie ans Ohr und imitierte mit ausgestrecktem Daumen und kleinem Finger einen Telefonhörer. »Es tut mir leid, aber der Scheiß Mr. Soundso ist gerade nicht in seinem Scheiß Büro, und ich habe keine Scheiß Ahnung, wo er ist. Ich meine, das wäre doch vollkommen bescheuert, oder?«

»Ich bin sicher, du wirst das großartig machen. War wirklich schön, dich zu treffen, aber jetzt muß ich los. Ich bin auf der Suche nach Dougie. Hast du ihn zufällig gesehen?«

»Diesen kleinen Schleimscheißer? Das soll wohl ein Witz sein. Ich gebe mich nicht mehr mit solchen Underdogs ab. Aber versuch's doch mal im Kino. Ich bin sicher, er geht da mal wieder seiner Lieblingsbeschäftigung nach.«

»Danke. Und noch mal, du siehst wirklich phantastisch aus, und ich bin echt stolz auf euch. Weiter so.«

Ich wandte mich in Richtung des einzigen Pornokinos der Stadt.

»Sag mal! Könnten wir irgendwann mal zusammen ein Mittagessen tätigen?«

Ich blickte mich zu ihr um und lachte. »Ein Mittagessen tätigen? Klar, ruf mich an, und wir machen was aus.«

»Okay!«

Ich hatte mich bereits wieder umgedreht und winkte mit ausgestrecktem Arm nach rückwärts. Die Zwillinge waren eine erfolgreiche Investition, und das gab mir ein gutes Gefühl. Es war eine leichte Sache gewesen; nachdem ich in der *Gazette* über ihre Verhaftung gelesen hatte, hatte ich mich mit Maggie zusammengetan, und innerhalb einer Woche war alles unter Dach und Fach. Es gab gewisse Klauseln: keine Drogen, kein Alkohol, keine Freier. Es war eine vertragliche Vereinbarung, und sie hatten mein Vertrauen gerechtfertigt, ohne zu wissen, daß ich dahintersteckte. Ich meine, was soll's, das ganze Geld von Tante Zelda lag sowieso nur dumm auf einer Bank in Puerto Rico herum und brachte nichts als Zinsen. Zelda hätte es gefallen, was ich damit machte. Und es war ganz bestimmt besser als Termingeschäfte mit Schweinebäuchen.

Dougie war tatsächlich nicht so schwer zu finden. Kaugummikauend erklärte mir die üppige Blondine, die mit den Kopfhörern eines Walkman auf den Ohren an der Kinokasse saß, daß der Film in fünf oder zehn Minuten zu Ende sei.

»Wollen Sie sich noch den Schluß ansehen?« fragte sie mit einem teilnahmslosen Blick aus ihren stumpfen Augen und unter ständigem Knatschen des Kaugummis.

»Nein, ich sehe mir lieber die Vorstellung danach an. Ich hasse es, zum Ende eines Films zu kommen.«

»Cool. War das nicht gerade ein Wortspiel?«

»Wie bitte?«

»Na, als Sie gesagt haben, am Ende des Films *kommen*?«

»Sagen Sie mal, haben Sie diese Stelle vom Arbeitsamt gekriegt?«

»Na klar. Warum, suchen Sie auch einen Job?«

Ich lächelte nur und ging. Es erstaunt mich immer wieder, wie es unserer staatlichen Arbeitsvermittlung gelingt, für jeden Bewerber genau den richtigen Posten zu finden. Vielleicht funktionierte unsere Regierung ja doch nicht so schlecht.

Dougie trat mit glasigem Blick und Schweißperlen auf der Oberlippe aus der Tür. Er sah mich nicht und ging mit schnellen Schritten davon. Ich überwand mich und packte ihn beim Jackenärmel.

»Langsam.«

»Was, zum Teufel – ah, du bist's. Ich dachte mir schon, daß du mich suchen kommst. Was hast du auf dem Herzen, Siegel?«

»Du klingst, als wüßtest du das bereits, Dougie. Also sag du's mir.«

»Wollen wir eine Tasse Kaffee trinken gehen?«

»Warum nicht. Gibt's hier was in der Nähe?«

»Ja, das Sheraton-Parkhaus.« Dougie fing an, in nördlicher Richtung auf der Siebenundzwanzigsten Straße weiterzugehen.

»Was ist in diesem Parkhaus?« fragte ich, neben ihm Schritt haltend.

»Ein Freund mit einer vollen Thermoskanne.«

»O Gott.«

Und dort trafen wir ihn dann auch, diesen Freund mit der

vollen Thermoskanne, der uns zwei Plastikbecher mit der scheußlichsten Mixtur eingoß, die mir jemals über die Lippen kam. Während ich noch versuchte, meine Zunge zu entkräuseln, begann Dougie das Gespräch.

»Du warst in letzter Zeit ziemlich oft in den Nachrichten, Siegel. Glaubst du, daß das gut fürs Geschäft ist?«

»Wahrscheinlich nicht«, antwortete ich, während ich ihm auf das zweite Parkdeck folgte, wo er auf eine Nische an der Stützmauer zuging, von der aus man den darunterliegenden Straßenverkehr überblicken konnte.

»Willkommen in meinem Büro. Man gewöhnt sich an die Autoabgase. Mir machen sie sowieso nichts aus. Im Gegenteil, ist eine billige Art, high zu werden. Ich hab gehört, du schnüffelst ein bißchen in der Vergangenheit herum, Siegel. Schon was gefunden?«

»Deshalb bin ich hier, Dougie. Weißt du vielleicht was darüber?«

»Da fragt sie mich, ob ich was darüber weiß. Machst du Witze? Ich erinnere mich an die ganze Geschichte, als ob's gestern gewesen wäre.«

»Ich wußte, ich kann auf dich zählen, Dougie.« Er streckte die Hand aus. Seine Wollhandschuhe waren an den Spitzen abgeschnitten und entblößten seine dreckigen kleinen Finger. Ich griff in meine Jackentasche, zog ein paar Zwanzig-Dollar-Noten heraus und reichte ihm eine. Er nahm sie, steckte sie ein und hielt mir wieder die offene Handfläche entgegen.

»O nein, nicht, bis ich gehört habe, was du zu bieten hast. Dein Preis war immer zwanzig Dollar. Hast du erhöht?«

»Wenn's um Maitland geht? Da kannst du aber sicher sein, daß es mehr kostet. Und außerdem ist es ein Einzelstück.«

In seinem Jargon bedeutete das, daß wir nur diese eine Unterhaltung darüber haben würden. Das beunruhigte mich. »Also, was ist das für eine große Sache?«

»Was das für eine große Sache ist, fragt sie mich.«

»Dougie, hör auf damit!« Seine ständigen Wiederholungen

waren beinahe so irritierend wie sein gewohnheitsmäßiges Nasenbohren.

»Hier ist niemand außer uns beiden. Also rede gefälligst mit *mir.* «

»Maitland. Richtig?«

»Richtig.«

»Schlimme Sache das. In dem Puff da unten. Man sagt, sie wäre lange, lange Zeit in diesem Zimmer gewesen.«

»Das ist mir neu. Ich wußte nicht, daß sie –«

»Ach was, ich meine doch, nachdem sie tot war. Man konnte es spüren. Die Nutten haben eine Zeitlang ein gutes Geschäft damit gemacht, ihre Freier in das Zimmer zu bringen und ihnen die Mordgeschichte aufzutischen. Ich selbst hab's auch mal ausprobiert. Aber ich hab mich so gegruselt, daß ich ihn nicht hochbekam.«

»Was hast du sonst noch gehört? Irgendwelche Spekulationen?«

»Einige. Was hältst du denn davon?«

»Ich bezahle dich dafür, daß *ich* die Fragen stelle und du antwortest.«

»Ich war im Western-Pub und hab dich dort im Fernsehen gesehen. Du solltest dich nicht mit Maitland anlegen. Dieser Typ ist krank.«

»Wieso das?« Für einen Augenblick vergaß ich mich und trank einen Schluck Kaffee.

»Grundgütiger, das ist vielleicht eine beschissene Brühe.« Dougie nahm mir die Tasse aus der Hand, goß den Kaffee über die Mauerbrüstung und reichte mir die leere Tasse zurück.

»Was soll das denn?«

»Wenn du's nicht magst, brauchst du's auch nicht zu trinken. Es war schließlich umsonst. Aber du solltest vielleicht nicht so ein Snob sein, Siegel.«

»Zurück zu Maitland. Kennst du ihn?«

»Ich hab ihn ein paarmal hier in der Gegend gesehen. In

früheren Zeiten pflegte er am Wochenende mit seiner Clique hier aufzukreuzen und die Damen reihenweise von der Straße einzusammeln.«

»Was soll das denn heißen?«

»Fünf, sechs, vielleicht sieben Mädchen gleichzeitig. Er und seine Kumpels haben ziemlich heftige Partys mit denen gefeiert. So ist er auch mit Chili zusammengekommen.«

»Maitland? Maitland und Rita Chillman? Du scherzt wohl.« Aber es war kein Scherz.

»Du liebe Zeit, Siegel, der wollte sie doch sogar heiraten. Dann ist diese Sache mit seiner Frau passiert, und prompt wurde auch Chili tot aufgefunden. War ein nettes Mädchen, die Kleine. Hat richtig gut für ihre Familie gesorgt. Ich hab gehört, ihr Bruder ist dann auf die schiefe Bahn geraten und hat im Knast gesessen. Verdammt schade. Er war noch ein richtiges Milchgesicht, als sie auf den Strich ging. Sie hat sich immer darum gekümmert, daß ihre ganze Familie hübsch angezogen war, und sie soll sogar regelmäßig in die Kirche gegangen sein. Ist doch'n Ding, oder?«

Ich reichte ihm weitere zwanzig Dollar. »Ich brauche mehr. Viel mehr.«

»Mach fünfzig draus, gib mir'n bißchen Zeit, um noch mal mein Gedächtnis durchzukramen, und ich mache aus dem Einzelstück ein Doppelpack.«

»Einverstanden.« Ich griff wieder in meine Tasche und zog eine Zehn-Dollar-Note hervor. »Aber denk dran, ich bin eine von diesen aufgeklärten Konsumenten. Ich bestehe darauf, daß ich für mein Geld auch etwas Gleichwertiges kriege.«

»Habe ich dich etwa jemals enttäuscht? Außerdem steht hier mein Ruf auf dem Spiel.«

»Ist ja gut. Dougie, noch eine Frage, hat Maitland –«

»Vielleicht. Vielleicht hat er's getan. Ich kann dir keine eindeutige Antwort darauf geben, Siegel. Es wäre ihm zuzutrauen, das ist sicher. Aber warum, um alles in der Welt, hätte er sich um das ganze Geld bringen sollen?«

»Scheint, als hätte er das auch nicht.«

»Ja. Vielleicht solltest du mal seine finanziellen Verhältnisse etwas gründlicher unter die Lupe nehmen.«

»Kommt er eigentlich immer noch in diese Gegend?«

»Nein. Ich wüßte davon, wenn er's täte. Aber da war noch etwas, irgendwas, das mir jetzt auf Anhieb nicht einfällt –«

»Du hast mich ausgenommen. Ich habe kein Geld mehr.«

»Verdammt, das meine ich doch nicht. Ich kann mich wirklich nicht daran erinnern. Aber es gibt ein paar Leute, mit denen du mal reden solltest. Ich glaube nämlich, daß die genau wissen, was damals gelaufen ist.«

»Und wer sind diese Leute?«

»Dot Valentine, zum Beispiel. Klasse Frau. Wirklich klasse Frau. Sie ist weggezogen, nachdem diese ganze Scheiße passiert ist, aber jetzt ist sie wieder zurück. Ich hab gehört, sie läßt es sich gutgehen an einem Ort namens The Estates.«

»Tatsächlich.« Es gab keinen Grund, weshalb er wissen mußte, daß ich bereits dort gewesen war.

»Und die alte Dame, Mrs. Dahl. Und –« Er hielt inne.

»Und wer?«

»Der Richter.«

»Welcher Richter?«

»Der Richter, mit dem Maitland früher, als er hier rumgezogen ist, dicke befreundet war. Anscheinend haben sie sich dann später irgendwie entzweit. Aber du solltest trotzdem mal mit ihm reden.«

»Weißt du seinen Namen?«

»Im Moment nicht, aber er fällt mir sicher wieder ein. Verdammt, ich war ziemlich krank. Probleme mit der Lunge und ein Gewächs in der Prostata. Kann nicht mal mehr anständig pinkeln. Der Arzt will mir irgend so ein Gerät durch meinen du-weißt-schon-was schieben und das Ding rausnehmen. Verflucht noch mal, lieber wäre ich tot.«

»An deiner Stelle würde ich diese Operation aber bald machen lassen. Es kann nämlich nur schlimmer werden.«

»Mag sein, aber jetzt muß ich zu einem alten Freund von mir. Wir treffen uns zum Schachspielen. Zehn Dollar das Spiel.« Er hielt die Banknote hoch, die ich ihm gerade gegeben hatte und wedelte damit in der Luft. »Danke für das Geld, Siegel. Du hast es gut angelegt.«

»Dafür habe ich noch eine Unterhaltung mit dir gut, Dougie. Vergiß das nicht.«

»Ich und vergessen? Wie gesagt, mein Ruf steht auf dem Spiel. Gib mir ein paar Tage Zeit. Meistens gehe ich am Nachmittag ins Kino, in die Vier-Uhr-Vorstellung. Dort kannst du mich dann anschließend in zwei Tagen treffen. Also, bis dann, Siegel.«

»Bis in zwei Tagen«, antwortete ich. Er wandte sich zum Gehen, aber zuerst schob er sich noch genüßlich den Zeigefinger in die Nase. Zumindest blieb er sich und seinen Angewohnheiten treu. Ich beugte mich über die Mauerbrüstung und sah auf die darunterliegende Straße, nur um den Blick eines Polizisten zu begegnen, der dort mit einer Frau stand. Ich konnte nicht hören, was sie sagten, aber die Frau neben ihm zeigte mehrmals auf mich und sprach sehr schnell. Ihre Frisur sah von oben ein wenig geplättet aus. Um nicht zu sagen klatschnaß.

Der Polizist forderte mich durch einen Wink dazu auf, herunterzukommen. Ich blickte auf den Plastikbecher, den ich immer noch in der Hand hielt. Langsam versammelte sich eine kleine Menge von Leuten um ihn und die Frau, die nun alle zu mir hochschauten. Konnte ich das gebrauchen? Nein. Dieser verfluchte Dougie erschien auf dem Gehweg, sah ebenfalls zu mir hoch, lächelte und zuckte mit den Schultern. Langsam ging ich die Rampe hinunter.

Es war hier nicht gerade hilfreich, daß sich der Polizist als einer der wenigen entpuppte, die ich nicht kannte. Die Frau wurde beinahe hysterisch und verlangte, daß ich für etwas verhaftet würde. Für irgendwas. Der Polizist schien wild entschlossen, den umstehenden Bürgern seine männliche Durchsetzungskraft zu demonstrieren, und drohte mir, mich in Gewahrsam zu nehmen. Ich spielte die Reumütige und erklärte ihm, es sei ein Unfall gewesen, daß die Kaffeetasse versehentlich umgestoßen worden sei. Beide schienen es widerstrebend zu glauben. Als ich in meinen Laster stieg, wobei ich noch einen Strafzettel an meiner Windschutzscheibe entdeckte, war meine Laune beträchtlich gesunken. Das hielt mich aber nicht davon ab, zu dem »Puff« zu fahren, wie Dougie das Motel bezeichnet hatte. Ich mußte diesen Raum mit eigenen Augen sehen und vielleicht, mit etwas Glück, würde sich Ellen Maitland immer noch dort herumtreiben.

16

Das bißchen Wärme, das die Sonne an diesem Tag gespendet hatte, schwand dahin. Immer noch tropfte der schmelzende Schnee von den Dächern, und die im Feierabendverkehr heimwärts strebenden Autos ließen graue Matschfontänen aufspritzen. Die Straßen blieben stark befahren, bis ich von der Siebenundzwanzigsten auf die Erie Street einbog und die große Hotelanlage des Warbonnet Inn umkreiste. Das Alte hatte dem Neuen Platz gemacht, und wenn wirklich noch etwas vom Bunk House Motel übrig war, dann lag es nun überschattet und versteckt hinter dem Warbonnet.

Die Seitenstraßen wurden bereits von einer glatten Eisschicht überzogen. Ich spürte, wie ich fröstelte und drehte die Heizung auf. Dann verlangsamte ich meine Fahrt, als ich sah, wie ein Mann in einem parkenden Pick-up versuchte, mittels eines Kabels, das an einen alten Chevy Impala angeschlossen war, sein Fahrzeug in Gang zu bringen. Als er bemerkte, daß ich rechts ranfuhr, stieg er aus und kam auf mich zu. Ich kurbelte das Fenster runter und lehnte mich hinaus.

»Ziemlich schlechter Zeitpunkt für einen Batterieausfall. Kann ich helfen?«

»Nö, ich schaff's schon.« Er blies in seine hohlen Hände und rieb sie dann gegeneinander. »Suchen Sie jemanden?«

»Ich suche etwas. Wissen Sie, wo das frühere Bunk House Motel stand?«

»Der alte Puff?«

»Ja. War das nicht hier irgendwo?«

»Fahren Sie weiter die Straße runter und dann nach rechts, wo das Betreten-Verboten-Schild steht.« Bei diesen Worten grinste er.

»Ist jemand da unten, der aufpaßt, daß das Verbot eingehalten wird?«

»Nur der alte Knabe, der in einem Schuppen hinter dem Gebäude lebt, und der ist meistens so besoffen, daß er es nicht einmal mitkriegen würde, wenn das Haus abbrennt.«

»Danke.« Ich machte Anstalten, das Fenster wieder hochzukurbeln.

»Was suchen Sie denn in dem alten Gemäuer? Ist ganz schön unheimlich da. In unserer Jugend haben wir da oft Partys gefeiert.«

»Bin bloß neugierig.«

»Da haben Sie sich aber den passenden Abend für Ihre Neugierde ausgesucht.«

»Danke. Ich hoffe, Sie kriegen Ihren Wagen in Gang.«

»Kein Problem. Apropos Wagen. Ein hübsches Fuhrwerk haben Sie da. Haben Sie schon mal dran gedacht, es zu verkaufen?«

»Niemals.«

»Kann ich verstehen. Man sieht nicht mehr viele von diesen Dingern auf der Straße. Also, viel Glück.«

Als ich abfuhr, schlug er mit der flachen Hand auf das Wagendach. Es dunkelte rasch, und mein Atem erzeugte einen weißen Dampf vor meinen Augen. Die ehemalige Motelanlage war genau das, was der Mann gesagt hatte: unheimlich.

Ich hielt vor einem Gebäudeteil, bei dem es sich offenbar um die ehemalige Rezeption handelte, und stellte den Motor ab. Etwa eine Minute lang blieb ich im Truck sitzen und folgte dem Licht meiner Scheinwerfer, das die Vorderseite des Hauses beleuchtete und dabei besonders die Bretter hervorhob, mit denen die meisten der Fenster unordentlich vernagelt waren. Neblige Schatten schwebten durch die schwachen Lichtstrahlen. In dem Haus gab es keine Glasscheiben und keine Türen mehr, sondern nur noch gähnende schwarze Löcher, durchweht vom Schnee, der Kälte und den Erinnerungen.

Ich stellte die Scheinwerfer ab, griff unter den Fahrersitz, schnappte mir die dort liegende Taschenlampe und stieg aus dem Wagen. Das Motelgebäude war L-förmig angelegt und hatte ein baufälliges Dach, das sich noch über eine rings um das Haus verlaufende, verwitterte Veranda erstreckte, deren Holzplanken teilweise bis auf den Boden durchhingen. Der Schnee schmiegte sich in hohen Haufen an die Ecken des Gebäudes, als wolle er es umarmen. Oder schützen.

Hinter dem Motel sah ich eine Baracke, die aussah wie ein kleiner Gerätcschuppen, mit einem einzigen Fenster, aus dem ein schwaches Licht fiel. Rauch stieg von dem Metallrohr auf, das vom Dach emporragte. Dieser Rauch war die einzige Bewegung um mich herum. Ich ging weiter auf das Motel zu und betrat die Veranda. Eine Holzplanke knarrte unter meinen Füßen. Das Tageslicht war jetzt nur noch schwach. Im Weitergehen nahm ich die offenen Fenster- und Türöffnungen zu meiner Rechten und das entfernte Rauschen des Verkehrs auf der Interstate wahr, welches rhythmisch pulsierte wie das Klopfen eines menschlichen Herzens. Vielleicht war es mein eigenes Herz.

Ein Bordell an einem so abgelegenen Ort kam mir einigermaßen unsinnig vor. Aber auf der anderen Seite, versteckt wie es war, wer hätte da Verdacht geschöpft? Und außerdem hatte man an Tagen, an denen das Geschäft nicht so gut lief, wahrscheinlich noch ein paar nichtsahnende Touristen oder Lastwagenfahrern ein billiges Quartier verkaufen können.

Ich ging den gleichen Weg, den auch der kleine Junge genommen hatte, bevor er Ellens Leiche entdeckte. War auch der Mörder auf diesem Weg gekommen? Ich näherte mich dem Ende, spürte förmlich das Ende der Zimmerreihe. Nach wenigen Schritten stand ich vor der letzten Tür. Ein einzelnes Brett war quer darüber genagelt; es ließ sich leicht abnehmen. Ich trat in die Dunkelheit und schaltete die Taschenlampe ein. Die Wände, welche noch nicht bis auf den Verputz dem Verfall erlegen waren, bestanden aus halb herunterhängenden Streifen verblaßter Tapete. Ich stieg über den auf dem Boden liegenden Abfall und hörte Glas unter meinen Tritten knirschen. Als ich hinuntersah, erkannte ich meine verzerrten Gesichtszüge in den Scherben. Ein Windstoß kam hinter mir in den Raum gefegt und raschelte mit den Papierabfällen, die zu meinen Füßen lagen. Es war ein gespenstisches Geräusch.

Es gibt da eine spezielle Technik, die von einigen FBI-Agenten und anderen Ermittlern beherrscht wird. Man nennt sie Profildarstellung. Und obwohl diese Methode – wenn sie funktioniert – weniger als Wissenschaft denn als Kunst gilt, funktioniert sie tatsächlich. Diejenigen, welche mit dieser Gabe gesegnet oder dazu verurteilt sind, je nachdem wie man es sehen will, haben die Fähigkeit, sich in die Szenerie des Verbrechens und in die Beteiligten, also sowohl in das Opfer als auch den Täter hineinzuversetzen. Ich habe während meiner Ausbildung nie so etwas erlebt, und immer wenn ich jemanden von seinen eigenen realen oder eingebildeten Erfahrungen dieser Art habe reden hören, war ich ein wenig neidisch geworden. Das sollte sich ändern.

Der Raum maß nicht viel mehr als zehn Quadratmeter, dazu gab es ein Badezimmer, das inzwischen nur noch aus ein paar Rohren bestand, die aus dem Boden aufragten, und einen türlosen begehbaren Wandschrank, der zu einem Behälter für alles mögliche geworden war, was irgendwelche Unbefugten dort hineinzuwerfen beliebt hatten. Ich versuchte, mir das Zimmer vorzustellen, wie es damals ausgesehen haben könnte. Es hatte mit Sicherheit nicht mehr enthalten als ein Doppelbett, eine Kommode und vielleicht noch einen einfachen Stuhl, und selbst mit dieser spärlichen Möblierung wäre kaum Platz zum Umdrehen geblieben.

Wieder fegte ein eisiger Windhauch durch die Tür und das Fenster und versetzte die herunterhängenden Tapetenfetzen in bizarr flatternde Bewegungen, so daß sie aussahen wie an der Wand festgenagelte Vögel. Es folgte das Rascheln des Abfalls auf dem Boden, bevor erneut vollkommene Stille eintrat. Ich war dankbar für die Kälte, denn sonst wäre der Gestank unerträglich gewesen. Dann passierte es. Ich drehte mich rasch um und leuchtete mit der Taschenlampe durch die Türöffnung. Es hatte keine Bewegung und kein deutliches Geräusch gegeben, trotzdem hatte ich das Gefühl, daß jemand eingetreten war. Niemand war zu sehen. Ich machte einen Schritt nach rückwärts, wobei ich mit dem Absatz meines Schuhs an einem hervorstehenden Dielenbrett hängenblieb. Mit Wucht taumelte ich gegen die hintere Wand. Dabei fiel die Taschenlampe aus meiner Hand und landete vor mir auf dem Boden, mit dem Lichtstrahl in mein Gesicht gerichtet. Mein Kopf prallte gegen die Mauer. Ich glitt die Wand hinunter, landete auf dem Hintern und griff mir mit beiden Händen an den Kopf. Das Licht blendete mich einen Moment lang, dann ging es aus.

Die Dunkelheit und die Kälte in dem Raum verdoppelten sich. Ich blieb sitzen, bis sich meine Augen angepaßt hatten, holte tief Luft und versuchte, mich aufzurichten. Ich konnte nicht. Alles, was ich empfand, war Resignation und eine überwältigende Traurigkeit. Die Kälte verschwand, die Dunkelheit blieb. Mit dem Rücken zur Wand starrte ich durch die Schwärze mit dem gleichen leeren Blick, mit dem Ellen ihrem Mörder begegnet sein mußte. Ich empfand keine Furcht, nur das Gefühl, alles hinzunehmen, was da komme, und dieses Gefühl lastete so schwer auf meinem Körper wie ein nasser Wollmantel.

In diesem Augenblick wußte ich, daß Ellen ihren Mörder gekannt hatte. Es war kein Fremder, der vom Dach gekommen war, um sie zu töten, es war jemand aus ihrem Leben. Jemand, der sie so gehaßt hatte, daß er ihr Gesicht auslöschte, nachdem er sie niedergestreckt hatte. Jemand, dessen bloße Anwesenheit sie sprachlos und bewegungslos machte. Ein lähmendes Entsetzen stieg in mir auf, aber es war nicht das von Ellen; sie hatte keines empfunden. Es war mein eigenes, als ich eine Gestalt in der dunklen Türöffnung sah.

»Was, zum Teufel, machen Sie hier?«

Eine Hand löste sich von der massigen Silhouette und stieg in die Höhe. Sie hielt einen Schläger, ein Brett, etwas, das mir körperlichen Schaden zufügen könnte. Trotzdem war ich nie in meinem Leben so froh gewesen, eine Stimme zu hören. Ich stand auf, hob die Taschenlampe vom Boden und hielt sie zu meiner Verteidigung in der Hand.

»Ach, ich dachte, ich hätte hier ein paar Jugendliche gesehen, und wollte besser mal nachschauen.«

»Tatsächlich?« Es klang schroff und ungläubig. »Kommen Sie raus da, damit ich Sie sehen kann.«

»Dann nehmen Sie vorher Ihren Prügel runter«, erwiderte ich, all meinen Mut zusammennehmend. Der Arm senkte sich, und der Mann machte einen Schritt rückwärts. Als ich durch die Tür trat, fand ich mich praktisch Fuß an Fuß vor ihm stehend.

»Tut mir leid, wenn Sie dachten, ich wäre ein Eindringling. Ich kann mich ausweisen, falls Sie wissen wollen, wer ich bin.«

»Ist den ganzen Winter niemand hier gewesen. Im Sommer kommen dafür um so mehr rein. Die kleinen Arschlöcher mögen nämlich die Kälte nicht so besonders.«

»Tja, kann ich verstehen. Und drinnen ist es sogar noch kälter als draußen.«

»Sie haben da drin doch nichts weggenommen, oder?«

»Ich weiß ja nicht, wie lange Sie schon nicht mehr in dem Zimmer waren, aber ich versichere Ihnen, ich habe nichts weggenommen. Ich wüßte auch nicht, was da noch wegzunehmen wär.«

»Das Klo haben sie rausgerissen. Und das verdammte Waschbecken ist letzten Herbst verschwunden. Wer sagt mir denn, daß Sie nicht diejenige waren, die die Sachen geklaut hat?«

»Vertrauen Sie mir.« Ich wandte mich ab und ging auf meinen Truck zu.

»Mit dem werden Sie nicht weit kommen, Schätzchen. Ich hab die Reifen plattgemacht.«

»Sie haben *was?*« Ich drehte mich zu ihm um. »Sagen Sie das noch mal.«

»Ich hab die Luft rausgelassen. Woher weiß ich, was Sie hier vorhaben? Sie hätten einer von diesen Scheiß-Jugendbanden sein können, die hierher kommen, um mit ihren Knarren rumzuballern.«

»Sehe ich vielleicht aus wie 'ne Jugendbande? Grundgütiger!« Ich ging zu meinem Laster. Die Reifen waren wirklich platt. Total platt.

»He! Das ist Privatgelände. Ich bin nicht der, der hier das Gesetz übertreten hat. Das waren Sie. Ich hätte die Cops rufen können.«

»Für wen halten Sie sich eigentlich, verdammt noch mal?«

»Für den gottverdammten Hausverwalter dieser Anlage, dafür halte ich mich. Und für wen halten *Sie* sich eigentlich? Sie haben kein Recht, dieses Gelände zu betreten. Können Sie nicht die verdammten Schilder lesen –«

Seine Stimme verlor sich hinter mir, während ich entlang meiner Reifenspuren den Fahrweg zurückging. Ich mußte ein Telefon finden. Mit ein bißchen Glück war der Mann noch da, mit dem ich auf der Straße gesprochen hatte. Der Himmel meinte es gut mit mir. Sein Pick-up war zwar inzwischen angesprungen, aber der Mann machte sich noch unter der geöffneten Motorhaube zu schaffen. Er ließ mich sein Telefon benutzen, um den Pannendienst anzurufen. Es dauerte eine Stunde, bis sie kamen. Offenbar waren sie daran gewöhnt, irgendwelche Wagen vom Gelände des Bunk House Motels abzuschleppen, aber ich war ihre erste Privatdetektivin. Es dauerte zwei weitere Stunden, bis die Reifen aufgepumpt waren, denn nachdem sie einen Preßlufttank geleert hatten, mußten sie erst zurückfahren, um einen neuen zu holen. Ich wartete bei meinem Laster, von wo aus ich eine gute Aussicht hatte auf den Schuppen und den Armleuchter, der darin hauste. Mit der Regelmäßigkeit eines Uhrwerks spähte er alle zehn Minuten aus seinem einzigen Fenster und bedachte mich mit seinem dreckigen Grinsen. Wenn ich nicht so ein beherrschter und ruhiger Mensch wäre, hätte ich ihn erschossen.

Es war kurz nach halb neun, als ich vor meinem Haus hielt. Stud saß mit ärgerlicher Miene auf dem Fensterbrett in meinem Büro. Es war ziemlich spät für sein Abendessen.

Die Grippe, von der ich geglaubt hatte, sie sei mit der Schußwunde verschwunden, machte sich wieder bemerkbar. Meine Nebenhöhlen pochten, und der lange Aufenthalt in der Kälte war ihrer Genesung sicher nicht förderlich gewesen. Mein Erlebnis im Bunk House beunruhigte mich. Es war nicht so klar umrissen oder eindeutig wie einige der Profildarstellungen, von denen ich gehört hatte, aber es hatte ein wissendes Gefühl in mir zurückgelassen, das mir die Wahrheit sagte: Ellen hatte ihren Mörder gekannt und alles hingenommen, was ihr so brutal zugefügt wurde. Damit kam der Marino-Junge als Verdächtiger praktisch nicht mehr in Frage. Aber er wußte etwas. Er war der Schlüssel. Und bevor ich ihn gefunden hatte, würde es mir vermutlich kaum gelingen, dieses Puzzle aus Namen und Gesichtern zu einem vollständigen Bild zusammenzufügen.

Ich fütterte Stud, schlüpfte in ein Paar Trainingshosen und

einen Footballsweater und betrat gerade mein Büro, als das Telefon zu läuten anfing.

»Hallo?«

»Ich bin's.«

»Wer ich?«

»Dein Bruder. Wer sonst?«

»O Gott, Michael. Ich habe dich vollkommen vergessen. Du wolltest mit mir reden –«

»Ich wollte nicht – ich *muß*. Also sag mir nicht ab, Phoebe.«

Ich fühlte mich beschissen, und ich war nicht in der Stimmung.

»Bist du da?«

»Natürlich bin ich da. Schließlich bin ich ans Telefon gegangen, oder?«

»Du hast nichts mehr gesagt, Fee, und da dachte ich, du hättest vielleicht aufgelegt.«

»Das würde ich doch nie tun.«

»Doch, das hast du schon getan. Also, ich fahre jetzt los.«

»Das wird dich allerdings eine Kleinigkeit kosten.«

Er lachte. »Das überrascht mich kaum. Was willst du haben?«

»Ich brauche eine Packung Kleenex und eine Flasche Ny-Quil.«

»Greifst du mal wieder zur Flasche, hm?«

»Ich bin krank, oder hast du noch nichts davon gehört?«

»Aber ja, ich werde dir das Zeug besorgen. In zwanzig Minuten bin ich bei dir.«

»Ich erwarte dich, Bruderherz«, erwiderte ich und legte auf. Mir tat es leid, daß sich eine gewisse Entfremdung zwischen Michael und mir aufgebaut hatte. Er war ein guter Mann, aber ein bißchen frömmelnd und der Liebling der Familie, und das an sich konnte bereits irritierend sein. Er war es gewohnt, Beichten zu hören. Ich nicht, und ich hatte den Verdacht, das war es, was er vorhatte: mir etwas zu beichten, was ich schon wußte.

Ich hörte meinen Anrufbeantworter ab. Auf dem Band befanden sich drei Nachrichten von meiner Mutter, eine von meiner Schwester und eine von Kyle, der mir sagte, er würde kurz nach zehn bei mir vorbeikommen und etwas mitbringen, damit es mir besser ginge. Das ließ mich hoffen. Die letzte Nachricht überraschte mich so sehr, daß ich sie mir dreimal anhörte und danach immer noch nicht löschte. Sie war von Mrs. Marino, Joey Marinos Mutter. Ich war entsetzt. Sie sagte, sie sei bis Mitternacht wach und erwarte meinen Anruf. Jetzt bekam ich wirklich ein schlechtes Gewissen. Hatte sie etwa herausgefunden, daß ich diejenige war, die sie unter Vortäuschung eines R-Gesprächs von ihrem Sohn angerufen hatte, ohne sich zu melden? Das konnte unmöglich sein.

Ich wählte ihre Nummer, und es läutete fünf Mal, bevor sie abhob. »Mrs. Marino? Hier spricht Phoebe Siegel. Ich habe gerade Ihre Nachricht erhalten. Was kann ich für Sie tun?«

»Ich habe Ihren Namen in der Zeitung gelesen. Sie arbeiten doch für diesen jungen Mann, der ermordet wurde, Mr. Chillman, richtig?«

»Ja, das stimmt.«

»Miss Siegel, mein Sohn war ein Verdächtiger, der einzige Verdächtige im Mordfall Maitland. Nick Spano hat mir heute abend einen Besuch abgestattet –«

»Ach ja?« Es schien, daß Nick und ich doch auf der gleichen Wellenlänge lagen.

»Er meinte, wir sollten uns mal unterhalten. Es wäre mir aber lieber, wenn das nicht am Telefon sein müßte.«

»Das wäre mir auch lieber. Wann?«

»Heute abend noch?«

Es fiel mir schwer, das Angebot auszuschlagen, aber ich mußte es. »Heute abend geht es schlecht. Es sei denn, das ist die einzige Zeit, die –«

»Nein, morgen geht es auch. Möchten Sie zu mir nach Hause kommen? Wenn Sie so um die Mittagszeit kämen, könnten wir zusammen eine Kleinigkeit essen.«

»Sie brauchen sich keine Umstände zu machen, Mrs. Marino. Ich habe eine Erkältung und kann wahrscheinlich sowieso nichts schmecken. Aber vielen Dank für das Angebot.«

»Sie klingen wirklich ziemlich verschnupft.«

»Ja, ich habe mir diesen blöden Virus eingefangen. Aber so gegen zwölf paßt mir gut. Ich sehe Sie dann?«

»Auf Wiederhören, und bis morgen.«

Als ich auflegte, vernahm ich Schritte auf der vorderen Veranda. Ich ging zur Haustür, versicherte mich, daß es Michael war und ließ ihn herein. Er küßte mich auf die Wange.

»Du hast dich soeben mit einer Form von Leben angesteckt, die aus dir das machen kann, was sie aus mir gemacht hat.«

»Wunderbar. Wo soll ich das Zeug abstellen?«

»Du kannst es mir gleich geben.« Ich nahm Michael die Papiertüre mit Kleenex und NyQuil ab und ging damit in die Küche. Er folgte mir. Nachdem ich meinen Nachschub auf dem Tisch aufgebaut hatte, fragte ich ihn: »Wird es mir nach unserer Unterhaltung besser oder schlechter gehen, Michael?«

»Mach nicht so eine große Sache daraus, Phoebe. Sollen wir uns hierher setzen?«

»Nein, ins Wohnzimmer. Vielleicht könntest du das Kaminfeuer anwerfen.«

»Mach ich doch gerne, kleine Schwester. Setzt dir das Wetter immer noch so zu?«

»Ja, Michael, das tut es. Daran hat sich in den letzten zwanzig Minuten nicht viel geändert.«

Er machte Smalltalk. Es würde also doch eine große Sache werden. Ich ließ mich auf meinem Krankenlager, der Couch, nieder und zog mir eine Decke über die Beine. Stud sprang auf die Sofalehne und ließ sein drohendes Knurren hören, während er Michael zusah, wie er ein paar Zeitungen zusammenknüllte und in den Kamin legte. Dann schichtete er ein paar kleine Kiefernhölzer darauf, vervollständigte das Arrangement mit einem großen Holzscheit und entzündete ein Streichholz. Bald prasselte das Feuer und verbreitete ein wunderbares Leuchten im Zimmer. Es war aber auch ein trügerisches.

Michael ließ sich in meinem besten und einzigen Polstersessel nieder und holte tief Luft.

»Mir gefällt dein Pearl-Harbor-Stil.«

»Pearl Harbor?« fragte ich verständnislos.

»Die braunen Mohairbezüge, sind die nicht aus der Periode?«

»Tja, ich habe es zwar noch nie so gesehen, aber ich schätze, du hast recht.«

»Ich verlasse den Priesterstand, Phoebe.«

»Ich würde mich eigentlich lieber weiter über Pearl Harbor unterhalten, Michael.« Das einzige, was noch fehlte, war das Brummen des Bombengeschwaders im Anflug auf die Küste meines Denkens.

17

Es gibt eine lange Geschichte zwischen Michael und mir, und scheinbar fügen wir ihr jedesmal, wenn wir zusammen sind, etwas hinzu. Ich liebe ihn, aber ich komme einfach nicht mit ihm klar. Und nun saß er mir gegenüber und starrte ins Kaminfeuer wie ein Mann, den man all seiner Stärke beraubt hat. Dabei war das etwas, das Michael im Übermaß besessen hatte: Stärke. Zumindest hatte ich das immer geglaubt.

Familien sind eine schwierige Angelegenheit. Mittels irgendeiner göttlichen Weisheit werden vollkommen verschiedenartige Persönlichkeiten zusammengeworfen, und damit fängt der richtige Test erst an. Während der schweren Zeit, als meine Schwester Kehly mit einem Drogenproblem kämpfte, wurde meine Familie mit der Beziehungsdynamik konfrontiert, die ihr Problem verursacht hatte. Ich hielt mich dabei abseits. In den Augen derer, die an der Entwirrung der Siegelschen Funktionsstörungen teilgenommen hatten, wurde ich daher rasch als Abtrünnige abgestempelt. Und meine persönliche Ansicht? Ich hatte immer gedacht, wir wären ziemlich normal, und nach heutigen Standards gemessen, sind wir das, glaube ich, auch. Aber während dieser Krise war Michael der Fels in der Brandung, der Segenspendende, der Priester. Als ich ihn jetzt so sah, dachte ich, wie sehr wir alle von seiner Güte gezehrt hatten. Für mich war er jemand, mit dem ich meine Kämpfe ausfechten und den ich für den Tod meines Bruders Ben verantwortlich machen konnte. Er war ein ebenbürtiger Gegner, den ich heimlich für seine Bindung an die Kirche respektierte. Je weiter ich mich von der Religion entfernte, desto größer wurde Michael in meinen Augen. Er war das Opfer, um dem Rest von uns die Hölle zu ersparen. Wer hat denn jemals davon gehört, daß ein Mitglied der Familie eines Priesters in die Hölle gekommen wäre? Ich bestimmt nicht. Jedenfalls nicht von jemandem in Billings. Ich meine, zumindest nicht von jemandem aus meiner Nachbarschaft.

»Michael, vielleicht kannst du es ja so machen wie dieser Priester in den *Dornenvögeln.* Vater Ralph, erinnerst du dich an ihn? Ich meine, der hat es doch geschafft, das jahrelang durchzuziehen. Und die beiden hatten eine ziemlich stabile Beziehung, meinst du nicht?«

Michael drehte sich zu mir um. Trotz der unglaublichen Traurigkeit in seinen Augen, gelang es ihm zu lächeln.

»Wie kommst du denn jetzt darauf? Ich bin nicht Vater Ralph, Fee. Ich bin bloß ich, Michael, und ich brauche meine Schwester in diesem Moment. Keine Flapsigkeiten. Keine Urteile. Keine Lösungen. Nur, daß du mir zuhörst. Okay?«

»Ich wollte doch bloß –«

»Bitte, Fee«, sagte er, als er die Hand ausstreckte und mich beim Fuß packte.

»Mein Gott, ich bin geheilt. Dieser eingewachsene Zehennagel, den ich mein ganzes Leben hatte? Er ist weg. Dein Handauflegen hat mich geheilt.«

»Anscheinend war es keine gute Idee herzukommen. Ich hatte gehofft –« Er erhob sich und sah auf mich herab.

»Okay, okay.« Ich hob scheinbar kapitulierend die Hände. »Setz dich wieder hin und schütte mir dein Herz aus. Aber ich muß dir gleich sagen, daß ich nicht weiß, ob ich damit umgehen kann, Michael.«

»Ich weiß doch selbst nicht, ob ich damit umgehen kann.«

»Könnte es vielleicht sein, daß deine Entscheidung etwas voreilig ist? Ich meine, du und Cara habt euch seit Jahren nicht gesehen, und jetzt ist sie erst seit kurzem wieder da. Diese anfängliche Euphorie vergeht doch nach einer Weile.«

Michael sah mich vielsagend an.

»Du meinst, die Sache zwischen euch ist nicht neu, hab ich recht?«

»Du hast recht.«

»O Gott, Michael. Gibt es bei euch nicht jemanden, an den du dich mit diesem Problem wenden kannst? Habt ihr dafür nicht irgendwelche Spezialisten?«

»Du meinst, einen Exorzisten zum Beispiel?«

»Nein, soweit würde ich nicht gehen. Noch nicht. Allerdings sollte man es vielleicht auch nicht so ganz ausschließen. Aber zurück zum Kern des Problems. Dein Entschluß wird etliche Leute erschüttern, Michael, und zwar nicht zuletzt Mama.«

»Glaubst du denn, daran hätte ich nicht längst gedacht? Aber ich kann einfach nicht weiterhin alle belügen. Das hat auch Mama nicht verdient, Fee. Meinst du nicht auch?«

»Es wird sie umbringen.«

»Das ist eine Übertreibung.«

»Vielleicht nicht. Du warst für sie immer Michael, der Priester. Die Verwandlung in Michael, den Sexbesessenen, wird für sie sicher nicht einfach zu verkraften sein!«

»So denkst du also darüber, daß es dabei bloß um Sex geht? Um einen animalischen Trieb, den ich nicht kontrollieren kann? Herrgott noch mal, Fee.« Er schüttelte angewidert den Kopf. »Ich liebe Cara. Also rede nicht so darüber, als wäre es etwas Schmutziges.«

»Seien wir doch mal realistisch. Du hast dieses Gelübde abgelegt. Du. Nicht Mama, nicht ich, nicht sonstwer. Du allein. Und jetzt willst du es einfach über Bord werfen für irgendeine –«

»Paß auf, was du sagst. Treib's nicht zu weit.«

Seine Augen blitzten vor Zorn. Er hatte recht, damit wäre ich zu weit gegangen. »Ich habe doch nichts gegen Cara persönlich, Michael. Aber eure Beziehung wird eine Flutwelle auslösen, die selbst du nicht mehr kontrollieren kannst.«

»Hörst du mir jetzt vielleicht einmal zu, Fee?«

»Ja, natürlich. Aber verlange nicht von mir, daß ich damit einverstanden bin. Okay?«

»Im Priesterseminar hat man uns immer gesagt, wir sollten lieben, alles und jeden einzelnen LIEBEN. Und das habe ich getan, Fee. Ich habe die anderen Männer im Seminar geliebt, ich –«

»Das wird Mama den Rest geben, Michael.«

»Du weißt verdammt gut, was ich meine. Keine Flapsigkeiten, erinnerst du dich?«

»Ich versuche nur, dich ein bißchen aufzumuntern.«

»Man hat uns aber nie beigebracht, wie man wieder aufhört zu lieben, Phoebe, und selbst wenn meine Seligkeit davon abhinge, kann ich einfach nicht aufhören, sie zu lieben. Ich will es auch gar nicht. Wir wollen heiraten. Wir wollen eine Familie gründen. Wir wollen –«

»Michael, laß dich doch für eine Weile beurlauben. Wie nennt man das noch, ein Studienjahr, oder so ähnlich?«

»Das ist keine Lösung. Es wäre unehrlich. Ich habe ja nicht die geringste Absicht zurückzukehren.«

»Hast du eigentlich jemals daran gedacht, welche Konsequenzen deine Entscheidung für Cara hat? Grundgütiger, Michael, ihr würde es doch so gehen wie Hester Prynne aus dem *Scharlachroten Buchstaben.*«

»Wieso?«

»Na, weil die Leute in ihr nur noch die Frau sehen werden, die einen Priester verführt und dazu gebracht hat, seine Robe abzulegen. Und zu diesen Leuten gehört auch Mama. Sie mag Cara, aber was glaubst du denn, was sie für sie empfinden wird, wenn das alles rauskommt?«

»Deshalb brauche ich dich, damit du ihr hilfst zu verstehen.«

»*Moi?* Du beliebst zu scherzen. Stimmt's?«

Michael nahm den Schürhaken zur Hand und stocherte im Brennholz. Funken stoben mit dem Aufwind den Kamin hinauf. Michael starrte weiter in die Flammen, die an den glühenden Scheiten leckten. Er schien irgendeinen Trost in diesem Augenblick zu finden. Alles, woran ich denken konnte, war Dantes Inferno.

Das gedämpfte Läuten des Telefons durchbrach unser Schweigen. »Verdammt. Wo ist dieser Apparat?«

Ich warf die Decke zurück und folgte der Schnur mit den Augen. Dann fing ich an, daran zu ziehen und angelte das Telefon unter ein paar Kissen auf dem Fußboden hervor. Der Hörer war von der Gabel gefallen und schleifte hinterdrein. Ich griff danach, legte auf und hob wieder ab.

»Hallo?«

»Hier ist Nick. Kannst du reden?«

»Nicht so richtig. Aber du kannst.«

»Es geht um die Informationen, die du von mir haben wolltest. Ich habe sie in deiner Brennholzkiste deponiert.«

»Findest du, daß das klug war, Nick?« fragte ich ungläubig.

»Falls nicht gerade jemand regelmäßig deine Brennholzkiste durchstöbert, hielt ich es für den besten Platz.«

Ich schnitt eine Grimasse. Michael sah mich mit hochgezogenen Brauen an. Ich schüttelte den Kopf und warf ihm einen Blick zu, der ihm signalisieren sollte, daß alles in Ordnung war. Daraufhin wandte er sich wieder dem Feuer zu.

»Ich bin heute bei Joey Marinos Mutter gewesen.«

»Ich weiß. Sie hat sich bei mir gemeldet.«

»Sie hat heute einen ziemlich merkwürdigen Anruf bekommen. Der hat sie anscheinend sehr aufgebracht.«

»Hat sie gesagt, von wem?« Es fällt nie leichter, unschuldig zu tun, als wenn man einen Priester im Haus hat.

»Nein. Sie wollte mir noch nicht einmal erzählen, was der Anrufer gesagt hat.«

Ich hatte also recht gehabt. Sie wußte, daß jemand nach Joey suchte, denn sonst hätte sie die Einzelheiten dieses Anrufes erwähnt.

»Habt ihr euch jetzt verabredet, du und Mrs. Marino?«

»Ja, haben wir. Hör zu, Nick, ich habe gerade Besuch. Kann ich dich zurückrufen?«

»Ist nicht nötig, Phoebe. Eins noch: Ellen Maitland hatte eine sehr enge Freundin. Sie sind zusammen aufgewachsen. Es scheint, daß Maitland die Freundschaft nach der Heirat unterbinden wollte, so daß die beiden sich nur heimlich treffen konnten. Ich habe sie aufgesucht. Es schien ihr sehr schwer zu fallen, mit mir über Ellen zu reden. Ich weiß nicht, woher das kam, aber ich denke, du könntest bei ihr mehr erreichen als ich.«

»Wie ist ihr Name?«

»Joanne Mullins. Sie arbeitet im Greyhound-Busdepot. Nachmittags, glaube ich. Als ich heute so gegen zwei bei ihr zu Hause ankam, hat sie sich gerade für die Arbeit fertiggemacht.«

»Ihre Adresse?«

»Sie wohnt im Blain's Mobile Home Court. Straße und Hausnummer sind bei den Sachen, die ich bei dir gelassen habe. Eigentlich komisch, daß sie damals nie befragt wurde, aber ich schätze, sie war einfach nicht mehr von Interesse, nachdem sich alle auf Marino eingeschossen hatten.«

»Danke, Nick. Ich hole das Zeug gleich aus der Kiste und melde mich dann morgen bei dir.«

»Okay. Dann gute Nacht.«

»Gute Nacht, Nick.«

Ich hängte auf.

»Michael, ich muß kurz etwas erledigen. Lauf nicht weg, ja?«

»Sicher nicht.«

Ich ging in die Küche, öffnete die Hintertür und stieg die Stufen zur Brennholzkiste hinunter. Es war mir schon unangenehm, dieses verdammte Ding bei Tag aufzumachen, aber bei Nacht jagte es mir wirklich eine Scheißangst ein. Ich nannte es bei mir das Arachniden-Paradies. Auch jetzt hatten sich diese vielbeinigen kleinen und großen Spinnentiere wahrscheinlich schon in einer langen Reihe aufgestellt und warteten begierig darauf, mich anzuspringen und über meine Hände zu krabbeln.

Ich überlegte es mir anders und ging zurück zur Hintertür.

»Michael?«

»Was ist?« rief er zurück und erschien kurz darauf in der Küche.

»Ich muß hier etwas aus der Brennholzkiste holen, könntest du mir bitte dabei helfen?«

»Du hast doch genug Brennholz im Wohnzimmer aufgestapelt.«

»Es geht nicht um Holz. Ein Freund hat mir da ein paar Papiere hinterlegt.«

»Und warum holst du sie nicht einfach raus?« fragte er lachend.

»Komm schon, Michael. Bitte!«

»Du bist das immer noch nicht losgeworden, wie?«

»Was?«

Michael kam die Stufen hinunter und trat an die Kiste.

»Es würde sicher helfen, wenn du ein Licht hier draußen hättest, meinst du nicht?«

»Aber du hast doch das göttliche Licht, das dich leitet. Wer braucht da noch eine Glühbirne.«

Er hob den Deckel, griff in die Kiste und zog einen dicken Umschlag heraus. »Ist es das?«

»Muß es wohl sein.«

Plötzlich kam der Umschlag auf mich zugeflogen. »O nein!« schrie er und schlug sich heftig auf die Arme. »Sie sind überall.«

Ich machte einen Satz in die Höhe und warf den Umschlag wieder Michael zu. Er fiel vor ihm auf den Boden und riß auf.

»Phoebe, hilf mir.« Er machte mit ausgestreckten Armen einen Schritt auf mich zu.

»Wenn du mich anfaßt, bringe ich dich um, Michael. Ich meine es ernst.« Ich trat einen Schritt zurück.

»Sie sind weg. Schau nur, einfach weg.« Er hob beide Arme in die Luft.

»Du bist ja besessen. Also doch ein Fall für den Exorzisten.«

Wir bückten uns gleichzeitig, um den verstreuten Inhalt des Umschlags aufzusammeln. Das Licht aus der Küche fiel über die Stufen auf den Boden. Michael erstarrte, hob ein großes Foto auf und hielt es gegen das schwache Licht.

»Heilige Mutter Gottes, was ist denn das, Phoebe?«

Ich griff nach dem Bild, nahm es ihm aus der Hand und sah es mir an. Es konnte sich nur um eines handeln: ein Polizeifoto der toten Ellen Maitland, deren Körper zusammengesunken an der Wand des Motelzimmers lehnte und deren Schädel und Gesicht bis zur Unkenntlichkeit zerschmettert waren.

»Warum, in Gottes Namen, läßt dir jemand so etwas da? Ich glaube, ich muß mich übergeben.«

Ich raffte den Papierstoß zusammen. »Laß uns wieder rein gehen.«

»Worum geht es hier, Phoebe?«

»Um meine Arbeit, Michael. Tut mir leid, daß du das sehen mußtest. Und es tut mir auch leid, daß ich nicht darüber reden oder es dir erklären kann.«

»Ich weiß nicht, ob du das überhaupt erklären könntest, Phoebe. Kein Wunder, daß sich Mama und Kehly solche Sorgen um dich machen. Du wirst angeschossen, du läßt dir von irgendwelchen Leuten perverse Fotos in die Holzkiste legen, was kommt als Nächstes?«

»Ich weiß nicht. Vielleicht sollte ich als Nächstes ein paar Kilo abnehmen.«

»Du bist hoffnungslos.«

»Nein, ich unterliege bloß den gleichen Einschränkungen wie du. Du hast dein Beichtgeheimnis, und ich muß alles, was mit meinen Klienten zu tun hat, vertraulich behandeln.«

Ich brachte das Material in mein Büro und schloß die Tür. Als ich ins Wohnzimmer zurückkam, zog sich Michael den Mantel an.

»Wo gehst du hin?«

»Nach Hause. Wir reden ein andermal.«

»Michael –«, flehte ich.

»Ich habe so etwas noch nie in meinem Leben gesehen. Ich muß hier weg.«

»Versprich mir etwas«, sagte ich, während ich ihm zur Haustür folgte.

»Was?«

»Sag Mama nichts davon, bevor wir geredet haben.«

»Glaubst du etwa, ich würde ihr jemals erzählen, was ich gerade gesehen habe?«

»Das meine ich doch nicht, Michael. Ich meine über die Sache zwischen dir und ...«

»Ich denke, ich bin sehr wohl imstande, meine eigenen Entscheidungen zu treffen, wenn es um meine Mutter geht.«

»Meine Mutter? Wie wär's, wenn du mal versuchst, sie als *unsere* Mutter zu sehen?«

»Gute Nacht, Phoebe«, war alles, was er darauf sagte. Dann ging er hinaus und zog die Tür hinter sich zu.

»Gute Nacht, kleiner Bruder. Scheiße.«

Wir hatten unserer Geschichte ein weiteres Kapitel hinzugefügt.

18

Es war nach Mitternacht, bis ich damit fertig war, das Material durchzusehen, das Nick für mich zusammengetragen hatte. Die Fotos vom Tatort waren die grausigsten, die ich je gesehen hatte.

Michaels Abscheu war nur allzu verständlich.

Da waren außerdem zahlreiche Aussagen und Fotos. Sie reichten von Rosella Dahl über Maitland bis zu dem Zeitungsjungen, der Ellen gesehen hatte, als sie am Morgen ihres Todes das Haus verließ. Nichts von Bedeutung. Dann zahlreiche Notizen von den Ermittlungsbeamten, einschließlich derer meines Vaters. Er hatte eine merkwürdige Art, etwas abzuzeichnen, so daß man seine Unterschrift auch als ›Schwachsinn‹ hätte lesen können. Ich berührte die Buchstaben in dem Wissen, daß es seine Handschrift war. Es klingt vielleicht albern, aber ich hatte das Gefühl, daß er mir und Nick helfen wollte. Ich nehme an, jede Form von Einbildung funktioniert, wenn man in der Klemme sitzt. Alles, was ich brauchte, war etwas, um mich aus dieser Klemme zu befreien. Ich mußte an Dorothy Valentine denken. Sie hatte irgendwas gesagt. Etwas, das mir im Nachhinein ein bißchen zu vertraut geklungen hatte für jemanden, der angeblich nichts über den Fall wußte. Sie hatte gesagt: »Nein, ich habe Ellen nie gekannt.« Es war eine dieser Bemerkungen, über die man einfach stolpert, wenn man im Geiste noch einmal ein Gespräch durchgeht, das man mit jemandem hatte. Ich klammerte mich an jenen Strohhalm, und das wußte ich.

Laut Bericht des Gerichtsmediziners hatte es an Ellen Maitlands Körper nur eine Wunde gegeben, die ein Anzeichen dafür sein konnte, daß sie möglicherweise versucht hatte, sich zu wehren. Die vordere Seite ihres rechten Unterarms hatte so starke Prellungen abbekommen, daß die Haut eingerissen war. Das war die geringste ihrer Verletzungen, und sie konnte ihr zugefügt worden sein, als sie versuchte, die Schläge abzuwehren, oder auch, als sie bereits zu Boden gegangen war. Beide Schlüsselbeinknochen waren zertrümmert. Jede dieser Verletzungen konnte sie niedergestreckt haben, aber es waren die Kompressionsfrakturen ihres Schädels, an denen sie gestorben war. Die Gewalteinwirkung war so stark gewesen, daß Teile ihres Schädelknochens tief in das Gehirn gedrungen waren. Lange Haarsträhnen hingen von ihrem zerschmetterten Kopf herab. Die Augenhöhlen mitsamt den Augäpfeln waren zerstört. Die Nase war weg, und ein Ohr war vollständig vom Kopf abgerissen.

Ellen kannte ihren Angreifer. Wenn das Gesicht vernichtet ist, bedeutet das meistens, daß es zwischen Mörder und Opfer eine Art Beziehung gibt. Die Brutalität, mit der sie getötet worden war, erschütterte mich. Das war keine schnelle und leichte Sache gewesen. Man konnte den Haß dahinter sehen, konnte ihn spüren. Sie trug diese merkwürdige Aufmachung wie eine Stripteasetänzerin, kurz bevor sie ihre entscheidenden Hüllen fallenläßt. Sie paßte nicht zu Ellen. Ich nahm noch einmal das Foto von ihr zur Hand, das immer noch auf meinem Schreibtisch stand und verglich ihre einfache, ruhige Schönheit mit den makaberen Aufnahmen vom Tatort. Michael hatte recht, es wurde einem schlecht davon.

Die Träger ihres schwarzen Spitzenbüstenhalters waren während des Angriffs zerrissen, und eine Brust, blutverschmiert, lag bloß. Ein Bein war noch mit einem schwarzen Nylonstrumpf bekleidet, das andere sah aus, als hätte jemand die Fingernägel in Ellens Oberschenkel gegraben, den Strumpf bis zum Fußknöchel heruntergerissen und dabei tiefe Kratzspuren am ganzen Bein hinterlassen. Warum das, nach all den anderen Verletzungen? Ich betrachtete auch die Tatortaufnahmen von Rita Chillman. Diese waren weit weniger dramatisch. Sie trug ein schickes Kostüm und eine weiße Bluse mit Rüschenkragen. Sie lag auf dem Rücken, die Haare ordentlich frisiert, und die Augen leicht geöffnet. An ihrem linken Fuß fehlte ein Schuh, den man aber unweit der Leiche auf dem Foto sehen konnte. Knapp über ihrer linken Augenbraue, bei der Nasenwurzel, zeigte sich ein kleines Einschußloch. Ein Rinnsal aus Blut verlief über ihren Nasenrücken, die Lippen und das Kinn. Da, wo es unter der Kostümjacke verschwand, hatte es den Rüschenkragen rot verfärbt. Ihr Kopf ruhte in einer Blutlache, denn es war die Austrittswunde, wo die schwerste Verletzung entstanden war.

Frank Chillman war in den Kopf geschossen worden. Ellen Maitlands Kopf war zerschmettert worden. Und Rita Chillman, fein zurechtgemacht, hatte ebenfalls eine Kugel in den Kopf bekommen. Ganz zu schweigen davon, daß jemand versucht hatte, meinem Haupthaar auf ewig den Scheitel zu ziehen. Ich griff mir an den Kopf und berührte die spezielle Stelle. Wahrscheinlich ist das diesem Jemand sogar gelungen.

Die Notizen, die Nick beigelegt hatte, befanden sich mehr oder weniger in chronologischer Reihenfolge. Immer, wenn jemand glaubte, er hätte Joey Marino ausfindig gemacht, war Maitland benachrichtigt worden. Wahrscheinlich waren sie alle scharf auf die Belohnung, die er ausgesetzt hatte. Maitland seinerseits gab die Information an die Cops weiter, die die entsprechenden Ermittlungen durchführten und einen Bericht über ihre Resultate verfaßten. Demnach war Joey gesehen worden, als er einen Zug in Laurel bestieg und wie er, verkleidet als Frau, am Flughafen einen Flug nach Chicago buchte. Das war aber noch gar nichts gegen die Frau, die Maitland alljährlich anrief, um ihm zu melden, daß sie Joey Marino als Trapezkünstler im Shrine Zirkus gesehen hatte. Aber auch diese Nachrichten hörten irgendwann auf. Man konnte an den Daten sehen, wie das Interesse der Öffentlichkeit nachließ. Das war normal. Was ich weniger normal fand, war die Tatsache, daß Maitland darum gebeten hatte, daß man ihm die Kleidung aushändigte, die Ellen getragen hatte, als sie ermordet wurde. Seine Bitte war allerdings abschlägig beschieden worden.

Da waren mehrere Zeitungsartikel von verschiedenen Verfassern, die im Laufe der Jahre immer mal wieder darauf hingewiesen hatten, daß zwei Frauenmorde, die sich in Billings ereignet hatten, ungelöst geblieben waren. Aber nirgendwo fand ich die Vermutung erwähnt, daß es eine Verbindung zwischen diesen beiden Mordfällen geben könnte.

Mein Vater hatte den Ruf, einer der gründlichsten Ermittlungsbeamten bei der Polizei zu sein. Er und Nick, deren Gespann von den anderen liebevoll die Nick-und-Ben-Show genannt wurde, waren dafür bekannt, daß sie nichts unversucht ließen und jeden noch so kleinen Hinweis überprüften. Aber was war mit Joanne Mullins – wie, zum Teufel, hatten sie das übersehen können? War Joanne nach dem Mord an Ellen untergetaucht? Und wenn sie wirklich so gute Freundinnen waren, warum hatte sie sich nie gemeldet? Wußte sie etwas, das noch nicht zutage getreten war? Wußte sie überhaupt irgendwas?

Ich schrieb mir ihre Adresse in mein Minnie-Mouse-Merkheft. Ja, so etwas besitze ich wirklich. Kehly hatte es mir geschenkt, und weil es genau die richtige Größe für meine Jackentasche hatte, benutzte ich es auch. Ich versuchte bloß, es niemals einen potentiellen Klienten oder jemanden sehen zu lassen, von dem ich einen Vorschuß erhielt. Aber was soll's, ich hatte einmal einen örtlichen stockkonservativen Geistlichen in seiner Power-Ranger-Unterwäsche dabei ertappt, wie er in einem Motelzimmer die Füße einer Prostituierten wusch, während sie ihre Zeigefinger in seinen Ohren kreisen ließ. Seine Gemeinde hatte eine Kollekte veranstaltet, um mich dafür zu bezahlen, daß ich einigen diesbezüglichen Gerüchten nachging. Sie haben etwas für ihr Geld bekommen, vielleicht sogar mehr als ihnen lieb war. Kurz gesagt, es gibt schlimmeres, als mit einem Minnie-Mouse-Merkheft erwischt zu werden.

Das Feuer im Kamin war bereits fast heruntergebrannt, als ich meine Schreibtischlampe ausknipste und das Büro verließ. Kyle war bis dahin nicht aufgetaucht, und ich erwartete auch nicht mehr, daß er noch kommen würde. Ich schaute nach, ob ich sowohl die Haustür als auch die Hintertür verschlossen hatte. Ich hatte. Dann nahm ich einen tiefen Zug aus der NyQuil-Flasche, zog meine Trainingshosen aus und legte mich auf die Couch. Im Kamin schwelte nur noch die Nachglut, die sich in ihrer rot-weißen Hitze an das bißchen Leben klammerte, das ihr noch blieb. Nachdem ich mich auf die Seite gedreht und die Decke unter mein Kinn gezogen hatte, kam Stud auf das Sofa gesprungen und rollte sich in meiner Kniebeuge zusammen. Was für ein Tag! Von Nick zu Dorothy Valentine zu Gin zu Dougie zu Michael, all diese Gesichter und Unterhaltungen purzelten durcheinander und verschmolzen zu einer einzigen, unverständlichen Stimme. Als sich diese Stimme ausblendete, tat ich es auch. Das letzte, was ich noch wahrnahm, war das Schnurren der Katze an meinen Beinen und der Wunsch, daß jemand da wäre, um mich zu halten.

Zuerst klang es ganz zart. Ein schwacher Laut, der aus meinem Inneren zu kommen schien. Dann wurde das Geräusch lauter und versuchte mich mit Klopfen, gefolgt von dumpfem Hämmern, aus dem tiefsten Schlaf zu wecken, in den ich jemals gesunken war. »Geh weg«, murmelte ich und zog mir die Decke über den Kopf. Das Geräusch wurde aber nur noch deutlicher und hartnäckiger. Ich drehte mich auf den Rücken, zog mir die Decke vom Gesicht und lauschte. Jemand klopfte an die Tür und hatte offensichtlich nicht die Absicht, wieder zu gehen. Ich blickte zum Fenster und sah das schwache Licht der beginnenden Morgendämmerung. Das im regelmäßigen Takt vom Dach tropfende Wasser zeigte mir an, daß die Temperatur während der Nacht gestiegen war.

Das Klopfen hielt an. Ich warf die Decke von mir, rollte die Katze ans untere Ende der Couch und stand auf.

»Ich komme schon. Nur die Ruhe, ja?«

Schlaftrunken stolperte ich zur Tür und sah durch den Vorhang nach draußen. Da war niemand.

»Verdammte Scheiße!«

Ich ging zurück zum Sofa. Wer immer es gewesen war, war Gott sei Dank wieder gegangen. Ich wollte mich gerade wieder niederlegen, als es erneut klopfte. Diesmal klang es so, als sei jemand an der Hintertür. Ich stand also wieder auf und folgte dem Geräusch. Es soll ja Leute geben, die sofort aus dem Bett springen, um frisch und munter ihr Tagwerk zu beginnen. Ich nicht. Ich brauchte Zeit. Koffein. Ruhe. Andernfalls kriege ich solche Schlaffalten, daß mein Gesicht aussieht wie eine Reliefkarte der Rocky Mountains. Kein hübscher Anblick.

Ich versuchte, ein Auge zu schließen und damit meinem anderen Auge eine bessere Chance zu geben, sich zu öffnen. Durch die Glasscheibe in der Hintertür erkannte ich Kyle, der eine McDonald's-Tüte in die Höhe hielt.

»Kann ich reinkommen, wenn ich was zu essen mitbringe?«

»Nein.« Ich lehnte mich gegen den Türrahmen und rieb mir das Gesicht.

»Du kommst einen Tag zu spät, und ich habe keinen Hunger.«

»McMuffins mit Würstchen und Käse.«

»Du bist wirklich grausam, weißt du das. Das ist mein Leibgericht.« Ich öffnete die Tür und ließ ihn ein.

»Du bist ganz schön leicht rumzukriegen, Siegel. Vielleicht solltest du es dir erst einmal ansehen.«

»Wenn ich wieder sehen kann, werde ich es mir angucken«, sagte ich und ließ mich auf einen Stuhl am Küchentisch sinken.

»Wo ist der Kaffee?«

»Im Schrank. Es müßte aber noch etwas Kaffee in der Kanne sein. Gieß mir eine Tasse ein und stell sie in die Mikrowelle.«

»Ist der Kaffee von gestern?«

»Nein, von letzter Woche. Ich mag ihn gut abgestanden.«

»Ich werde frischen machen.«

»Bitte, Kyle. Mach mir einfach den Rest heiß, und dann kannst du tun, was dein Herz begehrt.«

»Du mußt Magenwände aus Blei haben.«

»Was war los mit dir gestern abend?«

»Hast du mich vermißt?«

Ich ließ ihn in Ruhe die Schränke nach Kaffeebohnen durchsuchen. »Wenn ich so drüber nachdenke, nein, hab ich nicht.»

»Was ist das denn? Schokoplättchen?«

»Wo?« Nun drehte ich mich doch um.

Er hielt den Korb für die Kaffeeutensilien in der Hand. »Hier.« Ich griff nach dem Korb und sah hinein. »Ich hätte angenommen, daß ein Polizist imstande wäre, festzustellen, daß es sich hierbei um Kaffeebohnen handelt.«

»Ganze?«

»Halbe. Die Kaffeemühle hat den Geist aufgegeben, und da hab ich sie in einen Plastikbeutel getan und sie ein paarmal auf die Tischplatte geknallt.«

»Und das?« Er schnippte mit den Fingern gegen das weiße Papier, das über den Korbrand hing.

»Das ist ein Papierhandtuch. Ich hatte keine Filtertüten mehr.«

»Du weißt, daß du eigentlich nicht allein leben solltest, oder?«

»Kyle –«

»Was hast du gestern abend gegessen?«

»Gar nichts. Ich hatte anderes zu tun. Aber du hast mir noch keine Antwort auf die Frage gegeben, was mich gestern deiner Gesellschaft beraubt hat.«

»Ich war zu beschäftigt.«

»Beschäftigt mit was?«

Kyle nahm eine Flasche aus dem Kühlschrank und schenkte ein Glas Saft ein, das er dann vor mich hinstellte. »Ich möchte wirklich keinen Knallbohnenkaffee. Der Saft tut's wohl auch. Es sei denn, du bestehst darauf, daß ich den, äh ... dieses Gebräu in die Mikrowelle gebe.«

»Das wäre sehr freundlich von dir, Kyle.«

»Na gut. Aber ich werde das Zeug nicht anrühren.«

»Was ist eigentlich das Problem dabei, mir zu erzählen, mit was du gestern abend so beschäftigt warst?«

»Gar kein Problem, es war bloß der ganz normale Mist. Es ging um ein paar Cowboys aus Fort Smith. Die Straßen waren vollkommen vereist, bis es ungefähr um drei Uhr morgens angefangen hat zu tauen. Man sollte meinen, die Leute hätten inzwischen gelernt, bei diesem Scheißwetter richtig zu fahren oder wenigstens zu Hause zu bleiben.«

»Klingt aufregend.«

»Ach, und noch was, das dich interessieren könnte. Erinnerst du dich an diesen Kerl aus der South Side, Dougie, die Petze?«

»Hmmm.« Ich war inzwischen halb wach.

»Den hat jemand gestern nacht übel zusammengedroschen. Ein Taxifahrer hat uns alarmiert, und wir haben ihn dann halb auf den Gleisen liegend gefunden. Der arme Kerl muß sich dahin geschleppt haben, um Hilfe zu holen. Er hatte verdammtes Glück, daß er nicht von einem Zug –«

»Moment mal. Dougie? Was hast du gesagt?«

»Douglas Cooper, alias Dougie, die Petze. Den kennst du doch, oder? Das ist dieser schmutzige kleine Typ, der es ständig mit seiner Nase hat.«

»Wie geht es ihm jetzt?«

»Er liegt auf der Intensivstation, und sie glauben nicht, daß er durchkommt. Punktierte Lunge, wahrscheinlich ein Riß in der Milz und Beckenbruch. Wir wollten gestern nacht noch eine Aussage von ihm, aber sie haben uns nicht mit ihm reden lassen.«

»Ich fasse es nicht. Ich war erst gestern mit ihm zusammen im Parkhaus.«

»Was, um alles in der Welt, hast du mit Dougie im Parkhaus gemacht?«

»Das, was jeder bei einem Stelldichein mit Dougie macht. Informationen gekauft.«

Ich konnte es nicht ausstehen, wenn Kyle den Polizisten raushängen ließ. Sofort veränderten sich seine Augen, zusammen mit seinem ganzen Gesichtsausdruck. Er straffte die Schultern und lehnte sich gegen die Anrichte.

»Darüber sollten wir mal kurz reden. Welche Art von Informationen hast du von ihm gekauft?«

»Als ob ich dir das sagen könnte.«

»Ich finde, das solltest du aber besser. Wir dachten nämlich, er wäre von jemandem überfallen worden, der ihn ausrauben wollte und nicht wußte, daß bei ihm nichts zu holen ist.«

»Er hatte fünfzig Dollar bei sich. Meine fünfzig Dollar.«

»Das müssen ja ziemlich wichtige Informationen gewesen sein. Ich dachte, sein derzeitiger Preis läge bei zwanzig Dollar.«

»Hör zu, Kyle, er wollte, daß ich ihn morgen wieder treffe. Und er hat mir gesagt, er hätte eine Verabredung mit einem Freund zum Schachspielen.«

»Das ist alles?«

»Das ist alles.«

»Welches Parkhaus war das?«

»Das gegenüber vom Sheraton.«

»Aha. Um welche Zeit?«

»Weiß ich nicht genau. Vor fünf jedenfalls. Um vier habe ich ihn vor dem Pornokino getroffen. Ich nehme an, er benutzt dieses Parkhaus als so eine Art Büro. Als er ging, muß es so gegen fünf gewesen sein, denn draußen auf der Straße hat gerade der Berufsverkehr eingesetzt.«

»Warte mal. Warst du das etwa, die der Frau den Kaffee über den Kopf geschüttet hat?«

»Natürlich nicht. Es war nämlich so, daß Dougie den Becher ausgekippt hat und dann gegangen ist. Woher sollte ich wissen, daß er jemanden getroffen hat?«

Kyle bog den Kopf zurück und lachte. »Ich habe über Funk gehört, wie der Fahrdienstleiter einen Wagen hingeschickt hat und hab mich noch drüber amüsiert.«

»Kyle, kannst du mir helfen, an Dougie ranzukommen?«

»Ich weiß nicht. Hat das irgendwas mit Maitland und diesem ganzen Durcheinander zu tun?«

»Möglicherweise. Mein Gott, das könnte wirklich sein. Ich muß unbedingt mit ihm reden.«

»Ich werde sehen, was ich tun kann. Du bist nicht zufällig mit Dougie verwandt, oder?«

»Wie meinst du das?«

»Ich meine damit, daß die im Krankenhaus nach seinen Angehörigen suchen.«

»Weißt du, Kyle, da fällt mir ein, daß ich immer schon fand, Dougie hätte so was Siegelsches an sich. Und ich glaube sogar, irgendwer hat mir gesagt, er sei ein Cousin achten oder neunten Grades von mir.«

»Das dürfte reichen.«

Ich ging zu ihm, stellte mich auf die Zehenspitzen und küßte ihn. Es war rasch und spontan, bis er seine Hand unter mein Kinn legte und es anhob. Da gab es plötzlich diesen Moment, diesen unglaublichen Moment, in dem alle Wände und der Fußboden verschwanden. Meine Bauchmuskeln zogen sich zusammen, während er seinen Mund langsam auf meinen senkte. Dabei strich er mit dem Zeigefinger über das feuchte Innere meiner geöffneten Lippen. Meine Arme umfingen seinen festen Rücken, während ich mich gegen ihn drängte. Als er mich küßte und seine Zunge über meinen Gaumen gleiten ließ, hatte ich das Gefühl, mich aufzulösen. Ich wollte in ihn hineinkriechen, ihn in mich hineinsaugen.

Und dann hörte es auf. Kyle bettete meinen Kopf an seiner Brust. Ich konnte seinen Herzschlag hören und die Schwere seines Atems spüren. Er wühlte sein Gesicht in meine Haare.

»Das würde ich an deiner Stelle nicht tun. Da drin sind schon etliche Gesichter verloren gegangen.«

»Weißt du eigentlich, wie lange ich das schon tun wollte?«

»Was, dein Gesicht verlieren?« Ich hatte kaum Luft zum Sprechen. Sein Atem brannte heiß auf meiner Kopfhaut.

»Nein, dich einfach hochheben und ...«

Ich löste mich aus seiner Umarmung und legte meine Hände auf seine Brust. »Du hast gestern eine phantastische Nacht verpaßt, Wolf.«

Er lachte. »Hab ich das?«

»Hast du. Ich möchte, daß du diesen Augenblick ganz fest im Gedächtnis behältst, denn wir müssen da weitermachen, wo wir aufgehört haben.«

»Wie wär's mit jetzt?« Er streckte seine Hand aus, während ich einen Schritt zurück machte.

»Ich muß jetzt ins Krankenhaus, Kyle. Es ist wichtig.«

»Und das hier nicht?« fragte er lächelnd.

»Doch, das auch. Aber wie gesagt, wir werden –«

»Da weitermachen, wo wir aufgehört haben.«

»Genau. Verflucht, es gibt doch nichts Aufregenderes, als einen Mann, der deine Sätze für dich zu Ende spricht.« Ich hob die Augenbrauen und wandte mich zum Gehen. »Ich ziehe mich schnell um und bin in einer Minute zurück.«

Ich war schon fast bei der Treppe, als ich ein Geräusch hörte, das so klang, als ob sich Kyle übergeben würde. »Was ist passiert?«

»Verflucht noch mal, ich sollte es wirklich besser wissen, als bei dir irgendeine Flüssigkeit zu trinken, die nicht aus der Leitung oder aus einer Flasche kommt.«

Die Tür der Mikrowelle stand offen, und Kyle hielt die Tasse mit Knallbohnenkaffee in die Höhe. Das, was nicht mehr in der Tasse war, befand sich auf seiner Hemdbrust.

»Schau dir das an«, jammerte er, während er versuchte, den Kaffee abzuwischen. »Jetzt bin ich vollkommen naß.«

»Da geht's dir wie mir.«

Es dauerte eine Weile, bis er begriffen hatte. Dann sah er mich an und lächelte. »Ich muß den Verstand verloren haben.«

»Das wird es nur um so interessanter machen.«

19

Ich saß seit über einer Stunde im Warteraum der Intensivstation. Die Dame in Pink mit silbrig grauem Haar bei der Anmeldung hatte das Auftreten eines radikalen Mitglieds der Grauen Panther. Keiner soll mir mehr sagen, daß ältere Menschen keine Macht haben. Diese hier hatte einen Blick drauf, der einen Sumo-Ringer in die Knie gezwungen hätte. Die Geschichte mit dem Cousin achten oder neunten Grades hatte bei ihr nicht funktioniert.

»Das habe ich alles schon gehört, meine Liebe. Sie müssen sich die Erlaubnis des diensthabenden Arztes einholen, und dann lasse ich Sie zu Mr. Cooper. Unsere erste Sorge gilt den Patienten.«

»Und haben Sie auch einen Vorschlag, wie ich die Erlaubnis des diensthabenden Arztes bekomme?«

»Nun, ich würde vorschlagen, Sie bleiben hier sitzen und hoffen, daß er irgendwann vorbeikommt.«

»Das schafft ein weiteres Problem.«

»Und das wäre?«

»Wie, zum Teufel –« Sie blickte mich zornig an und nahm den Stift zur Hand, den sie sich hinter das Ohr geklemmt hatte. Ich hielt es durchaus für möglich, daß sie das Ding als Wurfpfeil benutzen würde. »Wie soll ich ihn erkennen?«

»Falls ich nichts Besseres zu tun habe, werde ich Sie gerne auf ihn hinweisen.«

»Dafür wäre ich Ihnen sehr dankbar.«

»Und jetzt setzen Sie sich bitte wieder hin. Sie halten den Betrieb auf.«

Folgsam ging ich zu einem Stuhl und ließ mich darauf nieder. Die Auswahl an Zeitschriften war mindestens als abgrundtief zu bezeichnen: Mehrere alte Nummern des *Catholic Digest* und des *Runner's,* ein paar Fachbücher und ein zerfetztes Kinderbuch von der unzerreißbaren Sorte aus Karton.

Jedesmal, wenn ich aufstand, um mich zu strecken oder ein paar Schritte zu gehen, verfolgte die rosa Pantherin jede meiner Bewegungen. Ich entschied, das Beste sei, mit ihr Freundschaft zu schließen. Also schlenderte ich zu dem Fernsehgerät, das in einer Ecke des Warteraums stand. Schließlich wußte ich, daß ältere Damen auf Gameshows stehen. Ich streckte die Hand aus, um den Apparat einzuschalten.

»Kommt jetzt nicht ›Jeopardy‹?«

Bevor ich noch den Einschaltknopf berührt hatte, war sie aus ihrem Stuhl aufgesprungen.

»Lassen Sie die Finger von dem Fernseher. Ich muß Sie darauf hinweisen, daß ich hier die Kontrolle über die Fernbedienung habe. Sagen Sie mir, welche Sendung Sie sehen wollen, und ich werde sie für Sie anstellen.«

»Ich wollte eine Sendung für Sie einschalten, aber das scheint wohl keine besonders gute Idee gewesen zu sein.«

»Vielleicht habe ich mich nicht klar genug ausgedrückt. Das hier ist ein Warteraum. Die Leute kommen normalerweise hierher, um zu warten. Aber vielleicht sollten Sie lieber in die Cafeteria gehen und dort eine Kleinigkeit essen.«

Das klang verlockend. »Und wie komme ich in die Cafeteria?«

»Geradeaus durch den Gang und dann links.«

»Für den unwahrscheinlichen Fall, daß der, äh –«

»Diensthabende Arzt.«

»Richtig. Falls er vorbeikommen sollte, würden Sie ihm dann bitte sagen, daß ich mit Mr. Cooper sprechen muß? Es ist sehr dringend.«

»Und wie ist Ihr Name?«

»Phoebe Siegel.«

Sie plazierte die Brille, die an einer Kette aus falschen Perlen um ihren Hals hing, auf ihrer Nasenspitze und schrieb sich sorgfältig meinen Namen auf. »Ich werde dem Doktor sagen, daß Sie sich nach Mr. Cooper erkundigt haben.«

»Nein. Sie werden dem Doktor sagen, daß ich Mr. Cooper sprechen muß.«

Die Cafeteria war so gut wie leer. Ich ging direkt zum Getränkeautomaten und holte mir eine Tasse Kaffee. Er schmeckte überraschend gut. Dann suchte ich mir einen Tisch mit Aussicht, setzte mich und sah versonnen auf den Parkplatz hinaus. Mir fiel wieder die Szene mit Kyle bei mir zu Hause ein, und der Gedanke an ihn ließ in meinem Körper Muskeln kontrahieren, von denen ich gar nicht mehr wußte, daß ich sie hatte. Ich empfand Lust. Eine mordsmäßige.

»Sind Sie nicht –«

Ich blickte auf und sah in ein Gesicht, von dem ich wußte, daß ich es kannte, aber ich konnte es nicht mit einem Namen versehen.

»Und Sie sind –«

»Der Arzt, der Sie neulich in der Notaufnahme behandelt hat. Oder sind Sie inzwischen in Amnesie verfallen?«

»Leider nein. Ich kann mich an alles erinnern. Wie geht es Ihnen?«

»Ausgezeichnet. Und Ihnen?«

»Einigermaßen.» Ich griff an meinen Kopf und tätschelte die ausrasierte Stelle.

Er beugte sich herab und inspizierte die Wunde. »Gott, bin ich gut.«

»Da muß ich Ihnen zustimmen.«

»Darf ich mich zu Ihnen setzen?«

»Bitte.«

Er ließ sich mir gegenüber am Tisch nieder. »Und wie läuft's sonst so?«

»Gut. Und bei Ihnen?«

»Das Übliche.«

»Arbeiten Sie eigentlich immer in der Notaufnahme?«

»Ja, das ist mein Spezialgebiet. Aber erzählen Sie mir doch mal was über Ihre Arbeit als Privatdetektivin.«

»Was soll ich Ihnen da erzählen?«

»Ich weiß nicht. Aber ich find's faszinierend. Ich stelle es mir jedenfalls wesentlich aufregender vor, als den Leuten eine Spuckschale unterzuhalten, während sie sich übergeben. Oder einem Kind eine Spritze zu verpassen, von der man weiß, daß sie höllisch weh tut.«

»Woher wissen Sie, was ich beruflich mache?«

»Es stand auf dem Krankenblatt, das Ihre Freundin für Sie ausgefüllt hat. Stellen Sie sich vor, ich weiß sogar Ihre Adresse und Telefonnummer.«

»Dann sind die Informationen ja in guten Händen.« Ich beobachtete ihn über den Rand meiner Tasse hinweg, während ich einen Schluck Kaffee trank. Was soll's, ich konnte es ja mal probieren. »Sagen Sie, Doc, wäre es wohl zuviel verlangt, wenn ich Sie um einen kleinen Gefallen bitten würde?«

Er sah aus, als hätte ich ihn etwas aus dem Konzept gebracht. »Um was denn zum Beispiel?«

»Ich muß unbedingt mit einem Freund sprechen. Sie haben ihn letzte Nacht hierher gebracht. Er wurde brutal zusammengeschlagen. Glauben Sie, Sie könnten das für mich hinkriegen?«

»Wie heißt denn Ihr Freund?«

»Sein Name ist Dougie – Douglas Cooper.«

»Ach, dann sind Sie also die Cousine achten oder neunten Grades, die Betty so zugesetzt hat.«

Mit Nachdruck stellte ich meine Tasse auf den Tisch. »Ich? Ich soll *ihr* zugesetzt haben? Ich bin überrascht, daß sie überhaupt einen menschlichen Namen besitzt. Betty. Meine Güte, das klingt ja richtig harmlos.«

»Betty ist eine von meinen Lieblingen. Aber es stimmt, sie führt ein straffes Regiment.«

»Das ist ja wohl eine leichte Untertreibung. Also, wie ist es, können Sie mich zu Dougie bringen?«

Er dachte eine Weile nach, bevor er antwortete: »Er ist in ziemlich schlechter Verfassung und soll später am Vormittag operiert werden. Sie haben ihm fast die Eingeweide zerquetscht.«

»Sie?«

»Er sagt, sie hätten ihn von hinten angesprungen und ihn in eine Seitenstraße gezerrt.«

»Er redet also?«

»Schwer zu verstehen, aber ja, er schafft es, ein paar Worte rauszukriegen. Ist es wirklich so wichtig, daß Sie ihn jetzt sprechen, oder können Sie bis morgen warten?«

»Morgen könnte es zu spät sein. Nicht nur für mich, sondern was ist, wenn er die Operation nicht überlebt?«

»Diese Möglichkeit besteht. Wir haben den Knaben jeden Winter mindestens einmal hier gehabt. Aber seit letztem Jahr geht es mit ihm rapide bergab. Dougie, die Petze, ein richtiges Original.«

»Sie wissen –«

»Klar weiß ich. Er hat nie einen Hehl daraus gemacht. Meistens hat er seinen Aufenthalt für drei oder vier Wochen hier ins Krankenhaus verlegt, und wenn ich in der Zeit irgendwelche Informationen brauchte, bin ich immer zu ihm gegangen. Natürlich waren sie für mich kostenlos. Und Sie?«

»Ich fürchte, ich habe zu seinem Einkommen beigesteuert.«

»Na, dann kommen Sie, ich bringe Sie zu ihm.«

»Sie haben was gut bei mir.«

»Ein Abendessen?«

»Abendessen? Sie meinen, nur Sie und ich?«

»Wäre bestimmt nicht so unangenehm wie Ihre Kopfwunde.«

»Na, ich weiß nicht –«

»Ich kann Ihnen Referenzen zeigen.«

»Ich sag Ihnen was, geben Sie mir dreißig Minuten mit Dougie, und die Sache ist abgemacht.«

»Fünfzehn.«

»Fünfzehn, und wir gehen zusammen Mittagessen.«

»Dann also Mittagessen. Hat Betty Ihnen schon gesagt, daß unsere erste Sorge –«

»Den Patienten gilt. Ich nehme die fünfzehn.«

So sehr ich mich auch anstrengte, aber ich konnte mich einfach nicht mehr an den Namen des Arztes erinnern. Ich hatte ebenfalls vergessen, wie attraktiv er war: groß, bezauberndes Lächeln und eine leichte Spur von Grau in seinen braunen Haaren. Die Tatsache, daß er seine Haare im Nacken zu einem Zopf gebunden hatte, trug nur zu seinem Charme bei. Nicht gerade der übliche Durchschnittsdoktor.

Wir betraten die Intensivstation durch den Hintereingang, wodurch wir dankenswerterweise Betty entgingen. Das Schwesternzimmer befand sich in der Mitte der Station, umgeben von einzelnen Räumen, die mit bedrohlich aussehenden elektronischen Geräten vollgestopft waren. Unter den Schwestern, die sich dort aufhielten, herrschte ein Ton fröhlicher Kameraderie, der mir deplaziert vorkam. Schließlich befanden sich all diese Patienten in kritischem Zustand. Aber vielleicht brauchte das medizinische Personal zum Überleben die gleiche Art von Galgenhumor wie Polizisten. Der Arzt dirigierte mich zu einem der Einzelzimmer, das er vor mir betrat. Der in dem Bett liegende Mann war kaum als Dougie zu erkennen. Er sah klein und zerbrechlich aus. Sein ganzes Gesicht war geschwollen, und in seiner Nase steckte eine Sonde. Selbst unter dem Leintuch sah sein Bauch stark aufgequollen aus. Da gab es nicht viel Ähnlichkeit mit dem Dougie, der mich in sein Parkhausbüro geführt hatte.

»Na, wie geht's, Sportsfreund? Brauchst du was gegen die Schmerzen?« Dougies Augen öffneten sich, rollten nach oben und schlossen sich wieder. »Er bekommt sehr starke Medikamente. Sie werden wahrscheinlich nicht viel aus ihm herauskriegen, aber Sie können es versuchen.«

»Dougie, ich bin's, Phoebe. Da hast du dir ja ganz schön was ausgedacht, um unsere Verabredung nicht einhalten zu müssen …« Er wandte seinen Kopf in Richtung meiner Stimme und versuchte wieder, die Augen zu öffnen. Dann wollte er offenbar seine linke Hand heben, aber er brachte sie nicht mehr als ein paar Zentimeter in die Höhe. Ich streckte meine Hand aus und ergriff die seine. »Trotz allem sieht er irgendwie besser aus als üblich. Wer hat ihn rasiert und gewaschen?«

»Das mußten wir machen. Er hatte es nötig.« Der Arzt sprach im Flüsterton. »Wir können sie nicht in den OP lassen, bevor sie nicht wenigstens halbwegs desinfiziert sind. Ich gehe jetzt und lasse Sie mit ihm allein. Fünfzehn. Keine Minute länger.«

Ich nickte. »Dougie, ich bin's. Phoebe. Kannst du mich hören?« Er drückte meine Hand und senkte leicht den Kopf.

Dann krümmte er seinen Zeigefinger und bedeutete mir, näher zu kommen. Ich beugte mich zu ihm herab. Seine Stimme war kaum mehr als ein krächzendes Wispern.

»Ich kann dich nicht verstehen.«

Er versuchte es noch einmal. »Papier.«

»Du willst Papier? Ist es das, was du sagst?«

Er senkte wieder zustimmend den Kopf. Ich ließ seine Hand los, sah mich in dem Raum um und konnte nichts finden, also ging ich hinaus und fragte eine der Schwestern nach einem Blatt Papier. Sie gab mir einen Notizblock.

»Hätten Sie vielleicht auch einen Bleistift für mich?«

»Sicher«, antwortete sie und zog einen aus ihrer Kitteltasche. »Ich brauche ihn aber wieder zurück. Wir verlieren die hier ständig. Okay?«

»Kein Problem. Ich bringe ihn gleich zurück.«

Ich ging wieder zu Dougie und überreichte ihm das Schreibzeug. Er schob den Notizblock auf seinen geschwollenen Bauch, wobei ich bemerkte, daß er nicht sah, was er tat. Dann führte er die Hand, die den Bleistift hielt, zum Papier. Er war so schwach und zitterte so stark, daß ich sicher war, er würde nicht imstande sein, irgend etwas aufzuschreiben. Aber er überraschte mich. Seine Schrift sah aus, wie das Zahlengekritzel eines Kindes.

»Ist das eine Eins, Dougie? Die Zahl Eins?«

Er nickte und malte noch etwas aufs Papier.

»Was ist das? Eine Neun?«

Er schüttelte verneinend den Kopf, während er seine Hand auf das Bett fallen ließ. Seine Augen schlossen sich, und sein Atem ging rasch und heftig. »Willst du, daß ich den Arzt rufe?«

Er bewegte den Kopf von einer Seite auf die andere, zwang mühsam seine Hand wieder auf den Notizblock und versuchte weiterzuschreiben. Diesmal sah es noch mehr aus wie eine Neun. »Eine Neun. Alles, was ich sehen kann, ist eine Eins und eine Neun.«

Er schien mich zu ignorieren und kritzelte eine lesbare Zwei. Dann fiel ihm der Bleistift aus der Hand.

»Eins, neun, zwei? Ist das eine Adresse?«

Zwischen zusammengebissenen Zähnen preßte er hervor: »Vier. Eins, vier, zwei.«

»Okay. Eins. Vier. Zwei. Richtig?«

Er nickte und gab mir wieder mit dem Finger ein Zeichen, näher zu kommen.

»Helena.« Er sprach das Wort ganz langsam. »Im Heim.«

Als der Arzt ins Zimmer kam und neben mich trat, empfand ich ein merkwürdiges Gefühl der Erleichterung.

»Es müssen die Medikamente sein. Was er sagt, ergibt keinen Sinn für mich«, flüsterte ich ihm zu. »Vielleicht sollte ich lieber später noch mal wiederkommen.«

»Draußen im Warteraum sind ein paar Polizisten, die unbedingt mit ihm reden wollen. Aber ich werde sie bis morgen hinhalten.« Dann ging er um mich herum und richtete den intravenösen Injektionsbeutel, dessen Inhalt in Dougies linken Unterarm tropfte. »Wir werden Sie etwas früher in den OP bringen, Dougie. Sie brauchen keine Angst zu haben. Gleich wird eine Schwester kommen und Ihnen ein Beruhigungsmittel geben, das –«

Dougie hob seinen Arm und streckte die Hand nach mir aus.

»Zwei Minuten. Das ist alles, was ich Ihnen geben kann, und dann muß sie gehen.« Der Doktor trat einen Schritt zurück, um mir am Kopfende des Bettes Platz zu machen. »Ich bringe Sie dann wieder zum Hintereingang hinaus, da ich nicht annehme, daß Sie den Typen im Warteraum begegnen wollen.«

»Sie haben wohl den Einführungskurs in Auffassungsgabe absolviert. Danke jedenfalls.«

»Ich werde beim Schwesternzimmer auf Sie warten.«

Dougies Augen waren nun weiter geöffnet als vorher. »Die werfen mich raus«, sagte ich zu ihm, »aber ich komme morgen wieder. Dougie, weißt du, wer dir das angetan hat?«

Seine Augen weiteten sich noch mehr, und er schüttelte den Kopf. Mit dem Bleistift, den er immer noch in der Hand hielt, zeichnete er etwas, das aussah wie ein umgedrehter Angelhaken. Dann klopfte er mit der Spitze des Bleistifts auf das Papier, bis er ihm aus den Fingern fiel.

»Ist das ein Haken?«

Aber er schüttelte nur weiter den Kopf. Dann hörte er auf und sah mich direkt an.

»Helena. Ellen ist dort.«

»Okay, Dougie.«

Eine Schwester kam herein mit einer Spritze in der Hand. »Ich fürchte, Sie müssen jetzt gehen.«

»Sofort«, antwortete ich und wandte mich dann wieder an Dougie. »Ich sehe dich also morgen. Dann wird es dir bestimmt bessergehen. Er ist ein guter Arzt. Bis morgen, ja?«

Er brachte ein schwaches Lächeln zuwege und schüttelte

wieder den Kopf. Mit zunehmendem Unbehagen dachte ich, daß ich versucht hatte, Informationen aus jemandem herauszubekommen, der vielleicht im Sterben lag.

Während all der Jahre, die ich Dougie kannte, hatte ich es immer vermieden, ihn zu berühren. Ich hatte ihm noch nicht einmal die Hand geschüttelt. Nun beugte ich mich über ihn und gab ihm einen Kuß auf die Stirn. »Mach's gut, Mr. Cooper. Wir reden morgen weiter.«

In seinen Augenwinkeln bildeten sich zwei Tränen und kullerten über seine Wangen. Ich wandte mich ab und verließ den Raum. Er würde es nicht schaffen. Scheiße. Mr. Cooper. Ich hatte nicht einmal seinen richtigen Namen gekannt, nicht einmal bedacht, daß er einen hatte.

20

Während ich in Maggies Büro darauf wartete, daß sie ihr Telefonat beendete, hing ich meinen Gedanken nach. Dougie war jetzt wohl im Operationssaal oder auf dem Weg dorthin. Er wußte, daß er sterben würde. Und ich wußte es auch. Falls es eine Barmherzigkeit gab, würde der Tod eintreten, solange er noch unter Narkose war. Douglas Cooper, die Petze und der Perverse, würde einfach dahinschwinden. Seine Kumpane würden sein Zimmer ausräumen und die Beute unter sich aufteilen, und bis zum Abend würde bereits jemand anderer darin wohnen. In einem Jahr würden sich seine flüchtigen Gefährten nur noch gelegentlich gesprächsweise an ihn crinnern, und dann wäre er bald ganz vergessen.

Ich zog das Stück Papier mit seinem Geschreibsel aus meiner Jackentasche und starrte darauf. Eins, vier, zwei. Wenn es keine Adresse war, was war es dann? Die Nummer eines Gepäck- oder Postschließfaches? Und der Haken sah in meinen Augen, auch wenn er verkehrt herum sein mochte, wie ein Angelhaken aus. Ich war überzeugt, daß Dougies Aussage, Ellen sei in Helena, auf dem Einfluß der Medikamente und nicht auf Tatsachen beruhte, aber ich durfte nichts ausschließen. Es ging mir sogar durch den Kopf, daß es sich bei der Leiche im Motel nicht um Ellen gehandelt hatte, aber das war unmöglich. Seit dem Mord hatte die Gerichtsmedizin große Fortschritte gemacht, aber selbst damals waren sie höchstwahrscheinlich imstande gewesen, eine eindeutige Identifizierung vorzunehmen. Aber was wäre, wenn?

»Phoebe?«

»Hmm?«

»Wo, zum Henker, bist du?«

»Du machst mir Sorgen, Maggie«, antwortete ich und legte das Stück Papier auf den Tisch. »Ich sitze genau vor dir. Oder hast du das nicht bemerkt?«

»Tut mir leid, daß ich so lange telefoniert habe. Das war unhöflich. Aber schließlich bin ich dafür bekannt, also was soll's.«

Ich schob ihr den Zettel hin. »Würdest du dir das bitte mal ansehen und mir sagen, was du darauf erkennst?«

»Ich finde, es ist ein bißchen früh am Morgen für ein Quiz. Woher hast du es?«

»Von Dougie, der Petze.«

»Und wer, zum Teufel, ist das?«

»Einer von der Montana Avenue. Ein Oldtimer.«

»Ich nehme an, sein Name sagt alles. Stimmt's?«

»Stimmt. Gestern nacht hat jemand versucht, dem ein Ende zu bereiten. Ich komme gerade aus dem Krankenhaus, Maggie. Er ist in einem schlimmen Zustand, und ich bezweifle, daß er diesen Tag überleben wird.«

»Ach ja, ich habe im Radio davon gehört.« Sie drehte das Blatt in verschiedene Richtungen, während sie es betrachtete. »Ich kann in diesem Gekritzel keinen Sinn erkennen.« Maggie reichte mir das Papier zurück. »Übrigens, Frank Chillmans Beerdigung findet morgen nachmittag um zwei Uhr statt. Ich habe alles organisiert.«

»Danke, Maggie. Ich weiß das zu schätzen. Stell dir vor, ich habe gestern zufällig Gin getroffen. Sie sieht gut aus.«

»Wie findest du ihre neue Frisur?«

»Ihre Frisur? Sieht auch gut aus.«

»Die habe ich ihr spendiert. Ich mag sie beide, aber sie sind eine ganz schöne Handvoll. Beide.«

»Wem sagst du das? Ich war mit ihnen im Gefängnis.«

Maggie schüttelte bedächtig den Kopf. »Jetzt müssen wir dafür sorgen, daß sie einen richtigen Job bekommt. Sie ist sehr intelligent, ein wahres Computer-Genie. Wenn wir ihr noch ein paar rauhe Kanten abschleifen können, hat sie sicher einiges zu bieten. Allerdings kam sie mir beim letzten Mal etwas gedämpft vor. Ihre Aussichten auf dem Arbeitsmarkt sind wohl nicht allzu rosig. He, ... suchst du nicht gerade eine Hilfskraft für dein Büro? Ich glaube mich zu erinnern, daß du kürzlich so etwas erwähnt hast, oder?«

Wenn Maggie etwas von einem will, zeigt sie das sehr deutlich. In diesem Fall wurde ich nur durch das Läuten des Telefons gerettet. »Hallo?« Auf die Antwort am anderen Ende weiteten sich ihre Augen. »Robert«, sagte sie und formte dann mit stummen Lippen das Wort »Maitland» für mich. »Ich bin nicht formell, Robert, ich weiß nur nicht, worüber wir zu reden hätten.«

Ich setzte mich kerzengerade in meinem Stuhl auf. Maggie zog die Stirn kraus, während sie zuhörte.

»Ich bin selbst ans Telefon gegangen, weil meine Sekretärin krank ist. Was, wie du dir sicher vorstellen kannst, bedeutet, daß ich hier alle Hände voll zu tun habe. Wenn du also reden willst, mußt du mir erlauben, die Freisprechfunktion einzuschalten, damit ich die Hände freihabe, oder in ein paar Tagen noch mal anrufen und dir einen Termin geben lassen.«

Sie grinste und drückte dann eine Taste auf ihrem Telefonapparat. »Also, was hast du auf dem Herzen, Robert?«

»Laß doch den blöden Robert-Schwachsinn. Wenn du immer noch sauer bist wegen dieser Szene, die deine Freundin im Gerichtsgebäude verursacht hat –« Der Klang seiner Stimme füllte den Raum.

»Wie bitte? Die Szene, die sie verursacht hat?«

»Das ist doch eine Verrückte. Warum, um alles in der Welt, hast du sie mir überhaupt empfohlen?«

»Laß deinen Ärger gefälligst nicht an mir aus, Robert. Du wußtest doch schon alles, was es über Phoebe zu wissen gibt, bevor du mich in die Sache reingezogen hast.«

»Jetzt redest du schon genauso paranoid daher wie sie, Margaret.«

Ich unterdrückte nur mühsam ein Lachen. Margaret Mason anders als Maggie zu nennen, hieß, daß man riskierte, von ihr verbal eins in die Zähne zu kriegen. Aber sie zeigte eine überraschende Selbstbeherrschung.

»Sag mir lieber, warum du anrufst.«

»Ich habe mit Rosella Dahl gesprochen. Sie will sich mit Miss Siegel treffen. Scheinbar hat Miss Siegel so viele Nachrichten auf Mrs. Dahls Anrufbeantworter hinterlassen, daß sie sich von ihr belästigt fühlt und schon überlegt, Anzeige zu erstatten.«

Ich machte Anstalten, mich von meinem Stuhl zu erheben, woraufhin Maggie den Zeigefinger auf ihre Lippen legte, einen Stift in die Hand nahm und etwas auf ein Stück Papier schrieb.

»Bist du bereit, ein Treffen zu arrangieren?« fragte er.

Ich nahm den Zettel vom Schreibtisch und las:

HAST DU MRS. DAHL BELÄSTIGT?

Ich schüttelte verneinend den Kopf und hielt einen Finger in die Höhe. Sie streckte ebenfalls einen Finger in die Luft, und ich nickte zustimmend.

»Ich muß zuerst mit ihr reden. Welchen Zweck soll dieses Treffen denn haben?«

»Mrs. Dahl will nicht, daß der Schmerz über den Tod ihrer Tochter in der Öffentlichkeit breitgetreten wird.«

»Dann sollte sie diese Unterredung vielleicht eher mit dir haben. Mir scheint nämlich, daß du mehr als jeder andere die Aufmerksamkeit auf Ellen Maitland gelenkt hast.«

Er sagte nichts.

»Bist du noch dran?«

»Sie war meine Frau, um Gottes willen.«

»Wäre es nicht ausreichend, einfach meine Klientin darüber zu informieren –«

»Deine Klientin?«

»Ja, meine Klientin. Sie wurde öffentlich gedemütigt und verleumdet. Ich brauche dir wohl kaum zu sagen, was für eine persönliche Kränkung und geschäftliche Schädigung das für sie bedeutet –«

»Ach, hör doch auf damit, Maggie. Mrs. Dahl möchte bloß mit ihr reden. In Anwesenheit eines Rechtsanwalts, natürlich.«

»Und dieser Rechtsanwalt bist du.«

»Das wäre ja wohl sinnvoll.«

»Ich rufe dich zurück.«

»Ich würde lieber jetzt gleich eine Zeit vereinbaren.«

»Dräng mich nicht. Ich melde mich bei dir.«

Ich schnappte mir einen Stift von Maggies Schreibtisch und schrieb auf ein Blatt Papier, das vor ihr lag:

MACH EINE ZEIT AUS!

Sie schob den Zettel von sich weg. Ich schob ihn wieder zu ihr hin.

»Ich melde mich.« Sie gab mir mit einer Handbewegung zu verstehen, ich solle mich zurückhalten.

Noch während er etwas erwiderte, legte sie auf.

»Was, zum Teufel, machst du da, Maggie?«

»Was denn, soll ich diesem Drecksack etwa in die Hände spielen?«

»Wenn mich das zu Rosella Dahl bringt, werde ich mitspielen.«

»Den Teufel wirst du tun. Er hat mich benutzt, um an dich ranzukommen. Aber damit ist jetzt Schluß. Jetzt läuft das Spiel nach unseren Regeln. Ich habe übrigens ein paar Erkundigungen über die einsiedlerische Rosella Dahl eingeholt. Eine richtige eiserne Jungfrau. Es gibt nicht eine Person in ihrer näheren Umgebung, die nicht sofort anfängt, davon zu schwärmen, was für eine wunderbare, wohltätige Frau sie ist. Die klingen, als hätten sie alle den gleichen Mikrochip implantiert. Ich finde das merkwürdig. Du nicht?«

»Verdammt noch mal, Maggie, was, wenn sie es sich anders überlegt?«

»Das wird sie nicht. Er hätte nicht angerufen, wenn es ihnen nicht wichtig wäre. Hast du vielleicht irgend etwas herausgefunden, was sie in Panik versetzt haben könnte?«

»Nicht, daß ich wüßte. Ich meine, es gibt da ein paar Namen, und ich folge einem Verdacht, der zu etwas führen könnte, aber all das ist noch sehr vage, und ich kann mir nicht vorstellen – «

»Sieh dich vor, Phoebe. Ich habe da in letzter Zeit so ein blödes Gefühl wegen dieser Sache.«

Ich sah auf meine Armbanduhr. »Ruf ihn zurück und vereinbare ein Treffen. Ich habe heute mittag einen Termin –«

»Was, jetzt?«

»Jetzt. Und zwar noch für diesen Vormittag. Sag ihm, wir könnten in einer halben Stunde dort sein.«

»Ich finde ja, wir sollten ihn etwas zappeln lassen, aber ...«

Ich nahm den Telefonhörer auf und drückte ihn ihr in die Hand. Dann ging ich aus ihrem Büro zum Empfangspult und schenkte mir eine Tasse Kaffee ein. Als ich zurückkam, legte sie gerade den Hörer auf.

»In dreißig Minuten. Ich habe ihm gesagt, so lange würde es dauern, bis du in der Stadt sein kannst.«

»Was täte ich ohne dich?«

»Geht alles auf deine Rechnung, also kannst du mich ruhig in Anspruch nehmen.«

»Gut, daß du das sagst, du mußt mir nämlich einen Gefallen tun.«

»Um was geht's?«

»Ich möchte, daß du dafür sorgst, daß es bei Frank Chillmans Beerdigung genügend Blumen und Kränze gibt.«

»Wenn's weiter nichts ist.«

»Doch. Kennst du vielleicht zufällig ein paar Leute, die um diese Zeit nichts zu tun haben?«

»Du meinst doch nicht etwa, ich soll professionelle Trauergäste mieten, oder?«

»Genau das meine ich. Wenn du niemanden weißt, ruf die Bahnhofsmission an und engagiere ein paar von den Knaben dort. Sag ihnen aber, sie müßten so aussehen wie normale Trauergäste.«

»Du glaubst doch nicht, daß die einen dunklen Anzug besitzen.«

»Ach, die haben da wahrscheinlich genügend Anzüge, um die gesamte Anwaltskammer auszustaffieren. Ich möchte eine würdige Beerdigung, Maggie. Das wird seiner Schwester und deren Kindern viel bedeuten. Außerdem, da hängt doch dieser Spruch bei mir zu Hause an der Wand, der besagt, daß es nie zu spät ist, das zu sein, was man hätte sein können. Das heißt, du hast vielleicht diesen guten Samariter in dir, der nur darauf wartet, rausgelassen zu werden.«

»Na ja, ich schätze, darauf könnte ich dir antworten ›Lügen haben kurze Arme‹. Dieser Spruch würde ungefähr genauso viel Sinn machen wie deiner.«

»Ich meine es wirklich ernst, Maggie. Vielleicht brauche ich auch einfach das Wissen, daß mehr als drei Menschen Frank Chillman betrauern werden.«

»Und wie wär's mit einem professionellen Sündenbüßer? Soll ich so einen vielleicht auch noch auftreiben?«

»Nein. Wir wollen es bei den Anzügen bewenden lassen.«

»Und hätten Sie hinterher gerne einen kleinen Empfang, Ma'am?«

»Du brauchst gar nicht so rumzualbern, Maggie. Ja, eine kleine Soiree hinterher wäre ganz schön.«

»Ich hab mich doch nicht all die Jahre durch mein Jurastudium gequält, um jetzt getürkte Beerdigungen auszurichten.«

»Sie wäre nur getürkt, wenn Frank Chillman nicht tot wäre. So, und jetzt müssen wir los. Willst du mit mir fahren, oder nimmst du deinen eigenen Wagen?«

»Ich soll in diesem Laster fahren? Das glaube ich kaum. Wir treffen uns in zwanzig Minuten vor der Dahlschen Villa. Nimm dein Tränengas mit, du könntest es gebrauchen. Und, Phoebe?«

»Ja?«

»Denk mal über meinen Vorschlag mit dem Job nach.«

»Welchen Job?«

Sie folgte mir aus dem Büro zum Aufzug.

»Den für Jewel. Du sagst doch immer, wie wichtig der Computer für deine Arbeit geworden sei. Da könnte sie dir viel bringen.«

»Jewel?«

»Sie zieht es jetzt vor, bei ihrem richtigen Namen genannt zu werden. Also, was meinst du?«

»Probleme. Ich glaube, das würde es mir bringen. Und davon hatte ich in letzter Zeit soviel, daß es für die nächsten zehn Jahre reicht.«

Ich drückte auf den Abwärts-Knopf, wartete darauf, daß sich die Türen öffneten, betrat dann den Lift und lehnte mich gegen die linke Aufzugwand. Aber Maggie war noch nicht fertig mit dem Thema. »Darüber ist das letzte Wort noch nicht gesprochen, Phoebe«, meinte sie, während sie sich gegen die rechte Wand lehnte. »Wir werden noch mal darüber reden müssen.«

Ich trat auf die Straße. Wie an jedem der sechs Werktage war Downtown Billings voller Leben, das dem Bemühen galt, die angeschlagene Wirtschaft anzukurbeln. Ich ging bis zur Ecke Siebenundzwanzigster Straße und Second Avenue North, wartete an der Ampel, bis es Grün wurde und lief dann zu meinem geparkten Truck hinüber.

Gerade, als ich anfuhr, sprang die Ampel auf Rot. Ich betrachtete die Gesichter der Menschen, die vor mir die Straße überquerten, und fragte mich, ob einer von ihnen Frank Chillman gekannt hatte, oder sich an Ellen Maitland erinnerte, oder einen Deut darum gab, daß Dougie, die Petze, tot war oder im Sterben lag. Wahrscheinlich nicht, aber durch irgendeinen unerklärlichen Zufall waren diese drei Personen miteinander verbunden und besaßen eine Macht, die stark genug war, um die matriachalische Rosella Dahl aus ihrer Abgeschiedenheit hervorzulocken und zu veranlassen, mich vor sie und ihren Schwiegersohn zu zitieren. Ich war bereit für sie beide.

21

Maggie und ich mußten über zehn Minuten in Bob Maitlands mahagonigetäfeltem Büro warten, bis Rosella Dahl kam. Maitland saß hinter einem Schreibtisch, der groß genug war, um Sitzplätze für eine ganze Festtagsgesellschaft zu bieten. Die Arbeitsfläche war makellos: keine der üblichen Utensilien eines Menschen, der *wirklich* arbeitete. Eine solche Form von Organisiertheit hat mich schon immer irritiert. Ich finde, einem äußerlich so geordneten Leben ist nicht zu trauen, denn ich betrachte es als ein Zeichen für eine unterdrückte Persönlichkeit, einen kleinkarierten Verstand und eine zwanghafte Abwehr all der Schwächen und Makel, die uns erst zu menschlichen Wesen machen.

Er saß da und trommelte mit den Fingern auf die Glasplatte, während Maggie ihn unverwandt beobachtete. Nach der frostigen Begrüßung, die wir bei unserem Eintreten ausgetauscht hatten, hatte keiner von uns noch etwas gesagt. Mehrmals zog Maitland ein Taschentuch hervor und polierte damit die Stelle, auf die er mit den Fingern trommelte. Seine Hände schwitzten. Aber das taten meine schließlich auch.

Es gibt Leute, die einen Raum betreten und erst präsent werden, wenn sie darin Platz nehmen. Doch als sich die Tür öffnete und Rosella Dahl das Büro betrat, füllte ihre hochgewachsene, schlanke Gestalt sofort den ganzen Raum und lud die ganze Atmosphäre auf. Wie elektrisiert sprang Maitland aus seinem Stuhl auf. Das war eine Frau von Macht und Einfluß. »Rosella. Komm herein. Bitte.«

Sofort war er an ihrer Seite und half ihr aus dem Pelzmantel. Als er ihn an einen freistehenden Kleiderständer hängen wollte, riß sie ihm den Mantel aus der Hand und legte ihn ordentlich gefaltet über die Lehne des Sessels neben ihrem. Maitland errötete.

»Äh, Rosella, das sind Miss Mason und Miss Siegel.«

»Ich habe mir schon gedacht, wer die beiden sind, Robert, nachdem ich sie schließlich um diese Zusammenkunft gebeten habe.«

Maggie stand auf, um Mrs. Dahl die Hand zu geben, aber diese wandte sich von ihr ab, ohne ihre Anwesenheit auch nur im geringsten zur Kenntnis zu nehmen. In der Zwischenzeit hatte Maitland einen Ohrensessel neben seinen Schreibtisch geschoben. Die Dynamik der Sitzordnung war offensichtlich, denn sie bildete eine Front zwischen ihnen und uns. Davon völlig unbeeindruckt, ging Maggie zu Maitland hinüber und ließ sich auf der Schreibtischkante nieder.

»Ich spüre eine gewisse Feindseligkeit hier, Robert, und ähm ... ich bin verwirrt. Wir alle sind uns doch darüber im klaren, daß Miss Siegel Mrs. Dahl keineswegs belästigt hat.« Maggie sah zu Rosella hin, deren Gesicht jedoch ausdruckslos blieb. »Ist das nicht korrekt, Mrs. Dahl?«

»Maggie –« versuchte sich Maitland einzuschalten.

»Ich möchte mit Miss Siegel allein sprechen, Robert. Würdest du freundlicherweise *Maggie* hinausbegleiten, während wir –«

»Nun warten Sie aber mal einen Moment. Miss Siegel spricht hier mit niemandem, ohne daß ich dabei bin. Sie beide haben eine Anschuldigung ausgesprochen, die Sie nun entweder untermauern oder widerrufen müssen.« Maggie erhob sich und verschränkte die Arme über der Brust.

»Nun, Miss Siegel, wie ist es? Brauchen Sie wirklich einen Rechtsbeistand, um mit mir zu reden? Ich hatte gehofft, wir könnten einfach mal eine Weile miteinander plaudern und damit möglicherweise ein paar Dinge aufklären.«

»Ich sehe kein Problem dabei.« Ich sah Maggie und Maitland an und mußte darüber lächeln, wie die beiden mit offenen Mündern dastanden.

»Das wäre nicht besonders klug, Phoebe. Du wurdest beschuldigt –«

»Ist schon in Ordnung. Warte draußen auf mich, okay?«

Maggie drehte sich um, nahm ihre Aktentasche und marschierte aus dem Raum. Maitland warf Rosella einen bittenden Blick zu. Sie sah ihn kurz an und winkte ihn weg. Daraufhin ging er ebenfalls durch die Tür, sie leiser hinter sich schließend, als ich es erwartet hätte. Und da saßen wir nun. Eine von uns war die Spinne und die andere die Fliege. Mir war nur noch nicht klar, wie die Rollen verteilt waren.

Während die anderen beiden das Büro verlassen hatten, war Rosella um Maitlands Schreibtisch herumgegangen, hatte sich kurz auf die Glasplatte gestützt und dann in dem Sessel dahinter Platz genommen. Nun taxierten wir uns abschätzend und steckten unser Terrain ab. Das einzige, was noch fehlte, war ein Busch, um das Bein daran zu heben.

»Ich habe Sie mir anders vorgestellt.« Sie öffnete ihre Handtasche, entnahm ihr eine Schachtel Zigaretten, zog eine heraus und zündete sie an.

»Das höre ich oft. Aber das gleiche könnte ich auch von Ihnen sagen.«

Und das stimmte. Ich sah zu, wie sie wieder aufstand und zu dem Panoramafenster ging, von dem aus man Downtown

Billings überblickte. Sie war fast einsachtzig groß und hatte kurzgeschnittenes, braunes Haar, das im einfallenden Sonnenlicht eine Spur von Grau zeigte. Ihr würdevolles Auftreten, die Diamantnadel in Form eines Blattes und das elegante und offensichtlich sehr teure Hemdblusenkleid, das ihre gertenschlanke Figur betonte, standen in scharfem Kontrast zu ihren groben Gesichtszügen. Es war nicht so, daß sie ländlich derb gewirkt hätte, sondern sie hatte etwas Rohes an sich, das sich selbst durch ihren enormen Reichtum nicht verbergen ließ.

»Warum zerren Sie meine Tochter aus ihrem Grab hervor, nur um die Erinnerung an die furchtbare Brutalität ihres Todes wieder wachzurufen?« fragte sie, während sie sich zu mir umdrehte. »Ich verstehe das nicht. Würden Sie es mir bitte erklären?«

»Bob Maitland hat mich kontaktiert –«

»Robert hat Sie damit beauftragt, den Mann zu finden, der Ellen umgebracht hat. Den Mann, der damals spurlos vom Erdboden verschwunden ist. Und sonst nichts. Er hat mich genauestens darüber informiert, was er vorhatte.«

»Ihr Schwiegersohn –«

»Robert hat aufgehört, mein Schwiegersohn zu sein, an dem Tag als Ellen ermordet wurde, Miss Siegel.«

»Aber er ist ein Teil von all dem geblieben.« Ich blickte mich in dem luxuriös eingerichteten Raum um.

»Er ist ein unerläßlicher Bestandteil der Dahlschen Anwaltskanzlei, und das seit vielen Jahren. Aber das hat nichts mit der Tatsache zu tun, daß das, was Sie machen, falsch ist. Robert hat mir mitgeteilt, daß Sie sich jetzt als die Repräsentantin von Frank Chillman betrachten. Darf ich fragen, warum?«

»Ich bin nicht befugt, Ihnen darüber irgendwelche Auskünfte zu geben.«

»Fürchten Sie denn, die Schweigepflicht gegenüber einem Toten zu brechen?«

»Nun –«

»Mr. Chillman war mir sehr wohl bekannt. Es handelte sich um dieses Büro hier, in das er damals eingebrochen ist. In seiner Verblendung, die offensichtlich aus seinen zerrütteten Verhältnissen herrührte, war er auf die fixe Idee verfallen, daß der Tod seiner Schwester und der meiner Tochter irgendwie miteinander in Zusammenhang stünden. Sie brauchen sich doch nur einmal die Akten, und davon gibt es viele, aus seiner bewegten Vergangeneheit anzusehen. Er war labil und verdiente –«

»– daß man ihm das Gehirn weggepustet hat?« Ich bekam ihr geschwollenes Gerede langsam satt.

Sie antwortete nicht mit Worten, aber als sie ihre stahlgrauen Augen auf mich richtete, war es nur allzu klar, was ihr wütender Blick bedeutete.

»Haben Sie Angst vor mir, Miss Siegel?«

»Sollte ich das?«

»Vielleicht. Da fällt mir der Hund ein, den wir hatten, als Ellen ein Kind war. Sie müssen wissen, Ellen war der unumschränkte Liebling ihres Vaters, und als sie ihn um einen Hund bat, bekam sie auch prompt einen. Es war ein Mischling, ein richtiger Köter und taugte nicht viel. Und was noch wichtiger ist, er war nicht imstande, seine eigenen Grenzen zu erkennen und bestand darauf, Autos zu jagen. Natürlich machte es dieses Verhalten erforderlich, den Hund anzubinden, um ihn vor seiner eigenen Dummheit zu schützen. Und Sie, wie ist das mit Ihnen? Muß man Sie auch anbinden, Miss Siegel?«

»Wollen Sie mir etwa drohen, Mrs. Dahl?« Ich war absolut nicht bereit, als die Fliege zu enden.

»Aber nein. Allerdings gibt es da draußen Leute, die Sie in Schwierigkeiten verwickeln, Sie gewissermaßen festbinden könnten, theoretisch gesprochen, natürlich.«

»Ich glaube, das wurde bereits versucht.«

»Meinen Sie damit Roberts dummen Auftritt im Gerichtsgebäude? Das war ein bedauerlicher Zwischenfall, und ich war deswegen ziemlich streng mit ihm. Ich glaube, er fühlte sich verraten durch Ihren Mangel an Vertrauen in seine Absichten.« Sie lächelte mich an, trat zu einem Bücherregal, nahm eine kleine Cloisonné-Schale aus einem der Fächer und drückte ihre Zigarette darin aus. »Setzen Sie sich, Phoebe. Ich darf Sie doch Phoebe nennen, oder nicht?«

»Was soll das Geplänkel? Sie haben mich doch nicht hierhergebeten, um mir irgendwelche Hundegeschichten zu erzählen, also lassen Sie uns auf den Punkt kommen. Das heißt, falls es einen gibt.«

Rosella nahm die Schale mit zum Schreibtisch und stellte sie auf die Glasfläche. Als sie sich im Sessel niederließ, schloß sie für einen kurzen Moment die Augen. Dann schien es mir, als würde sie sich mühsam wieder zusammenreißen.

»Fehlt Ihnen etwas?«

Sie sah mich mit durchdringenden Augen an und lächelte. »Ich dachte, Sie würden vielleicht gerne etwas mehr über meine Tochter wissen.«

»Das war der Grund, warum ich Sie angerufen und diese *eine* Nachricht auf Ihrem Anrufbeantworter hinterlassen habe. Falls Sie und Ihr ... und Mr. Maitland ernsthaft daran interessiert sind, herauszufinden, wer sie umgebracht hat, würde ich annehmen, daß Ihnen an einem solchen Gespräch gelegen wäre.«

»Wir wissen, wer sie umgebracht hat.«

»Joey Marino? Sind Sie wirklich überzeugt davon?«

»Sie nicht? Ich hätte gedacht, die Tatsache, daß er verschwunden ist, wäre ausreichend für Sie.«

»Es gibt viele Gründe, warum Menschen weglaufen, Mrs. Dahl.«

»Vor dem Gesetz? Jede halbwegs intelligente Person würde doch daraus schließen, daß er schuldig ist.«

»Vielleicht ist er aber auch vor etwas oder jemand anderem geflohen als dem Gesetz.«

Sie sah mich nur an. »Haben Sie eine Theorie in diesem Zusammenhang?«

»Was wollten Sie mir über Ellen erzählen, Mrs. Dahl? Ich habe nämlich noch einen Termin in –« Ich sah auf meine Armbanduhr. »– in vierzig Minuten.«

»Ich wäre Ihnen dankbar, wenn Sie zuvor meine Frage beantworten würden. Haben Sie irgendwelche Hinweise in bezug auf Joey Marino?«

»Mrs. Dahl, ich bin Privatdetektivin. Die Betonung liegt auf privat. Ich bin nicht verpflichtet, weder gesetzlich noch moralisch, Ihnen irgendwelche Informationen preiszugeben. Also, wenn Sie über Ellen reden wollen, werde ich zuhören. Es wäre enorm hilfreich für mich. Aber wie gesagt, ich habe noch einen Termin.«

Sie zog eine weitere Zigarette aus der Schachtel und zündete sie an. Der blaßblaue Rauch, den sie ausstieß, kringelte sich vor ihr in der Luft. Sie dachte nach und musterte mich dabei forschend. »Meine Tochter ist ihr ganzes Leben lang verzärtelt worden, und im nachhinein glaube ich, das könnte zu ihrem mangelnden Erfolg als Frau und als Ehefrau beigetragen haben. Denn obwohl, oder gerade weil sie verwöhnt war, wurde sie wie die Motte vom Licht von Dingen angezogen, die weit unterhalb ihres Niveaus lagen.«

»Zum Beispiel?«

»Ach, Verliebtheiten, schulmädchenhafte Schwärmereien, diese Art von Dingen.«

»Hatte sie Freunde?«

»Ein paar. Immer die falsche Sorte. Die Freundschaften haben nie lange gehalten. Ellen war introvertiert, scheu. Sie zog Bücher so ungefähr allem anderen vor.« Rosella lächelte und sah zum Fenster. »Als Willard starb, waren wir beide, Ellen und ich, am Boden zerstört. Er war der Mittelpunkt unseres Lebens. Unsere Stärke. Nach seinem Tod zog sich Ellen immer mehr in sich selbst zurück. Es wurde so schlimm, daß ich sie auf ein Internat an der Ostküste schickte, in der Hoffnung, eine neue Umgebung würde ihr helfen, sie dieser merkwürdigen Melancholie zu entreißen, in der sie gefangen schien.«

»Und hat es geholfen?«

»Ellen ist in einem Zustand nach Hause zurückgekehrt, der sogar noch schlimmer war als zuvor. Zu diesem Zeitpunkt habe ich dann erwogen, sie in ein Privatsanatorium einweisen zu lassen. Aber dann wollte es das Schicksal, daß sich etwas Wundervolles in ihrem Leben ereignete.«

Der Gedanke an das, was sie jetzt sagen würde, machte mich nervös.

»Robert trat in die Kanzlei ein, sie lernten sich kennen und er ließ in ihr etwas geschehen, das man nur als ein Wunder bezeichnen kann. Eine kurze, aber achtbare Zeit später, heirateten sie.«

»Aber Sie sagten doch eben, daß sie als Ehefrau nicht sehr erfolgreich war. Was meinten Sie damit?«

»Wie ich Ihnen gesagt habe, sie war ein verwöhntes Kind. Durch und durch verzogen. Und sie glaubte, alle Männer seien so wie ihr Vater. Aber eine Ehe bringt ihre eigenen Herausforderungen mit sich. Robert verbrachte die meiste Zeit damit, sich seinen Platz in der Kanzlei zu erarbeiten, und ich glaube, das hat sich als fatal erwiesen. Denn, verstehen Sie, Phoebe, so scheu meine Tochter war, sie war auch ... wie kann ich das sagen? Ja, sie war provozierend. Selbst als Kind konnte sie so herausfordernd sein, daß es manchmal schon peinlich war.«

Das war nicht die Ellen Maitland, wie ich sie mir vorgestellt hatte. »Wollen Sie damit sagen, sie hat sich mit anderen Männern eingelassen, weil sie sich von ihrem Mann vernachlässigt fühlte?« Das war reine Spekulation, und sie sah es mir an.

»Wie würden Sie es sonst erklären, daß meine Tochter in einem Motelzimmer in der South Side endete? Ich denke jedenfalls, sie wurde von einem Liebhaber dorthin gelockt und hatte sich passend zum Anlaß gekleidet.«

»Und dieser Liebhaber war Joey Marino?«

»Ja.«

»Er war ein Bauarbeiter, Mrs. Dahl, der das Dach von diesem Motel neu gedeckt hat.«

»Wie praktisch.«

Die Tür ging auf, und Maitland kam herein, gefolgt von Maggie.

»Mein Gott, wer hat denn hier geraucht?« Er wedelte mit den Händen durch die Luft und warf mir einen wütenden Blick zu. Ich zuckte mit den Achseln und sah zu Rosella. Seine Schultern fielen herab, und der wütende Ausdruck wich aus seinem Gesicht.

»Wenn ich gewußt hätte, daß du hier drin rauchen würdest, hätte ich dir doch einen Aschenbecher besorgt, Rosella.«

»Oh, ich bin ganz gut so zurechtgekommen.«

»So?«

»Ja. Ich habe das hier im Regal gefunden. Du hast doch hoffentlich nichts dagegen, daß ich es als Aschenbecher benutzt habe, Robert.« Ein nervöses Gesichtszucken machte sich an einem seiner Mundwinkel bemerkbar, bevor er sagte: »Nein, natürlich nicht.«

Ich erhob mich aus meinem Sessel und blickte Maggie an. »Ich habe jetzt eine Verabredung. Bist du soweit?«

»Ich bin schon die ganze Zeit soweit.«

Rosella Dahl erhob sich ebenfalls. »Wir werden unser Gespräch fortsetzen. Ich bin sicher, unsere Ziele sind die gleichen. Meinen Sie nicht auch, Phoebe?«

»Am besten, Sie rufen mich an«, sagte ich, während ich eine meiner Visitenkarten aus der Tasche zog und ihr reichte. »Auf diese Weise wird es keine weiteren Mißverständnisse geben.«

Sie las die Karte sorgfältig. »›Ermittlungen mit Anspruch‹, das gefällt mir.«

Als Maggie und ich durch die Tür gingen, drehte ich mich noch einmal um. »Was ist eigentlich aus dem Hund geworden?«

»Aus welchem Hund?« fragte Maggie und sah verwirrt von einem zum anderen.

»Er ist umgekommen, weil er seine Grenzen überschritten hat«, antwortete Rosella Dahl. »Er hat sich irgendwie losreißen können und ist von einem Auto überfahren worden.«

Ich zog die Tür hinter mir zu.

22

»Die hat vielleicht 'ne Power, diese Frau. Ich wette, die benutzt einen Vibrator mit Kickstarter. Was meinst du?«

»Herrgott, Maggie.« Wir gingen nebeneinander zu dem Parkplatz hinter dem Dahl-Gebäude.

»Du hättest nie zulassen dürfen, daß ich dieses Büro verlasse. Das ist dir doch klar, oder?«

»Als ob ich eine Wahl gehabt hätte. Wie hast du denn Maitland beschäftigt?«

»Wenn ich da eine Idee gehabt hätte, hätte sie nicht funktioniert. Er hing die ganze Zeit mit seinem Ohr am Lautsprecher vom Telefon.«

Ich blieb stehen und wandte mich ihr zu. »Was?«

»Bob muß die Taste zum Mithören gedrückt haben, nachdem sie uns rausgeschmissen hat. Er weiß sich zu helfen, das muß man diesem Scheißkerl lassen. Aber hast du gesehen, wie Bob –«

»Du bist wieder zu ›Bob‹ übergegangen?« Ich ging weiter.

»Das war ein Versprecher. Aber jetzt hör mal zu«, fuhr sie fort, während sie eine Hand auf meine Schulter legte. »Hast du gesehen, wie er mit ihr umgegangen ist, oder nicht?«

»Ich habe nur gesehen, wie sie miteinander umgegangen sind.«

»Ach, komm schon, Phoebe. Er hat doch das Bauchkriechen auf einen neuen Tiefstand gebracht.«

»Da wäre ich mir an deiner Stelle nicht so sicher, Maggie.

Übrigens, wo war denn die Empfangsdame, während er gelauscht hat?«

»Bob hat sie ins Gericht geschickt, angeblich, um da ein paar Unterlagen abzuholen.«

»Bevor oder nachdem er unser Gespräch angezapft hat?«

»Vorher. Hier ist mein Auto. Hast du Zeit für ein kleines Mittagessen?«

»Ich habe doch diesen Termin, Maggie, sonst gerne.«

»Du meinst, den hast du nicht erfunden?«

»Nein. Ich bin mit Joey Marinos Mutter verabredet. Um zwölf, was bedeutet, daß ich noch fünf Minuten habe, um dorthin zu kommen. Und danach muß ich noch jemand anderen ausfindig machen.«

»Phoebe, erinnerst du dich, wie ich dir gesagt habe, du sollst dich vorsehen?«

»Das erste oder das fünfte Mal?«

Maggie schloß die Wagentür ihres Suburban auf und kletterte hinein.

»Wieso fährst du eigentlich ein Auto, bei dem man eine Leiter braucht, um auf den Sitz zu kommen?«

»Ich liebe die Herausforderung. Und warum fährst du einen Wagen, der älter ist als du?«

»Gut gekontert.«

»Rufst du mich später an?«

»Ich werd's versuchen, aber ich kann nichts versprechen. Bitte, Maggie, vergiß nicht die Blumen und organisiere ein paar –«

»Trauernde. Wie könnte ich das vergessen? Es ist ein Meilenstein in meiner glänzenden Karriere. Es ist der Grund, warum ich Anwältin wurde. Es ist –«

»Genug. Wozu hat man denn Freunde?« Ich ließ die Wagentür zufallen und wartete, bis sie das Fenster heruntergekurbelt hatte. »Ich glaube, wir beide sollten die Honorarfrage noch einmal neu verhandeln, Phoebe. Und wo du eben von vergessen gesprochen hast, vergiß du mal nicht, daß du mit Maitland ganz schön in der Klemme bist. Er kämpft mit harten Bandagen, das habe ich ja versucht, dir zu erklären. Glaubst du denn, daß sie dich anrufen wird?«

»Sie wird anrufen. Und Maitland wird sich zweifellos bei dir melden, und wenn er das tut, dann laß dich drauf ein. Versöhne dich mit ihm.«

»Ich höre wohl nicht recht. Auf gar keinen Fall.« Sie ließ den Motor an. »Da besteht keine Chance bei mir. Ich bin vielleicht einmal auf ihn reingefallen, aber ein zweites Mal? Mensch, Phoebe, glaubst du denn, ich bin masochistisch oder was? Auch eine Freundschaft hat ihre Grenzen.«

»Denk einfach mal drüber nach, okay?«

»Nein. N-E-I-N. Niemals.« Sie kurbelte das Fenster hoch und fuhr rückwärts aus dem Parkplatz.

Sie würde es tun.

Ich hielt vor einer Telefonzelle, ging hinein und wählte eine Privatnummer. Am anderen Ende hob Kyle ab.

»Hallo?«

»Es ist kurz nach zwölf, Zeit zum Aufstehen.«

»Scheiße. Ich fühle mich, als wäre ich gerade erst eingeschlafen. Diese Couch ist verdammt unbequem.«

»Du hättest auch nach oben in mein Schlafzimmer gehen können.«

»Ganz allein? Das ist doch wohl nicht dein Ernst.«

»Sind irgendwelche Anrufe für mich gekommen, Kyle?«

»O ja, mehrere«, antwortete er gähnend. »Sie haben nur nichts gesagt.«

»Wieder aufgehängt?«

»Wieder aufgehängt. Warte mal … da hat ein Arzt aus dem Krankenhaus angerufen und meinte irgendwas von Mittagessen. Er sagte, du hättest seine Nummer. Wer ist das?«

»Er – äh, er war der diensthabende Arzt, als sie Dougie gestern nacht in die Notaufnahme gebracht haben. Hat er irgendwas über ihn gesagt?«

»Nein, aber ich hab zwischendurch mal im Revier angerufen. Er hat's nicht geschafft.«

»Verdammt.« Ich fühlte einen Knoten in meinem Magen. Es war nicht, weil Dougie und ich uns irgendwie nahegestanden waren, sondern bloß die Ironie, daß ich mit ihm Kontakt hatte, Stunden bevor jemand anderer wirklich Kontakt mit ihm hatte.

»Sie haben ein paar Jugendliche verhaftet, zwei Burschen und ein fünfzehnjähriges Mädchen. Sie sind ziemlich sicher, daß es diejenigen sind, die ihn zusammengeschlagen haben.«

»Wie sicher?«

»Das Mädchen redet wie ein Wasserfall.«

Das ließ meine Zwangsvorstellung über eine Verwicklung von Maitland ins Wanken geraten. Machte aber nichts. Ich hatte noch mehr davon.

»Bist du noch da, wenn ich zurückkomme?«

»Ich hab um vier meine nächste Schicht. Wirst du vorher zurück sein?«

»Das bezweifle ich. Kyle?«

»Ja?«

»Ach, nichts. Wir reden später. Ich muß los.«

Ich legte auf, stieg wieder in den Wagen und machte mich auf den Weg zu Mrs. Marino.

»Ich wollte dir nur danke sagen, Kyle. Dafür, daß du mich gehalten hast. Daß du mich geküßt hast. Genau in diesem Moment brauchte ich die Nähe zu dir, bloß, daß ich es nicht wußte. Ich habe nie gelernt, um so etwas zu bitten«, sagte ich zu niemandem, meinen eigenen Worten lauschend.

Dieses Gefühl von Verwundbarkeit, das ich so hasse, hüllte mich ein wie ein eiserner Umhang, während ich das Radio einschaltete. Dougie war tot, ich hatte ein Zwiegespräch mit der Gräfin Dracula gehabt, morgen, mit frischen Blumen und falschen Trauergästen, würde sich die Erde auftun und Frank Chillman in die Ewigkeit einbetten, und ich hatte nicht eine einzige verdammte Antwort gefunden.

Ich hielt vor Josephine Marinos Haus, schaltete den Motor aus und blieb noch eine Minute im Wagen sitzen, mir überlegend, was, um alles in der Welt, ich ihr sagen sollte. Ich hatte bislang ganz auf Maitland gesetzt, und aus irgendeinem Grund hatte Rosella Dahl ihn mit einer Art Sicherheitszaun umgeben, der, nachdem ich gesehen hatte, wie die beiden miteinander umgingen, manchmal ungeheuer beengend sein mußte.

Die Vorhänge hinter einem der vorderen Fenster teilten sich, und ich sah eine Frau herausschauen. Dann schlossen sie sich wieder. Ich stieg aus dem Truck und ging auf die Haustür zu. Bevor ich noch auf die Klingel drücken konnte, wurde die Tür geöffnet, und ich fand mich einer ernst dreinblickenden Mrs. Marino gegenüber. »Miss Siegel?«

»Entschuldigen Sie die Verspätung. Ich wurde bei einem vorherigen Termin aufgehalten. Bin ich zu spät?«

»Nein, das ist schon in Ordnung. Ich habe etwas Suppe warmgestellt. Möchten Sie einen Teller?«

»Gerne.« Ich hatte nicht den Eindruck, daß mir eine andere Wahl blieb. »Etwas Warmes wäre jetzt genau das richtige. Es scheint wieder kälter zu werden.«

»So haben sie's im Wetterbericht gesagt. Die Temperatur soll unter null Grad fallen.«

»Ich habe keinen Wetterbericht gehört, aber man kann es schon in der Luft spüren.«

»Sind Sie aus Billings, Miss Siegel?« Ich folgte ihr von der Haustür in eine Küche von dem leuchtendsten Gelb, das ich je gesehen habe. »Lassen Sie mich Ihren Mantel aufhängen. Und nehmen Sie schon mal Platz.«

Ich reichte ihr meinen Mantel, ging zu der chromgelben Eßecke, zog einen Stuhl hervor und setzte mich. »Ja, ich bin von hier. Sie auch?«

»Ursprünglich nicht. Ich wurde in New Jersey geboren. Meine Eltern kamen aus Italien, aber ich habe so lange hier gelebt, daß es meine Heimat geworden ist.«

Sie kehrte mir den Rücken zu, während sie die Suppe aus einem Topf auf dem Herd schöpfte. Plötzlich entstand ein unbehagliches Schweigen, und ich bemerkte, daß sie aufgehört hatte, den Teller zu füllen, und sich statt dessen mit beiden Händen am Herdrand abstützte und den Kopf neigte.

»Geht's Ihnen gut, Mrs. Marino?«

Sie drehte sich um, kam zum Tisch und stellte einen dampfenden Suppenteller vor mich hin. Sie war eine außergewöhnlich schöne Frau, die ich auf Ende Sechzig schätzte. Ihre gemeißelten Gesichtszüge und der dunkle Teint wurden von einer solchen Fülle weißgesträhnten, mahagonifarbenen Haares umrahmt, wie ich sie noch nie auf einem einzigen Kopf gesehen hatte. Sie hatte es im Nacken zu einem losen Knoten geschlungen und kümmerte sich nicht um die Strähnen, die sich gelöst hatten und in Wellen um ihr Gesicht hingen.

»Es geht mir gut«, antwortete sie auf meine Frage, während sie Besteck aus einer Schublade nahm und es neben den Teller legte. »Es ist mir nur gerade durch den Kopf gegangen, daß Sie hier sind, und daß Sie das Leben zerstören werden, das meiner Familie noch geblieben ist, und ich gebe Ihnen zu essen.«

»Mrs. Marino –«

Sie unterbrach mich mit einer Handbewegung und setzte sich mir gegenüber an den Tisch. »Nein. Bevor wir reden, muß ich Sie etwas fragen.«

»Was wollen Sie wissen?«

Sie streckte eine Hand aus und legte sie auf meine. Dann beugte sie sich vor und sah mir direkt in die Augen.

»Haben Sie gestern hier angerufen und so getan, als wären Sie mein Sohn?«

»Ich –«

»Nach dem Anruf und nachdem ich mit Nick Spano gesprochen habe, gab es letzte Nacht nicht viel Schlaf für mich. Nick hat zu mir gesagt, ›Josephine, du kannst dieser Frau vertrauen. Ich gebe dir mein Wort darauf.‹ Also habe ich viel gebetet, und danach ging es mir besser, aber schlafen konnte ich immer noch nicht. Ich sage mir, ›Josephine, du hast Nick dein ganzes Leben gekannt. Er würde dich nie anlügen, und wenn er sagt, diese Frau sagt mir die Wahrheit, dann wird sie das auch.‹ Also, haben Sie mich angerufen?«

Das war die sanfteste verbale Züchtigung, die ich je erhalten hatte. Ich wußte, daß ich ein dämliches Gesicht machte, und als sie ihre andere Hand auf meine Schulter legte, wollte ich mich zu ihren Füßen auf den Boden werfen und sie um Vergebung bitten. Sie mußte eine Art Heilige sein, und ich steckte tief im spirituellen Dreck. Und ich dachte immer, nur irische Mütter wären gut. Ich schüttelte ungläubig den Kopf.

»Sie haben nicht angerufen?« fragte sie, und Tränen traten in ihre Augen. »Dann waren das nicht Sie?«

»Nein ... ich meine ...«

»Sie waren es?

»Scheiße«, sagte ich flüsternd.

Sie beugte sich noch weiter vor und sah mich fragend an. »Wie bitte?«

Ich zog meine Hand unter ihrer hervor, setzte mich aufrecht – was sie zwang, die Hand von meiner Schulter zu nehmen – und legte meine beiden Hände auf den Tisch.

»Mrs. Marino, ich habe gestern bei Ihnen angerufen. Das war ich.«

Sie kreuzte die Arme über der Brust, sah zur Decke und dann wieder auf mich. »Danke. Ich danke Ihnen, daß Sie mir die Wahrheit gesagt haben.«

»Ich habe das getan, weil ich nicht glaube, daß Ihr Sohn tot ist. Jetzt ist es an Ihnen, ehrlich zu sein. Habe ich recht?«

»Warum wollen Sie das unbedingt wissen?«

»Weil ich auch nicht glaube, daß er Ellen Maitland umgebracht hat.«

Sie bedeckte ihr Gesicht mit den Händen und schluchzte. Ich streckte die Hand aus und wollte ihr tröstend auf die Schulter klopfen, aber sie ergriff sie und umklammerte mein

Handgelenk mit solcher Kraft, daß die Blutzufuhr in meine Finger unterbrochen wurde.

»Mrs. Marino, würden Sie bitte meine Hand loslassen? Ich kann meine Finger nicht mehr bewegen.«

»Oh, Entschuldigung. Das tut mir leid«, sagte sie. »Es ist nur eine solche Erleichterung, das von jemandem sagen zu hören. Joey hat sie nicht umgebracht. Er ist ein guter Junge.«

»Dann ist er also nicht tot, oder?«

Sie stand auf und ging zur Anrichte, nahm ein Küchenhandtuch, wischte sich damit über die Augen und drehte sich wieder zu mir um.

»Warum ist es für Sie so wichtig, das zu wissen?«

»Wenn Joey es nicht getan hat, und dessen bin ich mir sicher, dann läuft derjenige, der es war, immer noch frei herum. Ich habe eine Idee, oder eher ein paar Ideen, wer Ellen getötet haben könnte. Aber ich muß wissen, warum Joey weggelaufen ist.«

»Was wissen Sie über meinen Sohn, Miss Siegel?«

»Nichts. Und ich hätte es gern, wenn Sie mich Phoebe nennen. Ich fühle mich wohler bei diesem Namen.«

»Mein Sohn war ein guter Junge. Er hatte eine feste Freundin, ein liebes Mädchen, und er hat immer hart gearbeitet. Er war jung, und er hatte mal ein paar Probleme mit der Polizei, aber nichts von der Art wie das, was dann passiert ist.«

»Was für Probleme mit der Polizei waren das?«

»Er hat diesen Truck mit seinem eigenen Geld gekauft.« Ihr Gesicht nahm einen nachdenklichen Ausdruck an, während sie sich zurückerinnerte. »Sein Vater mußte für ihn bürgen und den Kaufvertrag unterschreiben, weil er damals noch minderjährig war und den Wagen sonst nicht bekommen hätte. Aber Joey hat die Raten bezahlt. Jede Woche hat er mir seinen Gehaltsscheck gegeben, so daß ich ihn zur Bank bringen und einzahlen konnte. Ein Teil aufs Sparkonto, ein Teil in bar und der Rest Abzahlung für den Truck. Er wollte sogar Miete zahlen, hat darauf bestanden. Also habe ich das

Geld von seinem Gehalt abgezogen, aber ich habe es heimlich auf sein Sparkonto eingezahlt.« Sie kam wieder zum Tisch zurück und setzte sich. »Sie essen ja Ihre Suppe nicht. Soll ich sie noch mal warm machen?«

»Nein, es geht schon.« Ich wollte, daß sie weitererzählte, und deshalb nahm ich den Löffel und fing an zu essen. »Es schmeckt köstlich.« Und das stimmte.

»Hier, nehmen Sie etwas Brot zum Eintunken. So ist es noch besser.« Sie schob mir ein Holzbrett mit einem angeschnittenen Laib Brot zu.

»Wie heißt dieses Gericht?« fragte ich, während ich weiter gierig die Suppe in mich hineinlöffelte.

»Pasta e fagioli. Joeys Lieblingsgericht. Ich dachte, es würde vielleicht Glück bringen, wenn ich das heute koche.«

»Es ist sicher ein Glück für mich. Ich weiß es zu schätzen. Sie sagten, Joey habe eine Freundin gehabt.«

»Ja, Sherry.« Sie lächelte und nickte ein paar Mal mit dem Kopf. »Sie ist meistens samstags gekommen, wenn Joey noch auf der Arbeit war, und hat mir beim Brotbacken geholfen. Sie meinte, Joey würde immer davon reden, was für eine gute Köchin ich wäre und daß sie das noch lernen müßte. Er hat sie natürlich bloß aufgezogen, aber sie wollte wirklich lernen. Sie waren ein Paar seit der High School.«

»Wollten sie heiraten?«

»Ich glaube schon. Joey hat zwar nicht darüber gesprochen, aber seine Brüder haben ihn beim Abendessen manchmal damit aufgezogen.«

»Was geschah an dem Tag, als Ellen Maitland ermordet wurde?«

»Ach, Gott.« Sie seufzte und lehnte sich in ihrem Stuhl zurück. »Es war ein Alptraum. Joey kam von der Arbeit nach Hause und nahm eine Dusche, wie er das immer gemacht hat. Dann setzten wir uns alle an den Tisch und wollten gerade mit dem Abendbrot anfangen, als die Polizei kam. Es war eine verrückte Geschichte. Zuerst wollten sie nur kurz mit ihm sprechen. Also gingen mein Mann und ich mit Joey und den Polizisten ins Wohnzimmer. Sie sagten, sie wüßten von seinem Chef, daß Joey für zwei Stunden seinen Arbeitsplatz verlassen habe. Er war Zimmermann, wissen Sie, und – äh, sie haben das Dach von diesem Haus neu gedeckt.«

»Warum war Joey nicht an seinem Arbeitsplatz?«

»Ich wußte es damals nicht, und ich weiß es auch jetzt noch nicht.«

»Joey hat es der Polizei nie gesagt?«

»Nein. Er hat sich geweigert. Er sagte nur, das sei seine persönliche Angelegenheit. Ich habe es versucht, und auch sein Dad, aber er hat einfach nicht darüber geredet. Dann wollten sie sich den Truck ansehen, und da haben sie dann das Blut entdeckt.«

»Hat er denn versucht, das zu erklären?«

»Joey hatte einen Hund, so einen Mischling, der ihm als Welpe zugelaufen war. Sie waren dicke Freunde, die beiden. Der Hund ist ihm überallhin gefolgt. Und im Laster ist er immer auf der Rückbank mitgefahren. Als Joey an diesem Tag von der Arbeit wegging, hat er Bumper aber nicht mitgenommen. So hieß der Hund, Bumper. Er hatte einen Kollegen gebeten, auf ihn aufzupassen. Als Joey zurückkam, ist der Hund in den Truck gesprungen und hat sich auf der Rückbank zum Schlafen zusammengerollt. Joey meinte, das Tier müsse in dem Motelzimmer gewesen sein, in dem der Mord passiert war und dann das Blut an seinen Pfoten in den Laster getragen haben.«

»Und es stellte sich heraus, daß das Blut von Ellen Maitland stammte?«

»Ja. Und dann haben sie Joey verhaftet.«

»Hat er keinen Anwalt bekommen?«

»Oh, wir haben es versucht. Aber niemand wollte sich mit der Familie Dahl anlegen. Wir haben bis spät in die Nacht bei allen möglichen Anwälten angerufen. Einige haben wir sogar aus dem Bett geklingelt. Aber keiner wollte uns helfen.«

»Und wie ist Joey dann aus dem Gefängnis gekommen?«

Sie schüttelte traurig den Kopf. »Wir bekamen einen Anruf von einem Mr. Slater, der als Bürge tätig war. Er sagte, er habe die Anweisung, eine Kaution für Joey zu stellen, und daß er ihn bald nach Hause bringen würde.«

»Das muß ja eine gewaltige Sicherheitsleistung gewesen sein. Bei Mord? Ich wundere mich, daß da jemand überhaupt eine Kaution gestellt hat.«

Sie zuckte mit den Achseln. »Und wie versprochen, hat dieser Bürge ihn nach Hause gebracht. Er kam ungefähr um zehn Uhr morgens heim, nachdem er die ganze Nacht im Gefängnis verbracht hatte. Er hatte Angst. Furchtbare Angst.« Wieder zeigten sich Tränen in ihren Augen.

»Irgendwas war anders mit ihm. Wir konnten es sehen.«

»Was meinen Sie mit anders?« Ich löffelte den Teller leer und schob ihn von mir.

»Möchten Sie noch etwas?« fragte sie und machte Anstalten, sich zu erheben.

»Nein, danke. Ich bin jetzt schon so satt, daß Sie mich wahrscheinlich zur Tür hinausrollen müssen. Das war wirklich köstlich.«

»Gut. Dann werde ich Ihnen den Rest von der Suppe in ein Einmachglas füllen und Ihnen mit nach Hause geben.« Diesmal stand sie wirklich auf und stellte meinen Teller ins Spülbecken. »Ich bin gleich zurück.«

Sie ging durch die Hintertür in eine Art Wintergarten. Ich konnte durch das Küchenfenster sehen, wie sie ein Einmachglas von einem Regalbrett nahm, bevor sie wieder in die Küche trat.

»Das ist aber wirklich nicht nötig. Ich lebe allein und –«

»Sie können die Suppe gut in die Tiefkühltruhe geben. Aufgewärmt schmeckt sie sogar noch besser.«

»Das ist wirklich nett von Ihnen. Danke. Mrs. Marino, haben Sie eine Ahnung, wer eine so hohe Kaution für Ihren Sohn gezahlt haben könnte?«

»Nein. Aber Joey wußte es.«

»Wie meinen Sie das?«

»Er wußte es. Eine Mutter spürt so was, und mein Joey? Er wußte es.«

»Was ist passiert, daß Joey weggelaufen ist, und wann ist er fort?«

»Wir sind in dieser Nacht lange aufgeblieben. Joey, er hat gar nicht viel gesagt, ist immer nur auf und ab gegangen. Auf und ab. Ich bin am nächsten Morgen früh aufgestanden und in die Kirche gegangen, um zur Heiligen Mutter Gottes zu beten. Sie hat mich noch nie im Stich gelassen. Ich war so zwei Stunden weg, vielleicht weniger. Pater Shea wollte an diesem Tag noch zu uns kommen, um mit Joey zu reden. Aber als ich nach Hause kam, war Joey nicht da. Ich dachte, er sei noch nicht aufgestanden, deshalb bin ich in sein Zimmer gegangen, und er war weg. Sein Bett war unberührt.«

»Dann ist er einfach verschwunden.«

»Einfach so. Wir hatten nie eine Chance gegen so viel Geld. Gegen so viel Macht. Und ich glaube, Joey wußte das.»

»Mrs. Marino, ist Joey am Leben? Wissen Sie, wo er ist?«

»Ich weiß nicht, ob ich –«

»Hören Sie, mit seiner Hilfe und mit Ihrer könnte Joey vielleicht wieder nach Hause kommen.«

»Ich habe nie gesagt, daß er lebt.« Sie versah das Einmachglas mit einem Verschluß und wickelte es in ein Handtuch. »Das Handtuch müssen Sie mir aber wiederbringen.«

»Das mache ich. Ich weiß, daß Sie nie gesagt haben, daß er lebt, aber wenn es so wäre, würden Sie nicht wollen, daß er wiederkommt und die ganze Sache ins reine bringt?«

»Die Sache ins reine bringen? Haben Sie Maitland im Fernsehen gesehen? Der will meinen Sohn ja ganz bestimmt hier haben.«

»Ich habe eine Freundin, die Anwältin ist –«

»Wir, äh … ich habe nicht das Geld für so etwas.«

»Das wäre kein Problem.«

»Aber Mr. Maitland –«

»Darum kümmern wir uns schon. Werden Sie mal darüber nachdenken? Tun Sie, was Sie tun müssen. Aber falls Joey am Leben ist, und ich sage bewußt falls, dann würde ich gerne mit ihm reden. Geben Sie ihm meine Nummer.« Ich reichte ihr eine meiner Visitenkarten. »Bitten Sie ihn, mich anzurufen.«

Sie packte das Einmachglas in eine Tragetasche und reichte sie mir. »Es wird heute noch sehr kalt. Machen Sie sich eine Portion zum Abendessen heiß.«

»Das werde ich tun.«

»Hier ist Ihr Mantel. Ich helfe Ihnen.«

Ich ließ die Tüte von einer Hand in die andere wandern, während sie mir in den Mantel half. Ich mochte sie. »Nochmals vielen Dank. Und ich hoffe, Sie melden sich heute noch bei mir. Sie können mich jederzeit anrufen. Ich werde warten. Und lassen Sie sich nicht von den Mächtigen einschüchtern. Die haben alle ihre Achillesferse.« Ich öffnete die Haustür und trat auf die Veranda. »Sie rufen mich an?«

»Wissen Sie, meine Großmutter pflegte immer ein altes italienisches Sprichwort zu zitieren, wenn sie uns besuchen kam. Sie sagte, ›Wenn das Spiel zu Ende ist, kommen der Bauer und der König in dieselbe Schachtel‹.«

»Ich finde, Ihre Großmutter war eine sehr kluge Frau.«

Sie stand immer noch auf der Veranda, als ich abfuhr.

23

Es gibt einen Wind, der auf den Berggipfeln des Yellowstone Park zum Leben erwacht. Er streicht über die Schneefelder wie ein zärtlicher Liebhaber und läßt sie im Frühjahr zu Wasserströmen zerschmelzen, die schließlich zum Oberlauf des Yellowstone River werden. Der Wind durcheilt dann das Paradise Valley und nimmt noch an Stärke zu, bis er Livingston erreicht, wo er eine scharfe Rechtskurve in Richtung Billings einschlägt. An normal windigen Tagen ziehen die ortsansässigen Cowboys ihre Stetsons noch ein wenig tiefer ins Gesicht, und alle weiblichen Wesen in einem Kleid können an jeder beliebigen Straßenecke eine überzeugende Marilyn Monroe-Imitation abgeben. Darüber beklagt sich keiner.

Aber wenn der Wind noch heftiger wird, kann er einen ausgewachsenen Truck umkippen und, fährt man gegen ihn an, eine halbe Tankfüllung auf fünfzig Meilen aufsaugen. Im Sommer ist der Wind höchstenfalls lästig. Aber im Winter, wenn er auf der I-90 den Schnee zu unüberwindlichen Wehen formt und den Eisbelag unter einem beweglichen weißen Schleier verbirgt, kann er den Verkehr zum Erliegen bringen und Frosttemperaturen verursachen, die legendär geworden sind.

Der Wind hat auch eine Stimme von einem trauervollen, geisterhaften Klang, den die Iren als Vorboten des Todes kennen, oder zumindest als den schlechter Nachrichten. Und da ich zur Hälfte aus irischen Genen entstanden bin, habe ich ein äußerst zwiespältiges Verhältnis zu diesem Wind. Bläst er die Decke aus Schadstoffen, die manchmal über Billings hängt, in Richtung Dakota, bin ich ihm dankbar. Aber meistens pfeift er nur grimmig, und gelegentlich wird er meinen irischen Erwartungen gerecht. Ich überquerte den Yellowstone River auf meinem Weg zu Blain's Wohnmobilsiedlung, als der Radiosprecher mit gespielter Munterkeit verkündete, es gebe Sturmwarnungen für den oberen und unteren Teil des Yellowstone Valley. Mich schauderte, und ich hoffte inständig, daß dies kein Omen für die folgenden Tage war.

Ursprünglich hatte ich vorgehabt, den Bürgen ausfindig zu machen, von dem Josephine Marino gesagt hatte, er habe ihren Sohn aus dem Gefängnis geholt. Aber ich hatte nur seinen Anrufbeantworter erreicht. Joanna Mullins hingegen war leibhaftig anwesend und hatte sich bereit erklärt, mich am späten Nachmittag zu empfangen. Die Wohnmobilsiedlung erstreckt sich über ein paar Hektar, die südlich des Yellowstone River an der Straße zur städtischen Mülldeponie liegen. Es ist nicht gerade eine begehrte Gegend oder das, was man sich unter einem gesunden Landleben vorstellen mag, aber sie erfüllt ihren Zweck, indem sie erschwingliche Wohnmöglichkeiten in einer gerade noch erträglichen Umgebung bietet.

Ich wich den Schlaglöchern aus, die teilweise die Größe von Kratern hatten, und versuchte, mit Hilfe von Joannas Beschreibung ihr Wohnmobil zu finden. Schließlich gab ich auf, hielt vor dem Verwaltungsbüro, stieg aus und ging hinein. Eine freundliche, aber verhärmt aussehende Frau saß am Schreibtisch und blickte bei meinem Eintritt von ihrer Arbeit auf.

»Wenn Sie irgendwas verkaufen wollen, können Sie Ihren Hintern gleich wieder rausbewegen. Hier ist das Betreiben jeder Art von Handel untersagt. Aber wenn Sie gekommen sind, um Ihre Miete zu zahlen«, fuhr sie fort, indem sie die Hand ausstreckte, »könnte ich mich dazu überreden lassen, Ihre Kündigung zu zerreißen. Wer sind Sie eigentlich?«

»Keiner von den oben genannten. Tut mir leid.«

»Da brauchen Sie sich doch nicht zu entschuldigen, einer von den oben genannten wird heute früher oder später noch hier auftauchen. Was kann ich für Sie tun?«

»Ich bin auf der Suche nach Joanne Mullins' Wohnwagen.«

»Warum?«

»Ich bin mit ihr verabredet.«

»Wozu?«

»Privat. Wenn Sie mir erlauben, Ihr Telefon zu benutzen, könnte ich sie anrufen und mir von ihr noch mal sagen lassen, wie ich hinkomme.«

Sie musterte mich skeptisch, bevor sie mir den Hörer reichte. Ich wühlte in meiner Tasche, fand den Zettel mit der Telefonnummer und las sie ihr vor. Joanne meldete sich nach dem zweiten Läuten. Sie sagte, ich müsse zwei Straßen weiter und dann nach rechts fahren, und sie würde mich auf der Veranda erwarten.

Als ich das Büro verließ, blies mir der Wind ins Gesicht. Die Wolken, schwer von Nässe, hingen niedrig am Himmel. Es roch nach Schnee. Ich stieg in den Truck und folgte Joannes Anweisungen, bis ich eine Frau auf einer Veranda stehen sah, die mir ein Winkzeichen gab. Als ich vor dem Wohnmobil anhielt, trat sie an die Fahrerseite des Trucks.

»Tut mir leid, daß Sie sich verirrt haben. Diese Siedlung ist das reinste Labyrinth.«

»Nicht so schlimm«, sagte ich, stellte den Motor ab und stieg aus. »Ich bin Phoebe Siegel. Danke, daß Sie mich empfangen.«

»Kommen Sie rein. Ich habe eine Kanne Kaffee warmgestellt. Was sagen Sie zu diesem Wetter? Dabei war's heute morgen richtig schön, aber jetzt glaube ich, daß wir's gleich ganz schön abkriegen.«

»Das glaube ich auch.«

Ich folgte ihr auf die Veranda und durch die Tür in ein gemütliches Wohnzimmer. Das heißt, es war gemütlich, bis sich ein riesiges Monster knurrend vom Fußboden erhob. Ich erstarrte und wartete auf das Unvermeidliche. Der Schäferhund sprang mich an und legte seine Pfoten auf meine Schultern. Wir standen Auge in Auge. »Runter, Sugar. Sofort runter.« Joanne packte den Hund beim Halsband. »Das ist ein Freund.«

Regungslos bis auf die Augen beobachtete ich den Hund, während er wieder seinen Platz auf dem Teppich einnahm.

»Sie ist wirklich lieb, aber sie hat einen sehr stark ausgeprägten Beschützerinstinkt. Eine Frau wie ich, die ganz allein lebt, braucht heutzutage so was.«

»Grundgütiger. Sie nennen sie Sugar?«

»Sie ist wirklich süß. Tut mir leid, daß das passiert ist eben. Manchmal vergesse ich einfach, daß sie da ist. Außerdem kriegt sie bei diesem Wind immer so komische Anwandlungen.«

»Tun wir das nicht alle?«

»Ich nicht. Ich mag es, wenn es so stürmt. Dann rolle ich

mich am liebsten auf der Couch zusammen und sehe fern oder lese ein gutes Buch. Wie trinken Sie Ihren Kaffee?«

»Schwarz. Danke.«

»Setzen Sie sich, und ich bring Ihnen eine Tasse. Rauchen Sie?«

»Nein. Aber vielleicht fange ich damit an.«

»Ich schon. Aber ich brauche jetzt nicht unbedingt eine Zigarette. Wenn Sie selbst nicht rauchen, stört es Sie wahrscheinlich. Wissen Sie, Ellen rauchte. Wir haben's früher in ihrem Keller geübt. Die meisten Leute, die ich kenne, haben inzwischen mit dem Rauchen aufgehört, aber ich nicht. Schätze, ich bin einfach noch nicht so weit.«

»Sie sind mit Ellen aufgewachsen?« fragte ich, als sie die Tasse vor mich hinstellte.

»Ich glaube, wir haben uns kennengelernt, als wir beide so ungefähr fünf waren. Kennen Sie dieses Spukschloß, in dem sie aufgewachsen ist?«

»Das Anwesen der Dahls?«

»Ja. Die Villa, oder was auch immer. Ganz schön groß, was?«

»Das kann man wohl sagen.«

»Na ja, als wir klein waren, haben wir uns immer durch die Hecke beäugt. Ich hab damals nämlich mit meiner Mutter in dem Häuserblock nebenan gewohnt. Unsere Wohnung war im letzten Stock. Sie kennen das Haus wahrscheinlich. Dieses große, weiße Gebäude, genau oberhalb der Central High School?«

»Da gibt es viele, die so aussehen.«

»Na ja, ist nicht so wichtig. Jedenfalls bin ich oft vor Ellens Haus auf und ab gegangen und habe darauf gewartet, daß sie sich zeigte. Und dann ist sie eines Tages mit ihrem Vater aus der Tür gekommen und hat mich hereingebeten. Ich ... ich hatte nie eine bessere Freundin in meinem ganzen Leben, und es vergeht kein Tag, an dem ich sie nicht vermisse.«

Joanne Mullins trug ein bißchen zu viel Make-up und war

ein wenig zu mager, um gesund zu wirken. Ihre kurzgeschnittenen blonden Haare wuchsen an den Wurzeln braun nach. Sie sah nicht unbedingt alt aus, aber in ihren Augen spiegelte sich ein Leben, das vielleicht nicht immer allzu freundlich gewesen war.

»Sind Sie verheiratet, Joanne?«

»War ich mal. Ist schon lange her. Hat nicht hingehauen.«

»Kinder?«

»Nee. Hab ich irgendwie nicht gepackt. Stand vielleicht auch einfach nicht in meinen Karten. Nach meiner Scheidung hab ich ein paar Mal mit einem Mann zusammengelebt, aber Sie wissen wohl, wie das läuft. Na ja, lassen wir das, Sie sind schließlich nicht hier, um über mich zu sprechen. Sie wollen über Ellen reden.«

»Standen Sie noch mit ihr in Verbindung, als sie ermordet wurde?«

»O Gott, diesen Tag werde ich nie vergessen. Aber zu Ihrer Frage – ob wir in Verbindung standen – wir haben es versucht. Als sie diesen Maitland geheiratet hat, haben sich viele Dinge verändert. Er billigte ihren Umgang mit mir nicht.«

»Warum nicht?«

»Na ja, das ist ja wohl ziemlich offensichtlich, oder?« antwortete sie und blickte sich in dem Wohnzimmer um. »Mehr als das war bei mir nicht drin. Ich meine, mir gehört dieses Wohnmobil, ich hab's nicht gemietet. Und ich bin stolz darauf. Schließlich sind nicht viele Frauen imstande, sich ihr eigenes Zuhause von dem Lohn und den Trinkgeldern zu kaufen, die ich verdiene. Es ist klein und ziemlich alt, aber es gehört mir.«

»Mir gefällt's. Sie haben Grund, stolz darauf zu sein.«

»Danke, daß Sie das sagen. Aber lassen Sie uns zu Ellen zurückkommen. Ich weiß verdammt gut, daß dieser Alte von ihr sie umgebracht hat.«

»Wieso sagen Sie das?«

»Er war ein sadistischer Dreckskerl, darum. Dieses Arschloch, Hoppla –« Sie legte ihre Hand auf den Mund. »Entschuldigen Sie meine Ausdrucksweise –«

»Es ist nicht gerade so, daß ich dieses Wort noch nie gehört hätte, Joanne.«

»Dieses Arschloch hat sie die ganze Zeit nur fertiggemacht. Wissen Sie, Ellen und ich, wir waren nicht besonders beliebt auf der Schule. Wir waren die Mauerblümchen. Ihr Vater hat immer einen Strauß Goldlack in einer Vase stehen gehabt. Der sollte uns daran erinnern, daß auch Pflanzen, die an der Mauer wachsen, schön sein können. So schön wie wir.«

»Klingt, als wäre er einer von den Guten gewesen.«

»Das war er. Ellen hat ihm mal erzählt, daß wir von den anderen in der Schule immer gehänselt wurden. Die Jungs haben zum Beispiel ein Spiel daraus gemacht, uns um eine Verabredung zu bitten und sich dann kaputtgelacht, wenn wir Ja gesagt haben. Dann haben sie uns abschätzig angesehen und gemeint, ›Das war doch bloß ein Witz, ihr blöden Trampel.‹«

»Das war verdammt gemein.«

»Und bei den Tanzveranstaltungen? O Gott. Ellen und ich, wir nannten uns die Mauerblümchen-Brigade. Wir haben uns den ganzen Abend an die Wand gedrückt. Es hat total weh getan, aber wir haben immer zusammengehalten. Ich hätte das wahrscheinlich nicht überstanden, wenn ich ganz allein gewesen wäre, oder ich hätte die Schule geschmissen. Aber Ellen war immer für mich da, und ich war immer da für sie. Sie hat auch Gedichte geschrieben, wußten Sie das? Und zwar sehr gute.«

»Nein, das wußte ich nicht. Joanne, warum hat die Polizei Sie nach dem Mord nicht befragt?«

»Ich glaube, die wußten gar nicht, daß es mich gibt, ihr Alter hat bestimmt nichts davon gesagt. Und diese Hexe –«

»Ellens Mutter?«

»Genau. Wissen Sie was, sie ist diejenige, die Maitland hätte heiraten sollen. Dann hätten sich die beiden wenigstens gegenseitig kaputtmachen können statt Ellen. Hören

Sie, ich weiß, daß er sie umgebracht hat. Es war nicht dieser Junge, der verschwunden ist und dem sie versucht haben, das anzuhängen. Auf keinen Fall.«

»Joanne, ist das nur eine Vermutung von Ihnen, oder können Sie das irgendwie beweisen?«

»Er hat mal zu ihr gesagt, sie wäre tot mehr wert für ihn als lebendig. Er hat sie ständig mit irgendwelchem Scheiß bedroht, und er hat sie auch geschlagen.«

»Wissen Sie das genau?«

»Natürlich weiß ich das. Ellen hat mich niemals angelogen. Kein einziges Mal. Da gab es eine Zeit, ungefähr ein halbes Jahr, wo wir keinen Kontakt miteinander hatten. Das war gleich, nachdem sie geheiratet hatte, und ich dachte, sie würde einfach versuchen, sich ganz auf ihre Ehe zu konzentrieren und das Beste daraus zu machen. Dann hat sie eines Tages plötzlich wieder angerufen. Ich war damals noch nicht verheiratet, aber ich lebte mit dem Typen zusammen. Sie wissen schon, mit dem, den ich dann auch geheiratet habe.«

»Ich verstehe. Und warum hat sie Sie angerufen, nachdem Sie so lange keinen Kontakt miteinander hatten?«

»Da gibt es etwas, was Sie über Ellen wissen sollten.«

»Und was wäre das?«

»Sie ist eigentlich ihr ganzes Leben unschuldig geblieben, selbst wenn ...« Joanne hielt inne und schien mein Gesicht zu erforschen.

»Selbst wenn was?«

»Eine Menge Dinge können geschehen, schlimme Dinge, aber man kann dabei immer noch unschuldig bleiben.«

»Joanne, was haben Sie eben gemeint mit ›selbst wenn‹? Vielleicht muß ich mich klarer ausdrücken. Alles, was Sie mir sagen, ist streng vertraulich. Es bleibt ganz unter uns.« Bei diesen Worten hatte ich eine schlenkernde Bewegung gemacht, die sie und mich einbezog, was sofort den Hund mit seinem unvermeidlichen Knurren auf die Füße brachte.

»Sugar, Platz!« fuhr Joanne den Hund an. Folgsam legte

sich Sugar hin, aber sie hielt die Ohren gespitzt und ihre Augen unverwandt auf mich gerichtet.

»Sie mag keine plötzlichen Bewegungen.«

»Gut zu wissen.«

Joanne stand auf und ging zu einer Anrichte, auf der ihre Handtasche stand. »Wenn Sie nichts dagegen haben, werde ich jetzt eine Zigarette rauchen.« Ihre Hände zitterten sichtlich.

»Haben Sie verstanden, was ich Ihnen wegen der Vertraulichkeit gesagt habe, Joanne?«

»Ist ja schon gut, daß Sie das sagen, aber woher soll ich wissen, daß Sie es auch so meinen?« Sie zündete die Zigarette an, drehte sich zu mir um und blieb gegen die Anrichte gelehnt stehen.

»Ich habe Ellen überhaupt nicht gekannt, und ich nehme mal an, daß Sie sie wahrscheinlich besser kannten als sonst jemand. Sie wurde umgebracht, und ich muß wissen, von wem. Da draußen gibt es einen Mann, der seit ihrem Tod auf der Flucht ist, und er ist unschuldig. Zumindest glaube ich das. Und Sie glauben es auch, Joanne. Ich muß also mehr über Ellen wissen, damit ich weiß, womit ich es bei dieser Sache zu tun habe.«

»Arbeiten Sie nicht für irgend so einen Kerl, der tot ist?«

»Ja, das ist richtig. Sein Name war Frank Chillman. Seine Schwester wurde zur gleichen Zeit umgebracht wie Ellen, und Frank war immer davon überzeugt, daß es eine Verbindung zwischen diesen beiden Morden gab. Und jetzt wurde er von jemandem umgebracht, weil er das glaubte. Er wurde umgebracht, weil er etwas wußte.«

»Und ist dieser Jemand jetzt auch hinter mir her?« Sie sah erschrocken aus, und ich hätte mir die Zunge abbeißen können. »Das habe ich nicht gesagt. Frank hat auf seinem Weg ziemlich deutliche Spuren hinterlassen, während Sie immer anonym geblieben sind. Wenn ich annehmen würde, Sie wären in Gefahr, wäre ich die erste, die Ihnen das sagen würde.«

Sie machte ein paar tiefe, rasche Züge an ihrer Zigarette und starrte mich an. Ich sah es ihr an den Augen an, daß sie mit einer Entscheidung rang.

»Na, kommen Sie. Wollen Sie denn nicht, daß Ellens Mörder vor Gericht gebracht wird?«

»Ich habe Ihnen doch schon gesagt, wer es meiner Meinung nach getan hat«, sagte sie im Flüsterton.

»Maitland.«

»Und das, was ich Ihnen erzähle, wird nicht in allen Zeitungen stehen, wenn Sie Maitland drankriegen?«

»Ich schwöre es. Ich würde meine Hand heben und schwören, wenn ich nicht sicher wäre, daß Sugar sie prompt abbeißen würde.«

Sie lachte, drückte ihre Zigarette aus und zündete sich sofort die nächste an. Dann nahm sie den Aschenbecher von der Anrichte, stellte ihn auf den Tisch und setzte sich. »Ich hoffe, der Rauch stört Sie nicht.«

»Keineswegs. Und jetzt –«

»Ellen hatte ein Baby.«

»Sie hatte was?«

»Ellen hatte ein Baby. Ein kleines Mädchen.«

»Ich verstehe nicht. Ich habe nie irgendwas davon gehört –«

»Das kommt daher, daß die alte Hexe überall erzählt hat, Ellen wäre ein Jahr lang auf einer Schule in Minnesota gewesen, aber das war sie nicht.«

»Warten Sie mal. Ich komme ganz durcheinander. Auf einer Schule in Minnesota? Sie hatte dieses Kind doch nicht von Maitland?«

Joanne verdrehte die Augen und kicherte. »Sicher nicht. Maitland? Das ist eine vollkommen andere Geschichte. Aber das, wovon ich rede, ist während unseres vorletzten Jahres an der High School passiert.«

»Hat ihre Mutter sie dann in eins dieser Heime für ledige Mütter geschickt?«

»Nein. Rosella hat sie im Haus eingesperrt, isoliert von allen. Und dort hat Ellen auch ihr Baby zur Welt gebracht.«

Ich tat einen tiefen Seufzer und lehnte mich in meinem Stuhl zurück. »Das ist ja unglaublich.« Ich war wie vom Donner gerührt. Ellen Maitland hatte ein Kind? Ich wußte gar nicht, was ich sagen sollte. Joanne schon.

»Nicht so unglaublich, wenn Sie wüßten, wie Rosella war.«

»Vielleicht könnten Sie es mir sagen.«

»Gemein. Einfach der gemeinste Mensch, der mir jemals begegnet ist. Aber selbst darauf konnte man sich nicht immer verlassen.«

»Darauf verlassen?«

»Ja. Einmal, als ich bei ihnen war, ist sie Ellens Kleider durchgegangen und hat mir ein ganzes Bündel davon geschenkt. Gott, das war wie Weihnachten. Ich dachte, das wäre der große Durchbruch, als ob sie beschlossen hätte, mich zu mögen, oder so was. Hätten Sie das nicht auch gedacht?«

»Wahrscheinlich.«

»Na, und raten Sie mal, was dann kam. Am nächsten Tag kommt sie zu Ellen und mir ins Zimmer und benimmt sich, als wäre ich überhaupt nicht da. Sie erklärt Ellen, sie dürfe mich niemals ihren Kamm oder ihre Haarbürste benutzen lassen, weil ich Läuse haben könnte.«

»Das hat sie vor Ihnen gesagt?«

»Hmm. Ich hätte beinahe losgeheult. Von da an mußte ich immer, wenn ich einen Mantel trug, ihn auf die Veranda hinter dem Haus hängen. Und es gab nur einen Stuhl, auf den ich mich setzen durfte, einen Holzstuhl im Eßzimmer, und es wurde aufgepaßt, daß ich nicht eins ihrer Gläser benutzte.«

»Es tut mir leid, daß Sie das erleben mußten, Joanne.«

»Das war nichts im Vergleich zu dem, was Ellen durchgemacht hat.«

»Zurück zu dem Baby. Wenn nicht Maitland, wer war dann der Vater?«

»Ellen kannte Maitland damals noch nicht. Da gab es diesen Jungen, eigentlich war er gar kein Junge mehr, er war ungefähr drei Jahre älter als wir, Waxy, der die ganze Gartenarbeit bei Dahls gemacht hat. So eine Art Gelegenheitsarbeiter. Ellen hat ihm den Namen Waxy gegeben, weil er sich immer dieses Gelzeugs in die Haare geschmiert hat, um cool auszusehen, und Ellen hat ihn oft damit aufgezogen. Aber ich wußte, daß sie in ihn verknallt war. Und der konnte die Augen nicht von ihr lassen, wenn sie in der Nähe war.«

»Ist das –«

»Ja. Er hat sie nicht ausgenutzt oder so was. Sie hat es bestimmt genauso gewollt, nehme ich an, aber keiner von beiden hat daran gedacht – na ja, Sie wissen schon.«

»Daß Ellen schwanger werden könnte.«

»Das war das einzige Mal, wo sie mir etwas verheimlicht hat. Ich meine, daß die beiden miteinander geschlafen haben. Dabei müssen Sie aber bedenken, daß sie nach dem Tod ihres Vaters niemanden mehr um sich hatte, der sie liebte. Nicht ein einziger. Und so ist es dann wohl passiert.«

»Hat Maitland je davon erfahren?«

»Falls ja, hat Ellen mir nie etwas davon gesagt. Aber irgendwie bezweifle ich das. Und wie gesagt, das war, bevor sie Maitland traf.«

»Wo ist dieses Baby? Hat sie es zur Adoption freigegeben?«

»Sie hat nie darüber geredet. Ich nahm einfach an, daß sie das Baby weggegeben hat.«

»Um Gottes willen, Joanne. Sind Sie sicher, daß es so war?«

»So sicher, wie ich hier vor Ihnen sitze. Ellen hat mir die ganze Geschichte erzählt, aber ich muß wohl noch ein bißchen weiter ausholen, damit Sie besser verstehen. Als Ellen mir erzählte, sie sei schwanger und daß Waxy der Vater sei, bin ich ziemlich ausgerastet. Ich war stinksauer auf sie, weil sie mir vorher nichts davon erzählt hatte, daß da irgendwas in der Richtung gelaufen ist. Sie sagte, es sei nur ein paar Mal gewesen. Wir haben dann verabredet, daß ich am nächsten

Tag zu ihr nach Hause kommen und so tun soll, als würden wir ins Kino gehen. Aber in Wirklichkeit wollten wir uns das Auto von meiner Mutter schnappen und damit nach Hardin runterfahren, wo Ellen zu einem Arzt gehen wollte. Tja, und als ich dann bei ihr aufkreuzte, war Ellen weg.«

»Wie meinen Sie das, sie war weg? Ist sie ohne Sie gefahren?«

»Nein, ich meine, sie war wirklich *weg.* Die Dahls hatten diese Haushälterin, und die hat mir die Tür aufgemacht. Sie sagte, Ellen wäre an diesem Morgen nach Minnesota geflogen, um dort auf die St. Mary's Girls School zu gehen. In der Woche drauf haben sie sogar eine kurze Zeitungsnotiz in der Gesellschaftsspalte bringen lassen, in der stand, daß sie jetzt auf dieser Schule war.«

»Haben Sie das geglaubt?«

»Damals? Na klar. Warum hätte ich es nicht glauben sollen? Ich hab tagelang geheult. Meine Mutter hat sogar versucht, Ellens Mutter anzurufen und herauszufinden, wie ich ihr schreiben könnte, aber, Mann, die haben sie vielleicht abfahren lassen.«

»Und wie haben Sie dann herausgefunden, daß sie gar nicht fort war?«

»Ich hab nicht herausgefunden, wo sie war, nicht bis Ellen es mir erzählt hat. Aber ich habe herausgefunden, wo sie nicht war. Ich bin in die Bücherei gegangen, hab mir die Nummer von St. Mary's rausgesucht und da angerufen. Die hatten nie was von ihr gehört. Das war das Ärgste, was ich je in meinem Leben durchgemacht hab, abgesehen von meiner Scheidung und der unsanften Behandlung von ein paar anderen Typen. Ich fühlte mich wie amputiert. Wissen Sie, es dauerte sieben Monate, bevor ich Ellen wiedersah. Eines Tages stand sie einfach bei mir vor der Tür. Meine Güte, hatte die sich verändert. Da war kein Leben mehr in ihr. Als sie mir die ganze Geschichte erzählte, tat sie das vollkommen emotionslos. Ich war diejenige, die geheult hat. Da hat sie bloß meine Hand gestreichelt und gemeint, es wäre doch alles nicht so schlimm. Wissen Sie, ich finde, es sollte ein Gesetz geben, das solchen Leuten wie Rosella Dahl verbietet, ein Kind aufzuziehen, egal wieviel Geld sie haben. Ich meine, man muß doch schon eine Lizenz haben, um Hunde zu züchten. Dann müßte man so was erst recht auch bei Eltern verlangen.«

»Das war sicher ziemlich furchtbar für Sie beide.«

»Hatten Sie jemals eine Freundin, mit der Sie aufgewachsen sind? Eine, die einfach alles über Sie wußte, und Sie wußten alles über sie?«

Diese Frage berührte mich unangenehm. »Nein. Sie sagten eben, Maitland sei eine andere Geschichte. Was haben Sie damit gemeint?«

»Er war ein niederträchtiger Mann. Ich vermute, Ellen war so daran gewöhnt, von ihrer Mutter mißhandelt zu werden, daß es für sie keinen großen Unterschied machte, als Maitland dasselbe getan hat.«

»Lassen Sie mich das noch mal anders formulieren. Als ich Sie fragte, ob Maitland der Vater des Kindes sei, haben Sie so reagiert, als sei das vollkommen abwegig. Warum?«

»Ellen war vier oder fünf Monate verheiratet gewesen, als sie mich eines Tages anrief und fragte, ob wir uns in diesem Restaurant draußen in Rockvale treffen könnten. Wir sind da früher oft gewesen und haben stundenlang geredet. Aber an diesem Tag war sie total fertig.«

»Wegen was?«

»Das war das erste Mal, daß sie mir sagte, er würde sie schlagen, und daß dieser Dreckskerl sie auch damit bestrafen würde, daß er nicht mehr mit ihr schläft. Ich nehme an, er stand auf irgendwelche perversen Sachen, die Ellen nicht machen wollte. Er hat ihr ständig gesagt, sie würde nichts taugen im Bett, und einmal hat er sie sogar mit Füßen getreten.«

Ich hatte ja schon vorher nicht besonders viel von Maitland gehalten, aber jetzt konnte ich ihn nur noch verachten.

»Warum ist sie an diesem Punkt nicht sofort ausgestiegen?

Ich meine, sie hätte die Ehe doch annullieren können oder so was.«

»Dasselbe habe ich sie auch gefragt. Aber sie meinte, sie wolle ihm noch eine Chance geben. Und sie sagte, manchmal könne er auch unheimlich lieb sein.«

Ich holte tief Luft. »Warum sind Sie nicht zur Polizei gegangen, als sie umgebracht wurde?«

»Ich wollte ja. Einmal bin ich sogar zur Telefonzelle gegangen und hab die Cops angerufen.«

»Warum sind Sie denn zu einer Telefonzelle gegangen?«

»Ich hatte in der Zwischenzeit selbst geheiratet, und mein Alter, der war nicht besonders scharf drauf, daß ich mich da einmischte. Er meinte, wenn sie mit mir reden wollten, dann würden sie sich schon melden. Er hatte ein total ungutes Gefühl bei der Sache und sagte, es würde uns nur in Schwierigkeiten bringen, wenn ich irgendwelche Anschuldigungen gegen Maitland erheben würde.«

»Und die Polizei hat Sie nie kontaktiert?«

»Nein. Wie hätten die auch wissen sollen, daß es mich gab? Dann haben sie diesen italienischen Jungen geschnappt, und mein Alter meinte, ich sollte mich damit zufrieden geben.«

»Ich wundere mich, daß Sie es dabei bewenden ließen.«

»Mein Alter hat viel mit den Händen geredet. Das bringt einen dazu, wirklich gut zuzuhören.«

»Tut mir leid, das hätte ich nicht sagen sollen.«

»Hören Sie, ich hab diese Geschichte lange Zeit mit mir rumgeschleppt. Vielleicht können Sie sie in Ordnung bringen, hm?«

»Ich versuch's. Ach ja, bevor ich es vergesse, wie hieß Waxy mit Nachnamen?«

»Mann, wie hieß der noch mal? Ich glaube, Slad, oder so ähnlich.« Sie dachte eine Weile nach. »Vielleicht war's aber auch Simmons oder Sammons oder ... nein, jetzt weiß ich's wieder. Der Name war Slater. Waxy Slater. Das heißt, seinen richtigen Vornamen kenne ich nicht, aber er hat sein Büro hier in der Stadt. Er arbeitet als Bürge. Ich wollte immer mal hingehen und ihn besuchen, aber ich hab's nie geschafft.«

Zusammen mit allem anderen, was sie mir erzählt hatte, ließ diese Information kaum noch eine Überraschung übrig. Was ich wohl am wenigsten brauchte, war ein weiterer Mitspieler. »Scheiße.«

»Was ist los?«

»Nichts. Ich versuche nur, das Ganze zu verarbeiten.« Ich stützte die Ellbogen auf den Tisch und massierte meine Schläfen. »Lassen Sie uns noch mal auf einen Punkt zurückkommen. Sie sagten, Ellen hätte das Baby zu Hause zur Welt gebracht –«

»Im Keller.«

»Im Keller?«

»Genau. Es war eine sehr schwere Geburt. Sie war damals noch nicht mal siebzehn, wissen Sie, und sie war wirklich sehr zierlich gebaut. Ich schätze, sie wollten nicht, daß irgend jemand sie schreien hörte, und deshalb haben sie sie nach unten gebracht.«

»Wer sind *sie*?« fragte ich.

»Rosella und irgendein Arzt und wahrscheinlich auch die Haushälterin. Ellen hat die Wehen einen Monat zu früh gekriegt.«

»Ich habe Ihnen mein Wort darauf gegeben, Joanne, daß ich nichts von dem, was Sie mir erzählt haben, öffentlich mache. Aber Sie sollten wissen, daß ich versuchen werde, an die entsprechenden medizinischen Unterlagen zu kommen. Wie war der Name des Arztes, der das Baby entbunden hat?«

»Das hat sie mir nicht gesagt. Zumindest kann ich mich nicht daran erinnern. Vielleicht war es der Hausarzt. Aber ...«

»Aber was?«

»Es würde keinen Unterschied machen, wenn ich den Namen wüßte.«

»Doch, denn das würde es für mich sehr viel einfacher machen, diese Unterlagen aufzutreiben.«

»Ich weiß nicht, warum Ellens Baby irgendwas mit ihrem Tod zu tun haben soll. Ich meine, das war doch viele Jahre vorher.«

Wie sagt man jemandem, daß man etwas so Tragisches und so Furchtbares wie das als Druckmittel benutzen würde? Auch wenn es kalt und zynisch klang, war es dennoch eine Tatsache. Man tut, was man tun muß. »Vertrauen Sie mir, Joanne«, sagte ich nur.

»Es war bloß so ein Gefühl, aber ich habe mich gefragt, ob es ..., ich meine, ob sie mit dem Baby damals etwas gemacht haben.«

»Was sagen Sie da? Aber selbst wenn, auch dann müßte es irgendwelche Unterlagen über die Geburt geben.«

Joannes Gesicht wurde weiß. »Rosella hatte, und hat wohl immer noch, viele Verbindungen in dieser Stadt. Falls es keine Unterlagen gibt, dann aus dem Grund, weil sie dafür gesorgt hat. Sie hätten es verkaufen, töten oder sonst was damit machen können.«

Ich saß nur da, vollkommen entsetzt. Tränen traten in ihre Augen, und sie sah mich erwartungsvoll an. Aber ich war so bestürzt, daß ich nicht wußte, was ich ihr sagen sollte. »Wer sind *sie*?« brachte ich schließlich hervor.

»Ich weiß nicht genau, ob es so gewesen ist, ich weiß nur, daß sich Ellen schlichtweg geweigert hat, über dieses Baby zu sprechen.«

Ich konnte immer noch nichts sagen, aber das mußte ich auch nicht. Joanne fuhr fort: »Sie hat mir erzählt, als sie die Wehen bekam, hätte sie laut geschrien vor Schmerzen und sie angefleht, sie ins Krankenhaus zu bringen. Aber die wollten nichts davon wissen. Ich vermute, der Arzt war ein richtiges Schwein, der sie leiden lassen wollte, um ihr eine Lektion zu erteilen oder so was in der Art.«

»Wer wußte noch davon? Haben Sie es jemandem gesagt?«

»Ich habe einmal mit meiner Mutter darüber gesprochen. Sie hat Ellen immer gern gemocht. Und als ich es ihr erzählt habe, war sie ganz fertig.«

»Wäre es möglich, daß ich mal mit Ihrer Mutter rede?«

»Sie ist vor zehn Jahren gestorben.«

»Hat Ellen diese Sache jemals wieder zur Sprache gebracht, Joanne?«

»Nein. Und ich auch nicht.«

Joanne sah aus dem Aussichtsfenster ihres Wohnmobils. »Na, was hab ich Ihnen gesagt, sehen Sie sich an, was da runterkommt.«

Ich drehte mich um. Graupelschauer, vermischt mit Schnee, gingen auf die Scheibe nieder. Zum ersten Mal, seit ich bei Joanne angekommen war, wurde ich des Windes und seiner klagenden Stimme gewahr.

Wir starrten beide nach draußen. Nach einer Weile sagte sie: »Man weiß einfach nie, was dieser verdammte Wind mit sich bringt.«

Ich wußte es.

24

Der heftige Schneefall lieferte meinen Scheibenwischern einen ziemlichen Härtetest, als ich vom South Billings Boulevard nach links abbog. Auf der Windschutzscheibe zeichnete sich ein fächerartiges Muster mit Sichtschlitzen ab, und von innen war das Glas ganz beschlagen, während mein Chevy versuchte, genug Wärme zu erzeugen, um sich zu entfrosten. Billings war kaum noch zu erkennen. Ich fuhr auf den Parkplatz des Blue Basket, einer Selbstbedienungstankstelle mit Minimarkt, und hielt vor dem Münzfernsprecher, der an der Außenwand hing.

Gegen den Wind kämpfend, öffnete ich die Tür und stieg aus. Aber die Schwierigkeiten rissen nicht ab: Das Telefonbuch war zerfetzt, und ich hatte kein Kleingeld. Also ging ich hinein und überredete den Typen hinter der Ladentheke, mir eine Zwanzig-Dollar-Note zu wechseln und sein Telefonbuch zu borgen, um mir die Nummer von Slaters Büro herauszusuchen. In der Zwischenzeit war der Motor meines Lasters abgesoffen. Nur die Scheinwerfer wiesen darauf hin, daß der Truck noch lebte. Ich öffnete die Fahrertür und schaltete Zündung und Scheinwerfer aus. Dann ging ich zu dem Telefonapparat und wählte. Ich ließ es etliche Male läuten und wollte gerade wieder auflegen, als er sich meldete.

»Slater.«

»Mr. Slater? Hier spricht Phoebe Siegel.«

»Siegel?«

»Ja. Ich würde gerne zu Ihnen ins Büro kommen und mit Ihnen reden, wenn es möglich ist.«

»Siegel, hm?«

»Das sagte ich. Würde es Ihnen passen –«

»Die Detektivin?«

»Ja. Wäre es –«

»Wenn Sie geschäftlich anrufen, dann habe ich keinen Bedarf. Ich hatte seit über einem Jahr keinen faulen Kunden mehr.«

»Nein, ich rufe nicht geschäftlich an. Es geht um –«

»Ich wollte gerade Schluß machen für heute. Das Wetter wird lausig, und wie gesagt, ich brauche keinen –«

»Ich stehe in einer Telefonzelle, Mr. Slater, und ich kann Ihnen aus erster Hand die Information geben, daß das Wetter jetzt schon lausig ist. Während wir hier reden, vereisen die Haare in meiner Nase, und in zwei Minuten wird meine Hand vermutlich am Hörer festgefroren sein.«

Schweigen am anderen Ende.

»Sind Sie noch da?« fragte ich.

»Weshalb wollen Sie mich sprechen?«

»Ich muß mit Ihnen über Ellen Dahl sprechen. Wenn es jetzt nicht geht, wann dann?«

Wieder Schweigen, bevor er endlich antwortete: »Wissen Sie, wo mein Büro ist?«

»Die Adresse steht im Telefonbuch. Ich werde in zwanzig Minuten da sein. Vielen Dank für –«

Er hatte bereits aufgelegt.

Es geht doch nichts über ein bißchen menschliche Wärme an einem kalten Tag. Das wirkt Wunder für die eigene Motivation.

Slater hatte einen Ruf. Und wie ich fand, einen guten. Es hieß, er sei einzelgängerisch und öffentlichkeitsscheu. Ich hielt vor dem Gebäude in der Innenstadt, in dessen Erdgeschoß sich eine Reinigung befand, und sah hinauf. Obwohl der Schneefall noch an Stärke zugenommen hatte, konnte ich an einem der Fenster im zweiten Stock die massige Gestalt eines Mannes erkennen, der auf die Straße hinuntersah. Es war Slater.

Ich war ihm ein paar Mal bei Sammy's begegnet, dem örtlichen Pfandhaus, das auf den Verkauf von Sammlerstücken spezialisiert ist. Wahrscheinlich würde sich Slater nicht an mich erinnern können, aber ich erinnerte mich daran, was mir Sammy einmal über ihn erzählt hatte: Er war ein leidenschaftlicher Sammler von Gürtelschnallen, und vor ein paar Jahren hatte er das, was er am Telefon einen faulen Kunden genannt hatte, nämlich einen, der die Kaution von knapp hunderttausend Dollar verfallen ließ und verschwand. Laut Sammy hatte Slater das Geschäft von seinem Vater übernommen und früher eine Art Monopolstellung in Billings innegehabt. Aber nichts schadet einem Bürgen so sehr wie eine geplatzte Kaution.

Ich brauchte irgendeinen Anknüpfungspunkt, um mit diesem Mann ins Gespräch zu kommen. Es ist immer wie ein Überfall, sich in das Leben anderer Menschen einzumischen, aber notwendig. Ich würde Erinnerungen in ihm wachrufen, die er vermutlich überwunden und vergessen hatte. Ich hatte bereits mit praktisch allen Bürgen von Montana zusammengearbeitet, allerdings noch nie mit Slater. Die meisten von ihnen waren umgängliche Typen, die einem gerne stundenlang Anekdoten aus ihrem Berufsleben erzählten. Einer der Vorteile, den weibliche Detektive haben, besteht darin, daß sie weiblich sind: Man kann gut mit ihnen reden, und sie sind nicht bedrohlich. Ich war zwar keine Femme fatale, aber eine Quatschsitzung würde ich allemal zustande bringen. Ich konnte nur hoffen, daß Slater auf Quatsch stand.

Ich zog eine Glastür auf, auf der sowohl der Name der Reinigung als auch »Slater Bürgschaften« stand. Ein Pfeil führte mich dann eine lange und schmale Treppe hinauf. Das gedämpfte Zischen von Bügelpressen und der durchdringende Geruch der chemischen Reinigungsstoffe füllte das Treppenhaus. Ich war die Stufen zur Hälfte hochgegangen, als sich die Tür am oberen Ende der Treppe öffnete.

Er war ein Kerl von der Sorte, die einem beim Händedruck fast die Finger zerquetschen. Je mehr ich mich der Tür näherte, desto überzeugter wurde ich, daß er sich nicht von der Stelle bewegen würde. Das beunruhigte mich. Ich blieb drei Stufen unter ihm stehen.

»Mr. Slater? Haben Sie eine Minute Zeit?«

»Ja. Kommen Sie rein«, sagte er und trat schließlich doch zur Seite.

Ich zwängte mich an ihm vorbei und betrat das Büro. Es bestand aus einem riesigen, offenen Raum, der den gesamten zweiten Stock einnahm und im Wildweststil eingerichtet war: Rehfarbene Lederpolster mit halbierten unechten Planwagenrädern, die als Armlehnen für die beiden Sofas und drei oder vier Sessel dienten. Außerdem gab es in dem Raum vier mit Büchern und Zeitschriften vollgestopfte Regale aus Eiche, für die ich Gott weiß was gegeben hätte. Slater ging zu einem der Sessel und ließ sich darin nieder.

»Kaffee steht drüben auf dem Tisch, falls Sie welchen möchten. Er ist von heute morgen, aber ich habe eben noch mal die Wärmplatte angemacht. Wenn Sie nichts dagegen haben, ihn stark und schwarz zu trinken, bedienen Sie sich. Er wird in einer Minute heiß sein.« Er legte seine Füße auf den Couchtisch, verschränkte die Hände im Nacken und blickte mich mit eisblauen Augen an.

Es ließ sich kaum noch erahnen, wie er in seiner Jugend gewesen sein mußte. Als ich an ihm vorbei durch die Eingangstür gegangen war, hatte mein Kopf nicht bis zu seinen Schultern gereicht, deshalb schätzte ich ihn auf knapp einsneunzig. Sein Haaransatz war um einiges zurückgewichen, aber an den Seiten war sein dunkles Haar dichtgelockt. Das Leben hatte tiefe Furchen in seine Stirn gegraben, doch diese Falten verstärkten eher seine männlich-rohe Attraktivität, als daß sie sie minderten. Was mich aber irritierte, war sein vollkommen emotionsloser Gesichtsausdruck. Ich mußte mich anstrengen, um nicht in meinem Sessel hin und her zu rutschen.

»Eine schöne Gürtelschnalle haben Sie da.« Der Name Leonard war in Großbuchstaben um das Abbild eines zwölfachsigen Kenworth-Trucks eingraviert.

»Die gefällt Ihnen, was?« sagte er, als er die Gürtelschnalle nach oben bog und sie mit der Manschette seines Hemdes polierte. »Ich hab sie gerade letzte Woche bei Sammy's gefunden. Sehen Sie diese Inschrift? Für zehn Jahre unfallfreies Fahren. Der Typ muß ein absoluter Profi gewesen sein.«

»Dann ist Ihr Name also nicht Leonard?«

Sein Gesicht verzog sich, als er mich ansah. »Himmel nein, mein Name ist nicht Leonard. Ihr seid doch alle Banausen.«

»Wie bitte?«

»Keiner weiß mehr diese echt amerikanische Kunstform zu schätzen. Das sind diese kleinen Babys nämlich. So was gibt's sonst nirgends auf der Welt. Ich hatte mal eine, die einem Stier-Rodeoreiter aus Longview in Texas gehörte. Ungefähr ein Jahr, nachdem er sie gewonnen hatte, ist er von einem Bullen mit dem schönen Namen Ghost Maker zu Tode getrampelt worden. Hat eine Frau und zwei kleine Kinder hinterlassen. Der Frau ging dann bald das Geld aus, und sie hat das verdammte Ding bei Sammy's verkauft, als sie mit einem Greyhound-Bus durch Billings kam. Aber er hat ihr nicht mehr als fünf oder zehn Dollar dafür gegeben. Der Cowboy ist tot, seine Familie in alle Winde zerstreut, aber diese Gürtelschnalle lebt weiter.«

»Woher wissen Sie das alles?«

»Tue ich nicht. Aber es klingt doch verdammt gut, oder? Sie waren jedenfalls ganz fasziniert von der Geschichte, stimmt's?« Zum ersten Mal lächelte er.

»Das war ich allerdings«, knurrte ich. Tatsächlich würde ich von nun an Gürtelschnallen mit ganz anderen Augen sehen. »Waxy –« Kaum hatte ich diesen Namen ausgesprochen, wußte ich, daß ich einen großen Fehler begangen hatte.

Seine Stirn zog sich in Falten, und das Lächeln verschwand. Damit hätte ich umgehen können, aber was mich stutzig machte, war der Glanz, der seine Augen verdunkelte. Sein schwerer Körper versteifte sich, als er sich vom Sofa erhob.

»Weshalb sind Sie wirklich hier? Was gibt Ihnen das Recht, hier reinzukommen und mich so zu nennen?«

»Es war ein Versprecher. Ich kenne Ihren Namen nicht, bloß Slater, und äh –«

»Hören Sie auf mit dem Schwachsinn. Was wollen Sie wirklich?«

Er thronte über mir. Ich brauchte nur in diese Augen zu sehen, um zu wissen, daß der Kerl labil war und sich nur mühsam zurückhielt. Er war groß und stark genug, um mit meinem Körper umzugehen, als würde er ein nasses Handtuch auswringen. Da gibt es ein altes Sprichwort, das sagt, wir sind Gebieter über die Worte, die wir nicht aussprechen und Sklaven derjenigen, die wir äußern. So gesehen hatte ich mich eindeutig in Abhängigkeit begeben. Ich griff in meine Trickkiste und zog einen Bluff heraus.

»Es tut mir leid. Der Name ist mir so rausgerutscht. Und aus dem Mund einer Fremden muß diese Erinnerung an die Vergangenheit wirklich schmerzhaft für Sie sein. Ich fühle mich beschissen deswegen, also könnten wir vielleicht noch mal von vorne anfangen? Lassen Sie mich meine Karten auf den Tisch legen, okay?«

Er schien sich ein wenig zu entspannen, aber vielleicht war dieser Eindruck auch nur ein Fall von Wunschdenken. Er sagte jedoch nichts. Man konnte ihn beinahe denken hören.

»Ich werde mir jetzt eine Tasse Kaffee nehmen«, teilte ich ihm mit, während ich aufstand und zu dem Tisch mit der Kaffeemaschine ging.

Damit wandte ich ihm in einer Art List den Rücken zu, was ihm sagen sollte, »Ich vertraue Ihnen und weiß, daß Sie mir nicht weh tun«. Ich hörte seine Schritte und dachte, sie gingen in meine Richtung. Dann zogen sie sich zurück. Als ich mich umdrehte, saß er auf der Couch. Mit dem Plastikbecher in der Hand ging ich zurück zu dem Sessel, in dem ich gesessen hatte, und ließ mich darauf nieder. Dann wurde die Sache wirklich beängstigend: Die dunkle Flüssigkeit in meiner Tasse bewegte sich nicht. Ich versuchte, einen Schluck davon zu nehmen.

»Gut.« Ich nickte und warf Slater ein Lächeln zu. »Stark, aber gut.«

»Sie wollten doch Ihre Karten auf den Tisch legen.« Er starrte mich immer noch wütend an.

»Okay. Hier sind sie. Vor kurzem wurde ich von Bob Maitland kontaktiert.« Das bewirkte eine weitere Reaktion. Slaters Augen verengten sich, aber er sagte nichts. »Er wollte, daß ich den Mann finde, der der Hauptverdächtige im Mordfall Ellen Maitland gewesen war.« Ich wartete auf irgendeine Bestätigung, daß er wußte, wovon ich sprach. Aber ich bekam keine. »Maitlands und meine Wege haben sich inzwischen allerdings getrennt, wie Sie vielleicht in den Nachrichten gesehen haben.«

»Ich sehe nicht fern.«

»Na gut. Jedenfalls wurde es ziemlich häßlich zwischen uns, und es stellte sich heraus, daß ich nicht mit oder für ihn arbeiten kann. Dann habe ich einen Anruf von diesem Mann bekommen, der gerade aus der Haft entlassen worden war, Frank Chillman, und der sagte, er hätte gewisse Informationen, die beweisen könnten, daß es eine Verbindung zwischen dem Mord an Ellen Maitland und dem an seiner Schwester gab. Ihr Name war Rita Chillman. Dann war Frank plötzlich tot, und kurz darauf hat jemand auf mich geschossen. Als vernünftig denkende Frau habe ich daraus geschlossen, daß es da etwas gibt, von dem jemand nicht will, daß ich es herausfinde. Ich weiß aus verläßlicher Quelle, daß Sie Ellen kannten, weil Sie bei ihr zu Hause gearbeitet haben, als sie ein Teenager war. Stimmt das?«

Er musterte mich eine Weile, bevor er antwortete.

Währenddessen versuchte ich, das Dieselöl herunterzuwürgen, das er Kaffee nannte, und musterte ihn ebenfalls.

»Ich hab ein paar Arbeiten für ihre Mutter erledigt.«

»Haben Sie Ellen kennengelernt?«

»Manchmal war sie da, wenn ich dort war. Manchmal nicht.«

»Also kannten Sie sie nicht persönlich?«

»Was wollen Sie denn damit andeuten? Daß ich sie doch kannte?«

»Nein. Ich versuche nur, Fürsprecher für Ellen zu finden, die mir helfen könnten, Licht in diese Angelegenheit zu bringen. Nach allem, was ich gehört habe, war sie eine gute Frau, mit der es ein böses Ende nahm, und dieses böse Ende kam viel zu früh in ihrem Leben.«

Sein Gesicht wurde weicher. »Wer hat Ihnen gesagt, daß ich sie kannte?«

»Sie wissen, daß ich Ihnen das nicht sagen kann, Slater. Würden Sie mir trotzdem helfen?«

Er stand auf und ging zu einem der Fenster. »Ich werde eigentlich ganz gut damit fertig, außer wenn es schneit. Dann muß ich die ganze Zeit daran denken, wie kalt das für sie ist. Und wie einsam. Ich gehe zum Friedhof und versuche, den

Schnee von ihr fernzuhalten, aber er fällt immer weiter. Sie haßte den Schnee. Meinte, er würde alles zudecken, so daß man nicht mehr sehen könnte, was wirklich da ist.«

»Dann haben Sie sie doch gekannt?«

»O ja, ich kannte sie sehr wohl. Sie war, äh ... nun ja, sie war vollkommen.« Seine Stimme zitterte.

»Wenn Sie mir ein paar Dinge erzählen könnten, mir etwas erklären würden, dann könnten vielleicht alle mit dieser Sache abschließen. Irgendwo da draußen ist ein Mann, der wahrscheinlich gerne wieder nach Hause kommen und sein normales Leben weiterführen würde.«

»Dieser Marino-Junge?«

»Er ist kein Junge mehr.«

»Er hat sie nicht getötet«, sagte er, während er sich umdrehte und sich auf den Stuhl hinter seinem Schreibtisch setzte.

»Warum sind Sie da so sicher?«

»Ich weiß es einfach.«

»Dann wäre es vielleicht Zeit, daß Sie Ihre Karten auf den Tisch legen. Wissen Sie, wer Ellen umgebracht hat?«

»Sie war umgeben von all diesem Luxus, und nichts davon hat ihr auch nur das geringste bedeutet. Diese Art von Mensch war sie. Als sie starb, war es so, als ob sie damit für immer der ganzen Scheiße entgangen wäre. Es konnte ihr nicht mehr weh tun.«

»Was konnte ihr nicht mehr weh tun, Slater?«

»Das Leben.«

»Sie waren verliebt in sie, nicht wahr?«

»Verliebt?« schnaubte er verächtlich, »Herrgott, ich hab sie angebetet. Sie hat mir mal dieses Gedicht geschrieben: ›Wir sind zwei Teile eines Ganzen und gleichen uns so sehr, daß wir nicht mehr wissen, wer ist wer.‹«

»Das ist schön. Slater, wissen Sie, wer sie getötet hat?«

Er sah zu mir auf. Das Traurige und Nachdenkliche war aus seinem Gesicht verschwunden, und der dunkle Glanz war wieder in seine Augen zurückgekehrt. »Das Leben hat sie getötet. Es hat sie von den Schmerzen befreit und sie an einen besseren Ort gebracht. Wenn ich Sie wäre, Siegel, würde ich die Toten in Ruhe lassen. Man kann nie wissen, was passiert, wenn man versucht, sie ihrem Frieden zu entreißen.«

»Das kann ich nicht. Ich –«

»Lassen Sie sie ruhen. Lassen Sie ihr den Frieden, den sie im Leben nie kannte. Das ist das Richtige.« Seine Brauen waren bis auf die Augen gesenkt. Er war wieder der finstere, bedrohliche Slater. Seine Stimme war leise, kaum mehr als ein Flüstern. »Und jetzt verschwinden Sie hier. Und kommen Sie nicht wieder, Siegel. Das wäre nicht gut für Sie. Ich habe nämlich nichts zu verlieren.«

Es gibt Momente, in denen man genau weiß, was man zu tun hat. Ich stand auf, stellte den Becher auf den Couchtisch und ging zur Tür. Ich machte mir nicht die Mühe, auf Wiedersehen zu sagen, und hätte ich es getan, bezweifle ich, daß er mich gehört hätte. Ich zog die Tür hinter mir zu und ging die Treppe hinunter, wobei mich wieder der Geruch der Reinigung umfing.

Ich benutzte den Ärmel meines Mantels, um den Schnee von der Windschutzscheibe zu fegen. Bevor ich in den Truck einstieg, sah ich noch einmal zu den Fenstern hinauf. Er stand da und beobachtete mich. Dann stieg ich ein, zog den Choke und schaltete die Zündung ein.

25

Als ich in die Auffahrt einbog, sah ich, daß der Schnee mehrere Zentimeter dick auf den Kabeln lag, die zu meinem Haus führten. Der Wind hatte den Schnee zu kaskadenartigen Schichten zusammengeweht, aber der Truck war, neben allem anderen, ein verdammt guter Schneepflug. Stud saß am Fenster meines Büros, sein Atem erschien und verschwand auf der Glasscheibe, während er zuschaute, wie ich den Laster einparkte und die Stufen zur Eingangstür hochging. Ich klopfte ans Fenster, um ihm zu zeigen, daß ich ihn bemerkt hatte, schloß die Tür auf und trat ins Haus. Stud kam sofort um die Ecke gerannt, um mich zu begrüßen. Gerade jetzt brauchte ich etwas Warmes und Lebendiges um mich.

»Hey, Studdie, bist du bereit für deinen Ausgang?« fragte ich ihn, während ich mich bückte und ihn hochhob.

Ich trug den unwillig knurrenden Kater zur Hintertür und ließ ihn in den Garten hinaus, wo er unter den weißbemützten Sträuchern verschwand.

Ich hatte es bei Slater mit einem Versprecher vermasselt. Seine Stimmungsumschwünge, falls es sich um solche handelte, waren gespenstisch. Andererseits konnte es sein, daß Ellen die große Liebe seines Lebens war, dieser eine Mensch, der einem einen Teil von sich raubt, der dann niemals mehr jemand anderem gehören kann. Die Brutalität ihres Todes mußte einen Schmerz in ihm erzeugt haben, der ihn, gleichgültig wie stark er ansonsten war, emotional verkrüppelt hatte. »Oder ...« sprach ich laut, während ich in mein Büro ging.

Ellens Foto stand immer noch an den Computer-Bildschirm gelehnt. Ich setzte mich und nahm es zur Hand.

»Oder ...«, fuhr ich fort, »es war Slater, der dich getötet hat, um deine Vollkommenheit vor einer unvollkommenen Welt zu retten. Na sag schon, Ellen. In wessen Augen hast du in diesen letzten Sekunden vor deinem Ende geblickt?«

Als das Telefon läutete, erschrak ich fast zu Tode. Soviel zu meinem Draht ins Jenseits.

»Hallo?«

»Ich bin's.«

»Kyle. Wo bist du?«

»Vor dem Burger King. Hast du Lust, was zu essen? Ich hab eine Stunde zum Totschlagen.«

»Mir gefällt deine Wortwahl nicht.«

»Ich habe eine Stunde frei. Ist das besser?«

»Viel besser.«

»Ich könnte etwas Hühnchen oder was immer holen und zu dir rausbringen. Oder wir könnten uns irgendwo treffen.«

»Das klingt ... nein, warte mal. Was hältst du von einem heißen Teller italienischer Suppe?«

»Du willst doch bei dem Scheißwetter nicht rausgehen, oder?«

»Ich bin gerade reingekommen. Aber im Ernst, klingt das nicht verlockend? Du kannst unterwegs bei Buttrey's halten und ein frisches Brot mitnehmen. Das wäre dein Beitrag.«

»Wo, äh ... willst du denn die Suppe hernehmen?«

»Ich hab sie gekocht. Sie war in der Tiefkühltruhe. Ich muß sie nur noch heiß machen.«

»Ich weiß nicht, Phoebe. Wäre Hühnchen nicht –«

»Sicherer?«

»Das hast du gesagt, nicht ich.«

»Riskier's. Ich fange jetzt an mit dem Aufwärmen, und du kommst einfach her.«

»Na gut. Hoffentlich kann ich dann noch die zweite Hälfte von meiner Schicht erledigen. Ich bin in dreißig Minuten da.« Er hängte auf.

Es dauerte weniger als zehn Minuten, um die inzwischen abgekühlte Suppe aus dem Truck zu holen, sie in eine Pfanne zu geben, die Katze wieder reinzulassen und mir etwas Passendes anzuziehen. Ich entschied mich für eine saubere Trainingshose und ein Sweatshirt von der FBI-Schule. Ob ich ein schlechtes Gewissen hatte? Nur solange, bis diese italienischen Gewürze mein Haus mit wundervollen Düften und meinen Mund mit Speichel füllten. Außerdem würde ich ihm schon die Wahrheit sagen – letztendlich.

Zwei Teller und ein Brot später lehnte sich Kyle in seinem Stuhl zurück und strich sich über den Bauch. »Das war die beste Suppe, die ich je gegessen habe. Ich bin beeindruckt.«

»Das hatte ich erwartet.«

»Warum hast du sie denn in einer Pfanne heiß gemacht, Phoebe?«

»Weil ich keinen Topf hatte, der groß genug gewesen wäre.« Ich improvisierte.

»Komm schon, Phoebe. Das hier« – er klopfte mit seinem Löffel an den Rand seines leeren Tellers – »stammt doch wohl kaum von jemandem, die lieber Mortadella zu ihren Spiegeleiern ißt, als sich etwas Speck dazu zu braten?«

»Der ewige Bulle. Na schön, Josephine Marino hat die Suppe gemacht und mir mit nach Hause gegeben.«

»Tja, dann ist diese Josephine Marino eine phantastische Köchin. Moment mal ... sagtest du Marino? Joey Marinos Mutter?«

»Genau. Ich hatte heute eine lange Unterhaltung mit ihr. Eigentlich hatte ich heute mehrere Unterhaltungen, die mich ziemlich ausgelaugt haben.«

»Heißt das, sie waren so gut?«

»Vielleicht. Oder so schlecht. Kyle?«

»Was?«

»Was weißt du über einen örtlichen Bürgen namens Slater?«

»John?«

»Ist das sein Vorname? John?«

»Ja. Er ist schon seit langem im Geschäft. Sein Vater hat es aufgebaut, und John ist dann eingestiegen, nachdem er aus dem Militärdienst kam.«

»Wie lange ist das her?«

»Ach Gott, das weiß ich nicht. Warum fragst du mich nach Slater?«

»Aus Neugierde. Ich habe ihn heute getroffen. Er kam mir ein bißchen daneben vor.«

»Er ist ein bißchen daneben, seit ich ihn kenne. Es gibt da eine Menge Geschichten, aber –«

»Welche zum Beispiel?«

»Na ja, die einzige, die mir auf Anhieb einfällt, ist, wie seine Mutter seinen Dad und ihn sitzengelassen hat, und Slater mußte sich praktisch selber großziehen. Er hat eine Zeitlang alle möglichen Gelegenheitsjobs gemacht und ist dann zum Militär gegangen. War bei der Navy, glaube ich. Da könnte ich mich aber auch irren.«

»Aber keine Schwierigkeiten, so weit du weißt?«

»An welche Art von Schwierigkeiten denkst du denn dabei?«

»Ich habe gehört, einer sciner Klienten wäre mal abgehauen, und das hätte ihn fast ruiniert.«

»Richtig. Daran erinnere ich mich auch. Das war kurz nachdem sein Vater gestorben war. Ich glaube, die Versicherungsprämie war das einzige, was ihn damals noch halbwegs über Wasser hielt. Aber er hat sich nicht unterkriegen lassen. Und ich sag dir noch was, bei den Klienten, von denen er glaubt, daß sie eine Chance haben, sich zu ändern, hat er sich immer mehr reingekniet, als er mußte. Er ist einer von den Guten, Phoebe.«

»Könntest du ihn mal für mich überprüfen?«

»Herrgott im Himmel. Ich hab dir doch gesagt, daß ich mit diesem Fall nichts zu tun haben will. Du versuchst doch nicht etwa, ihn mit dieser Maitland-Sache in Verbindung zu bringen, oder? Das wäre jedenfalls ziemlich abwegig.«

Ich nahm die Teller vom Tisch und trug sie zur Spüle. »Vielleicht nicht ganz so abwegig wie du meinst«, murmelte ich leise.

»Was hast du gesagt?«

»Nichts. Hast du noch Zeit für einen Kaffee?«

»Ich glaube nicht.« Er stand auf und kam auf mich zu.

»Feigling.« Ich lehnte mich an ihn. »Heute morgen bist du noch unerschrocken der Gefahr begegnet, dich durch Körperkontakt zu infizieren. Hat dich jetzt nach Sonnenuntergang der Mut verlassen?«

»Apropos, wie fühlst du dich?«

»Ich hatte noch nicht die Zeit, darüber nachzudenken.« Ich schmiegte mich an seine Brust. »Wie fühle ich mich denn an?«

»Gut. Wirklich gut.« Er schlang seine Arme um mich. »Ich würde sogar sagen zu gut. Aber ich muß gehen.«

»Um all diese Bürger zu beschützen, denen es sowieso scheißegal ist, ob du da draußen deinen Arsch für sie riskierst.«

»Na hallo, was sind denn das für Töne?« Kyle hielt mich auf Armeslänge entfernt und sah mir ins Gesicht. »Schlechten Tag gehabt?«

»Schlechten Tag, schlechtes Jahrzehnt, was auch immer. Ich renne im Kreis. Krieg's nicht in den Griff.«

»Das glaube ich nicht. Wahrscheinlich mußt du nur mal einen Schritt zurücktreten. Laß mich dir etwas Eingeborenenweisheit zuteil werden.«

»Nur zu.«

»Es war einmal eine Haida-Indianerin. Hast du schon von den Haida gehört?«

»Nein, hab ich nicht.«

»Das war ein Seefahrerstamm von der Westküste. Also, diese Indianerin hatte dieses Lied, ein Lied, das sie sang, wenn sie auf dem Ozean segelten. Weißt du, die Haida sind sogar bis nach Japan gekommen.«

»Wird das eine von deinen endlosen Fabeln?«

»Hör einfach nur zu. Also, dieses Lied hat die Indianer den ganzen Weg über den Pazifik gebracht. Stell sie dir vor, Phoebe, wie sie da am Bug des Bootes sitzt und zu all den Sternen aufsieht, die in dem pechrabenschwarzen Himmel aufblinken – ihre Stimme und das Gleiten des Bootes durch das Wasser sind die einzigen Geräusche. Sie singt ihr Lied. Es muß Wochen, möglicherweise sogar Monate gedauert haben, bis sie Land sahen.«

»Worauf willst du hinaus, Kyle?«

»Wenn du bei diesem Fall nicht vorankommst, dann bist du vielleicht nicht weit genug zurückgegangen.«

»Herrgott noch mal, Kyle. Ich habe eine Frau gefunden, die Ellen kannte seit der Zeit, als sie fünf Jahre alt war und bis sie umgebracht wurde. Was bleibt da noch übrig?«

»Der allererste Anfang, nehme ich an.«

»Okay, zurück zu deiner Geschichte, was ist die Pointe? Sind die Indianer je zurückgekommen?«

»Natürlich. Auf demselben direkten Weg. Und willst du auch wissen, wie?«

»Wahrscheinlich nicht, aber du wirst es mir trotzdem sagen, also wie?«

»Sie hat ihr Lied rückwärts gesungen.«

»Oh, das ist gut. Ich kannte früher so einen Schlager –«

»Denk einfach mal drüber nach, ja? Und jetzt muß ich los. Falls ich zufällig mal keine Überstunden machen muß, wie wär's dann, wenn ich noch vorbeikomme und dir den Rücken schrubbe?«

Ich folgte ihm zur Haustür. »Ich hab auch einen Vorschlag. Falls du zufällig mal keine Überstunden machen mußt, könntest du vorbeikommen, und wir *beginnen* damit, daß du mir den Rücken schrubbst.«

»Da gibt es einen Namen für Frauen wie dich. Das weißt du doch, oder?«

»Ich glaube, der fängt mit ›P‹ an, stimmt's?«

»Hmm, und er endet mit ›hoebe‹. Ich ruf dich vorher an. Und wenn nicht heute abend, wie wär's mit einem gemeinsamen Frühstück?«

»Warum nicht?«

Er beugte sich herab und küßte mich auf die Stirn. »Weißt du was, du hast die Suppe genauso aufgewärmt, wie ich es mag. Es gibt also noch Hoffnung für dich.«

»Glaub nicht, daß ich versuche, dich loszuwerden, aber ich wünschte, du würdest einen Schritt in die eine oder andere Richtung machen, so daß ich die Tür schließen kann.« Ein eiskalter Windstoß wirbelte Schnee auf den Fußboden.

»Du hast recht. Bis später.«

Ich schloß die Tür und beobachtete durch die Glasscheibe, wie er in seinen Blazer einstieg. Dann gingen die Lampen auf dem Wagendach an, und ich sah, wie er in sein Funkgerät sprach und sich etwas aufschrieb. Der Lichtstrahl seiner Scheinwerfer erfaßte die heftig wirbelnden Schneeflocken, als er rückwärts aus der Einfahrt fuhr. Auf der Straße wendete er den Wagen und lenkte ihn in Richtung Stadt. Ein Windstoß verwischte seine Reifenspuren, so daß es keinerlei Anzeichen mehr dafür gab, daß er je dagewesen war. Ich schaltete das Verandalicht aus.

Nachdem ich die Tür verschlossen hatte, begann ich, die Rolladen herunterzulassen. Einer der Nachteile bei einem alten Haus sind die Fenster: Wenn der Wind bläst, verwandeln sich ihre Holzrahmen in ein Orchester aus Pfeifeninstrumenten, und zusammen mit dem Heulen der Dachtraufen erzeugen diese Klänge die reinsten Alpträume.

Es half nicht gerade, daß in diesem Moment die Lichter anfingen zu flackern. Ich sah zur Hintertür hinaus. Der Schneefall war in der mondlosen Nacht nicht zu sehen, aber ich wußte, daß es immer noch schneite. Ein Gefühl tiefer Müdigkeit senkte sich über mich und sickerte langsam in meine Knochen. Stud strich zwischen meinen Beinen hin und her und schnurrte dabei wie ein kleines Kätzchen, das er nicht war.

»Wenn die Lichter ausgehen, bedeutet das, daß der Boiler mit ausgeht, also werde ich jetzt raufgehen und mich in die Badewanne legen, so lange es noch heißes Wasser gibt«, erklärte ich Stud, während ich mich herunterbeugte und seinen Kopf kraulte. »Kommst du mit? Nein? Dann mach dich nützlich und geh ans Telefon, wenn es klingelt.«

Dampf hüllte den Badezimmerspiegel ein und glitzerte auf der Kachelverkleidung. Ich zog prüfend meine Hand durch das Wasser, das in die Wanne mit Klauenfüßen eingelaufen war. Sie ist praktisch groß und tief genug, um darin zu schwimmen. Ich ließ weiter meine Hand hin und her gleiten, während meine Gedanken zu der Haida-Indianerin und ihrem Lied wanderten. Vielleicht hatte Kyle ja recht. Vielleicht mußte ich der Spur bis zum Ende folgen, das Lied singend, mein Lied, welches immer das sein mochte. Dann mußte ich es rückwärts singen, um heimzukommen. Dabei gab es nur ein kleines Problem: Ich kannte den Text nicht.

Ich drehte den Wasserhahn zu, stieg in die Wanne und ließ mich ins Wasser gleiten. Es war, als schlüpfte ich in Seide. Ich zog ein Handtuch von dem Ständer über mir, faltete es und legte es unter meinen Kopf. Viel besser konnte es gar nicht werden.

Meine Gedanken wurden so fließend wie die Wärme, die mich umgab. Das Wasser plätscherte gegen mein Kinn, während ich leicht meine Arme bewegte, sie frei auf der Oberfläche treiben ließ. Die Welt war in Ordnung, und alles, was zählte, war der Augenblick.

Ich glitt über den Ozean. Sterne hoben sich wie Kristalle gegen die ebenholzschwarze Nacht ab. Ein Lied, von irgend jemandem gesungen, zog mich tief hinab. Worte, ununterscheidbar, pulsierten durch meinen Kopf. Das war es also, worum es bei der totalen Entspannung ging. Meine erste Zenbadewannenerfahrung: Ich wurde eins mit dem Wasser. Eins mit dem – Schrei der Katze?

Ich fuhr hoch, umklammerte mit beiden Händen den Badewannenrand und blinzelte. Ein feuchter Dunst hing schwer im Raum, Umrisse und Formen in gedämpften Grautönen bildend. Ich hörte nichts. Nicht ein Geräusch.

»Stud. Kätzchen, Kätzchen.« Er antwortete nicht. Aber das tat er ja schließlich nie. »Hierher, mein Kätzchen. Na komm.«

Ich schrieb es meiner Einbildung zu. Gerade, als ich mich wieder ins Wasser zurückgelegt hatte, flackerten die Lichter. Ich sah zur Lampe auf.

»Mach doch, was du willst«, schimpfte ich. »Geh aus oder bleib an. Mir ist es wirklich egal.«

Der Raum versank in Dunkelheit. Irgendwie hat Dunkelheit etwas Archaisches. Vielleicht liegt es daran, wie verletzlich wir uns in ihr fühlen. Ich hatte sie als Kind nie gemocht, und ich mochte sie jetzt nicht. Ich wartete darauf, daß das Licht wieder anging. Das tat es aber nicht. Der Wind heulte durch die Dachtraufen, und die Pfeifeninstrumente der Fenster setzten wieder ein. Windstöße stürmten gegen die Hauswände, als ich erneut aufrecht in der Wanne saß, mit den Händen den Rand umklammernd, und plötzlich wurde mir sehr kalt.

Während das windbetriebene Orchester durch das Haus stöhnte und ächzte, stand ich auf und kletterte aus der Wanne. Von irgendwoher kam eindeutig ein kalter Luftzug. Ich griff in der Dunkelheit nach einem Handtuch. Als meine Hand das Waschbecken streifte, fegte sie etwas zu Boden. Ich machte einen Schritt rückwärts und spürte einen stechenden Schmerz in meiner Fußsohle. Das Wasser tropfte von meinem Körper und ließ den Boden rutschig werden. Mühsam das Gleichgewicht haltend, hob ich meinen Fuß und tastete ihn mit der Hand ab, bis ich einen Glassplitter in meiner Ferse fand. Ich konnte ihn zwar leicht herausziehen, aber das war es nicht, worauf sich meine Aufmerksamkeit richtete, sondern das Knarren einer Diele genau vor der Badezimmertür ließ das Adrenalin durch meine Venen schießen.

Wenn dieses Streßhormon freigesetzt wird, geschieht etwas Merkwürdiges mit einem: Man empfindet einen Ansturm von Kühnheit und Panik, und dieser Bruchteil einer Sekunde, in dem man entscheidet, ob man fliehen oder kämpfen soll, scheint eine Ewigkeit zu dauern. Die Zeit verlangsamt sich und hält dann an. Ich befand mich in diesem Bruchteil einer Sekunde. Meine Brust verengte sich. Ein weiteres Knarren. Man konnte unmöglich sagen, wo die Glasscherben warteten, aber das Geräusch ihres Splitterns hätte einen Tauben zu der Stelle geführt, an der ich nackt in der Dunkelheit stand.

Meine Hand tastete vorsichtig weiter. Als ich das weiche Handtuch fühlte, das neben dem Waschbecken hing, zog ich es zu mir heran. Es um meinen immer noch tropfnassen Körper wickelnd, bewegte ich mich auf die Toilette zu. Dort suchte ich tastend auf dem Boden herum, bis meine Hand den Saugheber am Holzgriff berührte. Das war der einzige Gegenstand im Badezimmer, der sich als Waffe verwenden ließ. Das Schnarnier quietschte, als ich den Klodeckel herunterließ, um mich auf ihn zu stellen. Wenn ich nichts sehen konnte, dann konnte, wer immer vor der Tür stand, auch nichts sehen. Ich war nun mit einem sechzig Zentimeter langen Stock ausgerüstet und hatte meiner Größe weitere sechzig Zentimeter hinzugefügt. Ich hoffte, daß ich die Gelegenheit bekäme, meinem Angreifer die Saugglocke in seine Visage zu drücken und ihn damit kampfunfähig zu machen. Aber dann überlegte ich es mir anders und zerrte die rote Gummiglocke vom unteren Ende des Holzknüppels.

Ich preßte mich mit dem Rücken gegen die Wand und wartete. Der Bruchteil einer Sekunde endete, als das Holz der Badezimmertür unter einem gewaltigen Kraftakt splitternd in Stücke ging. Es bedurfte nicht viel, um draufzukommen, daß jemand die Tür eingetreten hatte. Dann kam ein Grunzen und eine Bewegung. Der Umriß eines Körpers, schwarz und schwärzer, kam auf mich zu. Ich schwang den Griff des Saughebers wie einen Baseballschläger und schlug so fest zu, daß die massige Gestalt vor mir ins Taumeln geriet. Ich sprang vom Klodeckel, stürzte zu der offenen Tür und hätte es beinahe geschafft, wenn nicht eine Hand meinen Fußknöchel gepackt hätte.

Ich drehte mich auf den Rücken und fing an zu treten. Dabei stieß meine Fußsohle in das Weiche eines Gesichts. Wieder und wieder holte ich aus und trat zu. Der Griff um meinen Knöchel lockerte sich gerade genug, um ihn aus der Umklammerung zu befreien. Auf Händen und Füßen kroch ich aus der Badezimmertür in den Flur. Es galt, entweder das Schlafzimmer oder die Treppe zu erreichen. Ich sprintete zur Treppe. In diesem Augenblick traf mich etwas mit solcher

Wucht im Rücken, daß es mir die Luft in der Lunge aus meinem Mund preßte. Meine Knie gaben nach, und ich ging zu Boden. Gleich darauf wurde ich hochgerissen. Hände griffen unter meine Arme, Finger gruben sich in meine Brüste, und ich flog gegen die Wand, geschleudert mit einer Leichtigkeit, als wäre ich eine Stoffpuppe. Ich hörte ein schnaufendes Atmen.

Slater stand über mir, umrahmt vom Licht, das von unten herauffiel. Er kam noch näher und holte erneut aus. Ich wich blitzschnell aus und machte den vergeblichen Versuch, seine Beine unter ihm wegzutreten. Mein Handtuch war mir in dem Kampfgetümmel schon längst abhanden gekommen, und ich fühlte den kalten Fußboden an meinem Hintern. Wieder kam er näher.

Das war der Moment der Entscheidung. Ich wählte nicht die Flucht. Das konnte ich nicht. Mit letzter Kraft rollte ich mich auf die rechte Seite und sprang auf die Füße. Mich von der Wand abstoßend, warf ich mich mit ausgestreckten Armen auf ihn und stieß ihn mit voller Wucht gegen die Brust. Slater verlor das Gleichgewicht, stolperte rückwärts und packte gleichzeitig mein Handgelenk. Er fiel in Richtung Treppe, und er nahm mich mit.

»Verfluchtes Miststück.« Es klang mehr wie ein Knurren als Worte.

Ich griff nach dem Geländer und hielt mich daran fest, während er über der obersten Stufe schwankte und dann krachend nach hinten fiel. Er drehte sich seitwärts und zog mich bis zur Mitte der Treppe herunter, bevor er mein Handgelenk losließ und sich mehrmals überschlagend nach unten stürzte. Dann schlug er mit solcher Wucht auf dem Fußboden auf, daß ich fühlte, wie das Holz unter mir erzitterte, während ich die Stufen hinaufkroch. Er stieß einen entsetzlichen Schrei aus, als er sich seitwärts zur offenen Haustür hin schleppte.

Auf allen vieren erreichte ich das obere Ende der Treppe, stand auf und rannte in mein Schlafzimmer. Dort nahm ich meine Pistole aus dem Halfter im Schrank, schob das Magazin hinein, entsicherte sie und trat, die Waffe in steif vor mir ausgestreckten Händen haltend, wieder auf den Flur. Ich sah, daß er inzwischen auf der Veranda war und sich aufzurichten versuchte, bevor er wieder umfiel.

Das Geräusch eines anspringenden Motors und quietschender Reifen von der Einfahrt, das Aufleuchten von Scheinwerfern, der brennende Schmerz an meinen Brüsten, in meinen Knien und auf meinem Rücken, der Wind, der den Schnee durch die Haustür peitschte, und die betäubende Kälte ergaben zusammen eine Attacke von Sinneseindrücken, die drohte, mir das Bewußtsein zu rauben. Ich erinnere mich nicht daran, wie ich die Treppe hinunterkam, nur, daß ich plötzlich vor der Haustür stand und sie zuschlug. Und verschloß. Ich weiß auch nicht mehr, daß ich ins Wohnzimmer ging und die Wolldecke um mich wickelte, die auf dem Sofa lag. Ich erinnere mich nicht daran, den Rettungsdienst angerufen zu haben. Woran ich mich allerdings erinnere, ist das Gefühl, als Stud seinen Kopf gegen meinen stupste, den Eindruck, die Lautstärke seines Schnurrens hätte sich irgendwie verzehnfacht. Dann gab es noch die kristallenen Sterne an einem nachtschwarzen Himmel, die mich über das ruhige Wasser geleiteten, und dieses Lied, dieses unendlich traurige Lied, das irgendwo um mich her, und doch jenseits meiner Reichweite durch den Raum schwebte.

»Hier ist der Rettungsdienst. Brauchen Sie Hilfe? Hallo? Haben Sie den Notruf gewählt? Bitte melden Sie sich.«

26

Gelbe, blaue und weiße Schatten kamen durch die Fenster ins Wohnzimmer getanzt und sprangen hüpfend von Wand zu Wand. Stud, vollkommen fasziniert, drehte rasch seinen Kopf von einer Seite zur anderen und versuchte, mit den Augen die verschiedenfarbigen Lichter der vor meinem Haus geparkten Streifenwagen zu verfolgen. Auch ich fand diese Lightshow hypnotisierend. Ich saß auf der Couch, eingehüllt in die Wolldecke, und trank in kleinen Schlucken aus einer Plastiktasse.

»Was ist das?«

»Kaffee. Kommt aus meiner Thermoskanne. Deshalb erkennst du wohl den Geschmack nicht.« Kyle grinste, streckte die Hand aus und klopfte mir auf den Rücken.

Ich zuckte zusammen. »O Gott, tu das nicht. Ich glaube, meine Wirbelsäule ist gebrochen.«

»Wir sollten dich wirklich ins St. Vincent Krankenhaus bringen und untersuchen lassen, Phoebe. Du siehst nicht besonders gut aus.«

»Ich sag dir was, wenn jemand versucht hätte, den Boden mit deinem Gesicht aufzuwischen, würdest du auch nicht besonders gut aussehen.«

»Bist du sicher, daß es Slater war?«

»Verdammte Scheiße.« Meine Stimmung verschlechterte sich zusehends. »Ich hab dir doch versucht zu erklären, daß dieser Kerl total durchgeknallt ist.«

»Nein. Du hast mich nur gefragt, was ich über ihn weiß, Phoebe.«

»Und warum hast du mir dann nicht gesagt, daß er ein mordlüsterner Irrer ist? Warum nicht?«

»Wie hätte ich das denn wissen sollen, bevor so was wie das hier passiert ist?«

Clint Beemer, ein Polizist, der auch am Tatort im Fall Frank Chillman gewesen war, kam ins Wohnzimmer und setzte sich mir gegenüber in einen Sessel. »Schade, daß wir uns immer nur bei solchen Gelegenheiten treffen.«

»Was ist eigentlich los hier? Ich meine, nehmt ihr Typen, oder wenigstens einer von euch, die Sache überhaupt ernst? Verdammt noch mal, der Kerl hat versucht, mich umzubringen. Kapiert ihr das nicht? Wie? Schnupft ihr vielleicht alle Backpulver in eurer Freizeit oder was? Grundgütiger.«

»Backpulver, hm? Was meinst du, Wolf? Vielleicht sollten wir das mal ausprobieren.«

»Vielleicht«, antwortete Kyle.

»Da habt ihr's. Genau das meine ich. Diese Art von Mist geht mir wirklich auf die Nerven.«

»Beruhige dich, Siegel. Ich hab doch nur versucht, deine Stimmung ein bißchen zu heben.«

»Ach ja? Aber wenn du meine Stimmung heben willst, wie du es nennst, dann fände ich es wesentlich sinnvoller, wenn du dieses Arschloch schnappen würdest. Was hältst du denn davon?«

Ich wußte, daß mein Kopf auf und nieder und hin und her wackelte, als ich von Kyle zu Beemer und wieder zurück blickte. Aber was soll's, denn schließlich schien diese kleine spastische Zurschaustellung von Ärger meine Botschaft rüberzubringen.

»Einer von den Jungs hat festgestellt, daß er das Haustürschloß aufgebrochen hat. Der Idiot hat sogar den Schraubenzieher, den er dazu benutzt hat, auf der Veranda liegenlassen. Hat er Handschuhe getragen?«

»Woher soll ich das denn wissen?«

»Na ja, du hast doch gesagt, er hätte dich ohne … du hättest nichts …« Clint räusperte sich verlegen.

»Ich war nackt. Splitterfasernackt. Und ich habe nicht gerade Inventur gemacht von dem, was er anhatte. Außerdem kommt hinzu, daß es total dunkel war, bis wir in den Flur kamen.«

»Dann kannst du ihn auch nicht mit Sicherheit identifizieren, oder?«

»Es war Slater. S-L-A-T-E-R. Ich war heute Nachmittag in seinem Büro, und ich weiß sehr wohl, wie er aussieht.«

»Verflucht.« Clint rieb sich mit den Fingern über seinen Nasenrücken. »Ich kenne diesen Kerl schon lange, und eigentlich ist er vollkommen –«

»Dasselbe habe ich auch gedacht«, unterbrach Kyle ihn.

»Aber wenn Phoebe sagt, daß es Slater war, dann war er's auch.«

»Du sagtest, du glaubst, daß er verletzt war«, fuhr Clint fort. »Schwer?«

»Ich weiß nur, daß er die Treppe runtergefallen ist, auf die Veranda gekrochen ist und es irgendwie geschafft hat, in sein Auto zu steigen.«

»Da führt eine Blutspur vom Badezimmer in den Flur und über die Stufen. Dein oder sein Blut?«

»Beides. Ich habe im Badezimmer ein Glas runtergeschmissen und bin in die Scherben getreten. Das war kurz bevor ich ihn mit dem Saugheber erwischt hab.«

»Laß mich mal sehen.« Kyle bückte sich und ergriff meinen Fuß, als ich ihn vom Boden hob. »Ist nicht so schlimm.«

»Einen Saugheber?« Clint sah verblüfft aus. »Du hast einen Saugheber benutzt?«

»Ich habe den Holzgriff eines Saughebers benutzt, Clint. Was hätte ich denn deiner Meinung nach benutzen sollen? Hätte ich ihn vielleicht mit meinem Handtuch bewußtlos schlagen sollen?«

»Ich weiß, daß du Schreckliches durchgemacht hast, Siegel, und ich will's für dich nicht schlimmer machen, als es schon war. Aber ... ich muß dich fragen, ob er irgendeinen Versuch gemacht hat ...«

Ich wußte, was er sagen wollte. »Nein. Er hat nicht versucht, mich zu vergewaltigen. Das war's nicht, worum es ging.«

Da gibt es einen bestimmten Gesichtsausdruck, den Polizisten immer aufsetzen, wenn sie am liebsten in den Gehirnkasten ihres Gegenübers hineinkriechen würden, um dort aufzuspüren, was sie brauchen. Da ich nichts offenbaren wollte, tat ich das Naheliegendste und schaute weg.

»Komm schon, Siegel, hier ist doch was faul. Zuerst finde ich dich in irgendeiner Einöde mit einem Toten, dem das Hirn weggepustet wurde, dann wird auf dich geschossen –«

Er hielt inne und sah zu Kyle. Der stand auf und ging in die Küche. Meine Augen folgten ihm, während er den Raum verließ. Alles war besser als ein Wettkampf im Niederstarren mit Clint.

Er fuhr fort: »Ihr Typen geht mir wirklich langsam auf die Nerven –«

»Typen?«

»Was auch immer. Wie gesagt, zuerst Chillman, dann schießt jemand auf dich, und jetzt entpuppt sich Slater als Schlägertyp, bricht deine Tür auf und fängt an –«

»Ich kann nicht drüber reden, Clint.«

»Das ist genau das, was ich meine. Verdammte Scheiße, was sollen wir denn da tun? Du behinderst meine Arbeit. Ich brauche ein Motiv, und ich weiß, daß du verdammt gut weißt, was es ist.«

Ich erhob mich, die Wolldecke noch enger um mich wickelnd. »Darf ich jetzt raufgehen und mich anziehen?«

»Siegel –«

»Du schnappst dir Slater und läßt dir von ihm das Motiv sagen. Und – ich wäre gern dabei, wenn du ihn danach fragst.«

Ich drehte mich um und ging zur Treppe, die ich zuvor so schwungvoll hinuntergezerrt worden war. Als ich die erste Stufe erreichte, schaute ich durch den Flur in die Küche und bemerkte Kyle am Telefon. Als er mich sah, wandte er sich ab. Clint trat hinter mich.

»Ich glaub, ich schaff das allein, Beemer.«

»Ich will dir nur sagen, Siegel, wenn du dich weigerst, eine Aussage zu machen, werde ich dich von Wolf auf die Wache bringen lassen müssen.«

»Wirst du dich denn weigern, die Notaufnahmen der Krankenhäuser zu überprüfen, um zu sehen, ob er bei einer davon auftaucht?«

»Ich weiß, wie ich meinen Job zu machen habe.«

»Du vergißt, Beemer, daß ich ebenfalls weiß, wie dein Job zu machen ist.«

Die Welt sieht irgendwie anders aus, nachdem jemand in das eigene Haus, das sichere Nest eingedrungen ist. Mit der Ausnahme, daß ich einmal jemanden an einer Pappel in meinem Garten hängend gefunden hatte, habe ich mein Heim immer als unverletzbar betrachtet. Nun hatte ich einen Crashkurs in Sachen Verletzbarkeit erhalten, und das gefiel mir ganz und gar nicht.

Während die Verbrechensrate landesweit gefallen ist, hat sie sich in Montana verdoppelt. Ich erinnere mich noch daran, als ich ein Kind war, haben wir nie die Haustür versperrt, und mein Vater war Polizist. Jetzt schienen sich die Gangster Billings zum bevorzugten Revier erkoren zu haben, und brutale Morde ereigneten sich in Gemeinden, die so klein waren, daß sie nicht einmal eine Verkehrsampel hatten, oder höchstens eine.

Schießereien aus vorbeifahrenden Autos und Überfälle auf Autofahrer, um sie auszurauben oder den Wagen zu stehlen, waren noch neue Phänomene für uns, aber es gab sie bereits. Die rechtsradikale Montana Miliz hatte landesweit für Schlagzeilen gesorgt und war sogar zum Gegenstand einer Kongreßdebatte zum Thema Terrorismus geworden, und die Eltern von Grundschulkindern mußten Erklärungen unterschreiben, in denen sie versicherten, daß ihre Sprößlinge keine Waffen mit in die Schule bringen durften. Es war da, und es würde dableiben, was immer es war, und trotzdem hatten wir uns eine gesunde Dosis Naivität bewahrt. Auch wenn es immer seltener vorkam, hielten die Menschen noch an, um Fremden zu helfen, die mit ihrem Auto auf der Straße liegengeblieben waren. Junge Mädchen ließen sich von Fremden im Wagen mitnehmen, und statt dafür nur eine Rüge zu kassieren, endeten sie als Tote in einer Schlucht, umgebracht von irgendeinem Psychopathen. Ältere Frauen ließen Fremde, die darum baten, ihr Telefon benutzen zu dürfen, in ihre Wohnung, und Mütter ließen immer noch ihre Kleinkinder unbeaufsichtigt draußen herumspielen.

Die Polizei wußte nur zu gut, was in unserem Bundesstaat alles passieren konnte. Es waren die Bürger, die in dieser Hinsicht dazulernen mußten. Das hatte ich gerade. Tja, die Welt sieht dann wirklich anders aus, und für einen kurzen, nachdenklichen Moment war ich eher traurig als wütend.

»Bist du okay?« fragte Kyle.

»Nein.«

Ich sah aus dem Seitenfenster seines Streifenwagens. Die Nachtluft flimmerte bei null Grad. Niemand war auf der Straße, außer einem einsamen, knochigen Hund, der vor uns die Fahrbahn überquerte. Kyle hielt den Wagen an, bis das Tier auf der anderen Seite war.

»Ist dir warm genug?«

»Klar.«

»Phoebe, ich wäre fast gestorben, als ich über Funk den Einsatzbefehl mit deiner Adresse bekam. Ich war gerade draußen, in der Nähe von Molt, und es schien mir Stunden zu dauern, um zu dir zu kommen. Aber Beemer, auch wenn du ihn für ein Arschloch hältst, hat mir während der Fahrt alles ganz genau berichtet.«

Ich konnte mich nicht einmal in Gedanken mit Beemer befassen.

»Hast du meine Mutter erreicht?«

»Nein, aber Michael.«

»Na, großartig.«

»Ich wollte nicht, daß sie mich in Uniform vor ihrer Haustür stehen sieht. Also habe ich Michael angerufen.«

»Ist schon okay. Mir ist ... ich fühle mich einfach zerschlagen.«

»Das bist du auch.«

Ich wollte nicht, aber ich mußte lächeln.

»Er ist sofort auf die Wache gekommen und hat dort gewartet, während du deine Aussage gemacht hast. Ich sagte ihm, ich würde dich anschließend zu deiner Mutter bringen.«

»Hat er gesagt, wie's ihr geht?«

»Ja, das hat er. Himmel noch mal, wie soll es ihr schon gehen, sie war mit einem Polizisten verheiratet, hatte einen Sohn, der Polizist war, und jetzt hat sie –«

»Mich. Richtig?«

»Du sagst es.« Er sah mich an und lächelte. »Sie ist eine wirklich tapfere Lady, Phoebe. Ihre Hauptsorge war, daß mit dir alles in Ordnung ist. Sie wollte, daß Michael dafür sorgt, daß du heute nacht bei ihr bleibst. Sie wird bestimmt total begeistert sein, daß du diesen Dingsda mitbringst.«

»Stud?« Ich schaute hinter mich. Stud saß aufrecht auf der Lehne des Rücksitzes und blickte zur Heckscheibe hinaus. »Ich dachte schon, er wäre tot. Jedenfalls geht er heute nacht dahin, wohin ich gehe.«

»Ich bin überrascht, daß Slater noch imstande war zu kriechen, nachdem er sich mit deiner Katze und dir eingelassen hat. Was für eine tödliche Kombination.«

»Kyle?«

»Hmm?«

»Es war Slater.«

»Das habe ich auch nicht eine Minute bezweifelt. Es ist einfach nur schwer vorstellbar. Ich meine, er hat so was noch nie gemacht. Aber ich weiß genau, daß keiner deine Aussage anzweifelt. Allerdings bleibt immer noch die große Frage nach dem Warum.«

Kyle hielt vor dem Haus meiner Mutter und schaltete den Motor aus. Ich sah hinaus. Aus dem Wohnzimmerfenster fiel gedämpftes Licht, und auch die Außenlampe war an. Der Schnee in der Einfahrt war frisch geräumt. Ich spürte Kyles Hand auf meiner Schulter und wandte mich zu ihm um.

»Danke, Kyle.«

»Wofür?«

»Daß du geboren bist? Wie, zum Teufel, soll ich das wissen, wenn du's nicht weißt? Na ja, dafür, daß du da bist. Grundgütiger.«

Er streckte die Hand aus und versuchte, mir das Haar aus

meinem Gesicht zu streichen. »Du solltest dich mal wieder beruhigen, Phoebe. Wir werden den Kerl schon kriegen.«

»Mache ich etwa einen hysterischen Eindruck?«

»Laß es mich so sagen, du hast heute abend nach jedem geschnappt, der sich dir auf fünf Meter genähert hat. Wir sind aber nicht der Feind.«

»So schlimm, ja?«

»So schlimm.«

Seine Hand machte sich weiter an meinen Haaren zu schaffen.

»Hab ich dir schon mal gesagt, daß ich dein Haar liebe?«

»Willst du's haben? Mir fehlt sowieso schon ein Batzen davon.«

»Ich meine es ernst. Ich liebe dein Haar.«

»Du verstehst es wirklich, mich aufzumuntern«, meinte ich sarkastisch und fügte hinzu: »Wußtest du, daß es von denselben Leuten gemacht wurde, von denen die Ako-pads kommen?«

»Das mag ich ja so daran. Es ist zäh.«

»Du meinst, so zäh, daß es auch von allein existieren könnte?«

»Nein. Es ist wie du. Wild und unabhängig, spielt nach seinen eigenen Regeln. Es ist ehrlich. Ja, genau. Es ist ehrliches Haar.«

»Willst du damit auf irgendwas hinaus?«

»Kann schon sein. Aber jetzt komm, ich bring dich zur Tür.«

»Ich finde den Weg schon allein, Kyle. Komm, Stud, wir gehen die Oma besuchen.«

Ich klopfte mit den Fingern auf die Nackenstütze, und Stud sprang auf den Vordersitz. Ich hob ihn hoch und öffnete die Tür. »Weißt du, das ist das erste Mal, daß Stud in einem richtigen Streifenwagen gefahren ist. Wahrscheinlich hätte es ihm noch besser gefallen, wenn du das Blaulicht und die Sirene angemacht hättest.«

»Nächstes Mal. Phoebe?«

»Ja?« Ich war bereits ausgestiegen und mußte mich noch einmal in den Wagen beugen, um ihn anzusehen.

»Warum ist Slater auf dich losgegangen?«

»Frag ihn.«

Michael saß am Küchentisch. Er sagte nichts, als ich den Raum betrat. Er sah verstört aus. Besorgt. Mom überraschte mich: Sie war ruhig. Innerhalb weniger Minuten hatte sie mich nach oben in mein altes Zimmer verfrachtet. Die Bettdecke war aufgeschlagen, die Kissen waren aufgeplustert. Ich zog einen ihrer Flanellschlafanzüge an, den sie aufs Bett gelegt hatte, und kroch in die Federn.

»Wir reden morgen, Liebes. Zuerst sollst du dich mal richtig ausschlafen.«

»Mom? Die Haustür war unverschlossen, als ich reinkam. Sperr sie zu.«

Sie war einen Moment lang still, dann beugte sie sich herab und küßte mich. »Hat die Katze gefressen?«

»Ständig. Er braucht nichts.« Kaum hatte ich das gesagt, kam Stud aufs Bett gesprungen.

»Michael bleibt über Nacht hier. Du kannst also ganz beruhigt sein.«

»Du meinst, weil er gute Kontakte nach oben hat?« fragte ich neckend. Sie zog die Stirn kraus, und ich setzte rasch hinzu: »Richte ihm meinen Dank aus.«

»Gute Nacht, mein Schatz.« Sie ging zur Tür und knipste das Licht aus.

Als ich ihre Schritte auf der Treppe hörte, langte ich mit dem Arm neben das Bett und schaltete die Nachttischlampe ein. Ich hatte genug Dunkelheit für eine Nacht gehabt.

Der Schlaf bringt für gewöhnlich Träume mit sich. Aber falls ich in dieser Nacht irgendwelche Träume hatte, kann ich mich nicht an sie erinnern. Als mich jemand mit sanfter Hand rüttelte, meinen Namen flüsterte und mich zu wecken versuchte, kämpfte ich dagegen an: In meinem Schlaf konnte mich niemand finden.

»Fee«, die Stimme war weich und schmeichelnd. »Wach auf. Na, komm.«

Als ich die Hand abschütteln wollte, verspürte ich einen stechenden Schmerz in meiner Schulter.

»Scheiße.« Ich wartete, bis der Schmerz nachließ und rollte mich dann auf den Rücken.

»Ich habe dir eine Tasse Kaffee gebracht.« Michael saß auf der Bettkante und lächelte mich an. »Sie steht auf dem Nachttisch.«

»O Gott, ist das eine Art Buße, daß ich vom Heiligen Vater geweckt werde?«

»Nein, das ist ein Friedensangebot.«

»Für was?« Ich gähnte und machte einen schwachen Versuch, mich zu strecken.

»Dafür, daß ich dir gegenüber neulich abends so verdammt verurteilend war. Aber was dir passiert ist, hat mich irgendwie klarer sehen lassen – ich meine, zuerst der Schuß und dann das. Ich will dich niemals verlieren, Fee.« Er hatte tatsächlich Tränen in den Augen.

»Nun werd mal nicht gleich sentimental, Michael. Und außerdem, wenn du mich nicht hättest, müßtest du die ganze Zeit auf Kehly rumhacken, und die könnte das nicht vertragen. Aber ich bin hart im Nehmen und ein ebenbürtiger Gegner.«

Er verdrehte die Augen. »Du könntest es mir ruhig mal leicht machen.«

»Niemals«, sagte ich, während ich die Hand nach dem Kaffee ausstreckte. »Und jetzt will ich die Wahrheit wissen. Warum der Zimmerservice?«

»Hast du jemals in deinem Leben irgendwas einfach mal unhinterfragt hingenommen?«

»Du meinst, es gibt Leute, die so was machen? Du liebe

Güte.« Ich warf ihm ein Lächeln zu und nippte an meinem Kaffee.

»Du bist hoffnungslos.«

»Nicht hoffnungslos, Michael. Ich bin nur deine größte Herausforderung. Wo ist eigentlich Mutter?«

»Unten und macht Frühstück. Kyle hat übrigens gerade eben angerufen.«

»Und?«

»Sie haben diesen Kerl, der dich überfallen hat, in Gewahrsam genommen.«

»Im Ernst?« Ich fühlte mich, als hätte mir jemand eine Ammoniakflasche unter die Nase gehalten. Augenblicklich warf ich die Decken zurück und sprang aus dem Bett.

»Im Ernst«, erwiderte er und lachte. »Du kannst ruhig langsam machen. Ich hab Kyle gesagt, du wärst noch nicht aufgestanden, und er meinte, er würde in einer Stunde hier sein.«

»Wie spät ist es?«

»Kurz nach sechs.«

»Bist du sicher, daß er gesagt hat, sie hätten ihn verhaftet?«

»Ich hab zweimal nachgefragt. Sie haben ihn geschnappt, Phoebe.«

»Wie geht's Mutter?«

»Sie hat sich großartig verhalten. Ich denke, wir unterschätzen sie.«

»Michael, es tut mir leid wegen neulich. Wirklich. Es ist einfach so, daß –«

»Später. Wir werden drauf zurückkommen, wenn sich die Dinge wieder etwas beruhigt haben.«

Ich sah ihn an und sagte nichts.

»Was?«

»Wenn sich die Dinge beruhigt haben? Da sehe ich keine großen Chancen.«

»Warum hüpfst du jetzt nicht in die Badewanne und –«

»Das Baden hab ich mir abgewöhnt.«

»Das hast du vom Duschen auch gesagt, nachdem du *Psy-*

cho gesehen hast. Deine hygienischen Wahlmöglichkeiten schwinden zusehends.«

»Bleibt immer noch die Autowaschanlage.«

Erst als Michael aufstand, bemerkte ich, daß er seinen weißen Kragen trug. Er war der bestaussehende Mann von allen Siegels; er und Kehly hatten offenbar ein paar Gene abbekommen, die spurlos an mir vorübergegangen waren.

»Komm runter, wenn du angezogen bist. Dann können wir zusammen noch etwas Brot brechen.« Er sah auf seine Armbanduhr. »Ich habe um neun eine Messe, also beeil dich ein bißchen.«

»Michael, danke für den Kaffee und das Gespräch.«

»Jederzeit.« Er ging.

Bis ich meiner Mutter eine abgeschwächte Version der nächtlichen Ereignisse erzählt, einen Stapel Pfannkuchen mit Butter und Süßkirschsirup gegessen und genug Kaffee getrunken hatte, um ein Footballteam auf Trab zu bringen, war Michael gegangen, um den Leib und das Blut Jesu Christi auszuteilen, und Kyle war in die Küche gekommen.

»Hat sie Ihnen letzte Nacht irgendwelche Schwierigkeiten gemacht?« fragte er meine Mutter, während sie ihm eine Tasse Kaffee vorsetzte.

»Kein bißchen. Wie wär's mit etwas Frühstück, Kyle? Sie sehen aus, als hätten Sie eine lange Nacht gehabt.«

»Ich habe keinen Hunger, danke.«

»Der Kaffee steht dort drüben, bedienen Sie sich, wenn Sie noch welchen möchten.« Sie wandte sich an mich. »Phoebe, Schatz, ich gehe jetzt nach oben und mache die Betten. Kommst du später noch mal vorbei?«

»Vielleicht, Mom. Aber ich kann's nicht versprechen.«

»Ruf mich, bevor du gehst.«

»Mache ich.«

Kyle sah ihr nach, als sie den Raum verließ, und wir schwiegen beide, bis wir ihre Schritte auf dem oberen Flur hörten.

»Was gibt's?« fragte ich ihn. »Michael hat mir gesagt, ihr hättet Slater festgesetzt.«

»Stimmt. Wir wurden gegen Mitternacht von einem Klinikarzt angerufen. Als Slater dort eintraf, hat uns der Doktor verständigt. Wir hatten beide Notaufnahmestationen in der Stadt von unserer Suche benachrichtigt und sein Büro und seine Wohnung überwachen lassen.«

»Hat er irgendwelche Probleme gemacht?«

»Keine. Nachdem der Arzt ihn behandelt hat, wurde er in Gewahrsam genommen. Er ist jetzt auf der Wache.«

»Redet er?«

»Allerdings. Und er will dich sehen.«

»Du willst mich wohl verarschen.«

»Nein, will ich nicht. Aber das bringt mich zum nächsten Problem.«

»Und das wäre?«

»Wo ist das Material, das Zeug, von dem ich nichts weiß, das Nick dir zugespielt hat?«

»Bei mir zu Hause. Warum?« Ich lehnte mich in meinem Stuhl zurück. »Ach du Scheiße, es ist in meinem Büro. Hat etwa jemand –«

»Nein. Ich bin noch mal rausgefahren, nachdem ich dich hier abgesetzt hatte und hab deine Haustür gesichert.« Er griff in seine Jackentasche und zog meine Schlüssel hervor. »Hier. Die Kollegen waren noch mit der Spurensicherung beschäftigt, als ich ankam, und so hab ich gewartet, bis sie fertig waren. Jedenfalls hast du ziemliches Glück gehabt.«

»Wieso?«

»Du hast diesen ganzen Maitland-Kram offen auf deinem Schreibtisch liegenlassen. Ich bin reingegangen, um das Telefon zu benutzen, und da hab ich's bemerkt.«

»Verdammte Scheiße.«

»Ich weiß nicht, ob Beemer es auch gesehen hat oder nicht. Falls ja, hat er mir gegenüber jedenfalls nichts gesagt.«

»War er auch in meinem Büro?«

»Woher soll ich das wissen? Aber es geht um Nick, der hier seinen Arsch riskiert hat.«

»Hör zu, Kyle, das meiste von dem Zeug hab ich von Maitland bekommen ...«

Er hob seine Hand und unterbrach mich: »Ach ja? Aber du weißt doch genau, daß unser Material gestempelt ist, und das lag vollkommen offen da rum. Doch das ist noch nicht alles.«

Ich holte tief Luft und atmete hörbar wieder aus. »Was denn noch?«

»Ein paar von den Kriminalbeamten haben von der Sache mit Slater gehört und uns Dougies persönliche Habseligkeiten aus dem Krankenhaus gebracht. Scheinbar hat er einen Terminkalender auf Streichholzbriefchen geführt. Und auf die Innenseite von einem hat er Slaters Name, ein Datum, eine Uhrzeit und eine unvollständige Telefonnummer notiert. Das Datum war der Tag, an dem er überfallen wurde.«

»Heißt das, Slater war derjenige, der –«

»Nein. Es waren definitiv diese Kids, die ihn durchgeprügelt haben. Es ist bloß einer von diesen seltsamen Zufällen, daß es an demselben Tag passiert ist, an dem er vermutlich eine Verabredung mit Slater hatte.«

»Bist du dir da sicher?«

»Ganz sicher. Aber was ich jetzt machen will, ist, dich zurück nach Hause bringen und diese Unterlagen mitnehmen. Ich weiß bloß noch nicht, wie ich es anstellen soll, daß Nick sie wiederbekommt.«

»Aber ich«, sagte ich. Dann stand ich auf, ging zum Ende der Treppe und rief: »Mutter!« Sie kam und beugte sich über das obere Geländer. »Nick Spano kommt nachher zum Kaffee vorbei.«

»Hierher?«

»Hierher. Wirst du zu Hause sein?«

»Bin ich das nicht immer? Ich habe Nick nicht gesehen, seit –«

»Tja, jetzt wirst du ihn jedenfalls sehr bald sehen.«

»Was für eine schöne Überraschung. Soll ich ein Mittagessen kochen?«

»Wahrscheinlich nicht. Er wird in einer Stunde hier sein.«

»Das wird sicher nett, Liebes. Wirst du auch da sein, wenn er kommt?«

»Ich muß jetzt kurz weg, aber ich schaue dann noch mal bei euch rein. Sag mal, kann ich Stud solange hierlassen, oder willst du, daß ich ihn zu mir bringe?«

»Na ja –«

»Ich zahle gut.«

»Oh, dann geh und laß ihn hier. Aber er sollte lieber nicht versuchen, seine Krallen an meinen Möbeln zu wetzen, oder Schlimmeres. Warte mal – er wird doch nichts Schlimmeres tun, oder?«

»Nein, Mutter, Schlimmeres tut er nur in der Privatsphäre seines eigenen Heims.« Ich ging zurück in die Küche.

»So, Kyle, jetzt ruf Nick an und sag ihm, er soll in einer Stunde hier sein.«

»Kann ich von hier aus telefonieren, ich will's nicht über Funk machen.«

»Klar. Weißt du, was ich nicht ganz verstehe? Warum jetzt plötzlich diese Eile wegen der Maitland-Unterlagen?«

Er stand mit dem Rücken zu mir und wählte Nicks Nummer, als er mir antwortete: »Sie haben vor, Slater heute wegen des Mordes an Ellen Maitland zu beschuldigen. Die Anklage wird gerade vorbereitet, während wir hier reden.«

27

Als wir wenig später im Auto saßen, hörten wir die Nachricht von Slaters Verhaftung und seiner möglichen Verwicklung in den Mord an Ellen Maitland im Radio. Laut Bericht war Maitland »von seinen Gefühlen überwältigt worden«, als er die Nachricht erhielt. Er hatte außerdem angekündigt, daß er um zehn Uhr eine Pressekonferenz in seinem Büro abhalten würde. Ich hätte mich am liebsten übergeben.

»Du sagst ja gar nichts«, sagte Kyle. »Wieso?«

»Ich höre zu.«

Er beugte sich vor und schaltete das Radio aus. Die atmosphärischen Störungen und unterbrochenen Meldungen aus dem Funkgerät füllten das Wageninnere.

»Also noch mal, warum bist du so still?«

Ich konnte nur den Kopf schütteln.

»Komm schon. Was ist los? Ist es denn nicht das, was du wolltest?«

»Was soll das denn heißen?« erwiderte ich, während wir in meine Auffahrt einbogen. »Was hab ich denn gewollt, Kyle? Sag du's mir, was, zum Henker, hab ich gewollt?«

»Du meine Güte, das ist wohl eine neue Steigerungsform von schlechter Laune.« Er stieg aus und knallte die Fahrertür zu. Hatte ich eine Wahl? Nein. Also stieg ich ebenfalls aus und knallte die Tür so fest zu, daß das Wagenfenster aus seiner Schiene rutschte und im Türrahmen verschwand. Kyle kam herum zur Beifahrerseite, öffnete die Tür und versuchte, das Fenster wieder hochzukurbeln. Es blieb in der Versenkung. Er lehnte sich gegen den Blazer und sah mich an. »Zufrieden?«

»Ich fühle mich in der Tat viel besser. Danke.« Ich trat zu ihm und legte meinen Kopf an seine Brust. Mein Atem stand weiß in der Luft.

»Magst du reden?«

»Ja, aber laß uns reingehen. Mir ist schon ganz schlecht wegen dieser Unterlagen. Scheiße.« Ich drehte mich um und betrat die Stufen zur Veranda.

»Ich habe die Haustür vernagelt, Phoebe. Wir müssen zur Hintertür rein. Und was diese Unterlagen betrifft –«

»Das könnte Nicks Pensionierung bedeuten, Mann. Ich bezweifle, daß ich damit leben könnte.«

»Das mußt du auch nicht. Aber ist das denn alles, worum es hier geht? Diese verdammten Unterlagen?«

Ich schloß die Hintertür mit meinem Schlüssel auf und trat ins Haus. Es fühlte sich nicht mehr so an wie früher. Es fühlte sich nicht sicher an. Kyle las meine Gedanken.

»Er ist im Gefängnis, Phoebe.«

»Das weiß ich«, fuhr ich ihn an.

»Du fängst schon wieder damit an.«

Ich ging durch die Küche in mein Büro. »Womit fange ich an?«

»Irgendwas an mir auszulassen. Und dabei geht es nicht bloß um die Unterlagen, oder?«

Ich hörte damit auf, die Papiere in die beiden Umschläge zu stopfen. Ellen Maitlands Bild lag mit dem Gesicht nach unten auf dem Schreibtisch. Ich drehte es um und sah sie an.

»Irgendwas stimmt da nicht, Kyle. Es ergibt einfach keinen Sinn, daß Slater mich überfallen hat, ohne daß er irgendwie in die Sache verwickelt wäre. Und trotzdem hab ich diese hartnäckige Stimme in meinem Kopf. Scheiße.«

»Und was sagt die hartnäckige Stimme?«

»Kann ich noch nicht sagen. Wahrscheinlich hab ich nicht richtig zugehört. Dazu passiert einfach zu viel im Moment.«

»Das einzige, was jetzt passiert, Phoebe, ist, daß wir Nick diese Unterlagen zurückgeben müssen. Er kann sie dann wieder ins Archiv schmuggeln, ohne daß jemand merkt, daß sie weg waren. Und damit wäre das Schlimmste, was ihm passieren kann, daß er einen Anschiß kriegt, weil er unerlaubterweise seinen Arbeitsplatz verlassen hat.«

»Warum will Slater eigentlich mit mir reden?«

»Ich habe nicht die leiseste Ahnung. Ab diesem Punkt hat er sich jedenfalls geweigert, auch nur ein einziges weiteres Wort zu sagen, bevor er mit dir gesprochen hat. Hast du irgendeine Idee?»

»Nein.«

»Du hast die Wahl. Du mußt das nicht machen.«

»Doch, das muß ich. Es haut mich einfach nur um, daß er angeklagt wird wegen Ellens –«

»Er war in dem Motel, Phoebe.«

»Was?« Ich ließ mich auf den Schreibtischstuhl sinken. »Woher weißt du das? Da ist nichts dabei, was auch nur im entferntesten darauf schließen läßt...« Ich wedelte mit der Hand über den Papieren.

»Ich habe es aus verläßlichster Quelle. Sie hat ihn an diesem Morgen angerufen.«

»Wer sie?«

Kyle ging zu dem Stuhl gegenüber vom Schreibtisch und setzte sich. Er streckte die Beine aus, nahm seine Schirmmütze mit dem Aufdruck des Sheriff Department vom Kopf und rieb seinen Nasenrücken.

»Sie, Ellen Maitland.«

»Ellen hat ihn angerufen? In den Akten steht nichts von irgendwelchen Anrufen, die sie an diesem Tag vom Motel oder von Zuhause aus gemacht hätte.«

»Wahrscheinlich aus einer Telefonzelle. Alles, was ich weiß, ist, daß Slater gesagt hat, sie habe ihn angerufen und gebeten, sich dort mit ihr zu treffen.« Er blickte auf und schüttelte den Kopf. »Herrgott, das liegt doch alles auf der Hand. Der Kerl überfällt dich und sagt, er hätte dir damit bloß einen solchen Schreck einjagen wollen, daß du aufhörst, in der Vergangenheit rumzuwühlen. Ich aber denke, daß er aufs Ganze ging. Und wenn er das mit dir versucht hat, warum, um alles in der Welt, glaubst du dann, er hätte es nicht auch –«

»Frag mich nicht«, unterbrach ich ihn und hob meine Hände in die Höhe. »Was soll ich dir sagen? Es ist diese Stimme.«

»Die, die du noch nicht verstehen kannst?« Er stand auf und setzte sich wieder die Schirmmütze auf. »Also, schnapp dir das Zeug und dann laß uns gehen.«

»Kyle?«

»Was ist?«

»Tut mir leid, daß ich mich eben so unmöglich benommen

hab, und ich fühle mich auch ganz beschissen wegen dem Fenster.«

»Ist ja auf deiner Seite. Das ist Strafe genug.«

»Wieso Strafe? Ich fahre in meinem Truck zurück. Und bleib schön warm.«

Als wir vor dem Haus meiner Mutter hielten, war dort die Hölle los. Reporter vom Fernsehen und der *Gazette* hatten sich im Vorgarten versammelt. Wir parkten in der schmalen Gasse hinter dem Haus, und während ich durch die Hintertür eintrat, ging Kyle ums Haus, um sich mit den Medienleuten abzugeben. Mom war immer noch so ruhig und gefaßt wie am Abend zuvor. Sie hatte alles unter Kontrolle, und Kontrolle war weiß Gott ihre Stärke.

»Phoebe, Schätzchen, das Telefon hat ununterbrochen geläutet. Woher die wußten, daß du letzte Nacht hier warst, ist mir ein Rätsel. Detective Beemer hat viermal angerufen, und diese Leute da draußen – ich bin sicher, die Nachbarn kommen auf ihre Kosten. Warum wollen die denn alle mit dir reden, Liebes?«

»Pure Sensationsgier, Mom.«

»Und dieser Detective Beemer? Er will, daß du sofort zu ihm kommst.«

»Ich weiß. Aber zuerst möchte ich Nick hallo sagen.«

Nick saß am Küchentisch, und obwohl er sich bemühte, so auszusehen, als würde er sich glänzend unterhalten, verriet er sich durch das ständige Abtupfen der Schweißperlen auf seiner Stirn mit einem Taschentuch. Er war so nervös wie ich. Wer hätte denn auch vorhersehen können, was passiert war? Bevor ich etwas sagen konnte, trat Kyle hinter mich, nahm mir die beiden Umschläge aus der Hand und reichte sie Nick.

»Würdest du bitte diese Unterlagen für mich ins Archiv bringen, Spano? Ich muß in die Werkstatt fahren und sehen, daß ich mein Fenster repariert kriege.«

»Mache ich doch gerne, Kyle. Wenn ich dir damit behilflich

sein kann.« Dann sah Nick mich an, lächelte und fragte: »Alles in Ordnung, Phoebe?«

»Mir geht's gut. Und dir?«

»Ist mir selten besser gegangen. Deine Mutter ist vielleicht eine tolle Köchin. Ich habe mich mit ihren selbstgebackenen Butterröllchen vollgestopft.« Er klopfte sich auf den Bauch. »Ich glaube kaum, daß ich für den Rest des Tages noch eine Mahlzeit brauche.«

»Ach was, du hast ja gerade mal zwei gegessen, und die mußte ich dir auch noch aufdrängen«, sagte meine Mutter, während sie sich die Hände an ihrer Schürze abwischte und errötete.

War das wirklich meine Mutter? Verlegen und kichernd wie ein Schulmädchen? Ich warf Kyle einen vielsagenden Blick zu. Er drehte den Kopf weg, um sein Grinsen zu verbergen.

»Ich wollte euch gerade fragen, ob ihr am Sonntag zum Abendessen kommen wollt? Ich bin sicher, Kyle könnte zur Abwechslung mal ein hausgemachtes Essen vertragen –«

»Und wie kommst du auf diesen Gedanken?« fragte ich ausgelassen. Prompt hob Kyle die Hand und sagte: »Diese Frage kann ich beantworten.«

»Ein Wort, und du bist erledigt.« Ich holte aus, gab ihm einen Klaps auf den Arm und stöhnte vor Schmerz auf. Kaum ist man mal überfallen worden, macht das Ausgelassensein nur noch halb soviel Spaß.

»Also, ich weiß nicht, was du davon hältst, Nick, aber ich werde ihr Angebot nicht ablehnen.«

»Na, dann kann ich es wohl auch nicht. Ich komme gerne, Margaret. Sehr gerne.« Nick stand auf, griff nach dem Jackett, das über seiner Stuhllehne hing und zog es an. »Soll ich dich mitnehmen, Phoebe?«

»Ich fahre mit meinem Truck. Treffen wir uns dort?«

»Wenn du mir einen Vorsprung läßt.« Er sah direkt in meine Augen, und seine Stimme hatte diesen Unterton, der mich sofort verstehen ließ, was er meinte.

»Eine halbe Stunde?« fragte ich.

Das Telefon läutete. »Ich bin nicht hier, Mom, okay?«

Sie hob ab, sagte hallo und formte dann mit den Lippen die Worte »Clint Beemer«. Ich nahm ihr den Hörer aus der Hand.

»Ich bin auf dem Weg, Beemer.«

»Das möchte ich auch hoffen. Der Kerl steht kurz vorm Durchdrehen.«

»Warum will er denn unbedingt mit mir reden?«

»Das wirst du herausfinden, wenn du hier bist, Siegel. Eins solltest du aber noch wissen, bevor du ihn siehst.«

»Was denn?«

»Wir haben gestern seine Wohnung durchsucht und ein Gewehr gefunden.«

»Grundgütiger, das ist ja abscheulich. Wer hat in diesem Land denn schon ein Gewehr im Haus?«

»Hör auf damit. Ich hab eine verdammt lange Nacht hinter mir und brauch nicht noch mehr Scheiße, als ich schon auf meinem Teller hab.«

Ich wollte ihm vorschlagen, seine Eßgewohnheiten zu ändern, ließ es dann aber doch lieber bleiben. Beemer klang, als stünde er selbst kurz vor dem Durchdrehen.

»Zusammen mit dem Gewehr haben wir auch eine Schachtel mit Nosler-Patronen gefunden.«

»Das gibt's doch nicht. Willst du damit etwa andeuten, daß er derjenige ist, der auf mich geschossen hat?«

»Ich will gar nichts andeuten. Aber laut Slater hat er dich nur erschrecken wollen. Er sagte, du hättest eine falsche Bewegung gemacht, sonst wärst du noch nicht einmal verletzt worden. Und er meinte auch, hätte er dir eine Kugel durch den Kopf jagen wollen, hätte er nicht daneben geschossen.«

Ich sagte nichts.

»Siegel, bist du noch da?«

»Ich bin hier. Und ich komme sofort.« Ich hängte auf.

»Worum ging's?« fragte Nick.

»Ich kann dir diesen Vorsprung nicht geben, Nick. Tut mir

leid.« Ich ging zur Hintertür hinaus und ließ alle drei sich gegenseitig anschauend zurück.

Sie hatten Slater bereits in die Yellowstone County Haftanstalt auf der King Avenue gebracht – ein kleines Detail, das Beemer unerwähnt gelassen hatte. Das Gefängnis war ein relativ neues Gebäude, das, laut eines Wahlversprechens, eine dauerhafte Lösung der widrigen Haftbedingungen darstellen sollte. Aber jetzt konnten sie sich nicht einmal leisten, all den zur Verfügung stehenden Platz zu besetzen.

Jeder Cowboy, der etwas auf sich hielt, wußte, daß die beste Zeit, um in Billings die Sau rauszulassen, der späte Samstagabend war. Denn dann war das Gefängnis mit großer Wahrscheinlichkeit bereits überfüllt. Das entsprach der Tradition, und außerdem wurden die Cops um diese Zeit von den Halbstarken von Billings auf Trab gehalten, die ihre Autorennen auf der Vierundzwanzigsten Straße West und dem Parkplatz des Kaufhauses Kmart veranstalteten. Das gab den Cowboys freie Hand und wurde zu einem wachsenden Problem.

Bis ich in der Innenstadt ankam, einen Parkplatz vor dem Gerichtsgebäude gefunden und festgestellt hatte, daß Slater nicht mehr dort war, waren dreißig Minuten vergangen. Es schneite immer noch. Die Räumfahrzeuge waren unterwegs und hatten entlang der Fahrbahn einen fast ein Meter hohen Schneewall aufgehäuft. Ich kam nur äußerst langsam voran.

Nachdem ich in die King Avenue eingebogen war, rutschte ich auf der vereisten Straße bis auf den Parkplatz vor dem Gefängnisgebäude. Ein ziemlich fertig aussehender Beemer stand vor der gläsernen Eingangstür und rauchte eine Zigarette. In den meisten Nächten waren fünf Polizeibeamte für den Streifendienst im gesamten Stadtgebiet eingeteilt. Bei einer Einwohnerzahl von 87 000 hatten sie dabei ziemlich schlechte Karten. Da aber nicht nur die Stadt selbst unter die Zuständigkeit des Sheriff-Büros fällt, sondern auch das gesamte Umland, erhöht sich die Zahl um weitere 36 000 Einwohner. Das fordert seinen Tribut.

Ich ging zu ihm. »Herrgott noch mal, Beemer, warum hast du mir denn nicht gesagt –«

»Ich habe noch mal angerufen. Aber du warst schon weg. Du kannst deine Mutter fragen.«

Die dunklen Ringe unter seinen Augen sprachen für die Art von Nacht, die er hinter sich hatte. Ich sagte nichts mehr.

»Falls du auf eine Entschuldigung wartest –« Er warf den Rest seiner Zigarette auf den Boden und trat sie aus.

»Hab ich was gesagt?«

»Du, Siegel? Du brauchst nicht ein einziges Wort zu sagen. Und jetzt laß uns reingehen.«

Man ließ uns mit einem Summer ein, und ich folgte ihm durch die Eingangshalle.

»Wo ist er?«

Beemer hielt vor einer Tür und öffnete sie. »Warte hier drin. Ich werde ihn herbringen lassen. Er hat irgend so einen Klugscheißer zum Anwalt genommen, und der wird bei ihm sein, wenn du mit ihm redest.«

»Ich will aber allein mit ihm reden, Clint.«

»Ach ja? Tja, und ich will 'ne Gehaltserhöhung und zehn weitere Deputies. Wir kriegen aber nicht immer alles, was wir wollen. Stimmt's? Nimm Platz.« Er betrat den Raum und zog einen Stuhl unter einem langen, grauen Tisch hervor, der im Fußboden verschraubt war. »So wird's laufen. Du hast ihn, bis der Arzt kommt.«

»Was ist mit ihm passiert? Wart ihr vielleicht ein bißchen unsanft?«

»Ich hab dir doch gesagt, der dreht bald durch.«

»Ich kapiere immer noch nicht, was mit ihm los ist.«

»Er ist drauf und dran, den Verstand zu verlieren. Die Jungs hier wissen nicht, ob sie mit ihm fertigwerden, deshalb haben sie einen Psychiater herbestellt, der ihn untersuchen soll. Das Haus ist voll. Ausgebucht, sozusagen. Da könnte es katastrophale Folgen haben, wenn Slater anfängt auszurasten. Ich vermute ja, du hast seinem Kopf den Rest gegeben, als du ihm den Saugheber um die Ohren gehauen hast.« Ich sah zu, wie er sich vor Lachen schüttelte und dann aus dem Raum ging.

Als sich die Tür hinter ihm schloß, war ich allein. Mein Verstand versuchte, den Gedanken zu erfassen, daß ich Slater mit nichts als dem Tisch zwischen uns gegenübersitzen würde. Die nächsten fünf Minuten kamen mir wie Stunden vor. Dann öffnete sich die Tür. Er war gefesselt mit Hand- und Beinschellen und flankiert von drei Deputies, einschließlich Beemer.

Der dunkle Glanz, den ich in Slaters Augen gesehen hatte, war verschwunden. Geblieben war eine stille Art von Wahnsinn, rotumrandet. Er wirkte nicht mehr so bedrohlich und mächtig, wie ich ihn vorher empfunden hatte, aber rein physisch nahm er immer noch eine Menge Raum ein. Das leise Geräusch seiner Füße, die über den Boden scharrten, rief die Erinnerung in mir wach: Ich konnte wieder das Dielenbrett vor dem Badezimmer knarren hören, die Dunkelheit sehen, in die er mich geworfen hatte.

Er schaute mich nicht an, als einer der Deputies einen Stuhl hervorzog und ihm half, sich darauf niederzusetzen. Niemand sprach. Dann bückte sich der Deputy und verband seine Beinschellen mit einem Schließhaken, der im Fußboden eingelassen war. Slater würde nirgendwohin gehen. Das beruhigte mich zwar keineswegs, aber ich hütete mich, ihn das merken zu lassen.

»Bist du okay, Siegel?«

»Bestens. Ich dachte, ich würde allein mit ihm reden.«

»Ja, so hatten wir's abgemacht –«

»Das wäre nicht klug«, erklang es von irgendwoher.

Ein Typ trat hinter Beemer hervor und geradewegs heraus aus den sechziger Jahren. Er war zwar zu jung, um diese Zeit erlebt zu haben, aber er hatte den Stil drauf: Haare zu einem

Pferdeschwanz gebunden, Lennon-Brille und ein supercooles Auftreten. Außerdem legte er einen Übereifer an den Tag, der mir sagte, daß er auf Lady Justitia stand. Was er allerdings noch nicht erfahren hatte, war, daß diese Dame auch eine Plage sein konnte.

Slater sah zu ihm auf. »Ich will mit ihr allein reden, oder ich rede gar nicht.« Seine Stimme war gedämpft aber gebieterisch.

»Davon würde ich Ihnen dringend abraten, Mr. Slater. Als Ihr Rechtsvertreter –«

»Als mein Rechtsvertreter tun Sie, was ich will. Und wenn Sie mein Rechtsvertreter bleiben wollen, dann machen Sie gefälligst, daß Sie hier rauskommen.«

Slaters Stimme war mit jedem Wort lauter geworden, bis sie am Ende des Satzes explodierte. Der Deputy, der hinter ihm stand, machte einen Schritt nach vorne und legte seine Hände auf Slaters Schultern.

»Beruhigen Sie sich, Mann«, sagte der Deputy leise.

»Ist schon okay, Dave«, sagte Slater, indem er den Beamten über seine Schulter hinweg ansah. »Ich bin ganz ruhig.«

Slaters Lebensunterhalt stammte von Menschen, die, wie Gin und Tonic es genannt hatten, Gäste des Hotel Yellowstone gewesen waren. Sein Vater hatte die Familie mit dem Geld ernährt, das er mit Kautionen für die Leute verdiente, die unfreiwilligerweise dort abgestiegen waren. Das Gebäude mochte sich verändert haben, aber es war immer noch ein Ort, an dem die Hotelpagen Revolver trugen und wo der Zimmerservice möglicherweise nicht erwünscht war.

Man konnte also sagen, daß sich Slater auf vertrautem Gelände bewegte und wahrscheinlich einige der Angestellten persönlich kennengelernt hatte. Er hatte mit ihnen gescherzt und einen bestimmten Teil ihres Lebens mit ihnen geteilt. Ich fragte mich, ob die Deputies dachten, sie würden Slater kennen, ihm vertrauten oder jemals Zeuge der Gewaltätigkeit waren, deren ich ihn fähig wußte.

Da war er nun, an Händen und Füßen gefesselt, umstanden von drei Polizeibeamten und mit einem Tisch zwischen uns, und er machte mich immer noch nervös. Ich konnte seine Hände auf mir fühlen, die stumme, mörderische Absicht in ihnen, als ich ihn im Flur niedergekämpft hatte. Seine beiden Augen waren von meinem Treffer in sein Gesicht blaugeschlagen. Ich wollte, daß er gebrandmarkt, sichtbar gezeichnet war für das, was er mir angetan hatte. Was ich außerdem wollte, war, über den Tisch zu springen und ihm das Gesicht runterzureißen. Zum Teufel mit irgendwelchen mitfühlenden Spekulationen.

»Das Ganze ist wahrscheinlich eine schlechte Idee«, sagte ich und stand auf.

Slater hörte auf, seinen Anwalt wütend anzustarren und sah erschrocken drein. Beemer wollte irgendwas sagen, aber Slater unterbrach ihn.

»Nein. Bitte.« Seine Stimme zitterte. »Sie müssen … Ich muß es Ihnen erklären.« Er sah zu Beemer. »Es war ausgemacht, daß ich mit ihr allein reden kann.«

Ich sah ebenfalls zu Beemer, und zwischen uns entspann sich eine dieser wortlosen Unterhaltungen, die man als telepathisch bezeichnen kann. Ich traf meine Entscheidung, zuckte mit den Schultern und setzte mich wieder.

»Benehmen Sie sich anständig, Slater.« Beemer gab den beiden Deputies und dem Anwalt ein Zeichen. »Wir warten draußen.«

»Das könnte meinem Klienten schaden. Ich möchte Ihnen dringend davon abraten.« Der Anwalt sah zu Slater.

Beemer, gut dreißig Zentimeter größer als der Anwalt, legte seine Hände auf die Schultern des anderen und schob ihn aus dem Raum. »Wie bleiben genau vor der Tür. Haben Sie das verstanden, Slater?« Er nickte. Die Tür schloß sich, und wir waren allein. Es fühlte sich nicht gut an. Er beugte sich nach vorne, und ich reagierte prompt, indem ich mich in meinem Stuhl zurücklehnte.

»Sie werden mich wegen des Mordes an Ellen anklagen.« Er sprach so leise, daß ich mich anstrengen mußte, um ihn zu verstehen.

»Was haben Sie auf dem Herzen, Slater? Wollen Sie vielleicht darüber reden, wie Sie versucht haben, mich zu erschießen?«

»Das ist eine Lüge. Ich bin ein verflucht guter Schütze, Siegel. Ich verfehle nie mein Ziel.«

»Das haben Sie auch nicht.«

»Alles, was ich wollte, war, Ihnen einen Schrecken einzujagen, so daß Sie Ruhe geben.«

»Und was ist Ihre Ausrede für gestern abend, Slater?«

»Das ist außer Kontrolle geraten. Aber eigentlich wollte ich nur mit Ihnen reden.«

»Mit mir reden? Sie sind in mein Haus eingebrochen ... Anscheinend gab's da eine kleine Sprachbarriere.«

»Ich mag Sie nicht, Siegel. Und ich mag nicht, was Sie tun. Sie graben 'nen Haufen Scheiße aus über Leute, die Sie gar nicht kennen. Sie verletzen Menschen. Und was Sie für die Wahrheit halten, kommt der Wahrheit nicht einmal nahe.«

»Dann klären Sie mich doch auf. Was ist denn die Wahrheit? Haben Sie Ellen umgebracht, Slater?«

Seine Augen wurden größer und füllten sich mit Tränen. Sein Gesicht veränderte sich merklich. Es verzog sich zu dem eines gepeinigten, zurückgewiesenen Schuljungen. Slater ließ den Kopf hängen und fing an zu weinen.

»Ich? Ich soll Ellen umgebracht haben? Ich habe versucht, sie zu retten, um Gottes willen. Ich hätte sie auch retten können. Warum haben Sie sie nicht in Ruhe gelassen? Lassen Sie ihr doch einfach ihren Frieden. Herrgott noch mal, sie wollte doch nur ...«

Er wurde laut genug, daß Beemer die Tür einen Spaltbreit öffnete und hineinsah. Slater bemerkte es nicht. Clint sah mich fragend an, und ich schüttelte den Kopf.

»Dieser Scheiß-Chillman, der konnte sie auch nicht in Ruhe

lassen. Mußte ständig die alten Sachen wieder aufwühlen. Dieser dumme Hundesohn.« Slater hob die Hände in die Luft und ließ sie auf den Tisch klatschen.

Wieder öffnete Beemer die Tür, und diesmal kam er auch herein. »Sie sollten sich besser ruhig verhalten, Slater, oder ich laß Sie hier rausschaffen. Kapiert?«

Er beugte sich herunter und geriet in Slaters Gesichtskreis. Slater starrte ihn wütend an, bis er begriff, daß Beemer meinte, was er sagte. Dann war es plötzlich wieder der nachgiebige Schuljunge, der mir gegenübersaß. Beemer verließ den Raum.

»Vielleicht kann ich's leichter für Sie machen, Slater. Mir ist nämlich nur schwer vorstellbar, daß Sie Ellen umgebracht haben sollen.«

Zum ersten Mal, und auch nur für einen kurzen Moment, huschte ein Ausdruck der Erleichterung über sein Gesicht. »Das habe ich auch nicht. Ich konnte es nicht. Aber ihr Alter hat's getan. So wahr ich hier sitze, er war's.«

»Sie waren in dem Motel. Warum?«

»Sie hat mich zum ersten Mal nach langer Zeit wieder angerufen. Nachdem sie Maitland geheiratet hatte, habe ich gelegentlich von ihr gehört, aber dann eine ganze Weile nichts mehr. Ich wußte, daß sie nicht glücklich war. Es gab Probleme. Maitland, nun ja ... er war kein guter Ehemann für sie. Hat sie immer nur runtergemacht. Und außerdem war es doch allgemein bekannt, daß er mit jeder schlief, die er nur ins Bett kriegen konnte.«

Meine Gedanken schweiften ab zu Maggie. Der Kerl war ein wandelnder Krankheitsherd.

»Ich werd Ihnen sagen, was für ein Scheißtyp das ist. Ich bin ihm mal zufällig in einer Bar begegnet, ungefähr ein Jahr, nachdem sie geheiratet hatten, total besoffen. Er hatte keine Ahnung, wer ich war, aber ich kannte ihn sehr wohl. Er hat die ganze Zeit diesen Schwachsinn über sich verzapft, was für ein toller Hecht er wäre, und wie mächtig. Dann kommen diese beiden jungen Frauen rein, und er glotzt sie an, wissen Sie? Und ich sage zu ihm, ›Ich dachte, Sie wären verheiratet?‹ Er lacht bloß, bestellt zwei Drinks und läßt sie an ihren Tisch bringen. Dann sagt er zu mir, ›Wenn du sie auf den Kopf stellst, sehen sie alle gleich aus.‹ Diese Bemerkung zeigt doch genau, was er ist. Abschaum.«

»Warum hat Ellen ausgerechnet Sie angerufen, nach so langer Zeit?«

»Sie konnte mir vertrauen. Wen hatte sie sonst? Sie wollte ihn verlassen. Hat gemeint, sie würde es an diesem Nachmittag ihrer Mutter sagen, und daß Maitland es bereits wüßte. Verdammt. Sie klang so gut, so von sich überzeugt. Dann hat sie mir noch erzählt, sie hätte sich ein paar Wohnungen angesehen, und sogar ein oder zwei Häuser.«

Mein Gott, es konnte doch wohl nicht so simpel sein, daß Maitland sie umgebracht hatte, um zu verhindern, daß sie ihn verließ. »Sind Sie sicher, daß sie ihn verlassen wollte?«

»Ja. Ich war sicher.«

»Hatten Sie beide irgendwas geplant, Slater?«

»Keiner von uns hat es gesagt, aber wir wußten es. So war das zwischen uns.«

Seine Stimme erstarb, und er verlor sich in der Erinnerung an längst vergangene Zeiten.

»Slater?«

»Es ist nur so schwer für mich, wissen Sie? Ich muß meinen Kopf dafür hinhalten. Das spielt eigentlich keine Rolle mehr, aber was mir wirklich zu schaffen macht, ist Maitland. Er hat mit ihr gespielt wie eine Katze mit der Maus, und dann hat er sie getötet.«

»Sagen Sie ihnen die Wahrheit –«

»Die haben ihre eigene Wahrheit. Ich hab ihnen gesagt, ich wäre an dem Tag, an dem sie starb, in dem Motel gewesen. Das war alles, was sie brauchten, und da dachte ich mir, ich sollte lieber mit Ihnen reden, bevor ...«

»Bevor was, Slater?«

Wieder trat eine Veränderung mit ihm ein. Er preßte seine Hände so fest zusammen, daß seine Knöchel weiß wurden. »Halten Sie gefälligst Ihr Scheißmaul und hören Sie mir zu, statt andauernd blöde Fragen zu stellen.«

Ich wich zurück. Beemer hatte recht: Dieser Kerl stand mit den Zehen über dem Abgrund und wankte.

»Was ist los, Siegel?« Er zischte die Worte durch zusammengebissene Zähne. »Sind Sie so wie all die anderen Arschlöcher? Sie wollen *Ihre* Wahrheit und nicht die wirkliche Wahrheit. Richtig?«

»Falsch.« Er war am Fußboden angekettet. Ich nicht. Ich stand auf und sah auf ihn herunter. »Lassen Sie mich das klarstellen. Meiner Meinung nach hat Ihr verdammter Auftritt hier nur den Zweck, daß Sie versuchen, Ihre Verteidigung auf Unzurechnungsfähigkeit aufzubauen. Aber ich kauf Ihnen das nicht ab. Und ich werde mit Sicherheit nicht hier sitzen bleiben und mir weiter diesen Schwachsinn anhören. Sie wollen über Ellen reden? Gut. Aber bei diesem Pingpong-Spiel mache ich nicht mit. Sie haben gestern versucht, mich umzubringen.«

»Ich habe nur –«

»Ich will das nicht hören, Slater. Sie haben auf mich geschossen. Haben Sie auch Frank Chillman erschossen?«

Er sah mich entgeistert an. »Nein.«

»Also, entweder wir unterhalten uns jetzt richtig, oder ich verschwinde auf der Stelle. Es ist Ihre Entscheidung.«

Er blickte zu mir auf, dann zur Tür und murmelte etwas.

»Wie war das? Ich hab Sie nicht verstanden –«

»Ich sagte, wir hatten ein Kind. Oder haben Sie das auch schon gewußt?«

Ich setzte mich und stützte meinen Kopf in die Hände. »Ich weiß es, Slater.«

»Von wem?«

»Das kann ich Ihnen nicht sagen. Wollen Sie darüber reden?«

»Ich wußte es nicht. Ich schwöre zu Gott, daß ich es nicht gewußt habe, bis zu dem Tag in diesem Motel.«

»War das das zweite Mal, daß sie Sie angerufen hat?«

»Ja. Eigentlich hätte sie sich am Abend vorher bei mir melden sollen. Wir hatten diesen ... diesen Plan, wissen Sie? Wir wollten uns an dem Abend treffen.«

»Aber sie hat nicht angerufen.«

»Nein. Ich bin aufgeblieben und hab gewartet, bis ich dachte, ich werde verrückt. Ich bin sogar bei ihrem Haus vorbeigefahren und hab zu den erleuchteten Fenstern hochgeschaut. Dachte, ich hätte sie in einem gesehen, also stieg ich aus und wartete darauf, daß sie sich wieder zeigen würde. Aber das geschah nicht.«

»Sie sagten, sie hätte es Maitland bereits gesagt. Hat sie Ihnen erzählt, wie er reagiert hat?«

Zum ersten Mal kicherte Slater. »O ja. Er hat sie ausgelacht, dieser Hurensohn. Aber das hat sie nicht von ihrem Entschluß abgebracht. Sie wollte weg. Ich hätte nie gedacht, daß sie eines Tages wirklich gehen würde, aber an diesem Nachmittag am Telefon? Da wußte ich, daß sie's tun würde.«

»Und sie hat Sie dann am nächsten Tag angerufen?«

»Ja. Am frühen Morgen. Sie klang, ich weiß nicht ... irgendwas war nicht in Ordnung. Absolut nicht in Ordnung. Sie war merkwürdig.«

»Wieso merkwürdig? War sie verstört?«

»Nein. Eher ruhig, und dann hat sie gleichzeitig gelacht und geweint. Dann wurde sie wieder ganz ruhig und sagte, ich solle sie im Bunk House treffen. Ich wollte sie fragen, was sie denn ausgerechnet da machen würde, aber sie hat mich sofort unterbrochen und gemeint, wenn ich nicht mit meiner Fragerei aufhören würde, würde sie mich nicht treffen. Das sah Ellen gar nicht ähnlich. Sie war sonst immer so sanft.«

»Sie hat auch nicht gesagt, von wo aus sie angerufen hat?«

»Kein Wort. Ich habe sie mehrmals danach gefragt, denn ich wäre überall hingekommen, um sie zu holen, egal, wo sie war. Sie sagte, sie hätte noch was zu erledigen, müßte mit jemandem reden. Ich bedrängte sie, fragte immer wieder, mit wem sie denn reden müsse, aber da verlor sie die Fassung und fing an zu schluchzen. Schließlich sagte sie, sie würde mit ihrer Mutter reden.«

»Hat sie das nicht schon am Tag vorher getan?«

»Das dachte ich auch. Aber vielleicht hab ich da was mißverstanden. Jedenfalls wollte sie, daß ich meinen Wagen etwas weiter weg vom Motel parke. Sie sagte, sie würde nach mir Ausschau halten. Und dann hat sie noch eine genaue Zeit festgesetzt. Ich hatte doch keine Ahnung, was passieren würde, also hab ich bloß gemacht, was sie sagte.«

»Und im Motel, Slater, was war da?«

»Das war vielleicht eine heruntergekommene Absteige. Da wurden Bauarbeiten durchgeführt. Die Arbeiter kletterten auf dem ganzen Dach herum und sägten und hämmerten. Es war ein ziemliches Durcheinander. Da gab es diese Veranda, wissen Sie, die um das ganze Gebäude lief. Als ich meinen Wagen geparkt hatte, ging ich rüber bis zu dem Teil, der am weitesten vom Büro weg lag. Ich wollte einfach nicht da reingehen und nach ihr fragen. Aber dann ging diese Tür auf, und da war sie.« Slater sah mich direkt an. »An diesem Tag? An dem Tag, als sie starb?«

»Ja?«

»Bin ich als toter Mann aus diesem Motel gekommen.«

Slater sprang von einem Gedanken zum anderen. In den Pausen zwischen seinen Sätzen konnte ich ihn mit den Zähnen knirschen hören. Es gibt Situationen, in denen man weiß, daß man sich besser zurücklehnt und den Mund hält.

Ich stand wieder auf und ging in Richtung Tür.

»Wo gehen Sie hin?«

»Nur etwas die Beine vertreten. Reden Sie weiter, Slater. Ich höre zu.«

»Sie machen mich nervös mit diesem Hin- und Hergerenne.«

Gerade, als ich wieder zum Tisch zurückkam, ging die Tür auf. Beemer trat ein, zusammen mit den beiden Detectives und einem weiteren Mann im Anzug, gefolgt von dem Anwalt.

»Slater, das hier ist Dr. Christiansen. Er würde gerne ein bißchen mit Ihnen reden.« Beemer sah mich an. »Du mußt kurz rausgehen. Wird nicht lange dauern.«

Slater warf ihm einen finsteren Blick zu. »Ich bin noch nicht fertig.«

»Sie kommt ja gleich wieder«, erklärte ihm Beemer.

Ich ging hinaus. Nachdem ich die Tür hinter mir geschlossen hatte, lehnte ich mich gegen die Wand und holte tief Luft. Ich war mir nicht im klaren, ob er leidend oder einfach nur verrückt war. Aber so oder so war absehbar, daß er es bald nicht mehr packen würde.

28

Bis Beemer und der Psychiater wieder aus dem Verhörzimmer kamen, war ich beinahe im Stehen eingeschlafen. Alles war besser als die Bilder von Ellen Maitland, die mir im Kopf herumgingen. Dank Slater tat mir jede Stelle meines Körpers weh. Aber meine Schmerzen würden vorübergehen. Und Ellen? Sie hat ein Leben lang gelitten, und der Schmerz ging nicht weg, bis sie ermordet wurde. Vielleicht war das der Grund, warum sie keine Verletzungen aufwies, die darauf hätten schließen lassen, daß sie sich gewehrt hat. Hatte sie den Tod willkommen geheißen? Und wenn ja, was, um alles in der Welt, konnte sie bis zu diesem Punkt getrieben haben? Was von dem Schmerz übriggeblieben war, hatte sich auf Slater übertragen und war stark genug, um ihn zu zerstören. Stark genug, daß er mich umbringen wollte, nur weil ich an die Erinnerung an Ellen gerührt hatte. Er beschützte eine tote Frau.

Beemer wandte mir den Rücken zu und sprach leise mit dem Arzt. Christiansen setzte seine Brille ab und erwiderte etwas. Ich konnte nicht verstehen, was sie sagten, aber der Arzt sah besorgt aus. Dann wandte er sich in entgegengesetzter Richtung zum Gehen.

»Und?« fragte ich, während ich auf Beemer zuging.

»Der Doktor sagt, er will, daß er in die psychiatrische Klinik überstellt wird. Er trifft jetzt die entsprechenden Vorbereitungen, und ich muß einen Richter für die Einweisung finden. Er hält es für keine gute Idee, daß du wieder da reingehst.«

»Aber Beemer, ich hab ihm doch gesagt, daß ich wiederkomme. Und du hast ihm das gleiche gesagt, verflucht noch mal. Ich brauche noch fünfzehn Minuten. Höchstens dreißig. Komm schon.«

Er verschränkte die Arme. »Der Typ steht kurz vor dem Zusammenbruch. Der Arzt konnte schon nichts Vernünftiges mehr aus ihm rausbekommen, also was willst du da noch erreichen?«

»Ich weiß, daß er am Auseinanderfallen ist, aber ich krieg's schon zusammen. Zwanzig Minuten?«

»Er hat dich überfallen, und ich bin überzeugt, daß er Ellen Maitland auf dem Gewissen hat. Und außerdem glaube ich, daß wir ihn auch wegen der Chillman-Sache drankriegen können.«

»Er wird schon nicht über den Tisch springen, Beemer. Und willst du noch was wissen?«

»Hab ich eine Wahl?«

»Nein, hast du nicht. Versuch's mal hiermit: Ich glaube nicht, daß er Ellen Maitland umgebracht hat.«

»Du irrst dich, Siegel. Er hat uns sogar erzählt, was sie anhatte. Das haben wir nie in die Presse gegeben. Wenn Nick Spano nicht plötzlich verschwunden wäre, hätte ich mir die verdammte Akte holen und es nachlesen können. Aber soweit ich mich erinnere, war es genauso, wie Slater gesagt hat.«

»Beemer, du mußt mich wieder da reinlassen. Es wird keine Probleme geben. Ich schwöre es.«

Er sah zu Boden und kratzte sich hinter dem rechten Ohr. Ich hatte ihn da, wo ich ihn haben wollte.

»In Ordnung. Fünfzehn Minuten, und nicht mehr. Mit einem Deputy.«

»Kein Deputy.«

»Du bist nicht in der Position, mit mir darüber zu feilschen.«

»Ich brauche dreißig Minuten.«

»Scheiße.« Er trat zur Tür und öffnete sie. »Fünfzehn.«

Slater blickte erst auf, als ich wieder auf dem Stuhl Platz genommen hatte. Dann sprach er.

»Ich hatte angenommen, daß sie Sie nicht wieder zu mir reinlassen würden. Der Arzt glaubt, ich bin verrückt. Er hat's nicht so direkt gesagt, aber ich weiß, daß er es dachte. Er will, daß ich mich in der Klinik ein wenig ausruhe. Meint, ich käme ihm sehr abgespannt vor. Dieser beschissene Anwalt wird begeistert sein.«

»Das wird er bestimmt.«

»Glauben Sie auch, daß ich verrückt bin?«

»Ich glaube, daß Sie seelisch leiden. Aber verrückt? Ich weiß es nicht, Slater.«

Er nickte langsam mit dem Kopf und starrte mir dabei unverwandt ins Gesicht.

»Slater, warum sind Sie ohne sie aus dem Motel weggegangen?«

»Das war ihre Idee. Und da ist es dann passiert.«

»Was?«

»Ellen, sie trug diesen Mantel, wissen Sie. Und sie war zurechtgemacht.«

»Wie zurechtgemacht?«

»Geschminkt. Stark geschminkt. So, wie ich sie noch nie gesehen hatte. Ich wüßte nicht, daß sie überhaupt je Makeup getragen hat. Und dieses Zimmer, es war irgendwie dunkel und ganz klein, aber sie ist die ganze Zeit von einem Ende zum anderen gegangen. Immer hin und her und hat dabei ständig irgendein Zeug geredet. Ich hab bloß auf der Bettkante gesessen, sie beobachtet und versucht, ihr zu sagen, daß alles gut werden würde.«

»Warum war sie dort, Slater?«

Er ignorierte mich, blickte in die Ferne und sprach weiter. »Es sei das Baby, sagte sie. Meinte, das Baby würde sie verfolgen.«

»Und Sie wußten immer noch nicht, daß dieses Baby von Ihnen war?«

»Nein. Ich dachte, sie wäre vielleicht von Maitland schwanger geworden und hätte eine Fehlgeburt gehabt. Eine Menge Dinge gingen mir in diesem Moment durch den Kopf. Eine Menge Dinge.«

»Wann hat sie es Ihnen schließlich gesagt?«

»Immer und immer wieder hat sie gesagt, sie sei schlecht, und daß niemals etwas Gutes aus ihrem Leben werden könne, und daß sie jetzt auch wisse, warum. Dann hat sie sich vor mir auf den Boden gekniet und mich angefleht, ihr zu vergeben. Ich hatte doch keine Ahnung, was ich ihr denn zu vergeben hätte, und ich wollte nicht, daß sie so bettelte, und deshalb habe ich versucht, sie aufzurichten. Dabei hat sich ihr Mantel geöffnet, und ich konnte sehen, was sie darunter anhatte. Ellen sah aus wie eine ... sie ... sie war angezogen wie eine Nutte. Sie hat ganz schnell versucht, den Mantel zuzumachen, aber ich habe ihn wieder auseinandergezogen. Es ergab keinen Sinn. Absolut keinen Sinn. Dieses schmierige Motel und die Art, wie sie gekleidet war. Ich wußte nicht, was ich denken, oder was ich ihr sagen sollte. Ich habe geweint. Richtig losgeheult. Es war, als wäre sie jemand anderer.«

Ich sah wieder die Fotos vom Tatort vor mir. »Hat sie Ihnen erklärt, warum sie so angezogen war?«

»Nein. Sie hat bloß den Mantel wieder um sich gewickelt und gesagt, ich müßte wissen, verstehen, was mit dem Baby war. Und dann hat sie's mir gesagt. Hat mir erzählt, daß es unser Baby war.«

»Und Sie hatten vorher gar nicht gewußt, daß sie schwanger war?«

»Nein, das hätte ich nie erraten. Ich hatte immer geglaubt, sie sei zu gut für mich. Mit ihr zusammen zu sein, bloß in ihrer Nähe zu sein, war wie ein Traum. Als sie die Stadt verließ – so hatte ich es zumindest gehört –, dachte ich bloß, sie wäre schließlich auch draufgekommen, daß ich nicht der Richtige für sie war.«

Ich sah zur Tür. Beemer spähte durch das Glasfenster hinein. Ich schüttelte abwehrend den Kopf und hielt fünf Finger in die Höhe. Er sah wütend aus, aber er trat von der Scheibe weg.

»Slater, die werden mich hier jeden Moment rausholen.«

Tränen liefen über seine Wangen. Sein ganzer Körper entspannte sich, als ob ein großes Gewicht von ihm genommen worden sei. »Sie wirkte vollkommen gefühllos, als sie mir erzählte, daß sie die Stadt nie verlassen hat, wie sie das Baby im Keller zur Welt brachte, und daß der Arzt ihr nichts gegen die Schmerzen gab –«

»Slater –«

»Sie hätte dabei draufgehen können, wissen Sie das? Es waren doch bloß ihre Mutter und dieser Schlächter da.«

»Slater, ich muß wissen, wer der Arzt war. Hat sie Ihnen seinen Namen genannt?«

»Sie hat mir erzählt, er hätte zu ihr gesagt, sie müßte die Schmerzen aushalten, das sei der Preis für das, was sie getan hatte. Und da wollte sie von *mir*, daß ich *ihr* vergebe.« Seine Hände ballten sich wieder zu Fäusten. »Dann hat sich etwas verändert. Sie hat sich verändert. Sie sprach plötzlich davon, nach Helena zu gehen. Meinte, sie müsse unbedingt nach Helena und sich selbst überzeugen.«

Ich dachte daran, wie Dougie gesagt hatte, ich würde sie in Helena finden. »Weshalb Helena?«

»Während all der Jahre, die seither vergangen sind, bin ich jede Nacht in Gedanken das alles wieder durchgegangen. Die

Schmerzen, die sie bei der Geburt des Babys gehabt haben mußte. Und wie anders die Dinge hätten laufen können, wenn ich es nur gewußt hätte.«

»Sind Sie gegangen, nachdem sie es Ihnen erzählt hatte?«

»Ja. Aber ich wollte wiederkommen. Ich hatte ihr versprochen, daß ich sie mitnehmen würde, aber ich mußte noch etwas Geld holen und den Wagen auftanken. Ich sagte, sie solle gleich mit mir kommen, aber sie wollte nicht. Sie meinte, sie würde sich etwas ausruhen, bis ich zurück sei.«

»Ist es möglich, daß sie nach Ihnen noch jemanden erwartet hat?«

»Nein. Das hätte sie mir gesagt.«

»Also haben Sie sie dort zurückgelassen?«

»Das habe ich. Zuerst bin ich nur raus in die Landschaft gefahren und hab mich irgendwo ein bißchen hingesetzt, um mir die ganze Geschichte noch mal durch den Kopf gehen zu lassen. Um zu begreifen, was sie mir über unser Baby und das alles erzählt hat.«

»Wie lange waren Sie dort?«

»Eine Stunde, höchstens anderthalb. Dann bin ich in die Stadt gefahren, habe den Wagen aufgetankt und bei mir zu Hause etwas Geld und ein paar Kleidungsstücke zusammengepackt. Als ich in die Nähe vom Bunk House kam, waren da überall Polizisten. Ich parkte ein paar Straßen weiter weg und rannte zum Motel. Aber es gab keine Möglichkeit, hin zu kommen. Absolut keine Möglichkeit. Überall war Polizei. Ich blieb hinter der Absperrung stehen, und jemand hat mir dann gesagt, daß eine Frau umgebracht worden sei. Ich wußte sofort, daß es Ellen war. Und dann sah ich auch, wie die Polizisten zu dieser Tür raus und rein gingen.«

»Warum, um Himmels willen, haben Sie denn nichts gesagt? Den Polizisten erklärt, daß Sie da gewesen waren, und daß sie noch lebte, als Sie gingen?«

»Warum bin ich überhaupt weggefahren? Warum habe ich sie nicht gezwungen, gleich mit mir zu kommen? Ich habe Ihnen doch gesagt, ich hätte sie retten können. Aber ich habe es nicht getan. Und vielleicht habe ich sie damit gewissermaßen umgebracht. Vielleicht –«

»Slater, was ist mit dem Baby passiert? Wurde es zur Adoption freigegeben?«

Er hob langsam den Kopf. Wieder loderte dieses dunkle Feuer in seinen Augen. Eine Flamme des Wahnsinns.

»Das Baby. Sie ...« Das Sprechen schien ihm Mühe zu bereiten. »Es wurde tot geboren. Sie haben es in den Heizkessel geworfen. Sie haben unser Baby geradewegs in die Hölle geschickt.«

Er nahm die Hände vom Tisch und erhob sich, während er ein lautes Brüllen ausstieß. Ich sprang blitzschnell von meinem Stuhl auf, als der Tisch von seiner Verankerung losriß. Das Inferno setzte sich fort, indem er seine Hände über den Kopf hob, wobei die Kette, mit der die Handschellen verbunden waren, zersprang. In diesem Moment füllte sich der Raum mit Polizisten. Ich tastete mich die hintere Wand entlang bis zur Tür und in den Gang hinaus. Dann rannte und stolperte ich im Zickzackkurs durch die mir entgegenkommenden Leute und hielt erst an, als ich an eine Tür kam, die sich nicht bewegen ließ.

»Laßt mich hier raus«, schrie ich. »Ich will raus.«

Das kratzende Geräusch des Türsummers zerteilte die Luft. Ich drückte gegen die Tür, und sie ging auf. In wenigen Sekunden stand ich draußen. Ich beugte mich vornüber, die Hände auf den Oberschenkeln, keuchend. Die eisige Luft trocknete meinen Mund aus. Ich konnte Slater immer noch hören. Dann legte jemand eine Hand auf meinen Rücken.

»Alles in Ordnung mit dir? Was ist denn da drinnen passiert?« Beemer stand neben mir und sah auf mich herunter.

»Er hat's nicht getan, Beemer. Wenn der Bezirksstaatsanwalt ihn vor Gericht bringt, werdet ihr euch alle blamieren.«

»Wir werden uns eher blamieren, wenn wir ihn nicht vor Gericht bringen. Und jetzt sag mir mal, was hat Slater eigentlich zum Explodieren gebracht? Die müssen ihn zu sechst festhalten. Scheiße. Ich hab ja gewußt, ich hätte dich nicht wieder zu ihm reingehen lassen dürfen.«

»Du mußt mir zuhören –«

»Er hätte dich schon gestern beinahe umgebracht, Siegel. Wieso, zum Teufel, hast du eigentlich so ein Scheißmitleid mit ihm?«

»Leck mich, Beemer. Tu, was du tun mußt. Aber er hat sie nicht umgebracht.«

»Was immer bei dem krank ist, Siegel, du hast dich angesteckt.«

Ich ging zu meinem Truck, stieg ein und ließ den Motor an. Mit ein wenig Glück würde ich es noch schaffen, nach Hause zu kommen und etwas zu finden, was ich zu Frank Chillmans Beerdigung anziehen konnte. Nach meinem Zusammentreffen mit Slater war das der logische nächste Schritt.

Im gleichen Augenblick, als ich die Tür zu Coopers Bestattungsinstitut öffnete, schlug mir eine Maiglöckchenwolke entgegen, die schwer war von dem süßlichen Duft, der nur eine Ursache haben konnte, und das war kein Parfum. Ich ertappte mich dabei, wie ich die Luft anhielt, weil ich den Geruch des Todes nicht einatmen wollte.

Es war nicht weiter schwierig, die Beerdigungskapelle zu finden. Ich mußte nur der Orgelmusik folgen, deren Klänge Frank Chillmans Abgang begleiteten. Maggie saß in einer der hinteren Bankreihen, und ich ließ mich auf den Platz neben ihr sinken.

»In diesem Raum gibt es nur eine Person, die nicht atmen sollte. Warum hältst du denn die Luft an?« fragte sie.

»Ich kann diesen Geruch nicht ausstehen.«

»Es wird dir sogar noch weniger gefallen, wenn du die Rechnung siehst.«

Das Auf- und Abschwellen herzzerreißender Schluchzer

ertönte aus dem vorderen Teil der Kapelle. Es ließ sich schwer sagen, wer von den ungefähr fünfundzwanzig Rücken, die mir zugewandt waren, derart die Kontrolle verloren hatte.

»Wer heult denn da so?«

»Einer von uns. Hätte ich gewußt, daß der so emotional wird, hätte ich den arbeitslosen Taxifahrer genommen. Wenn ich dran denke, daß ich ein Jurastudium absolviert hab, um das hier zu machen.«

»Es war eine Gefälligkeit, Maggie. Jetzt hast du was bei mir gut.«

»Das siehst du ganz richtig.«

»Wo sind Becky und ihre Kids?«

»In dem abgeteilten Raum, rechts vom Sarg. Sie hat ein paar Freunde, ich glaube, Kollegen von ihr, mitgebracht. Das ältere Paar könnten ihre Eltern sein.«

»Gut. Wie geht's ihr?« Ich versuchte vergeblich, durch die verdunkelte Trennwand zu sehen.

»Ich hab ja schon gedacht, du wärst verrückt, weil du das hier unbedingt wolltest, aber es war eigentlich gar keine so schlechte Idee. Sie ist nicht nur eine nette Frau, sondern sie war auch sehr gerührt, daß so viele Leute zur Beerdigung gekommen sind. Oder vielleicht wäre es zutreffender, zu sagen, daß sie *überrascht* war.« Maggie klopfte mir anerkennend auf die Schulter.

»Ach, du meine Güte, das hätte ich ja fast vergessen.« Sie schlug sich mit der Hand an die Stirn. »Ich habe gehört, sie haben jemanden in Untersuchungshaft genommen wegen dem Mord an Bobs Frau. Ist das wahr?«

»Er –«

»Ich meine, du magst mich ja für blöd halten, aber ich muß dir sagen, daß ich schon ziemlich erleichtert darüber war. Damit will ich jetzt nicht sagen, daß ich mich jemals wieder mit diesem Typen einlassen würde, aber ich fühle mich ganz bestimmt besser, zu wissen, daß ich nicht mit einem Mörder ins Bett gegangen bin. Also, erzähl's mir.«

»Es ist –«

»Ich habe gehört, er wäre ein Bürge oder so was.«

»Maggie?«

»Ja?« Sie rückte näher und beugte ihren Kopf zu mir.

»Darf ich vielleicht auch mal was sagen?«

»Entschuldige. Ich werde so nervös an solchen Orten.«

»Und ich vielleicht nicht? Jedenfalls, Slater –«

»Das ist sein Name? Slater?«

»Ja. John Slater. Er hat Probleme, Maggie.«

»Ich würde eine Mordanklage auch als ein kleines Problem bezeichnen.«

»Er ist gestern abend in mein Haus eingebrochen und hat mich überfallen. Wenn er es gekonnt hätte, hätte er mich, glaube ich, umgebracht.«

Unser Unterhaltung war bis zu diesem Punkt im Flüsterton verlaufen; jetzt warf Maggie ihre Hände in die Luft und schrie: »Jesus Christus!«

Die Hinterköpfe wurden zu Gesichtern, als sie sich umwandten und uns anstarrten. Maggies Hände schwebten in der Luft, aber dann zog sie sich ungemein elegant aus der Affäre: Sie faltete ihre Hände zum Gebet und fing an, sie mit großer Inbrunst zu senken.

»Danke, Jesus Christus, daß du uns alle in unserem Kummer zusammengeführt hast.« Mit diesen Worten legte sie die gefalteten Hände in den Schoß und ließ ihren Kopf hängen.

Ich tauschte ein mitleidiges Lächeln mit den Zuschauern. Als sie sich alle wieder umgedreht hatten, ließ unser gemieteter Trauernde eine weitere Runde seiner schluchzenden Wehklagen los. Er war zu gut. Zum ersten Mal seit vielen Stunden war mir nach Lachen zumute.

»Was war das denn?« Ich preßte die Worte durch die Zähne, während ich fortfuhr zu lächeln.

»Würdest du bitte wiederholen, was du über Slater gesagt hast? Er hat dich überfallen? In deinem Haus?« Maggie hielt immer noch den Kopf gesenkt. »Jesus ...«

»Fang nicht wieder damit an, Maggie, oder ich stehe sofort auf und gehe. Wir reden später darüber.«

»Wenn ich gut genug bin, um deine, äh ... wie sollen wir sie nennen? Sagen wir einfach, um deine Angelegenheiten zu regeln, dann bin ich doch wohl auch gut genug –«

»Es ist eine lange Geschichte. Verdammt, Maggie, ich sehe dich hier doch zum ersten Mal seit gestern.«

»Telefon, Phoebe, diese Erfindung gibt es schon seit langer, langer Zeit.«

»Es war spät. Und ich hab schließlich bei meiner Mutter übernachtet –«

»Okay. Ist schon gut. Mein Gott, warst du verletzt? Hat er ...« Maggie bedeckte ihren Mund mit der Hand. »Du bist doch nicht ...«

»Mir tut alles weh, aber sonst, nein, er hat nicht, ich meine, ich bin nicht.«

»Gott sei Dank.« Sie lehnte sich zurück und blickte nach vorne.

»Könnten wir mal eine Minute rausgehen?« flüsterte ich.

»Wozu?«

»Ein bißchen frische Luft schnappen.«

Maggie, von einem Fuß auf den anderen tretend, hörte mir aufmerksam zu, während ich ihr die Höhepunkte des vorigen Abends schilderte.

»Weißt du, Maggie, mein Haus hat sich anders angefühlt, als ich heute heimkam. Klingt das albern?«

»Aber nein, das klingt absolut nicht albern. So was ist ein ganz brutaler Übergriff. Wenn wir in unseren eigenen vier Wänden nicht mehr sicher sein können, wo dann? Du mußt wirklich lernen, wie du deine Autoschlüssel zur Selbstverteidigung einsetzen kannst.«

»Ich pflege aber nun mal nicht meine Schlüssel mit in die Badewanne zu nehmen, Maggie.«

»Ach, vergiß es. Ich bin einfach nervös. Ich weiß nicht, ob

ich wegen der Kälte zittere oder wegen dem, was du mir gerade erzählt hast. Bist du sicher, daß sie diesen Kerl hinter Schloß und Riegel behalten?«

»Ja, da bin ich sicher.«

»Und du warst vollkommen nackt? Das könnte ich nicht ertragen.«

»Und angezogen könntest du es?« Ich mußte lächeln.

»Ach, komm schon, ich meine es ernst. Du hast bestimmt eine entsetzliche Angst ausgestanden.«

»Ich glaube, ich hatte gar keine Zeit, darüber nachzudenken, ob ich Angst habe.«

»O Gott, allein bei dem Gedanken daran, daß mich irgend so ein wildgewordener Schwachsinniger überall anfaßt, bekomme ich eine Gänsehaut. Ich könnte es wirklich nicht ertragen. Wahrscheinlich hätte ich versucht, mich in der Badewanne zu ertränken.«

»Grundgütiger, was für eine Idee. Daß mir das nicht selber eingefallen ist.«

»Ich hoffe, daß sie diesen Drecksack hängen.«

»Ich weiß nicht, Maggie. Irgendwas ist mit ihm. Er hat mir erzählt, er sei gestorben an dem Tag, als er aus diesem Motel wegging. Das mag ein bißchen verrückt klingen, aber ich bin nicht sicher, ob er da nicht recht hatte. Jedenfalls werden sie ihn in der Klinik behalten, ihn stabilisieren, und dann wird dieser hitzköpfige Hippie-Anwalt von ihm ein psychiatrisches Gutachten verlangen und es auch bekommen –«

»Und dann schaffen sie ihn für zwei Monate nach Warm Springs in die Psychiatrie.« Maggie schüttelte den Kopf.

»Es ist doch immer dasselbe.«

»Trotzdem hat er ein Recht auf Verteidigung, Phoebe.«

»Was soll das denn jetzt heißen? Eben hast du noch gesagt, du wolltest ihn hängen sehen. Ich habe doch kein Problem damit, daß er eine gottverdammte Verteidigung bekommt. Womit ich ein Problem habe, ist diese Stimme, die mir sagt, er hat sie nicht umgebracht.«

»Wer soll es denn dann getan haben?« Sie hob beide Schultern. »Oder nein, vergiß, daß ich gefragt habe. Maitland, richtig?«

»Ich sage dir, dieser Typ ist restlos fertig. Der besteht nur noch aus Schmerz. Und Maitland? All die Jahre hat er die ganze Sache immer wieder aufgekocht. Was für ein eingebildeter, kaltschnäuziger –«

»Du hast da eine fixe Idee, Phoebe, ohne auch nur den geringsten Beweis. Das einzige, was du mir gezeigt hast, ist, was für ein Wichser er ist.«

»Wenn ich ihn nur mit Rita Chillman in Verbindung bringen könnte, ihn da wirklich festnageln könnte –«

»Wir sollten jetzt lieber wieder reingehen, meinst du nicht? Übrigens, du siehst wirklich toll aus in dem Kleid, den Nylonstrümpfen und allem. Ich glaube, ich habe vorher noch nie ... äh, deine Beine gesehen.«

»Das sind nicht meine. Und wo wir gerade von Beinen sprechen, ich muß sie mal wieder ein bißchen bewegen.«

»Warte mal, heißt das, du bleibst nicht hier?«

»Ich kann nicht, Maggie. Ich muß zu Joey Marinos Mutter. Sie hat inzwischen bestimmt von Slaters Verhaftung gehört. Und da kann ich sie nicht so im ungewissen lassen.«

»Du findest doch immer was. Ich werde jedenfalls noch so lange hierbleiben, bis ich unsere Jungs ausbezahlt habe, und dann habe ich anderweitige Verpflichtungen. Vielleicht nicht so wichtig wie deine –«

»Hör auf damit.«

»Ob du's hören willst oder nicht, aber ich hatte gestern eine richtige Identitätskrise, als ich die Trauergäste für diesen Auftritt organisieren mußte.«

»Nicht schon wieder.«

»Ich betone das nur, weil ich auf etwas Bestimmtes hinauswill.«

»Das merke ich, Maggie, und ich weiß nicht, ob mir das gefällt.«

»Ich möchte, daß du Gin bei dir einstellst ... äh, Jewel.«

»Willst du mich verarschen, Maggie? Ich sitze bis zum Hals in der Scheiße, und –«

»Das ist genau der Punkt. Du hast einen ziemlichen Batzen Geld in die beiden investiert, und ich habe weiß Gott getan, was ich konnte. Tonic kommt höchstwahrscheinlich nicht mehr zurück. Jewel dagegen will hierbleiben, aber ihre Haftaussetzung beruht unter anderem darauf, daß sie sich nach Beendigung ihrer Ausbildung erfolgreich um eine Anstellung bemüht.«

»Maggie, meinst du nicht, daß der Gottesdienst schon begonnen hat?«

»Ich bin nicht dein Lakai. Ich bin deine Freundin und einigermaßen kompetente Anwältin, aber ich bin nicht geschaffen für dieses Scheißdetektivspiel.«

»Wer hat mich denn überhaupt mit Maitland zusammengebracht? Du doch wohl.«

»Ist dir klar, daß wir gerade unseren ersten Streit haben?«

»Ich habe keine Zeit dafür, Maggie. Also sag mir, was du willst.«

»Sie braucht einen Job. Und du brauchst Hilfe.«

»Mist. Aber nur, bis sie eine andere Arbeit findet. Ist das klar?«

»Wann bist du zu Hause?«

»Heute? Redest du vom heutigen Tag?«

»Nenn mir eine Zeit. Ich muß jetzt wirklich zurück zu der Beerdigung.«

»Ach Scheiße, ich weiß nicht. Ich muß noch –«

»Um vier?« Sie trat zur Tür und zog sie auf.

Warme Luft strömte heraus und brachte den ekelerregend süßen Geruch des Todes mit sich. Ich wandte mich ab und ging auf den Truck zu.

»Von mir aus«, rief ich über die Schulter zurück. »Aber ich kann nicht garantieren, daß ich dann zu Hause bin.«

»Du wirst da sein. Ruf mich an. Okay?«

Ich hätte ihr noch ein paar gewisse Dinge an den Kopf werfen können, aber ich hob es mir lieber für ein andermal auf.

Dann saß ich in meinem Laster und ließ den Motor warmlaufen. Es hätte unmöglich noch komplizierter werden können: Frank Chillman wurde mit gemieteten Trauergästen vor Gott geleitet, Slater befand sich wahrscheinlich im Thorazine-Dämmer in der Psychiatrischen Klinik, Maitland hätschelte sein Ego und sonnte sich im warmen Licht der öffentlichen Absolution, und der Schlüssel zu all dem lag 254 Meilen in westlicher Richtung verborgen, in Helena.

Ich zählte das zusammen, gab noch das Chaos hinzu, das eine reformierte Hure in dieser Situation anrichten konnte, sowie die Tatsache, daß mein zölibatärer Bruder ein lebendiges Gegenbeispiel für die Unmöglichkeit des Widerspruchs in sich war, und, um das Ganze zu vervollständigen, daß sich meine eigene Mutter in der Anwesenheit von Nick Spano in ein aufgeregt kicherndes Schulmädchen verwandelt hatte. Ich hätte schwören können, daß die Iden des März einen Monat zu früh dran waren.

29

Als Josephine Marino die Tür öffnete, sah ich in ein Gesicht, das zehn Jahre jünger wirkte, als bei meinem ersten Besuch. Tränen liefen über ihre Wangen.

»Sie sind's. Ich habe den ganzen Morgen bei Ihnen zu Hause angerufen. Ich wußte einfach nicht, wie ich Sie finden kann. Er kommt nach Hause. Er kommt wirklich nach Hause. Mein Joey – den Heiligen sei Dank, er kommt heim.« Sie legte einen Moment lang ihre Arme um mich, dann trat sie zur Seite. »Kommen Sie rein. Kommen Sie rein.«

»Das ist also der Tag, auf den Sie so lange gewartet haben, Mrs. Marino.«

»Ich war schon in der Kirche, und ... aber bitte, das ist

nicht der Moment für Formalitäten, nennen Sie mich Josephine. Ich bin so aufgeregt, daß ich nicht aufhören kann zu zittern.«

Sie streckte die Hände vor mir aus, um mir zu beweisen, was ich bereits selbst bemerkt hatte.

»Ich brauche Sie wohl kaum zu fragen, ob Sie schon die Nachrichten gehört haben.«

»Setzen Sie sich, Phoebe. Natürlich. Ich habe die Nachrichten heute morgen gehört, als ich noch im Bett lag. Wissen Sie, das tuc ich manchmal, noch ein bißchen liegenbleiben und die Frühnachrichten im Radio hören. Ich war wie gelähmt. Es war ... es war, als würde ich noch schlafen oder träumen.«

Ich setzte mich an den Küchentisch. Es war unmöglich, sich nicht von ihrer Freude anstecken zu lassen. »Josephine, ich freue mich wirklich sehr für Sie. Wann kommt Joey heim?«

»Morgen früh, so gegen neun. Er und Nona fahren nach Cheyenne und nehmen ein Flugzeug von dort. Meine Tochter, sie ist aus Missoula gekommen, und meine beiden Söhne, die hier in der Stadt leben, sind gerade eben gegangen. Wir haben geweint, alle miteinander. Wir –«

Sie setzte sich an den Tisch, bedeckte ihr Gesicht mit den Händen und schluchzte. Ich wartete, mich etwas unbehaglich fühlend, bis sie sich wieder gefaßt hatte.

»Ich bin einfach so ... Ich weiß nicht, ich kann gar nicht glauben, was passiert ist. Zuerst wollte ich es auch gar nicht glauben. Bis es dann im Fernsehen kam, daß sie den Bürgen unter Anklage gestellt haben. Seither hat das Telefon –« sie hob die Hände über den Kopf »– ununterbrochen geklingelt. Die Leute von der Presse und vom Fernsehen, meine Freunde, die Kinder, alle haben angerufen, und sobald ich aufgehängt habe, hat es wieder geklingelt.«

»Das ist ein wunderbarer Tag für Sie, für Ihre ganze Familie.«

»Wenn nur mein Mann das noch erleben könnte. Er hat immer geglaubt, daß dieser Tag kommen würde. Hat nie den

Glauben daran verloren, bis an sein Lebensende. Er hätte Hochachtung gehabt vor Mr. Maitland und für das, was er ...«

Ich wäre beinahe vom Stuhl gefallen. Maitland und Hochachtung gehörten nicht in denselben Satz, ja nicht einmal in denselben Raum. Aber der größte Schreck war, daß ich es aus Josephines Mund vernommen hatte.

»Was haben Sie gesagt? Ihr Mann hätte Hochachtung ... Maitland hat die Polizei jahrelang als Spürhunde benutzt, um Ihren Sohn zu jagen. Warum, zum Teufel, sollte Ihr Mann jetzt –«

»Es gehört Größe dazu, um zuzugeben, daß man sich geirrt hat.« Sie streckte den Arm aus und tätschelte meine Hand. »Als er anrief –«

»Er hat Sie angerufen?« Ich hörte, wie meine Stimme lauter wurde.

»Er wollte sich entschuldigen für das Leid, das meine Familie all die Jahre durchgemacht hat. Er weinte. So ein mächtiger Mann, und er bricht einfach zusammen.«

An diesem Punkt wurde mir klar, daß der Dreckskerl nunmehr zum Helden, zu einem großen Mann geworden war.

»Josephine, da gibt es etwas, worüber ich mit Ihnen reden muß. Maitland –«

»Ich will nichts Schlechtes über Mr. Maitland hören, Phoebe. Ich habe ihm erzählt, daß Sie einmal hier gewesen sind und versuchten, uns zu helfen, und er sagte mir, Sie hätten gewisse Differenzen gehabt –«

»Differenzen, ja? Was hat er noch gesagt?«

»Nur, wie leid es ihm tue, und daß er alle Kosten für Joeys Heimreise übernehmen wolle, und falls ich Kinder hätte, die weiter weg wohnten, würde er dafür sorgen, daß sie auch herkommen könnten. Das ist ein wirklich bescheidener Mann, der sich so zu seinen Fehlern bekennt und versucht, die Dinge wieder in Ordnung zu bringen. Er sagte auch noch, daß er gerne als erster mit Joey reden wolle, um ihn direkt um Verzeihung zu bitten.«

»Na, und ob er das tun würde«, murmelte ich leise.

»Was meinen Sie?« Josephine beugte sich vor.

»Ich sagte, ich finde, das sollte er auch tun. Sich entschuldigen. Josephine, wo ist Joey gewesen?«

»Das spielt jetzt wohl keine Rolle mehr, oder?«

»Nein, ich denke nicht.«

»Seit ungefähr zwanzig Jahren war er in Laramie, Wyoming, und davor in Los Angeles und Denver. Dort hat er auch Nona kennengelernt, in Denver. Joey ist verheiratet, schon seit zwanzig Jahren, und hat drei Kinder. Wir haben es geschafft, uns ein paar Mal zu treffen, aber Joey war dabei immer so nervös, daß es ihn ganz krank gemacht hat. Aber die Kinder, oder Nona – Nona ist Joeys Frau – habe ich das schon gesagt?«

»Ja, das haben Sie. Was wollten Sie sagen?«

»Sie haben nie das Haus gesehen, in dem Joey aufgewachsen ist. Seine Älteste heiratet im Frühjahr ... also, vielleicht ...« Wieder schlug sie die Hände vors Gesicht und weinte. »Es ist endlich wahr geworden. Er kommt nach Hause.«

»Josephine, ich muß Sie um einen großen Gefallen bitten. Ich möchte mit Joey sprechen, solange er noch in Laramie ist. Bevor er hierher kommt. Würden Sie mir seine Telefonnummer geben?«

Sie sah mich erstaunt an. »Warum kann das denn nicht warten, bis er hier ist?«

»Vertrauen Sie mir einfach ... sehen Sie, es ist wichtig für mich. Um noch etwas zu klären. Also, geben Sie mir seine Nummer?«

»Nun ja ... Ich denke, jetzt kann es wohl keinen Schaden mehr anrichten.«

Sie stand auf, ging zum Küchenschrank, nahm Stift und Papier aus einer Schublade und schrieb etwas auf.

»Ich fürchte, er hat länger mit diesem Namen gelebt als

mit seinem richtigen«, sagte sie, während sie mir den Zettel reichte.

»Jeff Carpita«, sagte ich, während ich den Namen und die Nummer las. »Hat sonst noch jemand diese Nummer?«

»Nein. Nicht einmal meine anderen Kinder. Wir durften kein Risiko eingehen. Was ich Ihnen noch nicht gesagt habe, ist, daß wir nach seinem Verschwinden mehr als fünf Jahre lang nicht wußten, ob er noch lebt oder nicht.«

»Er hat in dieser Zeit nie Kontakt mit Ihnen aufgenommen?«

»Nicht ein einziges Mal. Und dann, eines Abends, es war schon spät, läutete das Telefon. Wir hätten nie erwartet, daß er es sein könnte. Und er war es auch nicht selber, sondern Nona rief an. Sie hatten gerade geheiratet.«

»Warum hat er sich so lange nicht gemeldet? Er muß doch gewußt haben, daß Sie –«

»Daß wir uns Sorgen machten? Natürlich wußte er das.« Sie kicherte.

»Das war so ein Moment, wo ich zuerst unglaublich erleichtert war, ihn am Leben zu wissen, und dann hätte ich ihm am liebsten eine Ohrfeige gegeben.«

»Ich bin sicher, meine Mutter hätte das gleiche empfunden.«

»Aber wissen Sie, das einzige, was er je darüber gesagt hat, daß er sich all diese Zeit nicht gerührt hat, war, daß es so sicherer für uns gewesen sei. Ich habe nie genau verstanden, was dahintersteckte. Aber wir wußten ja, wie sehr er uns liebte, und deshalb haben wir ihm vertraut und seine Gründe nie in Frage gestellt.«

»Ich möchte, daß Sie mir noch einen Gefallen tun, Josephine. Bitte sagen Sie niemandem, daß ich Joeys Telefonnummer habe, und geben Sie sie auch niemand anderem. Können Sie mir das versprechen?«

»Ich denke schon, aber –« Sie schüttelte den Zeigefinger und lächelte. »Sie müssen bedenken, daß sein Name jetzt seit langem Jeff ist. Wenn Sie ihn Joey nennen, wird er sofort wissen, daß Sie mit mir oder einem aus der Familie gesprochen haben.«

»Wären Sie dann so gut, ihn anzurufen und ihm zu sagen, daß ich mich telefonisch bei ihm melden werde?«

»Das werde ich tun, aber ich muß es von der Kirche aus machen. Er hat heute morgen noch zu mir gesagt, es wäre das beste, wenn ich ihn weiter von dort aus anrufe.«

»Sagen Sie ihm, daß ich mich heute abend so gegen sechs Uhr bei ihm melden werdc.«

Sie sah mich besorgt an. »Da gibt es doch nichts mehr, was jetzt noch schiefgehen könnte, oder?«

Ich ergriff ihre Hand. »Nein, Josephine. Machen Sie sich darüber keine Sorgen.«

»Sind Sie sicher?«

»Und ob ich das bin. Aber jetzt«, sagte ich, während ich mich erhob, »muß ich gehen. Ich freue mich sehr für Sie. Wir bleiben in Kontakt, ja?«

Sie brachte mich zur Tür. Als ich die Stufen hinunterging, rief Josephine mir nach.

»Phoebe?«

Ich drehte mich um und sah sie an.

»Ich habe das komische Gefühl, daß da etwas ist, das Sie mir verschweigen. Falls es ... Ich möchte Ihnen nur sagen, daß ich nach alldem damit umgehen kann. Egal, was es ist. Ich bin stärker, als ich wirke.«

»Ihr Sohn kommt nach Hause. Nur daran sollten Sie jetzt denken. Und nein, da gibt es nichts, was ich Ihnen nicht gesagt habe. Übrigens, danke für die Suppe. Sie war köstlich.«

»Wollen Sie noch mehr? Ich habe –«

»Ich komme gerne auf Ihr Angebot zurück, Josephine, aber nicht heute. Ich melde mich. Das verspreche ich Ihnen.«

Meine Worte schienen ihre Zweifel zu zerstreuen, und auf ihrem Gesicht zeigte sich ein Lächeln. Während ich mich umdrehte und zu meinem Truck ging, wurde mir mit jedem

Schritt übler im Magen. Wie hätte ich ihr in ihrer übergroßen Freude denn sagen sollen, daß, wer immer es gewesen war, der Joey geholfen hatte, aus der Stadt zu verschwinden, nicht wollen würde, daß er lebend zurückkam?

Ich fuhr in meine Einfahrt und wäre fast mit der Heckpartie eines '60er Chevy Kombiwagens zusammengestoßen, der genau in der Mitte parkte. Daneben stand ein zum Campingbus umgerüsteter Pick-up. John Wolf, ein Crow-Indianer aus Pryor, und Jewel Baily waren gerade dabei, die Bretter von meiner Haustür zu entfernen. Vor anderthalb Jahren hatte ich einen Fall für John, einen Verwandten von Kyle, bearbeitet, bei dem es um seinen Sohn und den Tod eines Mannes namens Monday Brown ging, den selben Fall, der auch Gin und Tonic in mein Leben gebracht hatte.

»Hey, John«, begrüßte ich ihn, als ich aus dem Laster stieg. »Das ist ja eine Überraschung. Ist es nicht vielleicht ein bißchen zu kalt, um draußen zu arbeiten?«

»Kyle hat mich heute morgen angerufen und gesagt, Sie hätten ein paar Probleme hier. Meinte, Ihre Tür müßte repariert werden.« John arbeitete weiter, während er sprach. »Jedenfalls hat's die Tür ganz schön zerfetzt, als das Schloß aufgebrochen wurde. Könnte sein, daß Sie eine neue brauchen. Was halten Sie von einem Sicherheitsschloß und einer stabileren Tür?«

»Eine neue Tür? Auf gar keinen Fall. Die hier mit dem Fenster drin gehört seit über hundert Jahren zu dem Haus. Die bleibt. Davon abgesehen lege ich meine Sicherheit in Ihre Hände. Tun Sie, was Sie für das Beste halten.«

»Weiße«, sagte John und grinste mich an. »Ich hab euch noch nie verstanden. Fenster in den Türen.«

»Ich nehme an, Sie haben Jewel bereits kennengelernt?«

»Hmm.«

»Du bist früh dran«, sagte ich, während ich Jewel dabei zusah, wie sie ein Stück des Türrahmens aus der Mauer riß.

»Und du bist spät dran«, erwiderte sie und lächelte mich an.

Ich blickte auf meine Armbanduhr. Sie hatte recht. »Ich wußte nicht, daß du auch tischlern kannst.«

»Ist jedenfalls besser, als in meinem Auto zu sitzen und mir den Arsch abzufrieren, während ich auf dich warte.«

»Tut mir leid. John, falls Sie sie nicht mehr brauchen –«

»Nein, hier geht's sowieso im Moment nicht weiter, weil ich zuerst zu Eagles Werkzeughandlung fahren und ein paar Sachen besorgen muß. Wird abcr nicht lange dauern.«

»Kann ich irgendwas gegen die Tür stellen, damit sie zu bleibt?«

»Sicher. Ich muß sie nur noch mal kurz aufmachen, um ein neues Stück von dem Rahmen einzusetzen.«

»Hier ist Ihr Hammer, John, Sie kleine Plaudertasche.« Jewel hielt ihm das Werkzeug hin.

Johns Mund blieb offen stehen. Er nahm den Hammer entgegen und eilte dann die Stufen hinunter zu seinem Pick-up.

»Was sollte das denn?« fragte ich.

»Ich wollte ihn nur aufziehen. Der Typ scheint ja ganz nett zu sein, aber er spricht kaum ein Wort. Dafür grunzt er um so mehr. Ich hab ihn bloß ein bißchen aufgelockert.«

»John braucht nicht aufgelockert zu werden. Gin – ach Mist, ich meine Jewel, hör auf mit diesen Geschichten.«

Sie klopfte mir auf die Schulter. »Keine Sorge, Schätzchen. Du hast viel Zeit, um dich an mein neues Ich zu gewöhnen.«

»Schätzchen?« Ich spürte eine Art Panik in mir aufsteigen. »Das ist keine, ich wiederhole, keine Dauerlösung, sondern gilt nur, bis du etwas anderes gefunden hast. Ist das klar?«

»Ja. Sicher. Und jetzt laß uns rein ins Warme gehen, und du zeigst mir meine neuen Aufgaben.«

Erst einmal drinnen, lief ich sofort zum Thermostat und stellte es auf vierundzwanzig Grad ein.

»Normalerweise ist es nicht so kalt bei mir. Du kannst deinen Mantel und die Stiefel an der Garderobe im Flur ablegen.

Ich weiß eigentlich gar nicht, was sich Maggie bei der ganzen Sache gedacht hat. Das hier ist ein Ein-Frau-Betrieb. Mit Betonung auf *Ein*. Ich habe keine Ahnung, was du hier tun sollst.«

»Tja, dann müssen wir das eben ändern, nicht wahr?« sagte Jewel, während sie ihren Mantel an den Kleiderständer hängte und die Stiefel auszog. »Sag mal, das ist ja ein irre großes Haus, was du da hast. Wohnst du hier allein?«

»Ja, das tue ich, und so soll's auch bleiben.«

»Oho, wohl ein bißchen empfindlich, was? Aber ich kann diesen Territorialinstinkt gut verstehen. In meinem früheren Leben war das Territorium praktisch alles.«

»Laß uns lieber nicht weiter auf dein früheres Leben eingehen.«

Sie hob die Hände und rieb sie gegeneinander.

»Na, dann wollen wir mal loslegen. Wo ist mein Büro?«

»Dein Büro? Ich habe bloß *mein* Büro. Okay, ich zeige dir, wo du dich hinsetzen und Gott weiß was tun kannst. Eine Zeitlang hatte ich mein Büro hier drin«, erklärte ich, während ich sie zu einem Raum führte, der ursprünglich die gute Stube gewesen war. Sie folgte mir hinein. »Jetzt sind noch meine Aktenschränke hier und ein Schreibtisch und ein Telefonanschluß, obwohl ich nicht glaube, daß du einen brauchen wirst. Es ist nicht besonders aufgeräumt, aber es muß reichen für, ähm ... was immer es sein mag, was du schließlich tun wirst.«

»Ich denke, das wird prima funktionieren. Ist ja wirklich ein ziemliches Durcheinander –« Sie sah mich stirnrunzelnd an. »Aber das kriege ich schon hin. Wo arbeitest du?«

»Da drüben, aber –« Ich wies zu dem Raum auf der gegenüberliegenden Seite des Flurs. Sie ging zielstrebig darauf zu, noch bevor ich zu Ende gesagt hatte, daß der Zutritt verboten war. Kopfschüttelnd folgte ich ihr in mein Büro.

»Hübsche Anlage. Modem?« Sie setzte sich hinter den Schreibtisch und schaltete den Computer ein.

»Ja. Aber –«

»Wir operieren also weltweit. Ist dir eigentlich klar, wie sehr Computer unser Leben beeinflussen? Ich meine –«

»Hör zu, Jewel. Warum bleibst du nicht einfach eine Weile hier sitzen und spielst ein bißchen? Ich habe nämlich noch einen Anruf zu machen.«

»Spielen? Du bist doch nicht etwa einer von diesen Cyberfreaks, die ihre Geräte nur zum Spielen haben, oder? Gib mir lieber etwas, das ich für dich herausfinden soll. Hast du einen Server?«

»Einen was?«

»Einen Server. Zugang zum Internet.«

Sie sah verdammt selbstsicher aus. »Natürlich habe ich das.«

»Gut, wir sind im Geschäft, Mädchen. Wie lautet dein Password, und was soll ich für dich herausfinden?« Jewel rutschte auf ihrem Stuhl hin und her, verschränkte ihre Finger und ließ die Knöchel knacken.

»Geht alles automatisch, das mit dem Password, meine ich.«

»Okay, also gib mir einen Auftrag, irgendwas.«

»Ich hab keinen Auftrag für dich, Jewel.«

»Ach komm, da muß es doch irgendwas geben –«

Ich mußte diesen Anruf bei Joey Marino machen, und dabei mußte ich ungestört bleiben. »Also gut. Laß mich überlegen ... Ja, finde heraus, warum jemand nach Helena gehen könnte.«

»Helena in Montana?«

»Das ist gut, sehr gut.« Es wurde immer beängstigender. »Himmel ja, Montana.«

»Warum?«

»O Gott. Ich dachte, das solltest du herausfinden. Aus irgendeinem Grund eben ... hör zu, ich gehe jetzt ins andere Zimmer, um einen Anruf zu erledigen. Einen sehr wichtigen Anruf. Du darfst unter keinen Umständen stören. Ist das klar?«

»Vollkommen klar.«

Nicht nur, daß ich immer noch Panik verspürte, ich war jetzt auch wütend auf Maggie, die mich breitgeschlagen hatte, Jewel überhaupt diesen Job zu geben. Es würde nicht funktionieren.

Die menschliche Einbildungskraft ist eine merkwürdige Sache. Ich hatte erwartet, daß sich am anderen Ende die Stimme eines Neunzehnjährigen melden würde. Das war das einzige Bild, das ich von Joey Marino hatte, und als die tiefe, selbstsichere Stimme eines Mannes im mittleren Alter antwortete, war ich unsicher, um wen es sich handelte.

»Habe ich die richtige Nummer gewählt für Joey ... ich meine, Jeff Carpita?«

»Wer ist da?«

»Ich habe zuerst gefragt. Sind Sie Jeff?«

Er schwieg ein paar Sekunden lang. »Ja.«

»Mein Name ist Phoebe Siegel, und ich bin Privatdetektivin. Ihre Mutter, Josephine, wollte Ihnen mitteilen, daß ich mich bei Ihnen melden würde.«

»Sie hat angerufen. Was wollen Sie, Siegel?«

Er machte keinen Versuch, seine Feindseligkeit zu verbergen. »Wir müssen uns unterhalten. In den letzten vierundzwanzig Stunden ist eine Menge passiert. Ich bin sicher, Sie haben das mitgekriegt.«

»O ja. Das habe ich mitgekriegt.«

»Okay. Falls Sie diese Unterhaltung beunruhigt, wäre es vielleicht ... lassen Sie mich noch mal von vorne anfangen. Ich bin nur daran interessiert, Ihnen zu helfen. Wenn Sie mit Ihrer Mutter gesprochen haben, dann wissen Sie –«

»Meine Mutter traut so ungefähr jedem. Aber ich? Keinem.«

»Das verstehe ich, Jeff. Ihre Mutter sagte mir, Sie würden morgen nach Billings kommen. Haben Sie das immer noch vor?«

»Sie haben mir noch nicht gesagt, was Sie wollen. Also hören Sie auf mit Ihrer dämlichen Fragerei und erklären Sie's mir, oder ich lege auf.«

»Okay. Ich sehe die Sache folgendermaßen: Wer immer Ihre Flucht aus Billings gedeichselt hat, könnte möglicherweise ein bißchen nervös werden bei der Aussicht, daß Sie zurückkommen. Wir sollten darüber reden.«

»Was ist Ihr Ding bei dem Ganzen?«

»Mein *Ding* ist –« Was war eigentlich mein Ding? »Ich habe eine ziemlich genaue Vorstellung davon, wer Ellen Dahl umgebracht hat, und das waren nicht Sie. Ich hatte dieses Gefühl von Anfang an.«

»Dem Anfang von was?«

»Das ist ziemlich kompliziert. Sind Sie bereit, mir zuzuhören?«

»Warten Sie mal 'ne Minute.«

Er deckte eine Weile den Hörer ab und nahm das Gespräch dann wieder auf. »Hoffentlich lohnt sich das auch. Ich spreche auf einem Handy, und das ist nicht gerade billig.«

»Warum rufen Sie mich nicht zurück, ein R-Gespräch, und wir machen's auf meine Kosten. Das könnte nämlich eine Weile dauern.«

»Ich will's mal so sagen. Ich befinde mich ungefähr fünfzig Meilen außerhalb von Casper –«

»Casper? Ich dachte –«

»Was dachten Sie? Daß ich so blöd wäre, Maitland die Geschichte mit dem Freiflug abzukaufen? Ich bin seit fünfundzwanzig Jahren auf der Flucht und –« Es knackte in der Leitung. »Können Sie mich hören?«

»Jetzt ja. Was wollten Sie sagen?«

»Daß ich mit den Jahren nicht dümmer geworden bin. Glauben Sie, ich wüßte nicht, daß Maitland Sie angeheuert hat?«

»Da ist nichts draus geworden. Die Sache wurde abgeblasen, bevor ich mich auf irgendwelche Verpflichtungen eingelassen hatte. Das haben Sie von Ihrer Mutter gehört, stimmt's?«

Im Hintergrund ließ sich eine besänftigende Stimme vernehmen: »Deine Mom sagt, daß diese Frau dir nur helfen will. Also halt dich doch um Gottes willen ein bißchen zurück.«

»Ich krieg das schon hin, Nona.« Er sprach im Flüsterton.

»Ist Ihre Frau bei Ihnen?« fragte ich.

»Ich wüßte zwar nicht, was meine Frau Sie angeht, aber es stimmt, sie ist bei mir.«

Seine Haltung fing an, mich zu provozieren. Trotzdem lehnte ich mich in meinem Stuhl zurück, machte es mir bequem und gab ihm eine komprimierte Darstellung der Ereignisse, beginnend mit Maitland. Er stellte keine Fragen, und als ich geendet hatte, wußte ich nicht, ob er noch am Apparat war.

»Sind Sie noch dran?«

»Ja. Aber wir müssen uns jetzt eine Unterkunft für die Nacht suchen. Ich rufe Sie später an.«

»Das war's? Ich rufe Sie später an? Hören Sie –«

»Was genau wollen Sie von mir, Lady?«

»Ich will von Ihnen wissen, wer Ihnen vor siebenundzwanzig Jahren geholfen hat, aus der Stadt zu verschwinden.«

»In der Sache hab ich selbst noch eine Rechnung zu begleichen. Sie werden's schon früh genug erfahren.«

»Es wäre verdammt schade, wenn Sie da jetzt noch in –«

»Schwierigkeiten geraten? Sie machen wohl Witze.« Sein Lachen klang kalt. »Wie ist Ihre Nummer? Schreib das auf, Nona.«

Er wiederholte sie, während ich sie ihm nannte.

Ich hatte gewisse Sympathien für Joey Marino gehabt. Nachdem ich seine Mutter kennengelernt und sie oft genug von »meinem Joey« hatte reden hören, hatte ich mir ein bestimmtes Bild von ihm gemacht: der gutaussehende, sanfte, unschuldig verfolgte, »mein Gott, ich bin ja so froh, daß Sie mir helfen wollen, Phoebe«-Typ. Aber so lief es nicht.

»Ich rate Ihnen dringend, sich noch heute abend mit mir in Verbindung zu setzen. Schließlich wollen Sie doch sicher vermeiden, daß Ihre Frau in Gefahr gerät.«

Wieder sagte er nichts.

»Was hat sie gesagt?« erkundigte sich seine Frau aus dem Hintergrund. »Verdammt noch mal, ich will wissen, was sie gesagt hat.«

»Sind Sie fertig?« Sein mürrisches Gehabe war unerschütterlich. Ich hatte genug. »Nicht ganz. Nur noch ein paar Dinge. Ich bin überzeugt, daß Sic und ich bestens miteinander auskommen, Jeff, wenn –«

»Da wäre ich an Ihrer Stelle nicht so sicher, Lady.«

»Doch, ich glaube, es wäre möglich, wenn Sie Ihre Scheißhaltung in Wyoming lassen. Und wenn Sie mich noch einmal ›Lady‹ nennen, können Sie sehen, wie Sie Ihren Arsch allein retten. Ich brauch diesen Schwachsinn von Ihnen nicht, und ob Sie's glauben oder nicht, aber dieser Fall war für mich auch nicht gerade ein Honigschlecken. Also, entweder sind Sie bereit, mit mir zusammenzuarbeiten, oder Sie brauchen mich erst gar nicht wieder anzurufen.«

Wie auf's Stichwort wurde die Verbindung in diesem Moment durch heftige atmosphärische Störungen unterbrochen, und was immer er antwortete, wurde davon übertönt.

»Ich kann Sie nicht hören, deshalb lege ich jetzt auf.« Nachdem ich das getan hatte, ließ ich mich wieder auf der Couch nieder. Ich mochte diesen Typen nicht. Selbst wenn ich berücksichtigte, was er durchgemacht und wie viele Jahre er verloren hatte, konnte ich sein Verhalten nicht rechtfertigen. Laut eigener Aussage hatte er noch eine Rechnung zu begleichen, und je nachdem, mit wem er das vorhatte, konnte sich das als tödlich erweisen.

John war inzwischen zurückgekehrt und raubte mir mit seinem Klopfen und Hämmern den letzten Nerv. Nachdem er fertig war und ging, hatte ich die abscheulichsten Kopfschmerzen. Im Haus herrschte Totenstille. Ich streckte mich auf der Couch aus, legte mir ein Kissen auf den Kopf und versuchte, mit dem Schmerz Freundschaft zu schließen – ein Trick, den ich von meiner metaphysischen Schwester kannte. Als das nicht funktionierte, beschloß ich, auf die Freundschaft zu pfeifen, stand auf, nahm ein paar Aspirin und kehrte zur Couch zurück. Ich hatte ganz vergessen, daß Jewel im Haus war, bis sie mich aus einem unruhigen Schlaf wachrüttelte.

»Ich wollte dich nicht erschrecken, Herzchen.« Sie setzte sich in die Sofaecke.

Das dicke Ende des Kopfschmerzes schlängelte sich gerade aus meinem Kopf und ließ nur noch schlechte Laune zurück.

»Himmel, Herrgott, ich wünschte, du würdest endlich damit aufhören, mich Schätzchen und Herzchen und dergleichen zu nennen.« Ich setzte mich auf und starrte sie wütend an. »Und außerdem hast du mir einen Heidenschreck eingejagt.«

»Du bist doch nicht etwa eine von der mieszickigen Sorte Chefinnen, oder? Ich meine –«

»Ich will überhaupt keine Chefin sein, Jewel.« Ich ließ meinen Kopf im Nacken rollen und hörte die Muskeln knirschen. »Was gibt's?«

»Ich dachte bloß, du würdest vielleicht eine Aufstellung der Einrichtungen in Helena wollen.«

»Welche Einrichtungen?«

Jewel stand auf, stemmte eine Hand in die abgeknickte Hüfte und blickte mit gerunzelter Stirn auf mich nieder. »Die Einrichtungen, die ich für dich heraussuchen sollte«, sagte sie, während sie einen Stapel Papiere auf den Couchtisch fallen ließ. »Aber ich laß nicht so mit mir umspringen, Miss Siegel.«

Sie war gekränkt.

»Ist ja schon gut. Setz dich wieder hin und sag mir, was du gefunden hast.«

Jewel hatte ein ansteckendes Lächeln. Ich schüttelte den Kopf und fing an, die Papiere zu überfliegen.

»Was du da siehst, sind hauptsächlich medizinische Einrichtungen, und zwar öffentliche und private. Dann gibt's da noch so eine Art Meditationszentrum und ähnliches Zeug außerhalb der Stadt. Und eine Thermalquelle etwas weiter westlich. Außerdem ein Labor für Genforschung, ein Krankenhaus, unzählige Ärzte, Seelenklempner, der ganze Kram und mehrere Rehabilitationszentren, Wohlfahrtsinstitute und Hilfsdienste. Ich weiß ja nicht, wonach du suchst –«

»Ich suche nach etwas, wofür Ellen Maitland nach Helena gegangen sein könnte, etwas, das sehr wichtig für sie war.«

»Zum Beispiel?«

»Das weiß ich ja eben noch nicht. Alles, was ich habe, ist –« Ich hielt inne.

»Was? Alles, was du hast ist was?«

»Wie gut bist du in kryptischen Botschaften?«

Sie starrte mich verständnislos an. »Kryptisch? Ich hab nichts mit toten Leuten am Hut. Auf gar keinen Fall. Ich hatte mal eine Tante, die mit den Toten geredet hat und den ganzen Scheiß, und die hat sich damit in einen ziemlichen Schlamassel gebracht. Nee, nee, so was mach ich nicht.«

»Tote Leute? Wovon redest du eigentlich?«

»Krypta. Da tut man sie doch rein. Die Toten, meine ich.«

Ich lachte laut auf. »Kryptisch hat doch nichts mit Tod zu tun, es ist ... ein Rätsel, ein Code. Etwas, das entziffert werden muß.«

»Also keine Toten?«

»Heute nicht.«

»Dann erzähl's mir. Was ist das für ein Rätsel?«

Ich stand auf, holte den Zettel aus meinem Büro, ohne ihn noch einmal anzusehen und reichte ihn Jewel. Sie grinste und gab ihn mir zurück.

»Schätze, das hab ich angerichtet. Ich dachte, das wäre nur so ein Gekritzel von dir.«

»Was meinst du damit, Gekritzel?« Ich schaute auf das Papier herunter. Wo vorher der umgedrehte Haken gewesen war, traf mein Blick nun auf ein mit Spitzen verziertes und von einem Pfeil durchbohrtes Herz. Ich fragte mich einen Moment lang, ob ich nicht aus Versehen nach dem falschen Zettel gegriffen hatte, aber dann erkannte ich die Zahlen neben dem Herz. Eins, vier, zwei.

»Hast du das gemacht?«

»Kaum sind zehn Minuten vergangen, bin ich auch schon in Schwierigkeiten. Scheiße.«

»Nein, Jewel. Du bist nicht in Schwierigkeiten. Zeig mir nur, was du gemacht hast.«

Ich zeichnete einen umgedrehten Haken auf die Rückseite des Papiers und schob es zu ihr hin. »Zeig mir, was du gemacht hast. Genau.«

»Tja, ich hab da vor dem PC gesessen und auf das Fernladen von diesen Informationen gewartet, und dabei hab ich so meine Gedanken wandern lassen. Ich hab mich zum Beispiel gefragt, was meine Schwester und meine Mutter jetzt wohl so machen, und gehofft, daß es mit diesem Job hier gut laufen würde ...« Sie warf mir von der Seite her einen Blick zu.

»Zeig mir einfach, was du gemacht hast. Bitte.« Ich reichte ihr einen Bleistift.

»Also, ich war so in Gedanken, und da hab ich auf dem Zettel diese komische Linie gesehen, und da hab ich eine zweite Linie dazugemalt, nur umgekehrt«, erklärte sie, während sie eine spiegelbildliche Linie vom Ende des Hakens zog, dann eine Bogenlinie und diese mit dem oberen Ende des Hakens zu einem vollständigen Herzen verband. »So. Ich fand, daß es noch etwas verziert gehörte und hab den Rest dazugemalt.«

»Ein verdammtes Herz. Das könnte es sein.« Ich starrte darauf nieder. »Verflucht.«

»Ich dachte, du würdest es nicht mehr brauchen. Hoffentlich hab ich da nichts versaut.«

»Eins, vier, zwei.« Ich schrieb die Zahlen auf. »Vier, zwei, eins. Eins, zwei und vier. Vielleicht ist es eine Art Adresse.«

»Oder vielleicht ein Datum.«

»Möglich, aber was für ein Datum?« Ich schrieb zwei, eins und eine Vier. Wieder starrte ich auf die Zahlen. »Vier wäre April. Eins wäre Januar. Zwei wäre ... dieser blöde Armleuchter. Zwei wäre Februar, mit der Eins und der Vier gäbe das den vierzehnten Februar.«

»Das ist doch, ähm ... das ist –«

»Das ist der Valentinstag, meine Liebe, der Valentinstag. Dorothy Valentine.« Ich sprang von der Couch, packte Jewel bei den Händen und zog sie in die Höhe. »Jewel, du bist phantastisch. Ich schulde dir einen großen Gefallen.«

Was immer in Helena auf Ellen gewartet hatte, es begann mit Dorothy Valentine. Und wenn es mit ihr begann, dann endete es vielleicht, aber nur vielleicht, auch mit ihr.

30

Jewel und ich verbrachten eine Stunde damit, die Liste durchzugehen, die sie zusammengestellt hatte. Nichts paßte. Nichts ergab eine vernünftige Erklärung dafür, warum sowohl Dorothy Valentine als auch Ellen mit Helena in Verbindung standen. Wenn Dougie die Antwort auf diese Frage gekannt hatte, dann war sie im Rotlichtmilieu zu suchen. In diesen Kreisen gab es für gewöhnlich nur einen Geheimnisträger, und dieser eine war nun tot. Was er wußte, hatte er mit ins Grab genommen, und das ließ mich mit einem Leerraum zurück, einer dreispurigen Geraden ins Nichts, auf der sich eine Nutte, eine Puffmutter und die tragische Figur einer jungen Frau befanden, die aufgrund irgendeiner Laune des Schicksals aus der reichsten Familie der Stadt stammte.

Ohne einen Mantel anzuziehen, trat ich aus dem Haus und holte die Post aus dem Briefkasten. Ich brauchte die Kälte, um wach zu werden, um einen klaren Kopf zu kriegen. Die untergehende Sonne überzog den Schnee mit einem goldenen Schimmer und ließ ihn zu einer surrealen Landschaft erglänzen. Ich blieb, die Post in der Hand, auf der Veranda stehen und sah zu, wie das Gold zu einem zarten Lila und dann zu Grau verblaßte. In Montana lernt man von früh auf, mit der Natur zu leben. Wir gehen mit den Jahreszeiten und lernen, das Wetter zu lesen, es mit dem Wind zu schmecken und es in unseren Knochen zu spüren. Chinook ist ein indianisches Wort und bedeutet soviel wie »Schneefresser«, und ich ertappte mich dabei, wie ich für diesen warmen Südwestwind betete. Die durchführbaren Sachen bringe ich immer vor Gott, den Rest erledige ich selbst.

Ich ging wieder ins Haus, setzte mich an den Küchentisch und fing an, die Post zu öffnen, von der das meiste Ausschuß war. Ich hob die Coupons von Domino's Pizzeria auf, legte die Stromrechnung und einen mit handgeschriebener Adresse versehenen Umschlag ohne Absender beiseite und warf den Rest weg. Stud entschied für sich, daß es Zeit zum Abendessen war, öffnete mit seinen Krallen eine Schranktür und fing an, ein paar Dosen herauszuzerren, um meine Aufmerksamkeit auf sich zu lenken. Mit Erfolg. Nachdem das erledigt war, kehrte ich zum Tisch zurück und öffnete den Briefumschlag. Er enthielt zwei Papierbögen. Auf dem ersten stand eine handschriftliche Notiz.

Miss Siegel, nach unserem Gespräch bin ich ein paar alte Kartons durchgegangen und dachte, Sie könnten das gebrauchen. Ellen hat es mir geschenkt, ungefähr ein Jahr bevor sie starb. Wahrscheinlich hat es nichts zu bedeuten. Sie hat es geschrieben, während sie mit ihm verheiratet war. Ich weiß nicht, warum sie es mir gegeben hat, aber auf der Rückseite steht ein Name. Das könnte vielleicht der Arzt sein, nach dem Sie suchen. Joanne.

Auf dem zweiten Bogen stand ein maschinengeschriebenes Gedicht, signiert von Ellen Maitland.

MAUERBLÜMCHEN
Ich stehe unbemerkt an der Wand,
dazu verurteilt, zuzusehen.
Da bin ich nun, umfangen von einer Vase aus Porzellan,
eingehüllt in das Lied der Trauer.
Allein inmitten goldener Pracht,
schutzlos der Sonne preisgegeben.
Mich nach einem Raum der Aufmerksamkeit sehnend,
welke ich dahin, und mein Leben ist vorbei.
Hätte ich nur das Spiel der Leidenschaft gekannt,
und das Feuer in meiner Seele,
ich würde mit Freuden vergehen.
Hätte ich nur die Liebe gekannt ... ich würde loslassen.
Aber ich stehe hier, ein wahres Mauerblümchen,
versunken in der Einsamkeit, die ich verachte.
Und wenn ich morgen stürbe,
würde kein Geliebter um mich trauern?

Mochte Ellen auch mit einem silbernen Löffel im Mund geboren worden sein, war dieser doch so angelaufen, daß sie dazu neigte, melancholische Gedichte zu schreiben. Ich wendete das Blatt um. Auf der Rückseite stand eine einzige Zeile: »Am Vormittag Dr. Sam anrufen.«

Ich ging in mein Büro und zog Ellens Bild aus dem Papierstoß auf meinem Schreibtisch hervor. Bei jedem Klienten gibt es eine Grenze, die man möglichst nicht überschreiten sollte. Es ist weder gesund noch produktiv, sich allzu sehr einzulassen. Aber da stand ich nun, blickte in ihr Gesicht und fragte mich, wieso es mir sogar mit zwei toten Klienten immer noch gelang, diese Grenze zu überschreiten. Marino brachte ein vollkommen unberechenbares Element ins Spiel, und ich hatte ein unbehagliches Gefühl bezüglich der Rechnung, die er zu begleichen hatte. Ich hatte zwei Möglichkeiten zur Auswahl: abwarten und hoffen, daß er anrufen und mich einweihen würde, oder mein Glück mit einem kleinen Bluff bei Dorothy Valentine versuchen, bevor alles auffliegen würde. Ich war noch nie gut im Warten, und deshalb stand die Entscheidung bereits fest.

Gerade, als ich Dorothy anrufen und ihr sagen wollte, daß ich auf dem Weg zu ihr sei, klingelte das Telefon. Ich hob ab.

»Hallo?«

»Ja. Ist dort Mrs. Siegel?«

»Da müßten Sie meine Mutter anrufen. Wer spricht?«

»Mein Name ist Nona Carpita. Ich bin die Frau von Jeff.«

Es gab also doch einen Gott. »Was kann ich für Sie tun?«

»Sie sind keine Mrs.?«

»Nicht heute und morgen wahrscheinlich auch nicht. Mein Name ist Phoebe.«

»Ich habe die ganze Zeit hin und her überlegt, ob es richtig ist, Sie anzurufen. Jeff wäre total wütend, wenn er es wüßte.«

»So wie er am Telefon geklungen hat, liegen Sie wohl richtig mit dieser Annahme. Wo ist er?«

»Er ist weggegangen, um uns was zu Essen zu besorgen, und deshalb hab ich auch nicht viel Zeit zum Reden. Aber ich denke, ich sollte Ihnen ein bißchen was über ihn erklären. Er ist wirklich nicht so, wie Sie ihn am Telefon gehört haben. Er ist ein sanfter Mann, ein guter Vater und Ehemann. Es ist nur, daß –« Ihre Stimme klang, als sei sie den Tränen nahe. »Es ist nur, daß er verbittert ist. Ich meine, er hat so viel durchmachen müssen, Miss Siegel.«

»Das kann ich mir vorstellen. Aber wenn er als einsamer Rächer zurück in die Stadt kommt, wird das weder ihm noch Ihnen viel bringen. Außerdem ist er möglicherweise in Gefahr –«

»Das weiß ich. Ich habe versucht, mit ihm darüber zu reden, aber all die Jahre, ich meine, wir waren praktisch von seiner Familie abgeschnitten, und ich habe so gut wie keine.«

»Ich verstehe Sie sehr gut. Und was ich Ihnen anbieten kann, ist eine Pufferzone, eine Art Schutz. Das ist nur eine Vermutung, aber Jeff ist wahrscheinlich der einzige, der weiß, wer damals dafür gesorgt hat, daß er aus der Stadt verschwand. Und diese Person könnte sehr wohl Ellens Mörder sein.«

»Aber haben sie nicht einen Mann in Untersuchungshaft?«

»Ja, aber sie haben den falschen Mann.«

»Das ist nicht das, was wir –«

»Hören Sie, Nona, das ist eine lange Geschichte. Ellens Mörder läuft immer noch frei herum, und wer es auch sein mag, weiß, daß Jeff nach Hause kommt. Ich möchte, daß Sie mir jetzt gut zuhören. Wenn mehr als eine Person wüßte, wie es Jeff geschafft hat, aus Billings wegzukommen, würde das einen gewissen Schutz bedeuten, für ihn und für Sie.«

»Zwei Leute wissen es«, versicherte sie eifrig.

»Was?«

»Ich weiß es. Als ich Jeff kennenlernte, habe ich in der Registratur eines Krankenhauses in Denver gearbeitet. Wir sind lange Zeit miteinander ausgegangen, und dann sind wir zusammengezogen. Jeff hat nie viel über sich geredet. Er hatte immer so was Geheimnisvolles an sich«, sagte sie und kicherte. »Vielleicht ist es das, was ich so anziehend an ihm fand, daß ich nie so genau wußte, wer dieser Typ eigentlich ist. Verstehen Sie, was ich meine?«

Nein, ich verstand nicht, was sie meinte, und deshalb ging ich nicht weiter darauf ein. »Und dann hat er es Ihnen schließlich erzählt?«

»Es kam zu dem Punkt, an dem aus der Beziehung etwas wirklich Ernstes wurde. Ich wollte heiraten, aber Jeff meinte, er könnte nicht. Ich hab das nicht verstanden. Ich wußte ja, daß er mich liebte, und ich wußte auch, daß er immer als Bauarbeiter rumgezogen ist und schwarz gearbeitet hat. Er ließ sich stets bar auf die Hand auszahlen.«

»Und das hat Sie nie stutzig gemacht?«

»Eigentlich nicht. Er nahm keine Drogen, er trank sehr wenig, und er war gut zu mir. Aber wie gesagt, dann wurden die Dinge ernster, und ich wollte, daß wir heiraten. Er wollte es auch, aber er sagte, er könnte es nicht. Das ist ein paar Monate lang so gegangen, und dann hab ich ihm gesagt, ich bräuchte mehr, ich bräuchte Verbindlichkeit und Verläßlichkeit. Und wenn er mir das nicht geben würde, dann müßten wir uns trennen. Da hat er mir dann die ganze Geschichte erzählt. Es war unglaublich. Ich hab's tatsächlich nicht geglaubt. Also hat Jeff eines Abends, als er wußte, daß seine Mutter in der Kirche war, dort angerufen, und sie hat uns dann die ganzen Zeitungsartikel geschickt. Mein Gott, wir haben uns so intensiv damit beschäftigt, daß es schon zwanghaft wurde.«

»Aber Sie haben ihn geheiratet. Oder nicht?«

»Doch. Das habe ich. Aber es gab ein paar Hindernisse. Jeff hatte ja keinerlei Identität, sozusagen. Ich meine, keine Legitimation außer seinem Führerschein, den er in L. A. gekauft hatte und auf dem der Name Jeff Carpita stand. Er hat ihn durch einen Typen bekommen, mit dem er mal zusammengearbeitet hat. Ich nehme an, dieser Typ kannte jemanden, der wieder jemanden kannte, und der hat es für ihn organisiert.«

»Kaum zu glauben, daß er nie wegen einer Verkehrsübertretung oder so was in der Art angehalten wurde.«

»Nicht, wenn Sie wüßten, in welcher Paranoia er, ich meine wir, gelebt haben. Er hätte es doch nicht mal gewagt, auf den Bürgersteig zu spucken. Nicht Jeff.«

»Und wie sind Sie dann um die Heiratsurkunde und all das herumgekommen?«

»Wir sind nach Las Vegas gefahren und haben dort geheiratet. Da brauchte man so etwas nicht. Aber die wirklichen Probleme fingen an, als wir nach Colorado zurückkamen. Er brauchte eine offizielle Identität. Einen Namen hatte er ja schon. Daß ich in der Registratur gearbeitet habe, hat die Sache dann wesentlich einfacher gemacht, als es sonst gewesen wäre. Nach und nach fing ich an, die notwendigen Papiere zusammenzutragen. Ich war für die Anschaffung neuer Formulare und solcher Dinge zuständig, und als eines Tages ein Vertreter vorbeikam und versuchte, uns dazu zu überreden, von einer Druckerei für Geburtsurkunden zu seiner zu wechseln, habe ich es geschafft, ihm ein Blankoformular abzuschwatzen.«

»Was ist das?«

»Geburtsurkunden werden nur auf Bestellung des Krankenhauses angefertigt, und wenn sie einem ein Blankoformular geben, dann wird das Wort ›Musterexemplar‹ in großen Buchstaben quer darüber gestempelt. Die sind bei so einem Dokument so vorsichtig wie beim Gelddrucken. Jedenfalls habe ich dem Mann gesagt, ich würde das Formular für eine Art Streich brauchen. So nach dem Motto, wenn er mir diesen kleinen Gefallen tut, würde ich ein gutes Wort für seine Druckerei einlegen. Ich habe es bekommen. Das war der Anfang. Was ich nicht an meiner Arbeitsstelle beschaffen konnte, haben wir allmählich und Stück für Stück zusammengetragen, bis wir alles hatten, was wir brauchten. Joey Marino verschwand für immer, und Jeff Carpita hatte eine gut dokumentierte Existenz. Es hat über ein Jahr gedauert, aber wir haben es geschafft.«

»Das ist fast so erstaunlich wie sein Verschwinden. Wer hat ihm dabei geholfen, Nona?«

»O Gott, ich weiß einfach nicht, ob ich –«

»Dann werden Sie beide wohl das Risiko eingehen müssen. Ich habe noch andere Dinge zu tun, also –«

»Nein. Warten Sie. Es war ein Anwalt. Ein Anwalt, der befreundet war mit dem Mann dieser Frau –«

»Ellen?«

»Ja. Ihr Mann und dieser Anwalt waren Freunde. Sein Name ist –«

»Hören Sie, Sie sollten es mir nur sagen, wenn Sie es für richtig halten. Meine Welt wird schon nicht zusammenbrechen, aber Ihre vielleicht.«

»Miss Siegel, kann ich Sie etwas fragen?«

»Natürlich. Fragen Sie nur.«

»Kann irgend etwas ... ich meine, können wir für das belangt werden, was wir gemacht haben? Die gefälschten Unterlagen und das alles?«

»Ich würde Ihnen raten, sich einen Anwalt zu nehmen. Ich kenne zufällig eine sehr gute Anwältin, mit der ich Sie zusammenbringen kann, wenn Sie hier sind.«

»Dann kann also doch noch was passieren. O mein Gott.«

»Da sind etliche Umstände zu berücksichtigen, Nona, die wahrscheinlich zu Ihren Gunsten sprechen.«

»Sein Name ist Gordon. David Gordon.«

»Gordon ... Himmel, meinen Sie etwa Richter Gordon?«

»Ja. Jeff hat immer gesagt, daß er Maitland schützt. Er hat alles für Jeff arrangiert. Er hat ihn nach Casper gefahren, ihn dort in den Flieger nach Los Angeles gesetzt und ihm siebentausend Dollar gegeben. Das war eine Menge Geld damals.«

»Und heute ist es auch nicht gerade ein Pappenstiel.«

Dave Gordon. Derselbe Hundesohn, der vor vielen Jahren von Becky Simon dabei belauscht wurde, wie er ihre Familie in den Dreck zog. Der gute Richter hatte sich mitschuldig gemacht, und das in mehrfacher Hinsicht: durch das Behindern der Ermittlungen, die Bestechung von Zeugen und die Verleitung zu einer kriminellen Handlung – und diese Liste ließe sich noch fortsetzen. Ich wußte, daß laut Strafgesetz die Verjährungsfrist für die meisten dieser Delikte fünf Jahre betrug, außer wenn es um Mord ging, aber es reichte mit Sicherheit, um ihn zu erledigen. Und was noch wichtiger war, Gordon hatte gewußt, daß Maitland schuldig war und hatte ihn gedeckt. Warum?

»Sind Sie noch da?« fragte Nona.

»Ja. Sind Sie sicher, daß das sein Name war, David Gordon?«

»Absolut sicher. Wir haben eine Ewigkeit mit diesem Namen gelebt.«

»Hat Jeff irgendeinen Beweis dafür, daß Gordon –«

»Den hat er allerdings. Gordon war zwar ziemlich clever, aber er hat einen großen Fehler begangen.«

»Und der war?«

»Er war so durcheinander an dem Tag, daß er seine Aktentasche im Flughafen von Casper vergessen hat. Ist einfach aufgestanden und hat sie neben Jeff im Warteraum stehen lassen, und da hat Jeff sie mitgenommen.«

»Sie haben seine gottverdammte Aktentasche?«

»Und ob wir die haben. Sie sieht nicht mehr so neu aus wie sie mal war, ist schon ein bißchen ramponiert, aber wir haben sie. Wir haben sie sogar jetzt bei uns.«

»Das wollte ich Sie gerade fragen. Ist da irgendwas drin, was beweisen kann, daß sie Gordon gehörte?«

»Alle möglichen juristischen Dokumente, auf denen sein Name steht, und einige tragen sogar seine Unterschrift. Außerdem ein paar Rechnungen und Kreditkartenquittungen und ein Adressbuch. Reicht das?«

»Oh, ich denke schon. Hören Sie, Nona. Ich weiß zwar nicht, was Jeff vorhat, aber –«

»Jeff, der hatte immer diesen Traum, wissen Sie, daß er in Gordons Büro reinmarschiert und ihm die Aktentasche einfach auf den Tisch knallt.«

»Das ist vielleicht nicht gerade die beste Idee. Immerhin haben wir es hier mit einem Bezirksrichter zu tun. Nona, ich möchte, daß Sie Jeff sagen, daß Sie mich angerufen haben.«

»O Gott, er wird total ausrasten«, jammerte sie.

»Soll er. Dann versuchen Sie, ihn zur Vernunft zu bringen. Ich muß heute abend noch etwas erledigen, und ich weiß nicht, wie lange das dauern wird. Kommen Sie beide morgen früh nach Billings?«

»Das haben wir vor.«

»Sie müssen ihn einfach davon überzeugen, daß er sich mit niemandem in Verbindung setzen darf, bevor wir nicht miteinander gesprochen haben. Wenn er so lange wartet, kann ich ihm vielleicht helfen, daß sein kleiner Traum wahr wird, ohne daß er sich damit in Gefahr bringt. Können Sie das tun?«

»Ich werd's versuchen, aber ich kann nichts garantieren.«

»Geben Sie Ihr Bestes, Nona. Es ist wirklich von entscheidender Wichtigkeit. Und wenn Sie mit ihm geredet haben, können Sie mich anrufen und mir eine Nachricht auf dem Anrufbeantworter hinterlassen, in Ordnung?«

»Ich tue, was ich kann. Mein Gott, er ist so angespannt, aber ich versuch's.«

»Viel Glück. Von ganzem Herzen. Und passen Sie um Himmels willen auf diese Aktentasche auf.«

»Ich muß Ihnen noch etwas sagen. Das heißt, falls Sie noch eine Minute Zeit haben.«

»Hab ich. Legen Sie los.«

»Als Jeff im Flughafen von Los Angeles ankam, hat er gehört, wie immer wieder sein Name durch den Lautsprecher ausgerufen wurde. Er wußte, daß es Gordon war. Jeff dachte sich, daß er inzwischen draufgekommen sein mußte, wer seine Aktentasche hatte, nachdem er sie nirgendwo gefunden hat. Jeff hat sich natürlich nicht gemeldet. Und er hat mal gesagt, das sei die einzige Erinnerung, die ihn zum Lächeln bringen würde. Das heißt, bis er mich getroffen hat.«

»Ich sag Ihnen was, wenn er es diesmal richtig anpackt –«

»Ich weiß. Ich rede mit ihm.«

Ich legte den Hörer auf und wirbelte auf meinem Drehstuhl herum. Es fügte sich alles zusammen. Und nun zu Dorothy Valentine.

Die Abgase aus den Fahrzeugen vor mir strichen unter dem unbarmherzigen Gewicht der Kälte über den Boden, während ich auf der Grand Avenue in Richtung Estates fuhr. Es ging gerade genug Wind, um Schneewehen über die Fahrbahn treiben zu lassen, wodurch sie spiegelglatt poliert und äußerst gefährlich wurde. Ich reduzierte die Geschwindigkeit, als ich merkte, wie ich auf dem Eis ins Rutschen kam.

Je mehr ich mich den Estates näherte, desto nervöser wurde ich. Hinter all dem Lächeln und dieser poppigen Gymnastikmunterkeit hatte Dorothy Valentine etwas, das so hart war wie Stahl. Sie war eine Kämpfernatur, ein Raubtier. Aber ich hatte die Erfahrung auf meiner Seite. Ich war in die beste Schule gegangen, die es gibt: bei meiner Mutter, Margaret Flannery Siegel. Neben ihr wirkte der Großinquisitor wie der Pillsbury Boy. Sie hatte diese Art, einen wissen zu lassen, daß sie bereits wußte, was immer es zu wissen gab, so daß man wußte, daß sie es wußte.

Mehr als einmal sind die Siegel-Kinder, von denen sich keines so schnell kleinkriegen ließ, unter der ruhigen, kühlen Befragung durch Mutter Siegel zusammengebrochen und haben alles gestanden. Dabei arbeitete sie nur mit den subtilsten Mitteln, die meistens aus Instinkt und Gefühl bestanden. So weit ich weiß, hat das nie seinen Zweck verfehlt. Die Methode war gar nicht so neu und wird auch von den Hütern des Gesetzes seit vielen Jahren angewendet, aber nichts würde mich jemals davon abbringen, daß ihre Ursprünge bei den Müttern zu suchen sind.

Ich fuhr auf den Parkplatz der Estates und hielt in einigem Abstand zum Haupteingang. Dann blieb ich eine Minute im Wagen sitzen und überlegte mir, wie ich zu Dorothy gelangen könnte, ohne den Haupteingang zu benutzen. Ich beschloß, einen Pfad zu nehmen, der in östlicher Richtung vom Zentralgebäude wegführte. Er war gut beleuchtet und höllisch glatt, aber ich hatte trotzdem die richtige Wahl getroffen. Was ich jedoch nicht bedacht hatte, war das verschlossene schmiedeeiserne Tor, das die freistehenden Häuser vom Rest der Anlage separierte.

Ich suchte nach sichtbaren Anzeichen für eine Alarmanlage und fand keine. Der einzige Schutz bestand aus dem Schloß und einem Schild:

DIESES GELÄNDE WIRD VON EINEM SICHERHEITS-
DIENST BEWACHT

Das stellte mich vor ein weiteres Problem. Wenn dort ein privater Sicherheitsdienst patrouillierte, konnte ich nicht wissen, wann sie wieder dort vorbeikommen würden. So gesehen hielt ich es für sicherer, über den Zaun zu klettern. Ich wählte eine Stelle, die weit genug vom Tor entfernt lag, zog mich an dem schmiedeeisernen Zaun hoch und ließ mich auf der anderen Seite wieder heruntergleiten. Dann folgte ich dem Pfad, bis ich zu einer Tür kam, auf der ein Messingherz über der Klingel hing. Das mußte ihr Haus sein. Von drinnen erklang Musik, die ich erkannte: Es war eines meiner Lieblingslieder von Etta James, die den Mississippi Blues sang wie es keiner sonst konnte. Ich drückte auf den Klingelknopf, aber es kam niemand zur Tür. Ich läutete erneut, diesmal etwas heftiger.

Die Musik wurde leiser, und die Tür öffnete sich.

»Na sieh einer an. Wen haben wir denn hier?« Sie beugte sich aus der Tür und schaute an mir vorbei auf den Gehweg. »Wer hat Sie reingelassen, oder haben Sie das einfach selbst übernommen? Soweit ich informiert bin, nennt man das immer noch widerrechtliches Betreten.«

»Ich will mit Ihnen reden, Dorothy, die Unterhaltung führen, die Sie mir versprochen haben.«

»Tja, aber ich nicht. Also gehen Sie denselben Weg zurück, den Sie gekommen sind, und ich erspare Ihnen die Demütigung, Sie vom Sicherheitsdienst hinauswerfen zu lassen.«

Sie hatte offensichtlich getrunken, und das Trinken machte sie offensichtlich halsstarrig.

»Muß ich noch deutlicher werden, Schätzchen, oder soll ich gleich zum Telefon gehen und die Wachmänner rufen?«

»Von mir aus können Sie sie anrufen, aber dann gehe ich auf direktem Weg zu einem befreundeten Reporter, der liebend gern die Geschichte hören würde von Ihnen, Ellen Maitland und Helena.«

Sie fuhr erschrocken zusammen. Dann lehnte sie sich gegen den Türpfosten, um Halt zu gewinnen. »Was versuchen Sie hier eigentlich abzuziehen? Machen Sie verdammt noch mal, daß Sie wegkommen, Sie –«

»Kein Problem«, sagte ich und hob die Hände. »Sie wollen nicht reden? Na gut, dann muß ich wohl zu jemandem gehen, der zuhören will, wenn ich rede.« Ich drehte mich um und tat so, als würde ich weggehen. »Ganz wie Sie wünschen. Ich verschwinde.«

Ich machte einen Schritt nach vorn. Nichts. Dann machte ich einen weiteren Schritt, verdrehte die Augen zum nächtlichen Himmel und fing an zu glauben, daß ich die falsche Methode gewählt hatte.

»Warten Sie einen Moment. Bleiben Sie stehen.«

Ich drehte mich um und sah sie an. »Ja?« Meine Stimme klang überraschend ruhig.

»Was haben Sie wirklich vor?«

»Es ist verdammt kalt hier draußen, und ich habe nicht die geringste Absicht, mir den Arsch abzufrieren, während Sie Ihr Affentheater aufführen. Sie wollen nicht mit mir reden? Ist mir auch recht.« Ich wandte mich wieder zum Gehen.

»Ach, Scheiße. Kommen Sie rein.«

Ich kehrte zurück und marschierte durch die Tür, während sie zur Seite trat.

»Hoffentlich verschwenden Sie nicht nur meine Zeit«, murmelte sie, während sie zur Couch ging und sich darauf niederließ.

Dorothy war eine Frau mit festen Gewohnheiten. Sie warf ihren linken Arm über die Rückenlehne des Sofas, legte ihre Füße auf den Couchtisch und musterte mich. Ich setzte mich auf denselben Sessel wie bei meinem ersten Besuch und fühlte mich ebenso verwirrt.

Wir sagten eine Weile lang nichts und starrten uns nur gegenseitig an. Ich hatte mein bestes Pokerface aufgesetzt. Sie lächelte.

»Sie versuchen doch nicht etwa, mich aus der Fassung zu bringen, oder? Wissen Sie, das haben schon ganz andere versucht. Die haben es nicht geschafft, und Sie schaffen es auch nicht.«

»Darum geht's mir nicht, Dorothy. Es geht mir nur um die Wahrheit.«

»Ach, hören Sie doch auf mit diesem Quatsch. Alle wollen was von der alten Dot. Manchmal kriegen sie's und manchmal nicht.«

»Sie haben nichts, was ich will.«

»Dann kommen Sie zum Punkt. Was soll das alles?«

»Ich weiß von Ellen, Dorothy. Ich habe ein paar Nachforschungen angestellt, seit wir uns das letzte Mal unterhalten haben, und dabei bin ich auf ein paar interessante Informationen gestoßen.« Ich wußte, daß ich zuviel redete. Es mußte von ihr kommen. Alles, was ich tun mußte, war, mit so wenigen Worten wie möglich, genug Panik in ihr auszulösen. Mutter Siegel schaffte das für gewöhnlich in weniger als fünfzehn Minuten. Ich warf einen Blick auf meine Armbanduhr.

»Haben Sie noch eine Verabredung?«

Ich mußte die Gelegenheit ausnutzen. »Das habe ich tatsächlich. Ich habe diesem Freund von mir gesagt, daß ich ihn in dreißig Minuten treffen werde.«

»Dem Reporter«, sagte sie sarkastisch.

»Genau.«

»Aha, und was ist es, was Sie zu wissen glauben?« Diesmal war sie diejenige, die auf ihre Armbanduhr sah. »Ich gebe Ihnen fünf Minuten.«

»Ich brauche nicht einmal fünf Minuten. Dougie, die Petze, kommt Ihnen der Name bekannt vor?«

»Meinen Sie diesen schmierigen kleinen Mann, der –«

»Ich habe Dougie getroffen, am Tag bevor er starb. Ich brauchte ein paar Informationen, von denen ich dachte, daß nur er sie bekommen könnte. Nachdem ich mit meinem Freund gesprochen habe –«

»Dem Reporter.« Sie lächelte immer noch.

»Richtig. Er will, daß Sie die Information entweder bestätigen oder dementieren. Also eine ganz simple Angelegenheit.«

»Ich habe keine Ahnung, wovon Sie eigentlich reden.« Sie streckte den Arm aus, griff nach einem vollen Glas, das vor ihr auf dem Tisch stand und nahm einen tiefen Schluck.

»Kommen Sie zur Sache.«

»Dougie hatte ein unvergleichliches Gedächtnis. Diese Information war sogar ziemlich billig: Nur fünfzig Dollar. Er sagte mir, ich würde Ellen Dahl in Helena finden. Er sagte nicht Maitland, sondern Dahl.« In Wahrheit konnte ich mich nicht daran erinnern, ob er Ellens Nachnamen überhaupt benutzt hatte, weder den einen noch den anderen. »Aber bevor ich Helena überprüfte, mußte ich einen örtlichen Arzt ausfindig machen, der in die ganze schmutzige Geschichte verwickelt war.«

»Sam, du Hurensohn«, sagte sie fast flüsternd. Dann riß sie sich schnell zusammen und sah mich prüfend an, als sei sie nicht sicher, ob ich ihre Bemerkung gehört hatte.

»Doktor Sam war –«

»Sie haben mit diesem alten Saufbold gesprochen? Verflucht.«

»Tja, Dorothy, Sie kennen ihn offenbar viel besser als ich.«

Ich trat Wasser und war dabei, unterzugehen. Da gab es nicht viel mehr, was ich sagen konnte. Ich fragte mich, woher, um alles in der Welt, sie den Arzt kannte, dessen Namen Ellen auf die Rückseite ihres Gedichts geschrieben hatte. Schließlich hatten die Hure und die reiche Erbin wohl nicht gerade in den gleichen Kreisen verkehrt.

»Er soll mich bloß nicht in seine dreckigen Machenschaften reinziehen. Er war schon immer ein gottverdammtes Arschloch. Ich bin überrascht zu hören, daß es ihn überhaupt noch gibt, aber ich nehme an, die Leute sagen dasselbe über mich.«

»Hören Sie, wollen Sie nun darüber reden oder nicht? Morgen wird eine ganz schöne Lawine losbrechen. Es wird in allen Zeitungen stehen und einigen Leuten das Leben wirklich sehr, sehr schwermachen. Joey Marino kommt nach Hause.«

Sie rutschte kaum wahrnehmbar auf dem Sofa hin und her. »Weiß es Maitland schon?«

»Er weiß es. Reden Sie mit mir, Dorothy, und vielleicht kann ich Ihnen dann ein paar Leute vom Hals halten. Sie werden mir ohnehin nichts sagen, was ich nicht schon weiß. Ich möchte es nur von Ihnen hören und die wirkliche Wahrheit wissen.«

Ein resignierter Ausdruck legte sich über ihr Gesicht. »Die wirkliche Wahrheit. Gibt es das eigentlich?«

Ich ließ diese Frage unbeantwortet. Jetzt, weit über Mutter Siegels Zeit, war der Moment gekommen, sich zurückzulehnen und zuzuhören.

»Ich hab ein gutes Leben hier, wissen Sie? Ich habe in diese Anlage investiert. Hab eine Menge Geld reingesteckt und gedacht, ich mach's mir in der Zeit, die mir noch bleibt, ganz ruhig und gemütlich. Aber manchmal läuft es eben nicht so, wie man sich das vorstellt.«

Dorothy erhob sich von der Couch, ging in die Küche und kehrte mit dem aufgefüllten Glas wieder zurück.

»Nehmen Sie's nicht persönlich, wenn ich Ihnen nichts zum Trinken anbiete. Mir ist im Moment einfach nicht besonders gastfreundlich zumute.« Sie nippte an ihrem Glas. »Wenn ich's mir recht überlege, können Sie's doch persönlich nehmen. Sie wollen doch die Wahrheit, oder? Also, Sie sollen sie kriegen. Ich sagte, Sie können's ruhig persönlich nehmen, weil ich Sie nämlich nicht besonders mag.«

Dorothy war sturzbetrunken.

»Jahrelang hat's keiner gewußt. Nur wir.« Sie hielt ihre Hand in die Höhe und zählte vier Finger mit dem Daumen ab. »Vier. Mir war's eigentlich scheißegal, so oder so. Ich meine, ich mußte mir schließlich keine Sorgen um meinen guten Ruf machen.«

Wieder mal hatte ich keine Ahnung, worauf sich diese Bemerkung bezog, also setzte ich alles auf eine Karte. »Vielleicht war es ein Geheimnis, das niemals hätte gewahrt werden sollen? Haben Sie schon mal an diese Möglichkeit gedacht?«

»Ein paar Mal. Ja ...« Sie ging zu der gegenüberliegenden Wand und drehte die Stereoanlage lauter. »Mögen Sie Etta James? Mögen Sie Blues?«

»Ja, ich mag Blues, und Etta ist eine meiner Lieblingssängerinnen.«

Mit geschlossenen Augen wiegte sie sich im Rhythmus der Musik vor und zurück. »Meine auch. Der Blues macht mich glücklich, wissen Sie?«

»Ja. Ich weiß. Ich empfinde das gleiche, wenn ich ihn höre.«

»Der Blues hat sogar den alten Willard nach einer Weile gepackt.«

»Der alte Willard? Doch nicht Willard Dahl?«

»Himmel ja, den meine ich.« Sie öffnete die Augen und sah mich mißtrauisch an. »Wen denn sonst?«

»Ich... ähm, ich habe ihn mir einfach nicht so vorgestellt.«

Dorothy ging zur Couch zurück, ließ sich in die Polster fallen und starrte mich wortlos an.

»Ich meine, das mit dem Blues, das paßt einfach nicht zu ihm ... Ich will damit sagen, nach allem, was ich über den alten Willard weiß, schien er mir nicht der Typ für Blues zu sein. Sie wissen schon, der Typ, der diese Musik zu schätzen weiß.«

»Ja. Da haben Sie vielleicht recht. Alter, geiler Bock, der er war. Aber ich will Ihnen eins sagen, Schätzchen, er wußte, wie man eine Frau zufriedenstellt. Das einzige Problem war, daß er mehr auf Reden stand. Darum ging es bei unserer Beziehung eigentlich hauptsächlich: ums Reden. Aber Willard war gut zu mir, und in gewisser Weise war er auch gut *für* mich. Ich meine, sehen Sie sich um. Nicht in einer Million Jahren hätte ich es für möglich gehalten, daß ich es mit meiner Arbeit so weit bringen könnte. Als ich ein Kind war ...« Sie ließ ihren Kopf auf die Sofalehne sinken und schloß die

Augen. Diesmal summte sie ein paar Takte mit Etta mit. »Ach was, wen will ich denn hier verarschen? Ich war niemals ein Kind. Aber der alte Willard, der hat mich immer mein Baby genannt. Sogar die Schwangerschaft hat daran nichts geändert.« Ich blickte sie abwartend an. Schwangerschaft? Worauf, zum Teufel, wollte sie eigentlich hinaus?

»Muß ein ziemlicher Schock gewesen sein.«

»Ein Schock? Das weniger. Kommt häufig vor in meiner Branche. Läßt sich leicht regeln. Aber Willard, der Hurensohn, hat sich gleich Gott weiß was auf seine Männlichkeit eingebildet. Der war wirklich richtig stolz darauf. Er war derjenige, der auf Doktor Sam bestanden hat.« Wieder summte sie ein paar Takte des Liedes. Ich war fassungslos. Sie sprach über sich selbst.

»Und ich? Ich wollte es loswerden. Ich hatte keine Zeit für ein Baby. Ich wollte keines, aber Willard ließ sich nicht davon abbringen, Vater zu werden. Und da hat er sich dann diesen Riesenschwindel ausgedacht. Aber was soll's, schließlich hat es sich für alle gelohnt. Wie gesagt, sehen Sie sich um. Die Mädchen und ich haben uns immer lustig gemacht, über ihn und die pferdegesichtige Alte, die er zu Hause hatte. Mann, die war vielleicht ein harter Brocken.«

»Dorothy, ich müßte mal auf die Toilette.« Ich erhob mich mit wackligen Knien.

»Klar. Geradeaus bis zum Ende des Flurs und dann die rechte Tür.«

Ich ließ sie in ihrem Gesumme versunken zurück und ging den Flur bis zur Toilette hinunter. Dort verschloß ich die Tür hinter mir, trat zum Waschbecken und drehte das kalte Wasser auf. Dann versuchte ich, mir damit den schockierten Ausdruck vom Gesicht zu waschen.

»Mein Gott«, sagte ich zu mir selbst, während ich mein Gesicht mit einem der Handtücher abtrocknete, die ordentlich gefaltet neben dem Waschbecken lagen.

Sie hat gelogen – oder nicht? Bei meinem ersten Besuch

hatte ich sie gefragt, ob sie Ellen Dahl Maitland kannte, und ihre Antwort hatte nein gelautet. Aber Dorothy Valentine hatte Ellen sehr wohl gekannt. Sie hatte sie zur Welt gebracht und dann dem dafür verantwortlichen Mann ausgehändigt: Willard Dahl.

Ich verließ die Toilette und kehrte zurück zu den gefühlvollen Klängen des Blues. Diesmal machten sie mich jedoch nicht glücklich.

31

Die wohltätige Madame war eine Mutter. Es war kaum zu glauben. Ich hatte weit mehr bekommen, als ich erwartet hatte, und jetzt war ich mir nicht sicher, was ich damit anfangen sollte. Als ich ins Wohnzimmer zurückkam, stand sie an der gläsernen Schiebetür und starrte in die Nacht hinaus. Die Musik hatte sich geändert. Nun schwebte die leise erotische Stimme von Cleo Laine durch den Raum. Zumindest hatte sie einen ausgezeichneten Musikgeschmack.

»Ich dachte schon, Sie wollten sich da drinnen häuslich niederlassen«, sagte sie, während sie sich zu mir umdrehte.

»Zu viel Kaffee. Sie wissen ja, wie das wirkt.«

»Ich selbst trinke das Zeug nicht. Ich glaube nur an das hier.« Sie prostete mir zu. »Verdünnt das Blut.«

Ich setzte mich wieder in den Sessel. Dorothy ging, nur ein klein wenig steifbeinig, zu der Couch und nahm ihre gewohnte Position ein.

»Also, was hat Ihnen dieser kleine, hinterhältige Doc Sam erzählt?«

»Das kann ich Ihnen wirklich nicht sagen, Dorothy. Ich wünschte, ich könnte es, aber es geht nicht.«

Was hätte ich sonst sagen sollen? Ich wußte ja nicht einmal, wer dieser Dr. Sam war. Ich kam nicht umhin, unbekanntes Gebiet zu betreten. »Warum Helena?«

»Es lag in der Nähe. So konnte ich mit meinen Mädchen Kontakt halten, und Willard konnte auf mich aufpassen. Ich bin da sechs Monate lang rumgehangen und hab die guten Schwestern für mich sorgen lassen, während sich Willard schnellstens eine Ehefrau organisiert und um den ganzen Rest gekümmert hat.«

»Dann hat dieser Dr. Sam das alles eingefädelt?«

»Aber ja. Und wenn er Ihnen irgendwas anderes erzählt hat, dann ist er ein gottverdammter Lügner. Ich bin zu ihm gegangen wegen einer Abtreibung, und er hat mich gefragt, ob Willard wüßte, was ich vorhatte. Die beiden waren befreundet, wissen Sie? Es war Doc Sam, der mich mit Willard bekannt gemacht hat. Und er und ich haben uns natürlich auf Anhieb verstanden.«

»Dann wollte Willard also, daß Sie das Baby bekommen?«

»Himmel ja, das wollte er. Aber ich nicht. Mich mit einem Kind belasten? Ach, Scheiße.« Auf ihrem Gesicht zeigte sich eine Härte, die alles Liften und Peeling der Welt nicht verbergen konnten.

»Und die Ehe mit Rosella?«

»Rosella war für ihn nichts weiter als ein Mittel zum Zweck, ein Sprungbrett, um zu kriegen, was er wollte.«

»Und das war ein Kind. Sein Kind.«

»Und ein Teil von mir. Ich habe es nie darauf angelegt, von diesem Mann geheiratet zu werden. Für mich war das Ganze eine geschäftliche Sache. Für ihn war es noch etwas anderes. Es war Liebe.« Sie lachte. »Können Sie sich das vorstellen? Liebe. Mein Gott, der Mann war alt genug, um mein Vater zu sein.«

»Warum war es für Sie eine geschäftliche Sache, Dorothy?«

»Ich sagte doch, sehen Sie sich um. Er meinte, er würde auf Lebenszeit für mich sorgen, und das hat er auch getan. Aber es hat natürlich einen Kampf mit seiner Alten gegeben. Es hat sie mordsmäßig gefuchst, daß er mich finanziert hat. Er hat sogar ein eigenes Testament für mich gemacht. Ich dachte schon, das Weibsstück wird verrückt deswegen. Aber wissen Sie, als er starb, hab ich den alten Stinker sogar vermißt.«

»Und als Ellen starb? Was haben Sie da empfunden, Dorothy?«

»Sie war nicht mein Problem. Ich kannte das Mädchen nicht. Mein Gott, es war vielleicht ein brutaler Handel, aber ich bin nicht eine von diesen gefühlsduseligen Tanten. Und Chili? Die Kleine hat es sich doch selbst zuzuschreiben. Sie hat versucht, mich zu verarschen und ihre Lektion auf die harte Tour gelernt. Aber lassen Sie uns zum Doc zurückkommen –«

»Ich wüßte gern noch mehr über Chili. Was haben Sie damit gemeint, daß sie –«

Sie wedelte mit der Hand in der Luft, mir das Wort abschneidend. »Später. Zuerst will ich, daß Sie wissen, was für ein primitiver Hund der Doc war. Und Sie können mir bestimmt nicht sagen, daß er sich mit den Jahren sehr verändert hätte. Stimmt's?«

»Stimmt.«

»Geile, kleine Drecksau. Wissen Sie, er hat sich um meine Mädchen gekümmert und dabei verdammt gut kassiert. Aber der Doc war noch mehr an seinem Nebenverdienst interessiert. Ab und zu ein kostenloser Arsch, und meine Mädchen waren immer schön gesund.«

»Was war nun mit Chili? Welche Lektion hat sie auf die harte Tour gelernt?«

»Sie hat versucht, sich mit der häßlichen Rosella anzulegen. Maitland und Chili hatten diese Geschichte laufen. Sie war eine heiße kleine Nummer. Hat sich ihren Namen redlich verdient, Chili. Maitland hat ihr das Blaue vom Himmel versprochen, und ich glaube, er hat es sogar ernst gemeint. Aber sie ist zu gierig geworden. Sie wollte einen Trauschein, Ehrbarkeit. Ich habe zwar schon erlebt, daß manche Mädchen auf die andere Seite gewechselt sind und es sich dort gut eingerichtet haben, aber Chili? Das war bei der nicht drin.«

»Sie ist zu Rosella gegangen? Aber warum sollte sie das denn tun?«

»Ich dachte, Sie wüßten das alles?«

»Wir brauchen lediglich ein paar Lücken auszufüllen, Dorothy. Nur ein paar kleine Lücken. Woher wissen Sie denn, daß Sie wirklich zu Rosella gegangen ist?«

»Das kleine Miststück hat's mir erzählt. Schauen Sie, Siegel, unser kleines Vier-Personen-Geheimnis wurde zu einem Fünf-Personen-Geheimnis, nachdem Maitland auf der Bildfläche erschienen war. Das war nach Willards Tod. Der kleine Bobby, so hab ich ihn immer genannt. Das einzige, wofür dieser Trottel jemals gerade stand, war für's Pinkeln. Rückgratlos wie sonst was, aber er weiß, was ein lukratives Geschäft ist, wenn er eins vor sich hat.«

»Und dieses lukrative Geschäft war –«

»Das Kind.«

»Ihr Name war Ellen. E-L-L-E-N.«

»Was ist eigentlich Ihr Problem? Sie war mein Kind, verflucht noch mal. Was, zum Teufel, war sie denn für Sie?«

»Ein menschliches Wesen. Eine junge Frau, die noch ihr ganzes Leben und eine Zukunft vor sich hatte.«

»Was wissen Sie denn schon? Vielleicht nicht so viel, wie Sie glauben. Sie mußten ja nicht mit Maitland leben. Er mochte es wild, Schätzchen. Richtig wild, und dieses prüde Pflänzchen, äh ... Ellen ...« Sie betonte beide Silben des Namens. »Sie und Rosella hatten keine Ahnung, wie man einen Mann an sich bindet. Komisch, nicht wahr, ich meine, da sind die beiden nicht mal blutsverwandt und haben die gleiche Macke.«

»Ich dachte eigentlich, Maitland hätte sich als der ideale Gatte präsentiert. Wollen Sie mir erzählen, daß es nicht so war?«

»Ach was. Er hat in der Kanzlei gearbeitet und ist dabei irgendwie an die ganzen Informationen geraten. Und die hat er dann benutzt wie eine Schlinge um den Hals von der alten

Hexe. Außerdem hat sie das Kind sowieso nie gemocht. Das hat mir Willard erzählt.«

»Ellen stand ihrem Vater sehr nahe, nicht wahr?«

»Er war vollkommen vernarrt in sie. Hat ihr alles geschenkt, was sie wollte und noch mehr. Dabei war ich mir nie ganz sicher, wer sie eigentlich gezeugt hat.«

Die Atmosphäre im Raum war zum Ersticken. Die Wände schienen zusammenzurücken. »Sie meinen, Willard Dahl war nicht einmal ihr richtiger Vater?«

»Jetzt kommen Sie mir bloß nicht moralisch. Schließlich war ich damals nicht gerade 'ne Klosterschülerin. Hab ich auch nie vorgegeben zu sein. Wenn ich lange genug drüber nachdenke, könnten es alle möglichen Männer gewesen sein, aber es könnte eben auch Willard gewesen sein. Mein Gott, er war einfach davon überzeugt, daß er ihr Vater war. Und das war doch die Hauptsache. Richtig?«

»Jesus Christus.« Ich hatte genug. Ich stand auf, ging zur Tür und öffnete sie.

»Ziehen Sie mich ja nicht in diese Sache hinein. Ich habe nichts mit irgendeinem Mord zu tun. Wenn ich gewußt hätte, was passieren würde, hätte ich sie nicht weggeschickt.« Sie sprach mit schwerer Zunge.

»Wovon reden Sie da, Dorothy?«

»Von diesem Morgen, dem Tag, als sie umgebracht wurde. Und kommen Sie jetzt nicht auf irgendwelche Ideen. Ich war's nämlich bestimmt nicht.«

»Sie haben sie gesehen?«

»Sie ist zu mir gekommen, angezogen wie für eine Rolle in einem Pornofilm. Meinte, Rosella hätte ihr alles gesagt. Ich wußte einfach nicht, was ich mit ihr tun sollte. Also hab ich ihr gesagt, sie soll verschwinden. Das war der Punkt, an dem sie anfing, sich wirklich dämlich aufzuführen, vollkommen hysterisch und alles. Ich mußte ein paar Mädchen kommen lassen, um sie rauszuschaffen. Und wenig später war sie tot.«

»Und Sie sind aus der Stadt verschwunden. Sind nach New Orleans gegangen.«

»Ich konnte keine Schwierigkeiten gebrauchen. Niemand kann solche Schwierigkeiten gebrauchen. Und wie kommen Sie eigentlich dazu, sich ein Urteil über mich anzumaßen? Es sind doch solche Frauen wie Sie, die die Männer zu uns treiben. Am Ende kommen sie alle zu uns. Genau wie Ihr alter Herr, Schätzchen. Genau wie –«

Ich war auf der anderen Seite des Raumes, bevor ich wußte, was ich tat. Dorothy preßte sich in die Sofapolster. Ihre Augen weiteten sich. Mein Gesicht war so nahe an ihrem, daß ich ihren alkoholdurchtränkten Atem in meine Poren dringen fühlte.

»Sie sind Abschaum. Ein wertloses, nichtswürdiges Stück Mensch. Wenn Sie noch ein einziges Mal den Namen meines Vaters über Ihre Lippen kommen lassen, werde ich sie Ihnen persönlich abreißen und in Ihr dreckiges Schandmaul stopfen. Haben Sie mich verstanden?«

»Sie machen mir keine Angst.«

Ich wußte es besser. Ihre Stimme zitterte. »Sie sollten aber Angst haben, Dorothy, denn ich werde an Sie denken. Und je mehr ich an Sie denke, desto wütender werde ich. Mein Vater hätte sich lieber eigenhändig die Kehle aufgeschlitzt, als so etwas wie Sie auch nur anzufassen. Haben Sie das kapiert?« Sie antwortete nicht, aber wenn Blicke töten könnten, wäre ich auf der Stelle tot umgefallen.

»Ich lasse mich nicht von Ihnen verarschen, Dorothy.«

Ich erinnere mich nicht daran, die Kälte gespürt zu haben, als ich über den Zaun zurückkroch, oder daran, wie der Wind die Tränen, die über meine Wange liefen, zu Eissplittern gefrieren ließ. Und ich erinnere mich nicht daran, daß ich jemals einen Menschen so sehr verletzen wollte, wie ich Dorothy Valentine verletzen wollte. Ich war von Shiloh bis zur Kreuzung von Grand und Rehberg gefahren, bevor ich merkte, daß ich die Wagenheizung nicht eingeschaltet hatte. Es spielte keine Rolle. Wenn sich das Wasser seinen eigenen Weg suchte, dann mußte die Kälte dasselbe tun. Es war schwer vorstellbar, daß das Leben eines Menschen so traurig sein konnte wie das von Ellen: ungewollt von ihrer Mutter, ungeliebt von ihrem Mann und, am Ende, unbetrauert von ihrer Familie. Rita Chillman hatte Maitland, was immer das wert gewesen sein mochte, und eine Familie, die sie liebte. Frank, der hatte dieselbe Familie und einen steinigen Weg. Aber Ellen?

Ich hielt vor einer roten Ampel. Nun verstand ich Kyles Geschichte von den Haida-Indianern. Ich hatte das Lied rückwärts gesungen und war damit an den *wirklichen* Anfang von Ellens Leben gekommen, dorthin, wo es mit Dorothy Valentine begann. Aber da war ein großer Unterschied. Die Haida-Indianer hatten ihren Weg nach Hause gefunden. Ellen niemals. Ich hörte eine Hupe und sah im Rückspiegel, wie der Fahrer des Wagens hinter mir mit der Hand ein Zeichen zum Weiterfahren gab. Ich blickte zur Ampel hinauf. Sie sprang gerade wieder auf Rot. Ich wartete auf die nächste Grünphase, bog nach links ab und hielt vor einer Tankstelle. Neben dem Gebäude stand eine Telefonzelle, und diesmal befand sich sogar ein intaktes Telefonbuch darin. Als ich die Nummer gefunden hatte, die ich suchte, ließ ich einen Quarter in den Apparat fallen und wählte.

»Nick?«

»Ja. Wer spricht da?«

»Ich bin's, Phoebe.«

»Was gibt's?«

»Wir müssen uns unterhalten, Nick.«

»Willst du vorbeikommen?«

»Klar.«

»Von wo rufst du an?«

»Ich bin an der Kreuzung von Rehberg und Grand.«

»Dann hast du's nicht weit bis hierher. Ich schalte schon mal das Außenlicht an.«

Er nannte mir seine genaue Adresse, und innerhalb weniger Minuten stand ich auf seiner Veranda und läutete an der Tür.

»Hey, Phoebe, du hast am Telefon so merkwürdig geklungen. Was ist passiert? Ich hab schon den ganzen Tag versucht, dich zu erreichen.«

»Ich weiß, wer's getan hat, Nick. Ich weiß, wer Ellen umgebracht hat. Ich komme gerade von Dorothy Valentine. Sie war Ellens Mutter, Nick. Dorothy Valentine war ihre Mutter.«

»Jetzt warte mal eine Minute. Wie, zum Teufel, kommst du denn darauf? Dot? Unmöglich.«

»Nicht unmöglich. Sie hat es mir selbst gesagt.«

»Verflucht. Hat sie getrunken? Bist du sicher, daß sie das gesagt hat?«

»So wahr ich hier sitze.«

»Moment mal. Du sagtest doch, du wüßtest, wer Ellen umgebracht hat. Dot? Du willst mir doch nicht etwa weismachen, daß Dot ihr eigenes Kind umgebracht hat, oder?«

»Nein, Nick. Es war nicht Dot.«

»Dann hast du also ausreichendes Belastungsmaterial gegen Maitland. Gottverdammich. Ich hab verflucht lange darauf gewartet, diesen Hurensohn auf die Knie zu zwingen. Das hast du gut gemacht, Phoebe.« Er lächelte und gab mir einen Klaps auf den Arm. »Dein Vater wäre sehr stolz auf sein kleines Mädchen.«

»Nick, Joey Marino ist auf dem Weg nach Hause. Dave Gordon ist derjenige, der ihn aus der Stadt geschafft hat. *Der* Dave Gordon.«

»Der Richter? Wo hast du denn diesen Schwachsinn her? Der Mann ist Bezirksrichter.«

»Marino, nur daß er inzwischen nicht mehr so heißt, sondern Jeff Carpita, aber vergiß das jetzt mal. Jedenfalls hat Marino Gordons Aktentasche.«

»Ich kann dir nicht folgen, Phoebe.«

»Es ist alles so verwickelt und kompliziert, Nick, aber das macht nichts. Er kommt morgen früh in die Stadt. Ich glaube, er ist ein Arschloch, aber was soll's, er ist seit langer Zeit auf der Flucht. Er will seine Rechnung mit Gordon begleichen. Und ich will, daß du die Verhaftung vornimmst.«

»Phoebe, ich arbeite im Archiv und mache keine Einsätze mehr. Ich –«

»Tu es für dich und für meinen Dad, Nick. Ihr zwei seid die einzigen, die an dem Fall drangeblieben sind. Und da ist noch etwas, das du für mich tun sollst –«

»Langsam, um Himmels willen. Ich komme einfach nicht mehr mit. Was hast du denn jetzt gegen Maitland in der Hand? Es muß was verdammt Stichhaltiges sein, Phoebe. Verdammt stichhaltig.«

»Dave Gordon glaubte, daß Maitland Ellen umgebracht hat. Deshalb hat er dafür gesorgt, daß Marino die Stadt verließ. Da muß es irgendwo in ihm noch ein rezessives Gewissensgen gegeben haben. Der Kerl glaubte, er würde das Richtige tun, und das für die falsche Person und aus dem falschen Grund. Oder vielleicht wollte er auch nur seinen eigenen Arsch retten. Gordon und Maitland haben die Frauen ganz schön rangenommen, und ich glaube, Gordon wollte nicht, daß diese Geschichten an die Öffentlichkeit kommen. Was meinst du?«

»Ich meine, du solltest mir zuerst mal alles der Reihe nach erzählen.«

»Ich habe jetzt keine Zeit, Nick. Ich –«

»Du hast Zeit. Ich mache dir eine Kanne Kaffee oder bringe dir ein Bier oder –«

Ich stand auf. »Ich muß gehen.«

»Wohin?«

»Wirst du tun, worum ich dich gebeten habe, Nick? Du kennst doch die Marinos. Joey wird dir mehr vertrauen als mir. Ich hab heute am Telefon mit ihm geredet, und das ist nicht besonders gut gelaufen. Er wird morgen bei seiner Mutter eintreffen. Dann wird er einen Anwalt brauchen, und ich dachte mir, Maggie Mason wäre die Richtige dafür.«

Ich öffnete die Eingangstür und trat auf die Veranda.

»He, komm sofort zurück. Du kannst das nicht einfach so bei mir abladen und abhauen.«

»Du machst das schon, Nick«, rief ich, während ich zu meinem Truck eilte. »Und vergiß nicht, morgen früh bei den Marinos zu erscheinen. Okay?«

»Wo gehst du hin, verdammt noch mal?«

»Ich habe eine Verabredung mit Ellens Mörder.«

Ich stieg in den Laster und ließ den Motor an. Als ich in die kalte, stille Nacht hineinfuhr, hörte ich Nick meinen Namen hinter mir her brüllen.

32

Die Lewis Avenue in Billings zieht sich von einer Wohngegend im West End bis nach Downtown hinunter. Ich parkte an ihrem oberen Ende vor der Dahlschen Villa. Ein schwaches Licht fiel durch die zugezogenen Vorhänge eines Fensters an einer Seitenwand des Hauses. Ich saß da und blickte zu dem klotzigen Gebäude auf, das das große Grundstück, auf dem es sich erhob, klein erscheinen ließ.

Ich stieg aus, blieb vor der Hecke stehen, die den Besitz umgab, und starrte unverwandt auf den spukschloßartigen Bau. Vier Wände aus Sandstein, drei Stockwerke hoch, hatten jede Chance auf Glück für Ellen Maitland eingesperrt. Und drinnen war sie: Mutter, Urteilsvollstreckerin und Mörderin. Ich ging durch den Schnee bis zum Haus und die Stufen zur Veranda hinauf. Der Vollmond droben tauchte alles in ein irisierendes Licht, und die Luft selbst schillerte vor Kälte.

Auf der rechten Seite der Eingangstür befand sich eine Klingel und darüber ein Lautsprecher. Als ich läutete, konnte ich von drinnen nicht hören, ob das verdammte Ding überhaupt funktionierte, aber dann ertönte eine Stimme.

»Ja?«

»Ich bin hier, um mit Rosella Dahl zu sprechen.«
»Und Ihr Name ist?«
»Phoebe Siegel.«
»Phoebe ... was ...«
Ich hörte ein Klicken, als ob jemand die Leitung unterbrochen hätte. Gerade als ich wieder auf den Klingelknopf drücken wollte, wurde die Tür geöffnet, und ich sah in Grace Driscolls Gesicht. Grace war seit ewigen Zeiten die Kirchenfreundin meiner Mutter und kannte mich seit meiner Geburt.
»Was machst du denn hier, Phoebe?« Ihre Stimme klang leise tadelnd.
»Ich muß mit Mrs. Dahl sprechen.«
»Nun, das kannst du aber nicht, junge Dame, und jetzt gehst du besser wieder.«
Grace wollte die Tür vor meiner Nase zumachen, aber ich stieß sie mit einer Hand auf und ging an ihr vorbei ins Haus.
»Wo ist sie?«
»Sie ist in ihrer Wohnung. Du lieber Gott, was machst du denn hier?«
»Sag ihr, daß ich da bin, Grace.«
»Das werde ich sicher nicht. Es ist schon spät, und sie –«
»Schläft?«
»Sie ist sehr krank, und ich werde sie nicht stören.«
»Ich gehe nicht, bevor ich mit ihr gesprochen habe.«
»Dann werde ich jetzt deine Mutter anrufen, Missy.«
»Ach, komm schon, Grace. Meine Mutter anrufen? Das ist doch lächerlich, findest du nicht? Sag Mrs. Dahl einfach, daß ich hier bin. Sie wird mich empfangen.«
»Ich werde nichts dergleichen tun. Mrs. Dahl ist schwer krank.«
»Ich hab sie neulich gesehen, und sie sah in meinen Augen ganz gesund aus. Was hat sie denn, Verdauungsstörungen?«
»Du hast dich immer schon für besonders witzig gehalten, Phoebe, und obendrein für neunmalklug. Mrs. Dahl ist sehr krank. Und das schon seit einem Jahr.«

»Und welche Krankheit ist das?«

»Ich bin nicht in der Position, dir das mitzuteilen.«

Grace blickte hinter sich in eine Eingangshalle, die groß genug schien, um als Landeplatz für ein kleines Flugzeug zu dienen. Zum ersten Mal nahm ich meine Umgebung wahr. Sie war so großartig, daß es einem den Atem verschlug.

Es gab dort mehr poliertes Holz und Seidentapeten, als ich je in irgendeinem Haus gesehen habe. Aber das war nicht irgendein Haus. Die Möbel waren kunstvoll gearbeitet, offensichtlich echt antik und ebenso offensichtlich echt teuer. Zu meiner Linken führten zwei Glastüren in einen von einer Glaskuppel überwölbten Wintergarten voller üppig blühender tropischer Pflanzen. Und auf der anderen Seite befand sich ein Speisesaal, der geradewegs aus einem europäischen Palast importiert zu sein schien.

»Das ist es also.« Ich fragte mich, ob ich einen Hofknicks machen sollte.

»Jetzt ist es aber wirklich Zeit, daß du gehst, meine Liebe.«

Grace hatte die Strategie gewechselt und klang nun ausgesprochen um Milde bemüht.

»Was stimmt mit ihr nicht, Grace?«

»Wenn ich es dir sage, wirst du dann gehen?«

Ich hob meine Augenbrauen, um ihr wenigstens so viel Hoffnung zu lassen.

»Also gut«, fuhr sie fort. »Mrs. Dahl hat Krebs. Sie ist seit mehr als einem Jahr in ärztlicher Behandlung, aber es ist unheilbar. Es geht zu Ende mit ihr, Phoebe. Ich kann dich nicht zu ihr lassen.«

»Stirbt sie heute nacht?«

»Nein, heute nacht nicht.« Ihre Stimme wurde lauter und sank dann wieder zu einem Flüstern herab. »Aber bald. Es könnte jetzt jederzeit passieren. Sie muß so sehr leiden, wie ich es noch nie erlebt habe. Die arme, arme Frau. Und sie weigert sich, schmerzlindernde Mittel zu nehmen. Also, gehst du jetzt?«

»Wer ist da, Grace?« Rosella Dahls Stimme erklang über der Treppe.

»Niemand, Mrs. Dahl. Gehen Sie wieder in Ihr Zimmer, und ich bringe Ihnen gleich einen heißen Tee.«

»Ist es vielleicht zufällig Miss Siegel?«

Ich dachte schon, Graces Kinnlade würde den Boden berühren. »Wie? Ja. Ja, sie ist es.« Grace starrte mich verwirrt an.

»Ich habe sie erwartet, Grace. Führen Sie sie bitte nach oben. Oder nein, ich komme runter. Kommen Sie und helfen Sie mir in den Morgenmantel, und dann werde ich den Tee im Speisezimmer nehmen.«

»Woher wußte sie denn, daß du kommen würdest?« fragte Grace mich.

»Ich habe nicht die leiseste Ahnung. Hat während der letzten dreißig oder vierzig Minuten jemand hier angerufen?«

»Ja. Sie hat den Anruf in ihrem Zimmer entgegengenommen, bevor ich am Telefon hier unten war. Und jetzt laß mich dir folgendes sagen, junge Dame, falls du sie irgendwie aufregst –« Sie schüttelte drohend den Finger vor meinem Gesicht. »– werde ich auf der Stelle die Polizei rufen und dich aus diesem Haus entfernen lassen. Und dann deine Mutter.«

»Ich habe dich laut und deutlich gehört.«

»Und jetzt gehe ich nach oben, um ihr zu helfen. Du kannst mir ins Speisezimmer folgen und dich inzwischen dort hinsetzen. Aber rühr mir nichts an.«

Kurz darauf fand ich mich unter einem ausladenden Kronleuchter aus Bronze und bemaltem Glas. Egal, wohin ich mich wandte, der verschwenderische Luxus war überall. An den Wänden standen kostbare Möbel aus der Zeit des Empire, und die Täfelung reichte bis zu der mit kunstvollen Stuckaturen verzierten Decke. Kleine, in die Wand um den Kamin eingelassene Kacheln schimmerten wie tausend Edelsteine. Es war zu viel, zu prächtig. Das war also der Tauschhandel: Du führst ein totes Leben, umgeben von alledem. Ich war so damit beschäftigt, mir Ellen als kleines Mädchen vorzustellen, als einen Teenager im Mausoleum, daß ich nicht hörte, wie Rosella Dahl und Grace die Treppe herunterkamen. Als ich aufsah, war ich mir nicht sicher, ob es sich bei der Frau vor mir um Rosella handelte. Sie war mager, mit eingefallenen Augen und dünnen Haarbüscheln, die ihr am Kopf klebten. Über ihren Augen fehlten die Brauen, und ihre Haut sah wächsern und leblos aus.

»Schauen Sie nicht so entgeistert, Miss Siegel. Etwas Makeup und meine Perücke, und ich sehe wieder so repräsentabel aus wie neulich. Aber heute bin ich weder in der Stimmung, um mich zu schminken, noch war ich auf einen Gast vorbereitet.«

Grace half ihr, sich auf einem Stuhl niederzulassen.

»Woher wußten Sie, daß ich kommen würde?«

»Ich erhielt einen Anruf von Dorothy Valentine«, antwortete sie, bevor sie die Hand ausstreckte und Grace liebevoll den Arm tätschelte. »Nun gehen Sie in die Küche und machen Sie eine Kanne Tee. Sie können ihn dann gleich bringen und hier ziehen lassen.«

»Ich kann noch bleiben, wenn Sie wollen.«

»Ich komme schon zurecht. Und jetzt gehen Sie. Der Tee wird mir helfen einzuschlafen. Miss Siegel wird nicht lange bleiben, aber ich bin sicher, an so einem kalten Abend wird sie etwas heißen Tee zu schätzen wissen.«

»Danke, für mich nichts, Grace.«

Rosella sagte nichts, nachdem Grace den Raum verlassen hatte. Es war eine unangenehme Situation. Sie sah schlecht genug aus, um vor meinen Augen tot umzufallen.

»Ich wußte nicht, daß Sie und Dorothy so eng befreundet sind«, sagte ich schließlich. »Ich bin überrascht, daß sie Sie angerufen hat.«

»Oh, da brauchen Sie sich nicht zu wundern. Sie war betrunken und hysterisch. Sie sagte mir, Sie beide hätten ein ziemlich interessantes Gespräch gehabt.«

»Ja, das hatten wir.«

»Was führt Sie in mein Haus?«

»Ich weiß, was Sie getan haben, Mrs. Dahl. Ich weiß über alles Bescheid. Gibt es irgend etwas, das Sie mir sagen wollen, bevor ich zur Polizei gehe?«

»Ich glaube nicht, daß es da etwas zu sagen gibt. Und Sie?«

»Warum haben Sie sie umgebracht? Sie haben sie zu Tode geprügelt wie einen gottverdammten Hund.« Was beinahe Sympathie geworden wäre, kehrte nun wieder zu Wut und Verachtung zurück.

»Ich kann mich nicht daran erinnern, gesagt zu haben, daß ich das getan hätte.«

»Und was war mit Chili?«

»Sie war keine besonders kluge Frau, aber das sind die von ihrer Sorte schließlich nie. Allerdings könnte man vielleicht sagen, daß sie einen gewissen Mut besaß.«

»Sie hatte herausgefunden, daß Dorothy Ellens Mutter war, und versuchte, Sie dahingehend zu erpressen, daß Maitland Ellen verlassen konnte. Habe ich recht?«

»Niemand hat Robert gezwungen zu bleiben. Er hätte jederzeit gehen können. In diesem Punkt irren Sie sich.«

»Und Ellen? Hätte sie auch gehen können?«

»Ellen war eine Mißbildung der Natur. Die Ausgeburt einer Hure. Damit war vorherbestimmt, daß ihr Leben sozusagen einen ganz speziellen Weg verfolgte.«

»Und dieser Weg führte zum Bunk House Motel.«

»Ellen hatte beschlossen, unser Haus zu verlassen. Ihren Ehemann zu verlassen. Das ist nicht die Art, wie ich erzogen wurde. Die Ehe ist eine lebenslange Verpflichtung, und –«

»Und Sie wollten nicht die öffentliche Demütigung einer Scheidung, was wiederum dazu geführt hätte, daß Maitland auspackt. Aber sie hätte trotzdem nicht sterben müssen.«

»Ellens Leben war bereits vorüber, als es begann. Von Kind an hat sie sich immer zu Minderwertigem hingezogen gefühlt, genau wie ihr Vater. Das war eine der eher unangenehmen

Familieneigenschaften. Aber wissen Sie, Miss Siegel, ich bin mit offenen Augen in die Ehe mit Willard Dahl gegangen. Es war ein Kompromiß. Und ich bekam dafür ein sehr reiches und erfülltes Leben.«

»Sie wollen mich wohl verarschen. Reich und erfüllt? Verdammte Scheiße, Sie haben drei Menschen getötet –«

»Ich muß Sie bitten, sich nicht dieser ungehobelten Ausdrucksweise zu bedienen. Ich werde das nicht tolerieren. Nicht unter meinem Dach. Aber wie gesagt, Willard und ich hatten ein Abkommen, eine Art Handelsgeschäft. Sehen Sie es mal von der Seite, Miss Siegel. Ich habe sein Bankert aufgezogen und die Rolle der Ehefrau und Hausherrin gespielt. Ich würde sagen, es war ein fairer Tausch.«

»Das kaufe ich Ihnen nicht ab. Und außerdem wüßte ich gerne noch etwas.«

»Und das wäre?«

»Mr. Dahl, hat er nicht bemerkt, wie Sie Ellen gegenüber fühlten?«

»Willard? Sie müssen die Art unserer Beziehung verstehen, bevor ich diese Frage beantworten kann.«

»Dann klären Sie mich auf.«

»Jahrelang habe ich im Bett neben einem Mann gelegen, der nach der Hure roch, von der er gerade kam. Das war seine Obsession. Als ich es nicht mehr ertragen konnte, bin ich in eines der anderen Schlafzimmer gezogen. Danach ergab sich neben seiner Obsession und seiner Arbeit wenig Gelegenheit zum gemeinsamen Gespräch. Und wenn wir einmal miteinander redeten, hatte Ellen keine Priorität.«

Hatte sie das jemals? Die Untertreibung widerte mich an. »Und Frank? Warum war es notwendig, Frank Chillman zu töten? Den hätten doch wahrscheinlich alle bloß für einen Spinner gehalten.«

Rosella blickte mich mit unbewegten Augen an. Es war unfaßbar für mich, wie ein Mensch so überlegt kalt sein konnte. »Frank war ein Narr. Intelligent, aber ein Narr. Auch hier haben wir das Minderwertige, und es gibt nur einen Weg, damit umzugehen. Man merzt es aus.«

»Und was für eine Nacht Sie sich dafür ausgesucht haben. Ich hatte große Schwierigkeiten, dorthin zu kommen, und ich bin nicht –« Ich hielt mitten im Satz inne und schüttelte den Kopf.

»Sie können es ruhig sagen, Miss Siegel. Ich bin unheilbar krank. Ich sterbe. Das ist ein merkwürdiger Zustand, das Sterben. Hat man es einmal als Tatsache akzeptiert, überkommt einen eine tiefe Ruhe und die Entschlossenheit, es mit ebensolcher Würde zu ertragen wie das Leben. Um das zu gewährleisten, mußte ich mich damit auseinandersetzen, welche Dinge ich bisher nicht durchführen konnte und mich ganz darauf konzentrieren, sie zu Ende zu bringen. Dabei mußte ich mich über jegliche Hindernisse hinwegsetzen, einschließlich meiner körperlichen Verfassung oder des Unwetters.«

»So haben Sie Frank Chillman gesehen? Als eine Sache, die noch erledigt werden mußte?«

»Genauso habe ich ihn gesehen. Und wenn Sie mal darüber nachdenken, dann ist es doch besser, eine Sache zu sein, als das Nichts, das er war. Denken Sie nicht?«

Ich konnte nichts denken.

Sie bedachte mich mit einem Blick, der die Rocky Mountains erschüttert haben könnte. Sterbend oder nicht, diese Frau war immer noch unglaublich stark.

»Sie müssen sich darüber im klaren sein, Miss Siegel, daß Sie keinerlei Beweise gegen mich haben. Es sitzt ein Mann in Untersuchungshaft, der –«

»Ellen geliebt hat. Wahrscheinlich der einzige Mensch auf der Welt, der ihr dieses Gefühl entgegenbrachte, nachdem Ihr Mann gestorben war. Und Slater hat niemanden umgebracht.«

»Die Polizei hat Ihren Mr. Slater. Und wie mir Robert sagte, kommt auch dieser junge Marino zurück.«

»Dieser junge Marino ist fast fünfzig Jahre alt. Das ist Ihnen wirklich alles scheißegal, nicht wahr?«

»Ich habe Ihnen doch gesagt, ich will nicht, daß Sie so –«

»Und mir ist scheißegal, was Sie wollen. Sie haben diese Menschen kaltblütig und aus purem Eigennutz umgebracht. Um Ihren Arsch und Ihren beschissenen guten Ruf zu retten.«

»Wie ich schon sagte, das sind lediglich Spekulationen.«

»Eins verstehe ich nicht, Rosella. Warum hat Dorothy Sie angerufen?«

Grace betrat den Raum mit einer silbernen Teekanne und einer Tasse. »So, hier ist Ihr Tee, Mrs. Dahl. Sie schwitzen ja schon wieder, meine Liebe. Schauen Sie sich nur Ihre Stirn an.«

Sie zog ein Taschentuch hervor und tupfte die Schweißperlen ab, die auf Rosellas Stirn standen. Rosellas Atem kam in tiefen und langen Stößen. Sie kämpfte gegen den Schmerz und war fest entschlossen, mich nicht sehen zu lassen, wie sehr er sie quälte. Grace streckte eine Hand aus, aber der Blick in Rosellas Augen ließ sie in der Bewegung erstarren.

»Ich denke, das war jetzt genug für Sie. Sie sollten sich von mir wieder nach oben bringen lassen, damit Sie sich ausruhen können«, sagte Grace. »Sind Sie sicher, daß Sie keine Spritze wollen?«

»Es wird nicht mehr lange dauern, meine Liebe. Miss Siegel und ich brauchen nur noch einen Moment.«

Grace warf mir einen wütenden Blick zu, ging aber aus dem Raum. Ich sah in Rosellas Gesicht. Sie hatte gewonnen. Kein Richter in diesem Bundesstaat würde sie für haftfähig erklären, und das wußte sie. Sie lag im Sterben. Und sie hatte recht, ich hatte nicht den kleinsten Beweis. Aber ich wußte es, und sie wußte es, und nur die Zeit würde darüber entscheiden, ob mir das genügte. Dann, als hätte sie meine Gedanken gelesen, sagte sie: »Machen Sie sich nicht so viel daraus. In gewisser Weise wurde der Gerechtigkeit ja Genüge getan. Ich bin zur Vollstreckerin meines eigenen Urteils geworden.«

Ich erhob mich aus meinem Sessel und blickte auf die zerbrechliche, verlorene Gestalt herunter, deren Körper sich selbst einem gnadenlosen Belagerungszustand unterworfen hatte. Ich konnte nur den Kopf schütteln. Dann wandte ich mich ab, ging zu der Tür, durch die ich hereingekommen war, und trat in die Nacht hinaus.

Schnee bedeckte die Hecke, durch die sich Joanne und Ellen vor über vierzig Jahren so oft beäugt hatten. Ich durchquerte die Gartenanlage, wo Waxy Slater gearbeitet und sich in Ellen verliebt hatte. Und als ich mich umblickte, erkannte ich das kleine Kellerfenster, das in die Dunkelheit hinabsah, welche Ellen mit ihren Schreien durchbrochen hatte, als ihr das Baby entrissen und seinem eigenen tragischen Schicksal zugeführt wurde.

Ich schlug den Kragen meiner Jacke hoch und ging zu meinem Truck. Das war ein Haus des Todes, emotional und anderweitig. Ich aber brauchte Leben. Ich wollte zu Hause sein, neben Kyle liegen und jeden Quadratzentimeter seiner bloßen Haut an meiner spüren. Bevor ich losfuhr, blickte ich noch ein letztes Mal zu der Villa zurück. Ein Vorhang teilte sich, und jemand sah hinaus. Es war ein gespenstischer Anblick; Ellen Maitland hatte die Welt von diesen Fenstern aus gesehen.

Und als der Tag endlich kam, an dem sie den Mut fand, zu gehen, war sie durch diese Tür getreten, um nie wieder zurückzukehren. Auch ich würde nicht zurückkehren.

EPILOG

»Ich bin nicht bereit zu so etwas, und ich werde es nicht tun.« Mom fummelte mit beiden Händen hinter ihrem Rücken und versuchte, den Reißverschluß ihres Kleides aufzumachen, das sie gerade angezogen hatte. »Die ganze Sache hat etwas ... etwas Obszönes. Es ist unnatürlich.«

»Ach was, es ist die natürlichste Sache der Welt«, erklärte Kehly, während sie unserer Mutter half, das Kleid über den Kopf zu ziehen, und es dann auf das Bett legte. »Jetzt möchte ich, daß du das hier anprobierst.« Kehly nahm ein anderes Kleid von dem Haken an der Schlafzimmertür und hielt es vor sich in die Höhe. »Was meinst du?«

»Gelb?« fragte Mutter zweifelnd.

»In dem Ding wird sie aussehen wie eine Urinprobe«, sagte ich, während ich mich gegen die Kommode lehnte.

»Halt den Mund, Phoebe. Sie möchte hübsch aussehen. Besonders. Nicht wahr, Mom? Gelb ist eine wunderbare Farbe für sie. Sie ist mehr der ... ähm, Sommertyp. Oder war es Frühling? Verdammt, ich kann die beiden nicht auseinanderhalten. Also komm, zieh dir das mal über.«

»Ich will es aber nicht überziehen, Liebes. Ich bin sicher, in meinem Kleiderschrank wird sich schon was Passendes finden lassen.«

»Aber ich möchte es dir schenken. Bitte mach doch mit, Mom. Wir haben nur noch ein paar Kleider vor uns.«

Cara kam ins Zimmer. Sie trug zwei Tassen Kaffee und hatte zwei Getränkedosen unter die Arme geklemmt. »Okay, alle miteinander. Nehmt mir eure Bestellungen ab, bevor mir das ganze Zeug runterfällt. Wie läuft's denn so?«

»Großartig. Kehly ist wild entschlossen, sie für einen Labortest herzurichten, und ich glaube, wir sollten mal über Verhütung sprechen.« Tiefes Schweigen senkte sich über den Raum. Cara und Kehly drehten sich langsam um und sahen Mutter an, die ihrerseits mich anstarrte. Sie rang hörbar nach Luft, schnappte sich ihren Morgenmantel, brach in Tränen aus und rannte ins Badezimmer.

»Du liebe Güte! Du machst mich wirklich fertig, Phoebe. Du hast das Taktgefühl einer ... eines ... Du hast kein Taktgefühl, das ist das Problem. Warum, zum Henker, hast du das gesagt?«

»Vermutlich, weil ich –«

»Ich fand, es war lustig«, sagte Cara und zwinkerte mir zu. »Würdet ihr mir jetzt bitte den Kaffee beziehungsweise die Cola abnehmen. Ich werde mit ihr reden.«

Cara ging zur Badezimmertür und klopfte leise, bevor sie hineinging.

»Sie wird hier allmählich zu einer festen Einrichtung, nicht wahr?« bemerkte Kehly zu mir. »Gibt es da irgendwas, das ich wissen sollte?«

»Warum fragst du nicht Cara?«

»Weil ich dich frage.« Sie hob die Cola-Dose an die Lippen und nahm einen Schluck. »Haben die beiden was miteinander?«

»Mom und Cara? Grundgütiger, Kehly –«

»Du weißt verdammt gut, was ich meine.«

»Noch mal, warum fragst du nicht sie?«

Ich ging zum Bett und ließ mich darauf niederplumpsen. Kehly folgte meinem Beispiel. »Ist das nicht Klasse? Ich erinnere mich daran, wie wir zwei ständig hier reingerannt sind, um uns im Spiegel zu begutachten. Jetzt ist es Mom«, sagte Kehly.

Wir betrachteten beide unsere Abbilder in dem großen

Spiegel, der so lange ich denken konnte an der Schranktür hing.

»Warst du eigentlich jemals eifersüchtig, weil ich die hübschere von uns beiden war?« Sie grinste mich boshaft an.

»Nein.«

»Nicht mal ein kleines bißchen?«

»Nicht mal ein kleines bißchen. Weißt du, Kehly, Schönheit vergeht, Intelligenz nicht. Da ich die Intelligenz habe und –« Ich sah sie aus den Augenwinkeln an »– und nie Geruchsfressersohlen in meinen Schuhen tragen mußte, dachte ich mir, ich hab schließlich doch noch das bessere Ende vom Genpool erwischt.«

»Wie gemein du bist«, sagte Kehly und zog dabei die Worte in ihrer tiefsten und drohendsten Stimme auseinander. »Das war wirklich ein Schlag unter die Gürtellinie.«

Wir brachen beide gleichzeitig in Gelächter aus. Es fühlte sich gut an.

»Also, was hältst du von dem Ganzen?«

»Daß Mutter zu einem *Rendezvous* mit Nick Spano geht?«

»Warum betonst du das so?«

»Ich weiß ja nicht, ob du's bemerkt hast, aber sie läßt nicht zu, daß irgend jemand dieses Wort benutzt. Sie besteht darauf, daß sie nur zum Essen und anschließend ins Kino geht.«

»Heute ist also ihr großer Abend. Weißt du, ich dachte, du wärst vielleicht dagegen. Ich bin froh, daß du es nicht bist. Du hast dich verändert, Phoebe. Ich bin nicht sicher, inwiefern, aber es gefällt mir.«

Ich sah wieder in den Spiegel und klopfte mir auf die Wangen.

»Verändert? Nein. Ich bin ganz die Alte.«

»Doch, irgendwas hat sich verändert. Vielleicht hat es was mit dem Fall zu tun, an dem du gearbeitet hast. Ich persönlich glaube ja, es müßte einen verändern, wenn auf einen geschossen wird. Hab ich recht? Das stimmt doch, oder? Dein Leben ist vor dir abgelaufen und –«

»Kehly, wenn du mal für eine Minute den Mund hältst, erzähle ich es dir.«

Kehly stützte das Kinn in beide Hände und blickte mich gespannt an. Ich schloß die Augen und holte tief Luft.

»Es ist schwer für mich, darüber zu reden. Es ist so, ich weiß nicht ... so persönlich.«

»Das ist doch gut. Wir sind dabei, wirklich zu kommunizieren. Ich schwöre dir, Phoebe, es wird ganz unter uns bleiben.«

Ich seufzte. »Erinnerst du dich, wie ich diesen Killer-Virus hatte, diese schreckliche Grippe?«

»Klar. Das war, als Mutter darauf bestand, daß ich sie zu dir fahre und dann versucht hat, mich dazu zu überreden, bei dir einen Hausputz zu veranstalten.«

»Genau. Tja, und da ist irgendwas mit mir passiert. Vielleicht kam es daher, daß all meine Abwehrsysteme darniederlagen, ich weiß es nicht. Jedenfalls, eines Nachts, während der großen Grippe, habe ich ... ich ...« Ich verbarg mein Gesicht in den Händen.

Diesmal streckte Kehly den Arm aus und umfaßte mein Handgelenk.

»Es ist okay, Phoebe. Sag's einfach.«

Ich hob mein Gesicht und sah sie an. »Ich erkannte du-weißt-schon-wen«, bei diesen Worten verdrehte ich die Augen zum Himmel, »als meinen persönlichen Retter.« Ich bemühte mich, so schnell zu sprechen, wie ich konnte und dabei noch verständlich zu bleiben.

Ihr Gesichtsausdruck blieb unverändert. »Wie bitte?«

»Es war total verrückt. Er sah so sehr aus wie Elvis, daß –«

Kehlys Gesichtsausdruck war immer noch der gleiche, aber sie sagte: »Ich frage mich oft, warum ich dich eigentlich hasse, Phoebe. Danke, daß du mir wieder einmal bestätigt hast, daß ich allen Grund dazu habe.«

Ich drehte mich auf den Rücken und erstickte fast vor Lachen. Schließlich konnte sie sich nicht länger beherrschen und drosch mit den Fäusten auf mich ein. Ich setzte mich zur

Wehr, und wir kämpften miteinander, bis wir vollkommen erschöpft innehielten und nach Luft schnappten.

Mutter kam aus dem Badezimmer, ihre Augen waren rot und geschwollen.

Cara folgte.

»Phoebe, Liebes? Ich möchte mit dir allein reden, bitte.«

Kehly beugte sich zu meinem Ohr und flüsterte: »Das ist einer dieser köstlichen Momente, von denen ich zehre. Du steckst in großen Schwierigkeiten.«

»Verschwinde«, rief ich und stieß sie vom Bett.

»Möchtest du, daß ich etwas zum Mittagessen koche?« wandte sich Kehly an Mom.

»Für mich nicht, aber wenn du und Cara etwas essen wollt, dann macht euch ruhig was.«

Die beiden gingen. Ich fühlte mich wie zehn Jahre alt.

»Phoebe, bist du mir böse?«

»Nein. Warum sollte ich?«

»Ich war entsetzt über deine Bemerkung vorhin und –«

»Mom, es war ein Scherz. Du solltest das nicht so ernst nehmen.«

»Bist du sicher, daß es nichts mit Nick und mir zu tun hat, ich meine, daß Nick und ich miteinander ... ähm ... ausgehen?«

»Mom, ich mag Nick. Ich mag ihn sehr, und ich finde es großartig, daß ihr miteinander ausgeht. Ich hab was Blödes gesagt, weil ich dachte, du fändest das zum Lachen. Aber ich hab's nicht gesagt, weil ich dachte, du und Nick wärt –«

»Stop. Das ist genau das, wovon ich rede«, sagte sie und hob mahnend den Zeigefinger gegen mich. »Es sollte besser niemand damit anfangen, seinen schmutzigen Phantasien freien Lauf zu lassen. Das gleiche ist passiert, als die arme Eloise Fox sich mit dem alten Mr. Abbott angefreundet hat. Da haben sich die Leute vielleicht die Mäuler zerrissen. Sie hatten diese beiden ... na ja, schon gut. Es war jedenfalls schrecklich.«

»Mutter ...«

»Vielleicht bin ich einfach noch nicht so weit.«

»Du bist so weit, Mutter. Und außerdem, ich glaube nicht, daß es für irgend jemanden einen Anlaß zum Tratschen gibt, wenn zwei alte Freunde miteinander zum Abendessen ausgehen.«

Sofort erhellte sich ihre Miene. »Na, *so* alt nun auch wieder nicht. Aber du hast recht. Nick ist ein sehr lieber Freund, und um ehrlich zu sein, mit ihm ist es beinahe so wie mit –« Sie unterbrach sich und schaute weg.

»Wie mit Daddy? Ich hatte den gleichen Gedanken, als ich mich mit Nick getroffen habe. Das ist doch schön für euch beide. Und jetzt komm, Mom, laß uns nach unten gehen.«

Cara zog gerade ihren Mantel an, als wir in die Küche kamen. »Ich muß jetzt gehen. Vielleicht sehe ich euch alle später noch. Wenn ich irgendwas für dich tun kann, Phoebe, brauchst du es nur zu sagen.«

»Ich habe alles unter Kontrolle. Bis später dann.«

Die Gittertür schlug hinter Cara zu. Dann öffnete sie sich wieder, und Cara streckte noch einmal den Kopf in die Küche. »Hey, Phoebe. Ich wollte dir noch sagen, daß es morgen einen großen Flohmarkt unten auf dem Messegelände gibt. Sie verkaufen das ganze Zeug, das sie aus den Häusern hinter dem War Bonnet Inn geborgen haben.«

»Wo hinter dem War Bonnet?«

»Dieser Schandfleck zwischen I-90 und dem Hotel, über den sich die Handelskammer ständig beklagt hat. Da waren zwei oder drei Blocks, ein paar alte Häuser und dieses Motel, das seit Jahren leerstand, weißt du noch? Die Stadt hat das Gelände endlich gekauft und alles abgerissen, jedenfalls das meiste. Vielleicht findest du da was für dein Haus. Hast du Lust hinzugehen?«

»Ich ruf dich an. Ich weiß noch nicht, was ich morgen vorhabe.«

Cara zuckte mit den Schultern und verschwand.

»Ich verstehe nicht, wie man sich irgendwas ins Haus holen kann, das jemand anderem gehört hat. Ich meine, woher weiß man denn, wo es herkommt?« Kehly, dramatisch wie immer, schüttelte sich.

»Mein Gott, du hast recht«, sagte ich in gespieltem Entsetzen. »Ich darf nicht einmal daran denken, wofür man diese alten Treppengeländer benutzt hat.«

»Ich meine es ernst.«

»Das weiß ich, Kehly. Ich muß jetzt auch gehen, Mutter. Brauchst du mich noch? Ich meine, vielleicht zur moralischen Unterstützung oder als Anstandsdame?«

»Du bist unmöglich«, rief Mutter, stemmte die Hände in die Hüften und lächelte. »Du mußt im Krankenhaus mit einem anderen Baby vertauscht worden sein.«

»Das sage ich doch schon seit Jahren«, seufzte Kehly. »Aber auf mich hört ja keiner.«

Die Sonne strahlte auf die Windschutzscheibe meines Trucks, und meine Ellbogen lagen im offenen Wagenfenster, als ich von der Siebenundzwanzigsten Straße abbog und um das War Bonnet herumfuhr, bis ich zu einer Absperrung kam, die die Stadtverwaltung aufgestellt hatte. Ich parkte den Truck und stieg aus. Das Haus, wo ich im Winter angehalten hatte, um nach dem Weg zu fragen, war verschwunden. Ebenfalls verschwunden waren die schattigen Bäume, die die Häuser von der Sonne und deren Ärmlichkeit von der I-90 abgeschirmt hatten. Reifenspuren, halb so breit wie mein Laster, durchzogen jeden Quadratmeter des Bodens. Ich wählte eine Spur und folgte ihr dorthin, wo, wie ich hoffte, immer noch das Bunk House Motel stehen würde.

Ich war mit den Iden des März auf meine übliche Art und Weise umgegangen, indem ich nämlich überhaupt nicht mit ihnen umging. Mit einer einzigen, kräftigen Handbewegung hatte ich dafür gesorgt, daß Mars impotent und damit unfähig wurde, während des nach ihm benannten Monats mein Leben zu zerstören. Es gab für mich keinen März mehr, nachdem er solche Opfer verlangt hatte. Diese Opfer waren der Tod meines Bruders Ben und meiner geliebten Tante Zelda. Es schien einfach leichter zu sein, diese Seite für immer aus meinem Kalender zu reißen und die Erinnerungen ruhen zu lassen.

Der Winter, der nun endlich hinter uns lag, war laut Meteorologen einer der kältesten seit Beginn ihrer Aufzeichnungen gewesen. In der Bitterkeit dieser Kälte hatte Frank Chillman Ellen Maitland von den Toten wiederauferstehen lassen und damit bei einigen Leuten für reichlich Unruhe gesorgt. Es gab keine Gewinner im Fall Maitland, nur Verlierer. Joey Marino hatte siebenundzwanzig Jahre seines Lebens verloren und verlangte zehn Minuten, lediglich zehn Minuten, vor dem Bezirksrichter Dave Gordon. Und in dieser Zeit brachte er den guten Richter zur Strecke, womit er eine Karriere zerstörte, für die Gordon seine Seele verkauft hatte.

Joey hatte mich während der Iden kontaktiert und darauf bestanden, mich zum Abendessen ins Rex auszuführen. Ich nahm die Einladung an. Er entpuppte sich als einigermaßen netter Typ. Etwas, wenn auch nicht alles, von seiner Bitterkeit hatte sich gelöst, aber er war immer noch vorsichtig. Während des Essens vermieden wir jedes heikle Thema, aber hinterher konnte ich es mir nicht verkneifen, ihn zu fragen, wo er gewesen war, als er sich am Tag von Ellens Tod für zwei Stunden von seiner Arbeit am Bunk House Motel entfernt hatte. Alles, was er dazu sagte, war, daß seine Freundin die Dienste eines auswärtigen Arztes benötigt hätte.

»He! Wo wollen Sie denn hin, Lady? Sie können hier nicht durch!« Er war groß und stämmig und beherrschte die feine Kunst des Redens mit einer Zigarette zwischen den Lippen. Er kam langsam auf mich zu.

»Das ist doch städtisches Gelände hier, oder?« fragte ich.

Er musterte mich mißtrauisch. »Allerdings. Das ist städtisches Gelände. Aber das macht keinen Unterschied. Drehen Sie ihn um und befördern Sie ihn raus.«

»Ihn?«

»Ihren Hintern«, sagte er und baute sich drohend vor mir auf. »Bewegen Sie Ihren Hintern hier raus.«

Ich vergrub meine Hände in den Vordertaschen meiner Levi's und sah durch das Dröhnen der schweren Baumaschinen zum Bunk House Motel.

»Sind Sie taub?« brüllte er über den Lärm hinweg.

Ich sah ihn an und antwortete: »Nein. Ich höre Sie sehr gut. Sind Sie beschränkt?«

Er schob den Kiefer vor und stemmte die Hände in die Hüften. »Was haben Sie da gesagt?«

»Es war eine Frage. Ich habe Sie gefragt, ob Sie beschränkt sind.« Dann zeichnete ich mit dem Zeigefinger ein Fragezeichen in die Luft.

»Machen Sie verdammt noch mal, daß Sie –«

»Sich heutzutage einer Frau gegenüber einer herabwürdigenden Ausdrucksweise für Teile ihrer Anatomie zu befleißigen, kann möglicherweise zu Unannehmlichkeiten für Sie führen. Ich muß Sie warnen, ich stehe kurz davor, mich verbal beleidigt und sexuell belästigt zu fühlen. Aber so weit wollen wir es doch nicht kommen lassen«, fuhr ich fort und lächelte. »Sie sollten besser aufpassen, was Sie sagen und versuchen, Ihrer Tendenz entgegenzuwirken, allzu rasch in eine männliche territoriale Aggression zu verfallen.«

»Was faseln Sie da eigentlich?« Er kratzte sich an seinem Hohlkopf.

»Muß ich es für Sie einfacher formulieren? Wie wär's damit: Ich bin ein großes Mädchen. Ich weiß, was ich tue, und deshalb gehen Sie *mir* aus dem Weg. Haben Sie das verstanden?«

Ich ließ ihn einfach stehen und hinter mir herbrüllen: »Wenn Sie nicht aufpassen, wo Sie hintreten, werden Sie garantiert als Pizzateig unter unserem Bulldozer enden. Aber es ist schließlich Ihr Hin- ähm, Ihr Problem, Lady. Ich hab Sie jedenfalls gewarnt.«

Ich winkte mit ausgestrecktem Arm nach rückwärts, um ihm zu zeigen, daß seine Warnung bei mir angekommen war, und ging weiter auf das Motel zu. Kurz bevor ich die Veranda erreicht hatte, blieb ich stehen und blickte mich auf dem Gelände um. Es war das letzte Gebäude, das noch übrig war, abgesehen von dem Schuppen, in dem der alte Kerl hauste, der Hausmeister, der in dieser kalten Winternacht meine Reifen aufgeschlitzt hatte.

Gerade, als ich an ihn dachte, kam er hinter dem Schuppen hervor, trug eine Sprungfedermatratze zu einem zerbeulten Dodge und warf sie auf die Ladefläche. Als er mich bemerkte, kam er herüber.

»Suchen Sie hier was?« fragte er beiläufig.

»Ich weiß nicht. Scheinbar ja. Ich wollte es mir einfach noch ein letztes Mal ansehen.«

»Ich verstehe, was Sie meinen. Verflucht noch mal, der Laden hier war ein ganz schön einträgliches Geschäft. Ich hab da früher ein bißchen saubergemacht für den Typen, dem es damals gehört hat. Dann, nachdem es passiert ist –«

»Es?«

»Ja, Mann, hier ist doch ein richtig berühmter Mord passiert. Irgend so ein Flittchen aus den besseren Kreisen ist totgeschlagen und zerstückelt worden. Die mußten sie praktisch in Eimern raustragen. Ist genau da drüben in dem hintersten Zimmer passiert.« Er zeigte mit dem Finger dorthin.

Ich beobachtete ihn, während er zu dem Tatort blickte. Es ist schwer zu begreifen, aber manchen Menschen genügt die brutale Realität eines Mordes einfach nicht. Sie klammern sich an eine Erinnerung, die sie ausschmücken müssen. Ich dagegen mußte nur das gähnende Fensterloch und das darübergenagelte Brett betrachten, um die Erinnerung zum Sprechen zu bringen.

Ich hatte das Dröhnen des Bulldozers ausgeblendet und war deshalb überrascht, als ich mich umdrehte und feststellte, daß er stillstand. Vier Männer gingen auf einen Pick-up zu, zwängten sich hinein und fuhren davon. Ich sah auf meine Armbanduhr. Es war genau zwölf Uhr.

Er arbeitete immer noch an seiner Version der Geschichte. »Wie ich Ihnen gesagt hab, sie wurde in kleine Stücke zerlegt und –«

Ich hielt meine Hand in die Höhe, um ihn zum Schweigen zu bringen. »Ist schon okay, ich brauche keine Details.« Mir reichten die Fakten.

»Ich sollte jetzt besser von hier verschwinden. Mein altes Zuhause wird heute nachmittag abgerissen. Mann, da werden eine Menge Erinnerungen plattgemacht. Ein paar Leuten hat der Ort hier viel bedeutet. Nehmen Sie zum Beispiel diesen Slater –«

»Meinen Sie John Slater?«

»Genau den, der in Warm Springs versucht hat, den Zug von vorne zu nehmen. Tja, der hat sich hier auch öfters rumgetrieben. Hat sich bloß umgesehen, so wie Sie jetzt. Hat nie viel gesagt, aber man konnte spüren, daß ihn das Haus irgendwie magisch angezogen hat. Weiß gar nicht, wieso. Vielleicht hat er sie ja gekannt.«

»Vielleicht.« Slater. Man hatte ihn für drei Monate zur Begutachtung in das staatliche psychiatrische Krankenhaus in Warm Springs eingewiesen. Er hatte es zehn Tage durchgehalten und sich dann mitten auf die Gleise gestellt, die durch das Gelände liefen. Niemand hatte ihm helfen können.

»Wie gesagt, die Erinnerungen lassen sich nicht vertreiben.«

»So ist es. Haben Sie denn einen Platz, wo Sie jetzt hinkönnen?«

»Klar. Ich hab ein Zimmer auf der Montana Avenue gekriegt. An den Lärm da muß ich mich aber wohl erst gewöhnen, wissen Sie?«

»Na, dann alles Gute.«

Er sah mich merkwürdig an, so als wäre er bestürzt darüber, daß es jemanden gab, den es zu kümmern schien, was aus ihm wurde. »Danke. Vielen Dank. Aber wissen Sie was? Die können diesen alten Schuppen abreißen und ihre neuen Geschäfte und alles bauen. Aber die ganzen Erinnerungen? Die bleiben hier, genau hier.« Er trat mit dem Fuß gegen einen Schutthaufen und ging fort.

Er hatte recht. Das war ein Ort der Erinnerungen. Ich ging zum hinteren Teil des Motels und stieg die Stufen zur Veranda hinauf. Mich mit beiden Händen am Fensterrahmen abstützend, sah ich hinein. Irgendwo zwischen dem Gestank und dem Müll lag Ellens Lebenszeit der Erinnerungen. In der von der Sonne gewärmten Luft dieses Mittags kehrten meine Gedanken zu dem strengen Winter vor vier Monaten zurück.

Eines Nachts, als der Wind durch Billings heulte, die Äste von den Bäumen riß und auf dem Boden verstreute, war Rosella Dahl unter dem alleinigen Beistand von Grace Driscoll gestorben. Sich bis zum Ende weigernd, irgendwelche Medikamente zu nehmen, um ihr Leiden zu lindern, hatte Rosella die Qual ihrer Schmerzen hingenommen und in unerschütterlicher Ruhe auf die Erlösung gewartet. Rosella hatte den Krebs, der sie zerstörte, willkommen geheißen. Auf ihre eigene Art machte sie sich die tödliche Krankheit zunutze, indem sie darauf bestand, daß sie ihr etwas als Gegenleistung gab für das, was sie ihr nahm.

Für mich gab es keinen Grund, zu ihrer Beerdigung zu gehen, aber hunderte anderer Menschen aus dem gesamten Bundesstaat taten es. Ich bezweifle, daß ich vermißt wurde. Robert Maitland machte ein Medienereignis daraus. Und Grace, die liebe treue Grace, bemühte sich erfolgreich, den Mythos, der Mrs. Dahl umgab, am Leben zu erhalten, indem sie jedem, der es hören wollte, ihre Geschichte vom heroischen Ende der alten Dame erzählte. Laut Grace war Rosella die letzten achtundvierzig Stunden ihres Lebens im Koma gelegen. Kurz vor ihrem Hinscheiden hatte sie jedoch noch einmal das Bewußtsein erlangt, gelächelt, die Hand ausgestreckt und geflüstert: »Ich wußte, daß du kommen würdest.« Spekulationen darüber, wen sie damit gemeint haben könnte, bildeten den Gegenstand vieler Unterhaltungen. Ich hatte meine eigene Theorie dazu.

Ich hoffte, daß ich eines Tages den Mut haben würde, meiner Mutter davon zu erzählen, welche Rolle Grace einmal vor langer Zeit im Keller der Dahlschen Villa gespielt hatte. Aber nicht jetzt, die Zeit war einfach noch nicht reif.

Und ich hoffte auch, daß Franks Schwester Becky verstehen würde, warum ich mit meinem Wissen nie an die Öffentlichkeit gegangen bin. Vielleicht würde ich es bis dahin auch besser verstanden haben.

Es hat sich herumgesprochen, wie es das immer tut, daß Rosella Dahl Maitland zwei Dinge in ihrem Testament hinterlassen hatte. Das erste, in Einhaltung einer früheren vertraglichen Vereinbarung, waren fünfzehn Prozent der Rechtsanwaltskanzlei. Das überraschte mich nicht. Was man auch sonst gegen sie sagen konnte, aber Rosella würde nie vertragsbrüchig werden. Die zweite Hinterlassenschaft bestand aus einem Gegenstand, der zu ihrem Markenzeichen geworden war, obwohl ich ihn nie gesehen hatte. Es war ein Stock aus Ebenholz mit einem bronzenen Adlerkopf als Griff. Man brauchte nicht viel Phantasie, um zu begreifen, warum Maitland ihn nicht wollte.

Ich hab nie wieder etwas von Dorothy Valentine gehört. Vermutlich würde sie sich weiter in Neonfarben kleiden und die erschlafften Muskeln ihrer geriatrischen Pfleglinge trainieren. Aber die Nacht würde ihr Feind sein, wenn sie sich unter den traurigen Klängen des Blues in den Alkohol flüchtete, um zu vergessen.

Das dumpfe Dröhnen des Bulldozers verkündete die Rückkehr der Bauarbeiter von ihrer Mittagspause. Die Sonne fühlte sich gut an: Ihre Strahlen durchzogen den Geruch der frisch aufgeworfenen Erde. Der Bulldozer setzte sich mit einem Ruck in Gang. Ich bemerkte den Mann, der mir zuerst begegnet war, erst, als er mir auf die Schulter tippte. Ich hatte gerade an Ellens Vermächtnis gedacht und fuhr bei seiner Berührung erschrocken zusammen. Dann drehte ich mich um und sah in sein dämliches Grinsen.

»Lady, jetzt müssen Sie aber wirklich von hier verschwinden. Wir fangen an, das Haus abzureißen, und wenn Sie nicht wollen, daß Ihnen die Trümmer um die Ohren fliegen, bewegen Sie ihn hier raus.«

»Jetzt fängt der schon wieder an, von *ihm* zu reden«, murmelte ich, während ich mich von dem Raum entfernte, in dem Ellens Erinnerungen endeten.

Er zuckte mit den Schultern und wandte sich ab. Der orangefarbene Bulldozer kroch langsam auf mich zu. Ich wollte gerade gehen, als etwas bei der durchhängenden Veranda meine Aufmerksamkeit erregte. Ich machte einen Schritt vorwärts, um zu erkennen, was es war, und da sah ich sie, wie sie sich aus der mit Schutt vermischten Erde nach oben reckten. Ich ließ mich auf die Knie fallen und ignorierte die Warnschreie des Bulldozerfahrers. Die Erde, weich und feucht, gab unter meinen Händen nach, als ich die Goldlackpflanzen ausgrub. Ihre Wurzeln lockerten bereitwillig ihren Griff, als ob sie wüßten, daß es einen besseren Platz für sie auf Ellens Grab gab.